KUWEI
酷威文化
图书 影视

第一战场指挥官

COMMANDER

退戈 著

上册

四川文艺出版社

图书在版编目（CIP）数据

第一战场指挥官 / 退戈著. — 成都：四川文艺出版社, 2022.4

ISBN 978-7-5411-6283-1

Ⅰ. ①第… Ⅱ. ①退… Ⅲ. ①言情小说－中国－当代 Ⅳ. ①I247.5

中国版本图书馆CIP数据核字（2022）第034328号

DIYI ZHANCHANG ZHIHUIGUAN

第一战场指挥官

退戈 著

出品人　张庆宁
出版统筹　刘运东
特约监制　王兰颖
责任编辑　程　川　周　轶
特约编辑　马春雪　刘玉瑶
封面设计　卷帙设计 QQ: 2649686699
责任校对　段　敏

出版发行　四川文艺出版社（成都市槐树街2号）
网　址　www.scwys.com
电　话　010-85526620

印　刷　天津旭丰源印刷有限公司
成品尺寸　160mm × 235mm　　开　本　16开
印　张　46.75　　字　数　860千
版　次　2022年4月第一版　　印　次　2022年4月第一次印刷
书　号　ISBN 978-7-5411-6283-1
定　价　78.00元（全2册）

目
CONTENTS
录

第一章
黑手

连胜的脸枕着自己的长剑，冰冷的触感透过皮肤传入她的血脉。眼睛虽然阖着，但是思绪不停转动。

没有武器，没有粮草，没有支援，他们要怎么度过这个冬天？要怎么蹚过最冷的冰河，回到故土的家乡？她还有多少兄弟？将士们作战逃亡只能用腿，而对方却骑着自己朝廷赔出去的良驹，他们究竟能不能逃过敌军的围捕……

紧密而来的马蹄声，通过土地传入她的耳际，伴随着心跳越发急促、清晰，像擂鼓般阵阵敲响，即将刺破她的耳膜。

“跑！”

一声喝令尚未吼出喉咙，连胜倏然睁开眼睛，入目是透明的窗台，明媚的阳光正照在她的手上。

身下不是泥泞的土地，脑后枕着的也不是冰冷的刀剑，这让连胜一瞬间有些恍惚。

是梦。

一面是铁马冰河的人间战场，一面是安稳平静的未来社会，不知道跨越了多少年。

连胜摸着自己的脖子，略微失神地看着窗外的景色，耳边响起三下有节奏的敲门声。

一女声喊道：“快起床了，知道现在是什么时候了吗？”

连胜瞥了眼床头的光脑，抬手擦干冷汗，用力揉了把脸，才掀开被子起身。

联盟新历三百三十五年，马上就要举行联盟大学军事学院的实战演习，所有学院学生每学期强制参加，包括她——军事指挥系大三的新转系生。

连胜拖沓着从楼梯上下来，整个人透出一股萎靡不振的气息。

太松懈了……这样的日子她实在是很不习惯。

连胜的母亲——林冽，一位长发的干练女人，正坐在餐桌前，跷着一只脚，带着一丝不满道："如果你不喜欢军事学院，那就重新申请转学院吧。指挥系不是一个可以让你混日子的地方。"

连胜偏头看了眼墙上挂着的照片，里面两人身穿军服，胸佩勋章，一脸张扬。反观自己，浑身瘦弱，手臂毫无力量，一看就知道缺乏锻炼。

她面不改色地在餐桌旁边坐下，拉伸了一下手臂，简略答道："不。军事挺好。"

林洌瞅了她一眼，没有继续说话。

她们一天加起来的谈话，也不会超过三句。今天早上的已经达标了。

林洌抓起椅子上的衣服，快速套上，又抓过桌上的钥匙，不带任何感情地说："拿起你的早餐，我先送你去营地，然后我要回研究院了。"

连胜停下四处探视的眼神，顺了桌上的面包，跟在她身后出门。

二人一言不发地走进飞行器，系好安全带，然后等待起飞。

连胜闭上眼睛适应了一下。

窗外景色晃眼而过，飞行器已经到了地方。

联盟大学的实战演习并不在学校举行，而是在校方租用的一座山林里。

根据连胜查到的资料，这座森林最大程度地保留了原始的地形和外貌。听起来非常适合她，她很满意。

林洌将她在营地放下后径直离开，留她一个人在这边处理。

连胜对学校的人不熟，学校的人对她也不熟，可她的存在太过特别，所以走到哪里，都有几道视线尾随，可没见一个人过来帮忙。

好在这边的文字与她过去用的非常相似，她对着网上的字库学习了一遍之后，能认得九成。照着营地标注的指示，去物资点领了帐篷和地图，然后艰难地将东西拖回各系划定好的区域。

那些装备物资挺沉的，又或许是连胜太缺乏锻炼了。她一路拖过了三个聚集的营地，已经是气喘吁吁。

指挥系的一群人住在临河的空地上。

连胜放下东西，去河边考察了一下，最后选择在地势较高、位置偏远的地方扎营。

作战的时候，要驻扎在远水、居高、向阳之地，必须时刻保持警惕，是最基本的准则。虽说这边没有什么敌人来犯，但要是下个雨，半夜涨水，下面的人多半得给淹了，不如干脆找个安全点的位置。

那么现在问题来了，这玩意儿怎么用来着?

连胜一屁股坐在帐篷上，仔细研究着手里的说明书。许久后抬起头深深地叹了口气。

她来的时候已经算晚了，又四处溜达了一阵，磨蹭了很久。其他人都已经搭好帐篷，三五成群地聚在一起讨论，就她仍旧保持着打包的状态。

她正准备找人去问问，就听到远处吹起响亮的哨声。

所有人听见哨声，起身往前方集合。连胜跟着丢下手里的东西，插兜快步跟了过去。

集合的地方视野非常开阔，器械完备，类似于演武场。

旁边立着几栋建筑。从刚才的地图来看，应该是医务室、食堂、供电所，还有教官们的宿舍。这里面设备齐全，足以应对各种突发状况。

众人整齐地站成数排，连胜滥竽充数地挤进了队列里。

前方站着一位身穿迷彩军装的军人，旁边还有十几队和他们一样的方阵。

“指挥系大三的同学们，你们好，我是你们的教官，我姓付。从今天开始，我将负责你们为期十五天的实战演练。”付教官铿锵有力地吐字，然后绕着他们开始打转，继续说道，“我说的话就是军令，你们必须绝对地服从。既然你们是指挥系的学生，那么应该知道……”

他正好走到连胜的面前，话头戛然而止。

两人四目相对，没有下文。

众人齐齐盯住连胜。

付教官皱眉道：“你的军装呢？”

连胜：“包里。”没来得及换。

付教官忍着没发火，毕竟才见面不到一分钟。他下巴一抬说：“去换了。”

连胜听令跑了回去。

连胜的帐篷还没搭好，又不好在荒郊野地里换衣服，只能直接将布铺开盖在自己的头顶，然后摸黑把衣服给换了，迅速跑了回来。

她回来的时候，正好听见付教官在吼：“我刚刚说的话，都听见了没有？”

众人大声回道：“听见了！”

连胜蒙头跑回自己的位置。

“站住！”付教官对着她怒吼道，“我刚刚说了，回队要喊‘报告’，你在干什么！”

连胜扭过头：“……我刚刚不在。”

付教官：“……”

付教官刚想说“现在喊”，连胜已经快他一步走出来，喊道：“报告！”

付教官：“……”

这口气憋在心里，就实在太不痛快了。

付教官示意她回队，然后转身下令道：“全体都有！散开，坐下！”

众人熟练地散开围成一个圈，前后错开位置坐下。

连胜坐在中间一排，咬着手指，听前面的人讲话。

“又到了一年一度的实战演习，既然你们是大三的学生，我想我也不用多说。”付教官勾唇一笑，“来了这里，不脱层皮，都对不起这座山。是吧？”

众人寒毛竖起，显然回忆不是那么美好。

付教官在人群中巡视一圈，一眼盯上连胜。

这人真的是……太丧了！一脸无所谓、没有兴趣的麻木表情，没有丝毫的紧迫感。

于是付教官指着正无所事事地坐着的连胜说：“像你，细皮嫩肉的，虽然是女生，但不代表这里有任何人会优待你。”

连胜忽然被点名，放下手，不以为意地挑了挑眉毛：“哦？”

付教官又看了她一会儿，问道：“你真是大三的？”

旁边的学生解释说：“她是这学期刚转来的。”

付教官一副原来如此的表情，点头，意味深长地道：“请好好珍惜这最后的悠闲时刻。”

他觉得用不了一天，这个女生就会忍耐不了重新转系走了。每年这样忽然脑子抽风想不开的学生都会出现几个。

连胜一直保持着淡然的态度，对他的话没有给出任何回应，似乎根本不放在心上。

付教官顿时有些尴尬，却依旧关注着她。只见连胜抬手打了个哈欠，继续放空地望向远处。

是真的没把他的话放在心上。

一众学生察觉到教官的怒意，也装作若无其事的模样移开视线。

付教官咬牙切齿。

这么快就有人来挑战他的威严，这女生真是好极了。

他正在继续介绍实战演练后面的安排，旁边一位教官笑嘻嘻地走过来问：“怎么样？付哥，要不要跟新兵来个积分争夺赛？”

连胜两手抱胸，垮着脊背，默默旁观。

付教官和他交流了两句，回身问道：“怎么样？大一的新生，比不比？”

众人选择沉默。

“逃不掉的终归逃不掉啊，跟大一的比总好过跟大四的比吧？”付教官直接替他们做了决定，“对阵大一单兵作战系，现在举行积分赛！”

众人顿时哀号。

竟然是单兵作战系！

连胜不明所以，问旁边一位男生："什么叫积分争夺赛？"

对方摘下帽子理了理头发，此刻很是萎靡，三两句解释道："两两对打，赢了得分，输了倒扣。"

另一个人小声道："居然是单兵作战系，简直要了老命。可千万别抽到我。"

连胜眼珠一转，又问道："打架？"

那人轻斜了她一眼："害怕？"

连胜抖起腿，终于来了点兴致，笑道："有意思。"

单兵作战，特指作战能力强的士兵。他们体能超群、素质顶尖、以一敌十。单兵作战系，就是特选的暴力武装专业。

虽然对手是大一的学生，但耐不住指挥系是全学院最弱的专业。

"实战演习的光荣传统——积分争夺赛，赚取积分最好的机会现在来了！"付教官指了一个人，"从这里开始，一到四报数！"

一圈绕着一圈，一共分出了四批次的人员。留下报数为"三"的学员，其余人清场后撤。

连胜幸运中标。

随后对方也推选出了四分之一的成员，加入他们这个被选中的行列。

积分争夺赛采取的是一对一互相挑战模式。为保公平，双方参赛人员依次上台挑选对手。

军事指挥系的学生放出去，哪一个都是炮灰，简直是刷分的神器，尤为珍贵。而指挥系里的女生，就更加珍贵了，被誉为"闪亮而跳动的分数"。

在这一干闪闪发光的分数里，连胜这种毫无肌肉、肤色偏向惨白的女生，就是最亮的那一颗。

教官随手点了一个学生走到中间，问他："第一个选谁？"

青年迅速指了一个方向。

连胜还在整理自己的腰带，没听见台上的人说什么，直到旁边的同学推了她一把，她才抬头问道："做什么？"

旁边人道："他要挑战你啊！"

连胜："挑战我？"这么快就轮到她了？

旁边那同学同情地看着她，说道："不行就快点认输啊，跟这群变态比千万别逞强。反正最后咱们系负分收场的情况也不少见，大家都不觉得丢人。"

那青年见她没有动作，活动了一下关节，朝她勾勾手指。

连胜笑了起来。

好极了。

她站起身，周围随之传来一阵起哄声。

连胜原本是材料工程学院的，学期末的时候忽然想转入战斗类的专业，但因为体能太差被刷了下来，勉为其难才加入指挥系。

只是，在别人眼里，尤其是在指挥系同胞的眼里，总觉得她的行为带有那么一点侮辱的意味，是以对她不是非常友好。

付教官咋舌，也猜到了这个不幸的结果。只能做好随时叫停的准备，以免连胜受伤。

对面教官叮嘱道：“喂，怜香惜玉一点啊！点到为止，别给我们系丢人！”

学生们鼓掌喊口号，大声哄笑。

连胜脱了帽子，又脱了外套，在鼓掌声中清爽地走上场。

她站到场上，前脚往地上重重一顿，再抬起头时，气场陡然一变。

如果刚才的她像是一团和了水的稀泥，那么此刻就是一只等待猎食的老虎，凶猛、犀利。

她的视线一寸寸往上移动，严密地观察着对方的身体素质。

青年被她这样毫不遮掩地打量，感觉一股莫名的寒气从脚底升了起来，仿佛被什么猛禽给盯住了。他回过神来，自嘲一声，迅速地将这个想法丢了出去。

开玩笑呢？对方可是出了名的弱的转系生。

付教官就站在连胜的侧前方，清楚地看见她的变化，生出些许错愕。

连胜的腰板、姿态，无一不是标准的军人姿态，身上带着一股无可掩饰的杀气。

是的，一股凌厉慑人的杀气。

对面那男生肌肉发达，四肢纤长，看起来应该很有力量。

连胜测试过自己的体质。

力量，低等；弹跳力，一般；柔韧性，僵硬。在对战上，可取的身体素质大概就是视力和反应力。

体质可以加强，但是视力却很难提升，而反应速度更是一种天资。

说是视力，更准确地说应该是眼力。它能帮连胜捕捉到对方的攻势、肌肉变动，以及各处细节。

这具身体从天资上来讲，可以说是非常优秀了。

当然，对方的资质肯定也非常优秀。连胜还得依靠自己丰富的作战经验和预警直觉。

对手朝她做了个手势，询问她准备好了没有。连胜摆好架势，也向他勾勾手指。

对面见状，直接冲过来就是一记直拳。

他显然没将连胜放在心上，有意识地避开了她眼睛与鼻子处的危险位置，冲着她的侧脸过来。因为有所收敛，所以出拳速度也不快。

连胜瞳孔微缩，脚步稍退，让对方的拳头堪堪擦过自己的鼻尖。

对面抡了个空，面上闪过一丝诧异，但没有停顿，顺势转身改成飞踢。

付教官准备叫停，他觉得差不多就到此为止了，实力足够悬殊就可以一招定乾坤，却见连胜已经下蹲，又躲过了青年的飞踢。

这样的反应速度，似乎在对方出手之前，她已经做好了应对。

付教官连表情都没来得及收起，声音还卡在喉咙里，只是眉毛无意识地一挑。

其实连胜不是在对方出手前应对，而是在对方出手的时候才应对。他肢体的扭转程度、脚步的站位，丝毫没有掩饰，一眼就可以看出他下一步的招式。

从他轻敌的时候开始，已经宣判了结果。

连胜唇角轻抿，蹲下后接了一招扫堂腿。

那一扫不是贴着地面朝对方的脚板过去，而是在靠近的时候，稍稍上抬，最后踢在了对方的小腿上。

青年尖叫一声，直直后倒，抱住了自己的小腿，冷汗顿下。

他觉得下半身几乎麻木，只有刚刚被踢中的地方，有一阵剧烈的疼痛迟缓地传入大脑。

他还没来得及说话，连胜又出现在他的视线内。

青年再次对上她的眼神，恐惧之情难以抑制地从心底升起。他已经忘了此刻该有什么反应，让连胜顺势一指点在他的肩膀处。

又是一阵剧痛，几乎半身麻木。

从来没有过这种体验，四肢神经仿佛被尽数剥夺，青年脑海中闪过一个念头，怀疑连胜是想下黑手，惨叫声先一步从口中溢出，试图引起教官的注意。

连胜一言不发地退到后面，揉着手旁观。

两位教官脸色瞬变，一起围了过来。

周围的同学齐齐惊诧起身，往台上张望。

刚刚事情发生得太快，他们根本没回过神来。连胜那边究竟是一招制胜，还是别有隐情?

青年躺在地上，唇色发白，眼睛微凸，呼吸不畅。不知道是吓的还是痛的，但这反应显然不会是装的。

教官急忙道:“怎么样？哪里不舒服？”

青年想回答，却发现自己的动作不再灵活，甚至有些难以控制，惊恐问道:“我的手！我手怎么了？！”

教官伸手去摸，并没有摸到什么。

青年艰难地抬起另一只手，颤抖地指向连胜。

众人又一次齐刷刷地望向她，态度不是那么友善。

连胜挑眉。

付教官质问:“你做了什么？！”

连胜什么也没做，只是打中他的两个穴道而已。

小腿处的足三里穴，击中后会下肢麻木；肩膀最上处的肩井穴，击中后半身麻木。

这两处都属于人体经脉中的三十六要穴，所以击打会有疼痛感，但是并没有生命危险，也是按摩针灸中的重要穴位。

这么简单的中医知识都不知道吗？而且这反应也太夸张了，这辈子没腿麻过吗？

连胜刚想解释，付教官想到以前的旧案，脸色沉了下来，吼道:“你身上带了什么？公平竞争下使用非法武器，太卑鄙了！”

连胜脸色一黑。她非常不高兴。

虽然她性格有点恶劣，但是“卑鄙”这样的指控，她不接受。

连胜冷声道:“你也想来试试吗？”

付教官挽起袖子:“我劝你赶紧坦白，我是你的教官，别逼我动手。”

连胜站着没动，付教官气势汹汹，也没再怕她，就那么大步向前。

待他走近，连胜忽然弯下腰，一个弓步，一拳打在付教官的上腹。

付教官感觉腹腔一阵刺痛，那痛感不是来自连胜的攻击，她用的力气并不大，但是在击打过的位置，肌肉和血脉都带来强烈的痛楚感。

付教官匆忙后退两步，不可置信地看着连胜。

另外一名教官看不过眼，站起来吼道:“住手，不要太过分！你当这里是什么地方？”

连胜两手插兜，依旧面无表情地看着他们。

隔壁教官皱眉道:“你用的是电击枪？”

从全身发麻的情况来看，的确有点像低压电击枪。但是从整体反应症状来看，又不像。

他们实在不能相信，一个这么瘦弱的女生，有本事一招击倒一个壮汉，甚至还能打退教官。她只是一名转系生。无论是力量还是体格，在没有其他武器帮助的情况下，不可能做到这种程度。

付教官摇头:“没有，她手上没有东西。”

“就算没有，演习期间对教官出手，也应该受到处分！”那教官怒喝道，“把你家长叫来，我要上报！”

联盟大学的军事演习，是由连长带下属过来的，和普通学校的军训不一样。负责人中尉怎么说也是一名军官，而不是士兵。

学生使用非法器械格斗，还打伤教官这种事，性质极其恶劣。中尉立马从通信表里联系了林冽，请她来营地商议后续事情。

林冽接到消息，很是吃惊，假装保持着淡定挂了通信，披上外衣往演习基地赶去。

附近有许多围观的班级，众人交头接耳，对几人指指点点。

付教官将连胜扣住，拿了器械检查，最后发现她身上确实什么都没带。另外那名教官已经背着男生赶去医务室，还有十几人随行一起过去。

医务室的值班医生看见这么多人一起过来，吓了一跳，急忙带上设备进行检查。

青年刚进医务室，慢慢冷静下来，也缓过劲头，他察觉到那股麻痹感已经在逐渐消去，干脆坐起来，将裤腿卷上去。

众人凑过去看，分明是什么也没有，只有被踢中后留下的一点红痕。而且因为连胜力气不大，他又皮糙肉厚的，甚至连红痕都淡得有些可怜。

教官伸手摸了摸。

青年脸色一红，说道："我好像没事了。就是还有点麻。"

"你们是在开玩笑吗？"医务室的医生两手插兜道，"什么时候单兵作战系的学生这么娇弱了？这点儿伤也送来我医务室？"

教官有些尴尬，但同时也有点担心，于是好言好语道："不是，刚刚很严重，麻烦你给他做个全面检查吧。"

以前有过学生为了争夺积分私下使用违禁武器的行为，所以对于这样的事情，他们都非常慎重。

医生点点头，示意他把人搬到里面进行详细检测。

数据分析结果出来之后，医生拿起检查结果观看。

他仔细地翻看，读到最后一页的时候，脸色一变，沉声道："不好。"

众人的心跟着一揪，教官急急问道："怎么了？真有问题？"

医生脸色黑如锅底，冷嘲热讽道："红印已经消了，你现在什么伤也没有了。"

众人："……"

医生怒道："还以为你真有什么毛病。玩够了没有？李教官，你们队这么闲的吗？要不要我告诉你们排长，给你们加点任务？"

李教官蒙在原地。

医生觉得他们唯一有毛病的地方，大概就是脑子。他将报告拍在桌上，训道："身为单兵作战系，起码得有点受伤的觉悟。这点小伤……连伤都没有的情况下还大张旗鼓地往这里送，你当我这医务室是什么地方？"

他就差一句"滚"没说出口，尚且给教官留下了最后的尊严。

医生指着门口道："出去。"

众人老脸辣红，被赶出了医务室。

然而更尴尬的还在外面——他们出来的时候，林洌恰好赶来。

付教官见众人一起出现，且青年还能全无异样地独立走路，就知道要糟。

林洌手上挂着衣服，走过来公式化地问道："请用一句话告诉我发生了什么。"

看她衣服上挂的，两杠三星，是上校没错了。

连胜半耷着眼皮，觉得很没意思，懒懒地答道："打架，赢了，所以怀疑我作弊。"

林洌："那我想你应该也做好了承担自己错误的代价。连胜，请跟我来。"

她说完头也不回地往旁边的行政楼走去，连胜紧紧跟上。

付教官在后头小声问："怎么回事？"

"不知道。"另一教官说，"一切都非常好。"

付教官仿佛听见了隔空蛋碎的声音。

青年靠近，不好意思地说："对不起，是我太小题大做了。但我真不是故意的。"

付教官摸着腹部，心有余悸道："是真疼。"

对方教官摸向自己的脸，纠着五官道："也是真疼。"

当时一个大男人鬼哭狼嚎的模样实在是太震撼了。连胜才出了一招啊，就打成那样，他们能不怀疑吗？

林洌敲了敲门，二人走进连长办公室。

林洌和书桌后的人握了下手，然后直接拉开桌前的凳子坐下。朝旁边点了下头，示意连胜也一起坐下。

连胜从善如流。

中尉：这似乎是他的办公室……

林洌两手环胸，声线平坦道："感谢你让我有机会行使我身为母亲的权利。从小到大我都没有被叫家长的经验，不管是身为当事人还是被当事人。"

中尉听得迷糊，刚想回答，就听见连胜说："不用谢。"

中尉："……"

林洌："好了。请说吧，连胜女士。"

中尉微微皱起眉头。这对母女看起来就不大寻常。他咳了一声，根据刚得到的汇报，说道："对于连胜同学殴打教官的事情……"

林洌打断他，又问道："主动还是自卫？"

连胜答："他主动，我示范。"

林洌挺了挺背，跷起腿道："既然如此，请修改你的措辞。连胜的行为不叫殴打。"

中尉看着两人。

林洌坐姿端正，气场强大，似乎没有一丝可乘之机。而连胜弓着背，松垮垮地坐着，很像时下多数的御宅族。

于是中尉一脸严肃地转向连胜，冷声道："你有什么想说的吗？"

"哦，有吧。"连胜摸了摸后脑说，"太弱。而且太无知。"

林洌："请原谅他们。这两点前后互为因果关系。"

中尉哽住。这母女俩一搭一和，简直没完没了！

中尉："你真的不觉得自己有错吗？"

连胜"嗯"了一声，冷漠抬手示意："请说。"

中尉再次语塞。

林洌见他过了三秒还说不出下文，直接站起身道："我很忙，中尉先生。我有非常多的会议要开，非常多的实验要做。以后请不要再因为这种不公正的事情找我过来。"

她一手撑在桌上，压低上身问道："还有事吗？"

中尉没有说话。

林洌点头："再见。"她说完直接拿了衣服，从门口出去。

连胜跟着起身，朝中尉挥了下手："再见。"

中尉微张着嘴，靠在椅背上，俨然一副受过打击的模样。

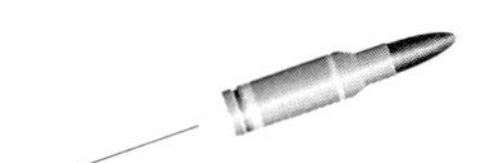

第二章
训练

林冽在前面停下脚步，回头问道："需要我陪你吃饭吗？"

连胜："不用。"

林冽点头。她也就是随口一问。

她抬手扫了眼时间，看起来是真的很忙，却还是多问了一句："这里有人欺负你吗？"

"没有。"连胜说，"正常对决而已。"

林冽"嗯"了一声。连胜从来不需要她操心，两人间也没有什么共同语言。

林冽："我走了。"

连胜朝她挥了挥手。

连胜慢腾腾地走出大楼，外面太阳正好对着她的眼睛，有些刺眼。她抬手遮了下光，甩着外套继续往前走。没想到外面有人在等她。

一个男生跟在她旁边问："你刚刚是怎么做到的？一招制敌？你用什么打的？"

连胜笑道："电击枪。"

"哈哈，肯定不是。"那人比画着说，"电击枪是可以查出来的，但是医务室什么都没查出来，所以肯定不是。"

连胜："那就是拳头。"

"你这拳头能把对方打成那样？"那人摸了摸鼻子，不大相信，追问道，"有什么高招？传授一下呗。"

连胜勾起手指，做了个手势，然后往前作势一攻。

"哦？"那男生跟着学了一遍，将信将疑道，"真的假的？"

连胜说："你猜。"

一战成名，这是真真正正的一战成名，各种意义上的。

来自连胜的神秘杀招成了学院里最传奇的存在，甚至不到一个小时的时间，已经传遍四个年级各个系，其中不少得力于对方教官那"见了鬼"一般的叙述。

他觉得自己是真的见了鬼。

还是休息时间，众人坐在早上集合的地方，等待下午训练开始。

连胜甩着那顶帽子，给自己扇风。旁边不停地有人在往她这边窥探，似乎想跟她搭话，但是又不敢。

连胜低头一笑。当年那些小兵看见她的时候，就是这样的。

没多久，付教官走了过来。

连胜顺着阴影抬头看去，付教官冷着脸将袋子往前递来："给，吃了没有？"

连胜出来的时候，已经过了饭点，众人去过食堂都回来了。迟到的人食堂不会提供吃食，而这里又没有超市之类的地方，等待她的是下午和晚上还有将近六个小时的高密度练习。

连胜两手接过："谢谢。"

里面装着两个包子，还有一杯豆浆。

付教官咳了一声，尴尬道："没有。今天误会你了，不好意思。"

连胜咬着包子的一角："哦。"

付教官欲言又止。他真心实意地道歉，就换来一个"哦"？不过有"哦"就不错了，起码不是"滚"。连胜今天早上那表情，不是一般的阴沉。

他送完东西，又瞅了连胜一眼，决定默默走开。

半个小时后，休息时间结束，各教官开始带着学生正式训练。

第一天，就是越野跑步和耐力测试。教官带着他们在不同的山路上奔跑。

指挥系的路，一向是最平坦的那一条。但只要是山路，路面不平，就会打乱脚步的节奏，极为耗费体力。他们队伍四十多个人，一共五个女生，穿山过林地跑了半个多小时，基本人快废了。其中以连胜最佳，她实现了完美的垫底。

付教官见她不对劲，专门跟在她身后，吹着哨子督促。连胜脚步一慢，耳边就是那尖细的哨声。

她默默地回头看一眼，然后继续跑。

体力是硬伤。就算连胜调整呼吸，调整步伐，依旧清楚地感受到自己体能的上限。身体的反应告诉她，该停了。于是坚持跑了一圈，回到集合地的时候，她停了下来。

付教官瞪眼，凑到她旁边疯狂吹哨。

连胜捂住耳朵，在原地抬脚走动，开始调整休息。前面的女生一看，意志力瞬间被击溃，跟着停了下来。

付教官放下口哨，指着前面吼道："跑起来！我没让你们停！"

几位女生决定看连胜的行动。

连胜站在原地，脸色惨白，缓了许久，才小声道："我跑不动了。"

付教官不听也知道她在说什么：“脚步迈起来就跑得动了，你这才跑了多远就说跑不动？”

连胜舔了舔齿间的血腥味：“我自己的身体，我最清楚。”

付教官：“你的训练量，我最清楚！”

连胜伸出手横在他面前：“你自己把把脉，我已经到极限了。”

付教官眉头一皱：“你这样的兵我见多了！”

连胜放下手，绕着他继续活动腿部：“你这样的……教官，我也见多了。”

付教官问：“怎么样的？”

连胜擦了把额头上的汗。这出汗量有点太大了。她说：“都没什么好下场。”

付教官有一瞬间以为她是在诅咒，但连胜的表情单纯无辜，似乎只是在阐述事实。

她真的只是在阐述事实。

付教官深吸一口气，厉声道：“跑起来！我就算没什么好下场也不是你停下来的理由！”

连胜：“我自己的腿，我说了算。”

付教官：“现在这里是军事演习，你的腿是我说了算！”

连胜指着自己的腿：“那你叫它一声。”

付教官被她一哽，气到说不出话来。他没带过这么硬的兵，从来没有。

远处几个女生擦了擦额头，走过来说：“教官，我们先休息一下，该跑完的我们一定会跑完，行吗？”

付教官一动不动地瞪着连胜，等她动作。

连胜也回望着他，很是郁闷。

或许他带过的兵总是喜欢提前偷懒，所以他再努力一下，可以开发对方的潜质，也或许他从来没带过像她一样弱的兵。可是，她是真的已经到了极限。

再跑下去会不妙，所以她不跑。

他们这两边僵持不下，一直旁观的医生插兜走过来，说道：“等等。”

他看着还很年轻，戴着一副眼镜。个子比付教官还高一个头，大约有一米九。但眼角已经有了皱纹。

军事学院里，连医生都这么高。

“有些人会对自己的潜能预估错误，但也有些人不是。”医生说，“我来给她测一下数据。放心，我们的演习是安全的。”

他将仪器递给连胜，是一个圆形的金属小球，让连胜放在嘴里。而后又挽起她的袖子，将什么东西贴在她的手腕上。

几分钟后，医生转过身，对付教官道：“她的心跳数、红细胞含血量以及肌肉的乳酸值，都已经过了安全值。我不建议她继续训练，她需要休息。”

他说得语调平缓，似乎没有别的情绪，但付教官还是从他的视线里接收到了指责的意味。

这是他今天第二次出现重大判断失误，还是在同一个人身上。

付教官略感难堪，还有些怀疑人生。这绝对是他一生的耻辱。

连胜站在一旁，吐出了嘴里的小球，友善地道：“我原谅你。”

这声“原谅”甚至比“呵呵”还要刺耳，他现在其实不是很需要连胜的谅解。

付教官踱了两步，有种无地自容的感觉，转过身对着医生道：“她们也给测一测？”

几名女生欣喜上前。

医生面无表情地给她们测试，然后收了仪器。

众女生期待地看着他，医生缓缓道：“还可以再跑个几公里，非常强壮。”

四名女生当场变脸。

付教官底气顿足，恨不得马上离开这个地方，喝道：“跑起来！快！谁要是再掉队，晚上多罚站一小时！”

几位女生哀号着跟上队伍，付教官头也不回地走了。

连胜摸了摸眉毛，跟在医生背后，走进医务室。

两人进门后，互相看了一眼，连胜没接到指示，自觉走到旁边的小床上休息。

医生回到自己的办公桌前，打开光脑，问道：“你这样的体力，为什么要来军事学院？”

连胜脱下自己的鞋，对着拍了拍鞋底：“因为我是天生的将才。”

医生停下手里的动作，哂笑道：“我从没见过像你这样自大的人。”

连胜：“姑且请称之为雄心。谢谢。”

医生说：“我不建议你躺着，我建议你再活动一下，顺便拉拉筋骨。”

连胜觉得有点道理，步不能白跑了，虽然她此刻四肢有点不受自己控制。

整个医务室空间布置得很紧密，毕竟在演习后期，这里会人员爆满，所以床位张张相连，没有多余的空地。

连胜就走到门口，开始拉筋。

赵卓荦推开门的时候，眼前就是一个放大的屁股，将他吓了一跳。

连胜听见动静直起身，退到旁边，做了个请的动作。

赵卓荦脸上带着运动后的微红，背上还背着一个兄弟。他长得也很高，将人放到旁边的床上，交给医生。

连胜问道：“这人怎么了？”

赵卓荦："积分赛，输了。"

连胜皱眉："被气晕了？"

赵卓荦惊讶于她的脑回路，无语道："被我打晕了。"

床上的人弱弱地出声申辩："我没晕。"

医生给他看了看，点头："没事。就是有点脱力，休息一下就好了。"

赵卓荦听见这话，甩甩手臂，准备回去训练。

连胜用大为吃惊的语气说："你这就走了？"

赵卓荦迟疑地停下脚步："怎么了？"

连胜看向伤员说："没什么。只是我以为，打伤别人起码会尽到最基本的道德看护。"

赵卓荦犹豫片刻，似乎在思考她的话，随后在旁边坐了下来，真的干起看护工作来。

林医生有些诧异地瞅了他好几眼，但是没有出声。

连胜搬了椅子，坐到他旁边，问道："什么是积分赛？"

"就是拿积分。"赵卓荦说，"指挥系每天至少一场，其余专业每天两场。单兵系每天四场。"

连胜："你……"

"单兵作战系，和你同级生。"医生插话说，"明星学员了。往年拿过两次积分第一。"

连胜大方夸奖："厉害。"

赵卓荦轻瞥她一眼，略带茫然。这人是谁？

连胜又问："积分有什么用？"

赵卓荦斟酌了一下，解释说："积分就是功绩。平时训练也会有教官打分，最后一天实战的时候用。"

连胜："什么实战？"

"红白阵营战。"赵卓荦顿了顿，"就是打群架。"

连胜："分配职务用？"

赵卓荦："嗯。"

连胜点头，原来如此。

他们指挥系，四个年级加起来有一百多人，但是，总指挥只会有一个。

不管在哪里都是一样，最后还得看实力。

这么说来，积分赛的确挺有意思的。

医生坐在旁边敲光脑，提醒道："你已经休息够了吧，喝杯水可以回去了。我这里不接受难民。"

连胜的四肢还是有些酸软，但是已经缓过劲来了。她站起来抖了抖，对那位朋友说：“我要走了，你还留在这里吗？”

赵卓荦一脸冷漠道：“尽基本道德看护。”

连胜：“公平对决的话，有什么道德看护义务？战场上的敌军死了还需要看护他全家？还要养一个军？”

赵卓荦眼睛里几乎要喷出火来。那不是她刚刚自己说的吗？！

“我就是随口一说。”连胜点头评论道，“你是个好人。”

赵卓荦：“……”

连胜：“现在我话问完了，你可以走了。”

赵卓荦生气了，这人简直莫名其妙！他霍然起身，拉开房门大步离开。

床上那人抬起手和他们摇了摇。医生无情地道：“半小时后你也可以走了。”

病号：“……”

连胜重新加入训练的阵营，绕着山道跑步。

开始的过程总是痛苦的。连胜体能薄弱，直接从越野跑进行锻炼，身体负担太大，只能断断续续的，再艰难前进。

付教官吃够了教训，没再勉强她，让她自己一个人慢慢追。

但是他发现自己每次停下来，都能看见连胜跟在后面。她虽然慢，可根据她的速度，能知道这人没有偷懒。再联想她之前测试出来的体能，在没人督促的情况下，还能一直走在极限的边缘——毅力！这人的毅力非常可怕！

中午训练到四点，吃晚饭，一小时休息时间，然后再继续。

连胜虚脱后没什么食欲，只感受到反胃，但还是用水拌着米饭多吃了一碗。

一直到晚上八点，连胜落后同队成员平均三圈的路程。众人站在原地，等她归队。

前面的人有些不耐烦了，在远处催促着她。

连胜抹了把脸，加入队列。

付教官吹起口哨，终于道：“解散！”

连胜沉沉地叹了口气，正想坐下来好好休息，就见所有人以百米冲刺的速度直蹿而出。快似闪电，迅如疾风，全然没有之前那种半死不活的委顿气质。

连胜遥遥往下一望，人已经都不见了。

连胜看向付教官，惊道：“还有消夜呢？”

付教官斜她一眼：“你做梦呢？”

等连胜慢悠悠地甩着帽子下山，才知道这群人如此疯狂的原因。

洗澡的地方，排出有百米的长队。连胜捧着自己的脸盆站在队伍的末端，陷入深深的沉思中。

等她终于洗完，已经差不多午夜了。

她回到自己的行李附近，将脸盆放下，摸了摸头，围着散落的帐篷组件走了一圈。

旁边有几位学生也刚回来，轻手轻脚地在整理床铺。见她站着发呆，还想过来问问要不要帮忙。

就见这位传奇的女子，干脆地抖起帐篷外面的粗布，将自己整个包了起来。再往床垫上一躺，用衣服盖住眼睛，转了个身准备睡觉。

同学几人瞠目结舌，还可以这么操作？

他们没再多管，铺好床铺，赶紧进去睡觉。

巡查老师半夜过来，看见一个裹着帐篷睡觉的女士，简直惊呆了。他带过那么多届的学生，从来没见谁活得这么恣意。

他在旁边看了一会儿，还是过去将人推醒，问道："同学，你的帐篷呢？"

连胜迷糊地应了一声："身上。"

巡查老师："怎么不搭起来？"

当然是不会。

连胜不知道自己有没有回答出来，但是她现在非常不想说话，耸了耸肩膀背过身去。

付教官收到巡查员的报告，一大早直接过来，拿着他标志性的口哨用力吹响。

众人从睡梦中惊醒，茫然地从被子里钻出来。

外面天色还是昏暗的，只有几盏灯光微弱地照着。众人抬起头，发现付教官的脸色可谓非常不好。

"连胜！"付教官指着她道，"为什么你没有帐篷？！"

连胜身上就裹着帐篷，闻言疑惑地闷哼一声。

付教官冷下脸训斥道："为什么同学不会搭帐篷，你们却没有一个人出来帮忙？在军队里面搞孤立？她将来是你们的战友！你们就是这样对待出生入死的战友的？！"

众人被他一骂，睡意消去，低着头不说话。

连胜说："是我没时间问。"

昨天那样的运动量下去之后，谁还有空去乐于助人？

他们愿意，连胜也不想搭。肌肉拉伤太严重了，手脚一动，就是抽搐式的疼痛。她不讲究。

"还有你！"付教官厉声道，"身为一名军事学院的学生，你竟然连帐篷都不会搭？"

连胜摸了把自己的短发："我会睡不就行了吗？"

这话令人无言以对。

付教官过来，一把扯过她身上的帐篷，挥手道："一边去。"

连胜讪讪地挪到旁边的石块上。

付教官摊开材料，蹲下身开始帮她搭建帐篷。几名男生犹豫了一下，套上衣服，也过来帮忙。

付教官看他们一眼，点头道："这几位学生，免扣分。其余人，各扣一分！"

众学生哀号："啊——"那几名学生脸上顿时泛起喜色。

被扣分的学生有些不服，刚想申辩，又听付教官大声道："连胜，扣五分！"

连胜顺头发的手一顿。啊？

她虽然觉得这分扣得有点莫名其妙，但没有提出异议，毕竟这人正在帮她搭帐篷。

她站在旁边仔细观察，大致明白了帐篷各个部位的衔接和构造。但她还是觉得没有搭的必要，直接蒙头上就好了。

经过多人帮忙，帐篷的事情没多久就解决了，连胜刚好也醒神完毕，粗糙地将东西都丢进去，跟在教官身后过去集合。

这次集合的地方，摆了好几个大箱子，里面是一些黑色的器械，但是连胜不大认识。

"今天练习野外射击！"付教官负手站立道，"你们的午餐和晚餐，都要靠自己捕猎！"

连胜窥觑众人脸色。他们的表情中带着激动，激动中带着期待。

应该是好事。

付教官说："里面的子弹虽然是橡皮球，但高速击中依旧会有一定的危险性。所有人必须佩戴好防弹装备，在活动结束前绝对不可以拆下来。另外，如果射击过程中击中自己的同伴，一律扣分处理。明白了没有！"

众人大声喊道："明白！"

付教官继续讲解说："我们已经在林中投放了足够数量的鸭子和兔子，全部带有部队标志。禁止捕杀山林大型动物，教官和后援队会在山林里面做好监督。如果是有争议的猎物，可以找我们做仲裁。禁止私下暴力解决。明不明白！"

众人："明白！"

"本次活动，以四人为一小队，团体考核成绩。注意！每人只有十发子弹！"付教官抬手往前一指，"刚好一列四人。现在可以转头和你们的搭档互相熟悉一下。"

他这句话说完，队伍里传来一阵交谈的嘈杂声。语气中有庆幸，有遗憾。

跟连胜一排的男生毫不掩饰，咋舌一声，满脸“我真倒霉”的表情。

连胜挑挑眉毛。

付教官后撤一步，来到箱子旁边：“现在，根据自己的特点，来选取合适的枪械！从前排开始，依次过来！”

人群中爆发出难以抑制的兴奋叫声。

他们部队这次带过来的都是废弃的仿军用枪支，并不适用于狩猎。但是现在军队用的武器，从杀伤力来说，不可能分派给一名学生，而且多数是装备在机甲身上。

两种武器从本质上来讲，锻炼的都是手感和眼力，参数基本与枪支相同，所以演习的时候，会用老式武器进行训练。

首排第一人上前，从箱子里挑了一把半自动步枪，架在自己的胸口前。

付教官指着远处的靶子示意。那人瞄准，射出一弹，恰好在距离红心不远的地方。

众人鼓励性地叫了几句，为之鼓掌。

付教官抬手一挥，示意他过去领子弹。

一个个轮替下去，付教官在一旁对他们的姿势稍做修正和指点，很快就轮到了连胜。

连胜看他们轻巧选定，也没在意各种枪支的不同之处，直接选了把大的，感觉醒目。架在肩上，瞄准枪靶。

当年她射箭的时候，不说贯虱穿杨，起码也是百发百中。

连胜瞄准角度，利落地扣动扳机。

子弹脱膛的时候，一股强大的后坐力打在她的肩膀上。连胜猝不及防，直接脱手，朝后退去，那枪身依旧砸到了她的身上。

连胜没去管肩头处的钝痛，手臂几乎被震得半边全麻。

付教官上前一步拾起枪，对着她震惊道：“你在干什么？”

连胜甩了甩手臂，平静地说道：“我可能不大适合，力气不够。”

“你不会用枪还选冲锋枪？”付教官说，“你握枪姿势错了，后坐力当然大！”

连胜顿了顿：“你不会早说吗？”

付教官：“……”他怎么会想到一个大三的军事学院的学生，竟然还不会用枪？！

付教官憋了口气，告诉自己要有耐心。

他将冲锋枪放回去，重新挑了一把小巧的半自动转轮手枪给她，并手把手地教她正确握枪的姿势，让她再来一弹。

连胜的动作告诉大家，她很生疏，这是她此生第一次握枪，以至于连枪支间的区别特性都不知道。

连胜另外三名队友一脸墨色，似乎已经预见到她十发全空的未来。

“我拒绝和她组队！”连胜的队友举起手，愠怒道，“她这样的情况我们小队直接多了个后腿，她这样的人为什么要来军事学院？”

付教官不客气道：“这是部队安排，必须无条件服从！”

那名男生梗着脖子道：“我不服，她本身就是个 bug（漏洞）！你问问哪个小队愿意跟她组队？这样我们还能刷分吗？”

付教官扭头一扫，众人皆移开视线。

任谁都是有点不满意的。这带的不是同伴，是零蛋。

付教官微微皱眉。他觉得事情有点不好办。

连胜一言不发地抬起手臂，对着远处射出一枪。

这一次她打在靶子的外缘，但比第一次好了不少。

几位队友抿着唇角，还是甚为不满。

紧跟着她又重新上膛，调整了一下，继续射出一枪。

这次打在五环至六环的中间位置。

“喔！”旁边的人不禁叫道，“不错了。运气不错。”

付教官想叫停，结果连胜再一次上膛。众人来了点兴趣，盯着远处的靶子看。

这一次连胜没有直接射击，眯着眼睛不断调整方向，找准感觉后才轻轻扣动手指。

只见子弹迅速射出，在靶子上留下一个小孔。

正中红心！

众人哗然。

十环！运气吧？总不可能上手这么快！

“什么情况？！”

“这运气也太好了吧！”

“天才啊，哈哈！”

就算是运气，也不错了。众人稀稀拉拉地给她鼓掌。

付教官也被惊住了。

他知道有些人会很有射击天赋，但是，他不相信有人可以直接三枪上手，除非她做过类似的射击训练。可是连胜已经表明了，她没有拿过枪。所以他更偏向于连胜方才那一枪射中靶心是运气，或者她所谓的新手不过是一个玩笑而已。

连胜这样的人开玩笑……想想还是挺可怕的。

付教官刚想问她一句，结果连胜第四次推动套筒上膛。

依旧是红心。

仿佛要彻底打碎众人的猜测，紧跟着的“啪”“啪”两声连续而干脆的枪响，全部射在正中。

六发子弹终于射尽。

周围一片寂静。众人连抽气都不会了，只是抻长了脖子，像傻子一样在靶子和连胜之间来回转头。

连胜淡定地收回枪，往枪口悠悠地吹了口气。

“我拒绝和他组队。”连胜声线平坦地说，“他会拖我后腿。”

被她噎了一嘴的青年脸色墨黑，站在一旁没有吱声。片刻后，人群中爆发出一阵激烈的掌声。

精彩精彩，连胜这边接二连三的反转，实在是太精彩了！

付教官直接抽过一支枪，朝天上空鸣了一枪。

枪鸣之后，杂音顿消。众人安静地低下头，努力缩成一团。

“开什么玩笑？说了给我服从指令！不允许任何人再次挑战教官的威严，听明白了没有？！”付教官厉声一喝，“是听不懂我的话，还是一个个都没把我放在眼里？再有第二次，一律积分清零处理！”

付教官指着几人道：“别再拿你们高傲的眼光去看待你们的战友！谁都没有这个资格！”

连胜忽然想起来，问道：“我现在分数是多少？”

付教官一想，陷入了诡异的沉默中。

连胜正色道：“我愿意接受我的错误。请给予我们清零处置！”

付教官狠狠一瞪：“别在我面前耍这些小花样！我说的是得分清零，扣分照旧！”

连胜望天：“没意思。”

付教官冷着脸说：“不要去试探你的战友，也没意思。”

连胜转向他：“什么意思？”

付教官问：“你为什么说你没用过枪支？”

“哦。”连胜低下头说，“我说的是真的。”

付教官非常地怀疑她。

连胜说：“坦诚来讲，我没有骗过你，但是你也没有信任过我。战友。”

付教官闻言一愣。

是的，这已经是他第三次怀疑连胜了。前面两次都证明他是错的。每次他都觉得不可思议，可他依旧是错的。似乎从遇见连胜起，他就走上了一条不归路。于是他动摇了。

付教官没有和连胜纠结这个问题，后退一步道：“继续，下一位，上来选枪！”

连胜自主到旁边的物资点，领了十枚子弹。六发全部装进弹匣，另外四发揣进兜里。

她耷拉着眼皮走回来，加入队列。左侧的人忍不住问道：“连胜，你刚刚是怎么打的枪？”

旁边的人皆竖起耳朵去听。

连胜：“上膛，瞄准，射击。”

那人坚持不懈地问道：“为什么打得那么准？有诀窍吗？”

连胜说：“勤学，苦练。”

众人：就你最没资格说这句话了。

等所有人领完枪械和子弹，付教官重新申明了一下活动规则，全员过去装备。

从头到尾，严密武装。这样一套厚重的衣服穿上去，多数人还是不习惯，行动间局促僵硬。

连胜倒没什么感觉，甚至还觉得不错。以前的盔甲，等于穿着成堆的铁片，从十几斤到几十斤的都有。这样一比，这种高密度材料的衣服，简直是轻便。

队员们聚在一起，互相介绍了一下。

之前举手否决的男生叫孟江武。另外两位，一个戴眼镜，较斯文一点的叫郑磊，还有一位体形偏胖点的男生叫沈喻。

连胜和谁组队都没意见，刚刚只是顺着那个男生的话随口说一句而已。除了纯体能考验的活动，她不认为自己会拖后腿。

几人商讨了一下行进的方向，随便指了一个，便整装出发。

这一段山路已经被前人开拓出来，有着非常明显的踩踏痕迹。但旁边的野林崎岖不平，杂草丛生。

顺着山路向上，可以来到一段较为平缓的地方，差不多是半山腰的位置。连胜在这里听见了溪流潺潺流动的声音。

连胜停下稍做观测。向阳坡、植被茂盛、临水、人少。完美的停靠点。重要的是，她走不动了。

肌肉拉伤的后遗症还没有消去，估计一段时间内都会维持这种状态，但这实在是太难受了。于是连胜找了块石头，就地坐下。

几位队友回头一看，跟着停了下来，皱眉道：“走啊，你坐在这里做什么？”

连胜按揉着腿部的肌肉:“守株待兔。”

“你开玩笑吧?”郑磊惊道,“那你知道守株待兔的那个人最后是怎么死的吗?”

连胜:“这里环境好,会吸引更多的猎物。”

沈喻擦了把汗:“这里草这么高,根本看不见,怎么捕猎?”

连胜:“我有办法。”

他们当然是不相信的。

孟江武非常烦躁,还对之前的事情耿耿于怀,抱怨道:“女人就是麻烦。”

在军队里,不管是以前还是现在,对女性都十分苛刻。但连胜一般很少跟他们争辩,因为靠言语无法改变一个人的刻板印象。她从来都是靠拳头。

林冽女士说过没有暴力解决不了的事情,如果有,那就 double(加倍)。

毕竟是团队活动,集体计分,三人不想抛弃连胜,那意味着他们直接少了四分之一的分数。而且连胜枪法不错,带过去应该很有用。只是他们也不可能就在这里陪连胜耗着。

他们还想继续劝说,却见连胜耳朵一动,站了起来,抬枪对准孟江武。

三人脸色大变。孟江武朝后退开数步,眼睛瞥向左侧的驻扎标志,紧张道:“你想做什么?连胜我告诉你,你别拖累我们团队。附近有教官!”

连胜掉转枪头,越过他,转了个半圈,瞄准远处的草丛。

那边的野草有二十多厘米的高度。跟着她的动作,几人才发现草丛的叶片在不自然地抖动,那抖动的趋势一路朝着边缘延伸。

郑磊刚想说话,连胜手腕顿住,干脆地射出一枪。

枪声响在孟江武的耳侧,他下意识地抬手捂住耳朵。

众人皆愣住,郑磊回过神来,怒道:“你做什么?!别胡闹了行吗?总共只有十发子弹你不知道吗?”

连胜挑挑眉毛,默默地朝草丛走过去。孟江武捂着耳朵咬牙道:“你神经病啊!有你这么捕猎的吗?你以为你眼睛是铝合金还自带红外线?!”

连胜拨开草丛,拎着一只兔子,转过了身。

三人剩下的半截话全部被堵了回去。

连胜走回来,语气平淡地问道:“你们刚才说什么?”

三人张着嘴,一副活见鬼的表情。没什么好说的了。不是神经病啊,是神啊!枪神啊!

捕猎有一段时间就是军中将士的主职。困在山林里,又没有粮草,能怎么办?当然是去捕猎。人多动物少,谁打到就是谁的本事。

连胜现在还能想起来当年自己躲在渠沟里彻夜等待猎物的情形。只要出现,就绝没有让它逃脱的道理。

连胜将手枪敲在自己肩膀上，问道："我走不动了，守株待兔。十枚子弹，交九只兔子行吗？"

三人讷讷地点头。可不要太行了。

连胜又补充了一句："不要有压力，我不怕被拖后腿。"

三人："……"

连胜脸上戴着防弹的面罩，所以三人看不见她的表情。从语气中，也没有听出任何的不屑或怒气，但是，就是这情况，反而让他们更有了一种无地自容的惭愧感。对方根本就没把他们放在心上，所以才会无所谓，也不计较。

连胜再次坐下，等着下一只路过的兔子。三人面面相觑，决定继续往山上走去。

今年参与演习的人数不少，加上学生都没有经验，所以部队大发慈悲，投放了大量的兔子和野鸭。

虽然数量大，却并不好打。这群动物不是圈养的，它们移动速度快，适应能力强，且非常狡猾。而学生只有十发子弹，打空是常事，打不中致命处也是常事，选址非常重要。

连胜摸摸下巴，在附近往复巡逻。

这边人少，动物密集。半个小时的时间她就打到了四只。效率超乎她的想象，让她自己都很是意外。

她用绳子把兔子绑在一起，拖在身后，想快些完成任务，直接回营地休息。

连胜又翻找了两圈，可惜没那么好运了。她刚准备暂时换个地方，身后传来一道破风之声，同时脊背某处一痛。连胜没有防备，往前一个趔趄才站稳。

虽然穿着防弹装，不会受伤，却不代表不会痛。

连胜扭过头，迎面又是一发子弹，震得她五官发麻。

前面是两个身材高大的青年，见她回过头来，丝毫不加收敛，追发一枪。连胜顺势跌倒，反而躲了开来。对方看她形容狼狈，表情很是得意。

连胜皱眉，没有谁会这么浪费自己的子弹。这人是相当恶劣了。

果然，没多久，后面一个矮个子的男生笨拙地追来，他急道："把枪还给我！把子弹还给我！"

那高个儿男生哈哈笑了两声，又朝着连胜打了一枪，然后抖着手里的武器笑道："不好意思，射偏了。没打伤你吧？"

连胜冷笑。果然哪里都不缺这样的浑蛋。

矮个儿男生是真的急了，一个前冲扑过去，怒吼道："快还给我！还给我！"结果被旁边的同伴一拳揍到了地上。

男生愤恨咬牙，对着远处大喊：“教官！教官！”

那人怕惹来麻烦，朝他脸上丢下枪支，无趣道：“走。”

男生爬起来，抱住他的腿不让他走，坚定地喊道：“不行！你得给我道歉！你要给我们道歉。”

高个儿烦了，踢道：“滚！”

同伴过去帮忙：“喂，你自己开的枪，自己摔的跤，教官来了也没用。你想碰瓷吗？”

三人紧紧纠缠在一起，远处已经隐隐可以看见教官的身影。

连胜从原地站起，丢下手里的绳子，随手摘了一片草叶，弓起身朝那人扑了过去。

她冲势很猛，准确地将那高个儿扑倒在地，同时膝盖压制住对方的双臂，遏制他的行动。旁边两人都呆住了，没有反应过来。

连胜用手从他脖子处的细缝处伸了进去。

那高个儿一时无法动作，抬着头对她喊道：“你敢解我的防具？教官已经过来了！”

连胜没理他，将手上的东西放了进去。

高个儿就感觉衣服里面痒痒的一片，不知道是什么，而连胜已经将手收了回来，按在他的胸口用力碾压了一下。

男生被她这个动作弄得一阵恶心，厉声道：“你放了什么？！”

连胜露出一个意味深长的微笑：“毛毛虫。又绿又肥，黏糊糊的。现在就黏在你的胸口。”

她说着又抓起他的衣领，往旁边拉扯一番，然后退开。

“啊！”男生想象到那个画面实在忍受不了，要去解自己的衣服。

巡逻的两名教官从后面赶过来，按住他的手警告道：“不允许解开防具！”

付教官抬头一看，见肇事学生又是连胜，不禁头疼，问道：“怎么回事？”

矮个子青年握住自己的枪把，抬头控诉道：“他们抢我的枪，用来打人！”

高个儿同伴立马说：“是他自己开的枪，枪枪打空，现在想来赖我们拿子弹！”

随行教官两手架住不断挣扎的高个儿青年，往医务点那边拖：“我先带他去看看林医生，你去看监控。”

同伴几人顿时身形一僵。

“哦，不知道吗？”付教官当即了然，冷笑道，“去年有学生报告类似的事件之后，我们就在山里建了监控。”

那人伫立在原地，终于没再辩驳。

付教官一喝:“要自首的现在跟我过来，其余人继续活动！”

连胜朝他敬了个礼，转身回去牵起自己的猎物。付教官咳了一声，更大声道:“要自首的现在跟我过来！”

连胜终于意会，解释了句:“我没什么好自首的。往他衣服里塞了一片草吗？”

付教官嘴角一抽。

连胜:“作为被枪击人士，期待教官的处理结果。再见。”

第三章

朋友

连胜拖着兔子走出一段，想想又走了回来。

那矮个子男生还坐在地上，翻转着自己的配枪，深深叹了口气。

连胜问道：“怎么样了？”

“弹匣空了。”男生挠了挠头，“就剩四发子弹了。”

那把枪和连胜的一样，都是半自动转轮手枪。

连胜在他对面蹲下，伸出手。

男生疑惑地看着她，然后想起来说：“哦，对不起，是我连累你了。我没保管好我的枪，害你挨打。”

连胜勾勾手指：“四颗子弹，换四只兔子。”

男生听见她的话，反应不过来，光盯着她看，示意没听明白，直到连胜把绳头交到他手里，才惊得跳起来，甩手道：“不用不用，这怎么能行？这是你打的兔子！而且四颗子弹怎么能换四只兔子？”

连胜：“无所谓，对我来说是等价交换。”

这话真是——太帅了！鲁明远从没听过这么霸气的宣言。

不过他没想着去占一个女生的便宜，苦笑着问：“你是在开玩笑吗？”

连胜嘴角一扯：“我是非常认真地在和你聊天。”

鲁明远挠头，而后看了眼连胜的胸牌，说：“看着也不像开玩笑。我就随便问问。”

连胜问：“你的队友呢？”

“他们在后面。”鲁明远问，“你的呢？”

连胜：“和你相反，他们在前面。”

鲁明远：“……”反正结果是一样的，他们现在都是单独行动。

“那你可以跟着我走，我后四发子弹的猎物归你。”连胜又说了一遍，“子弹给我。”

鲁明远犹豫片刻，因为刚才被欺负的事情让他太气愤了，对方就是用类似的理由——我来教你射击，然后拿走他的枪的。

他不明白，都是军事学院的学生，为什么要这么恶劣呢？

他低头看了眼手心的子弹，只剩四颗。凭借他自己的水平，在这样的环境里，很难打到一只猎物。如果连胜是骗人的，那结果不会有太大的改变。如果连胜是真心的，那或许还有拯救他们小队分数的机会。何况揣测别人的善意，他会觉得很难过。

鲁明远想定，把子弹交到了她的手上。

连胜颔首，再次将绳头递给他："抵押。"

鲁明远："这……"

那边，教官将人一路架往医务点，学生不停地喊道："下去了！快下去了！你先让我摸一摸！"

教官坚持道："这边可能有流弹，野外绝不允许摘下防具！"

学生："我不摘！你让我自己走！"

教官不耐烦地喝道："闭嘴！"

好在医务点离得不远，众人半走半跑的，很快就到了。

教官上前，单手掀开垂帘，带人走进去。

其实穿着防具，会受伤的人并不多，倒是有一些路过的学生会进来休息一下，喝杯水再走。

终于来了一个疑似病号的学生，医生也很激动，迅速清出一张病床，让人躺下准备。

学生很是抵触，推开教官的手说："不用了，借我一个厕所就可以。"

教官伸手摘下他的头盔，把他按住："你刚才明明那么激动，到底是哪里受伤了？有什么事情非要解防具？"

医生跟着按住："不要讳疾忌医，说，哪里的问题？"

"胸口。"学生咬牙道，"刚刚有人往我衣服里面扔了一只虫子！"

医生说："山林里的虫子也可能是有毒的。它带刺吗？什么大小？什么颜色？什么种类？知道后果吗？老实躺下！"

学生听着，迟疑了一下，放弃挣扎。

教官趁机解开他的防具，掀起衣服一抖，就见一片绿色的东西从衣服下面悠悠飘了下来。

医生蹲下身，捡起草叶。

那学生浑然不觉，还在低头查看自己的胸口。然而什么也没有，只有草叶被挤压摩擦，渗透出来的一点绿色汁液而已。

医生面色不善地道："就这个？你是说这个吗？"

学生一愣，当即明白自己是被耍了，对着林医生即将暴走的表情，支吾着道："我、我不知道。"

医生直接骂道："你们两个有没有毛病？真觉得这种事情好玩吗？李教官，你这已经不是第一次了，到底是什么意思？带着学生过来浪费资源？！"

学生从病床上滑了下来，默默地走到旁边。

教官嘴角发涩，叫苦不迭。

这是他第二次被林医生骂了，可是他到现在都不明白自己究竟做错了什么。他分明什么也没做啊。

医生指着门口，不客气地道："出去！"

教官点头，灰头土脸地走出医务点大门，付教官正好押着另外一名学生回来，顺便拿住了想要偷溜的青年。

李教官立即指着高个儿告状说："老付，这小子坑我！"

付教官冷笑，死死压住两人："你先听听他们都做了什么。"

鲁明远跟着连胜走出一段路。他们专门往人少安静的地方走，只是那些地方在鲁明远看来，都不大适合打猎。因为没有器械辅助，不能清晰地看见目标。

在往上爬了半个小时以后，连胜遇到了他们途中的第一只兔子。

鲁明远还没反应过来，耳边就有一声枪响。连胜挥手，让他过去接收战利品。

竟然真的打中了，鲁明远对着兔子瞠目结舌，不知该作何表情。

连胜擦了把汗："休息一下。"

鲁明远自觉地拖着两人的猎物，在旁边坐下。他低头看一眼猎物，又偏头看一眼连胜，终于忍不住说："你的枪法真厉害。你简直是一个天才。"

连胜说："我练过。"

鲁明远："你练过枪？"

连胜："我练过箭。"

"箭？"鲁明远回味了半晌才明白过来，惊道，"冷兵器的那种箭？好古老啊，现在还有人练那个？"

连胜顿了顿："事实证明它有用。"

鲁明远由衷夸赞道："是的是的，你真是太厉害了！"

连胜受用地点头。

连胜虽然没有看见他的脸，但不妨碍她觉得这青年很顺眼，于是开口道："不过，我还是要说一句。既然是一个士兵，就要有自保的能力。"

不管是将士还是士兵，来到战场上，都是为了杀敌。不能和战友并肩作战，还需要对方来保护的，都没有资格站上战场。除非他是一个运筹帷幄、决胜千里、不需要出现在战局上的人物。

连胜说的话，配合她此刻气喘吁吁、萎靡不振的表情，实在没有什么说服力，正常人都会想吐槽两句，鲁明远却真诚附和：“你说得对，我太不可靠了。”

连胜问：“你是做什么的？”

鲁明远：“我是后勤的。”

“后勤？”连胜在脑海中搜索了一遍，“伙头兵？”

可是关键时刻，伙头兵也是要上战场的。

“不是。数据分析，建模的。”鲁明远蒙道，“伙头兵是什么情况？”

连胜皱眉：“数据分析是什么情况？”

鲁明远苦恼：“就是……根据侦察的情况，计算敌人人数、所处位置、靠近的速度、进攻的方式等等，对战局地图的立体建模。”

连胜虽然没有听懂，但是觉得实在厉害，恭维道：“这很了不起。”

鲁明远忙谦虚道：“没有没有。”

二人休息了一阵，又继续去搜寻目标。

时间越晚，就意味着猎物的数量越少。

鲁明远给她画了一幅图：“假使以我们集合的地方为原点，我们处于山底，在整座山左偏中的位置。而教官投放目标物，为了保证平均密度，会特意在不同的高度和方向随机进行投放，一共两批。下午两点的时候会开始第二批投放。如果我们能够确保射击率，就可以根据往年的数据统计，去往人少的位置暂作等候。你觉得呢？”

连胜：“你决定。”

鲁明远站起来，扯扯衣角：“好，那我们就往前面山沟的位置去吧。”

连胜跟在他的身后，去往指定位置，途中又猎捕了一只，然后在目标点继续她守株待兔的大业。

鲁明远体力似乎还很充沛，不断地在旁边搜寻遗漏或是误入的猎物。连胜坐在远处，手里玩着枪，随后问道：“你对这里很熟？”

“当然，我已经大四了，整座山的数据我们都做过研究。”鲁明远回过头，指着自己胸口上的编号和名字，给她解释，“其实我也算是指挥系的，不过你们是 A 类，我们是 B 类。我们偏向辅佐计算，你们偏向分析指令。”

连胜了然：“原来如此。”

“我听说过你，你是今年的转系生。”鲁明远说，“不过你的传闻……不大准确。”

他说的真是太委婉了。连胜道：“谢谢。”

下午两点的时候，不出鲁明远所料，这边开始出现新的兔子和野鸭。

连胜四面搜寻，竟然遇到了正在投放动物的教官。

她看着教官手上的木笼打开，直接蹲下，错开方向打了一枪。

教官提着笼子的手一抖。笼子还拿在他手上，刚刚开了盖，里面的兔子已经滑到地上。从那个角度，子弹几乎是擦着他的手和膝盖射中的目标。还有两只侥幸逃脱的野鸭，没走出几步就在随之而来的枪响中被击毙。

真是作弊一般的准度跟眼力，连他们这些老兵都没有信心能完全做到。

教官“啧啧”地扭头，瞥向连胜，远远朝她比了个拇指，提着其余笼子离开。

连胜发现了送分点，继续跟上。鲁明远在后面“嗷嗷”地收拾战利品，感觉心跳的速度快得不受控制。

这也太震撼了！

教官的又一个笼子不出意外地被连胜拿下。他无奈地扬手喊道：“不要这么偷懒啊，年轻人要跑起来！你哪个队哪个班的？”

有这样的技术还来破坏游戏和谐，无聊不无聊？

连胜伸出一根手指：“就差一只！”

教官从后面的笼子里抓住一只丢过去，急于将连胜给打发了，轰赶道：“走走走！”

连胜抬手一枪，最后一发子弹出膛，满意收工。

跑腿的鲁明远冲过去，把猎物用绳子绑了，反复数了数，不住地傻笑。

这是他人生的巅峰期。四只！四只猎物！他们小队有救了！

此时还不到三点，连胜和鲁明远提前完成任务，回去汇报成绩。

两人慢悠悠地往山下的营点走去，身后牵着十几只野兔野鸭，一路上尤为瞩目。随后就遇到了孟江武三人。

孟江武等人停在连胜前面，低头去看他们的猎物。

连胜为双方介绍道：“我的战友们。我的新朋友。”

鲁明远：“你们好，我是鲁明远。”

三人尊敬地喊了一声“学长”。

郑磊过来数了数：“十四只？连胜你打了几只？”

鲁明远说：“十四只。”

郑磊：“啊？”

鲁明远不好意思地解释说：“我的子弹给她，让她帮我打的。”

“这样啊。”郑磊说，“二十颗子弹，十四只猎物。太厉害了。”

鲁明远认真纠正道：“不是，是十四颗子弹，十四只猎物。我的枪之前被人抢走了，只剩下四颗子弹。”

沈喻下意识地脱口而出："真的假的？"

郑磊撞了他一下，他才意识到自己的不礼貌，改口道："我是说……太厉害了。"

鲁明远轻笑，然后说了自己的遭遇，并着力夸大连胜的贡献。

三人一时不知道是该惊叹连胜的十四发全中好，还是惊叹鲁明远的传奇遭遇好。

"原来真的有这样的人。"孟江武皱眉说，"去年的时候就听说了。真是个败类。"

因为这场活动是团体计分，队伍里少一个人的成绩，排名就会大幅下降。有些人为了提升自己的排位，就会去别的队伍捣乱，可以说是相当下作了。

孟江武同情道："你也挺倒霉的。"

"不不不，我运气挺好的。"鲁明远笑说，"如果不是遇见连胜，我肯定打不到四只猎物，一只都很难。"

他说着又求证了一遍："我真的可以拿四只吗？"

连胜："请。"

另外三人没资格说什么，只能看他们两人分配战利品。

连胜观察他们的表情，指着鲁明远问："你们认识他？"

"当然，听说过。"孟江武说，"模拟的时候，指挥系两个班都是要一起合作的。虽然我们一直没这个机会。"

沈喻觉得这个问题显然有些扎心，接嘴问道："你们真是守株待兔？哪里有那么多猎物？"

鲁明远指了个方向。

沈喻惊道："那边的草这么高，什么都看不见，你怎么打的？"

连胜："我知道兔子在哪里。"

孟江武："怎么知道的？"

连胜淡淡地说："经验。"

几人抿嘴。他们真就不信，综观整个联盟，还有哪个地方能让人磨砺打猎的经验？就算有，有谁会去做？连胜既然不想说那就算了。

郑磊挥了下手，示意大家先走着，于是五个人一起下山。

他们走到山脚的营地去登记成绩。有不少人零散地站在周围张望，因为行动中小队分散了，要先会合。

鲁明远也张望了一会儿，随后有三人朝他冲了过来。

他的朋友拍着他的肩膀，关心道："你没事吧？到底去哪里了？我们怎么都找不到你！"

他们很早就回来了，可惜两手空空，显得有些悲催。

“没事。”鲁明远提起手里的野兔，兴奋道，“看！多亏了他们，打了四只！”

双方小队各自过去登记。

连胜一个人打了十只，他们三个人加起来才打了三只，而且已经属于超常发挥了。兔鸭清点过后，打上标记，让他们带走。这就是他们的晚饭了。

一只都没有打到的队伍，可以用积分与他人兑换，或者透支积分向部队兑换馒头。连胜的队伍大丰收，自然被人团团围住。

吃的话，他们四个人加上米饭，一顿饭最多也只能吃个三四只。从旧例来讲，如果小队吃的食物足够，女生的猎物会让她自己留下换取积分。一只两分，还算值钱。

连胜主动留下三只鸭子，把剩下的拎过去登记，并让队友也把手里的换了，这样人人都能有一个开门红。

郑磊快哭了。这是他们有生以来第一次在狩猎活动中获得额外积分。多么善解人意的姑娘！于是他率先同意。

一个人同意，另外两人就好意思开口，纷纷跑去兑换积分。

八点，中尉到场，召集所有学生做总结讲话。

“在刚才的演习中，我们发现有两名学生做出了非常恶劣的行为。他们抢走其他小队的枪支，浪费子弹，以提升自己队伍的排名。这种扰乱秩序、欺压战友的无耻行径，绝不容忍！”中尉负手而立，大声训斥道，“我们已经强制停止他们的演习，并向院方汇报详情，将记以处分，留存档案。希望诸位同学爱惜羽毛，引以为戒，听明白了没有？”

众人挺胸应道：“是！”

中尉：“接下来，表扬一下几位在本次狩猎中表现优异的同学。十发十中，他们将获得额外的积分加成！”

他拿着光脑，开始照名单念下去：

“大四军事指挥系，季方晓。

“大三单兵作战系，赵卓荦。

“大三军事指挥系，连胜。”

……

大部分成员是单兵作战系的，报到连胜的时候，所有人惊了一下，毕竟她可是今年新进的转系生。

付教官站在旁边，有些骄傲。他带指挥系的兵这么多年，第一次，这是第一次有学生被通报表扬。

他带着鼓励的眼神朝连胜看去，却见连胜张着嘴，打了个大大的哈欠。

付教官："……"

让他的心，去喂狗！

连胜原本以为人不多，现在一听发现名单很长，戳了戳前面的人问："这么多人？"

"不，一半是假的。"孟江武小声解释说，"有一些是队伍集体打的，然后记到一个人名下，获取额外积分的合作。真正十发十中的人不会超过两只手。"

连胜点头，表示可以理解。

孟江武倒是觉得有点可惜。因为这种潜规则的存在，很少有人会相信连胜靠的是自己的实力。

排长讲完话，众人就可以回去了。

随着解散的指令下达，现场又出现了千人狂奔的壮观景象。

连胜先回帐篷拿了衣服，等过去的时候，前面又是一排长队。

她觉得学校大约是故意的。男女通用的单人隔间式浴室，近千人规模的演习，却只有五十几个隔档，势必需要争抢。

她遗憾地领了号，站在队伍后方慢慢排。

鲁明远正在和朋友交谈，一个转身，余光瞥见了连胜。

他和朋友商量了一下，跑过去对她说："连胜，要不你过来吧。我的号给你，我和朋友挤一挤。"

连胜大为感谢，拿过了他手里的号码，跟他一起到前面排队。

已经快排到门口的孟江武三人精神正足，互相推搡着玩闹。郑磊忽然叫了一声："连胜？"

孟江武顺着看去，见她和鲁明远等人站在一起，带着点郁闷道："我们才是一个小队吧？"

沈喻反思自我，问道："我们对她是不是不够友好？"

郑磊瞬间摇头："不是我，我只是不大热情！"

二人齐齐将谴责的目光投向孟江武。

孟江武："……"

沈喻问："昨天早上你和她说了那么失礼的话，你后来道歉了吗？"

郑磊推了下眼镜："他没有，这小子不一直和我们在一起吗？"

孟江武面带惊恐道："这还要道歉？脸都肿了还不够？需要说得那么明白吗？"

郑磊："可她是女生啊。"

"她是女生？哦对，她是女生。"沈喻正色重复了一遍，"她可是女生！"

孟江武："……"

沈喻捧着心口娇羞道："天哪，我晚饭吃的是女生给我打的猎物，这事儿够我吹一辈子！"

孟江武直接扭头一招手，喊道："连胜！你过来！"

连胜把号码牌还给鲁明远，跟他敬了一礼，然后朝前走去，接收了孟江武的号码牌，成功实现从队尾到队头的神速逆袭。

等全部收拾妥当之后，才不到晚上十点。连胜早早躺到床上，觉得特别幸福。

第二天早上，大约才五点，教官过来喊人。

天色还是灰亮的。清晨空气湿润，气温偏低，众人出来的时候觉得有些发寒，个个低着脑袋，面貌不大精神。

整个山林一片静谧，还能听到远处溪流的声音。

"今天，依旧是狩猎战！"付教官在前面宣布，"中午十二点之前，抓得到猎物的人可以休息。空手而回的人，给我越野跑跑到天黑！"

众人都显得有些紧张。随后付教官一声令下，所有人开始往山上狂奔。

这次没有装备，也没有枪械，要靠实打实的手抓。

昨天大部分的猎物已经被学生捕获，教官或许还会有意控制数量。也就是说，留在整座山上的目标应该不会超过一百只，起码有九成的人会在这场活动里成为炮灰。

这也说明了一个非常惨痛的事实——跑得慢的人，没鸭抓。

连胜就跑得慢。

学生们齐齐往看不见情形的草丛里钻。数人合作，撒网式搜捕。连胜一眼望去，全是耸动的人头。

这样大的动作，猎物也会被惊动，只能靠运动神经和运气来选择真正的胜利者。

连胜往里面走了两步，草叶上都是露水，没多久就将她的裤腿打得湿润了。

她想了想，除非猎物乖巧而主动地往她怀里钻，否则她是没什么希望成为那拨少数人了。于是连胜走出来，在外面的石块上坐下。

人群不断地往山顶靠近。将近十一点的时候，学生陆续下山。

连胜小队的其他三人也下来了。

孟江武运气很好，抓到了一只。不过他的体力和爆发力原本就不错，并不算多稀奇。

三人在半路上看见连胜，都惊了一下。孟江武提着兔子走到她面前，一手叉腰问道："你还在这里做什么？"

连胜盘腿正坐，一脸超脱地说："保持体力，准备越野。"

孟江武："……"

他们三人气喘吁吁，脸色绯红，额头上全是汗渍，头发也被糊得凌乱，衣服和袜子上还粘了不少不知名的植物。反观连胜，衣着整齐、气息平稳，一点没看出是在参加军事演习。

那松懈的神情与态度，让路过的学生都要偏头多看一眼，并投以些许歧视跟不屑。

来这里还等着享受吗？

孟江武恨其不争道："你这放弃得也太快了吧！你真去找过了吗？"

连胜说："我只是基于现状做出了合理判断。如果下午是和第一天一样强度的越野……不，从情况来看，应该会更艰难，那么我现在开始奔跑，等到下午的时候，肯定完成不了任务。不仅完成不了，我多半可能会倒在起点。"

孟江武："可你也不能开场就跪了啊！哪有人开战就投降的？"

连胜语气依旧平淡，陈述事实般地说道："这是为了避免无谓的牺牲，准确认清敌我形势。既然结果已经很大可能注定了，我当然要为之后的事情考虑。"

孟江武喉结滚动，忍着极度干渴继续劝道："可是如果运气好……"

连胜抬手打断他，眼神中带着坚定和一丝否定："当你以运气为基础开始布置战术的时候，你就已经输了。身为一名指挥，永远不能忽视最不利的情况。"

郑磊插嘴："行了啊，你们还有力气在这儿吵呢？"

沈喻搭上孟江武的肩膀，也道："你们段位不一样。别说了。"

孟江武欲言又止。他发现自己和连胜之间有着巨大的不同。有些观点，是无法用语言来说服的。你不可以说它错，只是各人经验不同而已。

孟江武问："那你现在下山吗？"

"下。"连胜从石头上滑下来，拍拍屁股道，"其实我本来是想去营地等的，但是我觉得我受不了付教官幽怨的眼神。"

三人此刻的眼神就很幽怨。

沈喻说："你好歹今天还休息了，我们可一直在山上跑呢。早知道我也不去抓了。"

郑磊摊开手道："别说早知道了。要是早知道，我十只鸡都抓出来了。"

沈喻叹息："唉。"

到了营地，抓到猎物的人需要过去登记。超过十二点没有回来的，无论有没有收获，也一律判作失败。

所有人自由行动，下午一点半统一开始越野训练。

孟江武将兔子递给连胜，别扭道："你去吧。"

连胜低头看了一眼，戴上帽子，冷淡地道："请不要侮辱我作为一名士兵的尊严。"

孟江武努力放缓语气："我不是那个意思，但是你能坚持得了越野跑？你看别的队伍，有女生的都……"

"能不能和要不要是两件事。我自己做的选择，当然已经做好了承担的准备。"连胜再次打断他说，"这种加训处罚没有代劳的说法。处罚只是针对水平不够的人进行额外的训练，使他能跟上先头的部队。它是有意义且有必要的。我非常感谢你的善意，但是我不能接受。"

连胜说完转身，小跑着往食堂赶去。抓紧一切时间，还可以多吃一点。

和军队里的人相处其实并不难，因为它有一个很简单的原则——真诚跟决心是没有用的，实力才是最直观的。你是能和他们并肩作战的战友，还是只能站在他们身后，随时会被干掉的弱者，决定了他们对你的态度。性别不应该成为借口，他们也不接受这样的理由。在自顾不暇的时候，他们凭什么要来照顾你？

连胜知道自己太弱了，所以她不能懈怠。

孟江武提着猎物若有所思了一阵，过去提交的时候，碰到了同级的明星小队——赵卓荦几人。

他排在后面，听见赵卓荦说："我要参加下午的越野。"

那登记员抬头，有些疑惑道："越野？可是你已经交了猎物。"

赵卓荦："这不冲突吧。我没听说拿到战利品的人不能参加。"

登记员点着兔子说："那要不然你把兔子让给你的队友？"

赵卓荦："恰好我们队伍四个人都想参加。"

登记员还没开口说话，后面的孟江武热血难平。他大步向前，气势汹汹地将兔子拍在桌上，喊道："我也要参加！"

登记员："……"

神经病五连！

第四章

合作

下午开始正式的越野跑。

学生们还没有从早上激烈角逐的状态中脱离出来，满身的疲惫困倦。粗粗一扫，精神最饱满的竟然是连胜。

付教官负手站在队列前，高声说着训练要求："今天没有规定的路线，随意选择山上的位置开始跑动。每个人戴上统计器，运动量不跑够今天不能休息！跑不完就不要睡觉！"

众人齐声应道："是！"

今天的太阳有些猛烈，学生们站在空地上，汗涔涔而下。

按照以往的经验，要想在晚上八点前结束，除去半小时的吃饭时间，基本没有可以休息的空隙。就算是吃饭，也不能停下自己的脚步。女生稍稍简单一点，但也不容乐观。

军事学院女生不多，仅有的几位大部分得到了同学的救济，免除了这次越野跑惩罚，连胜等人夹在中间显得尤为可怜。

付教官踱了两步，抬起下巴道："在这里要表扬一位同学，孟江武同学。他在上交猎物之后依旧选择参加这次越野跑。这在指挥系里是非常难得的，我希望大家都能向他学习！"

他话音一落，周围的人大喊可惜。

"不要可以给我啊！干吗这么浪费？！"

"早上拼死拼活是为了什么？你还跟我抢得差点兄弟反目，就为了参加越野跑？！"

郑磊也是大惊，扭过头问："你什么情况啊？"

孟江武咳了一声，没有回话。

付教官厉声道："都给我安静！"

他声音冷了下来："你们还不知道演习的目的是什么吗？是为了积累经验、锻炼自身！你们都给我有点觉悟！如果为了休息，为了逃避，勉强敷衍地站在这里，趁早给我滚蛋！”

众人垂下脑袋，乖巧听训。

付教官着重指了指连胜的方向，虽然没有说出来，但是意思非常明确。

一看就知道早上在偷懒，严重打乱了他们训练的节奏。这不符合他们的环节安排。

“从现在开始，所有人去佩戴统计器。我们依旧会在营地这里等候。禁止一切作弊行为，违纪者严肃处理。不要小看你们的教官，明白了吗？”

众人：“明白！”

付教官抬手一挥：“上！”

众人四散开，去物资点领取统计器，别到胸口，然后往山上跑去。

孟江武走到连胜旁边，装作不经意地提醒道：“在山腰附近有一块平地，那里比较好跑，我们一般都是去那里。你知道的吧？”

连胜狐疑道：“他们都在那里？”

孟江武：“差不多吧，反正人很多。”

二人慢慢跑动起来，朝着山上进发。郑磊和沈喻从他们身边经过，朝他们挥挥手，先走一步。

连胜问：“你为什么突然又决定来参加越野跑了？”

孟江武抬起头骄傲地道：“为了积累经验、锻炼自身！”

连胜淡淡地道：“哦。”

孟江武被她这不咸不淡的态度刺激得很不爽：“你这是什么意思？觉得我是在骗你吗？”

连胜却好像没听到，忽然转了话题：“你来参加，付教官非常高兴。”

孟江武：“啊？”

连胜放缓速度，靠着小道的边缘走。孟江武跟着慢了下来。

“我说付教官今天很奇怪。”连胜说，“既然狩猎的奖惩是他们制定的规则，那么规则以内的事情，他们不应该干涉。他今天却主动鼓励你们参加了。”

孟江武觉得简直莫名其妙：“老师总喜欢好学的学生吧。这有什么好奇怪的？”

连胜说：“不。如果休息算是一种奖励的话，他不仅夸奖主动放弃奖励的人，甚至鼓动其他人也去放弃奖励，这是一种非常错误的行为，甚至会打击大家之后的积极性，造成胜利者的不平衡心理。那不如取消这个机制，用积分做奖励。”

孟江武深感无语道：“你想太多了吧。”

连胜两手插兜，又偏过头，面无表情地瞅了他一眼。

孟江武觉得头皮都有些发麻，说道：“你多熟悉一下山林地形倒是挺好的，因为之后就是个人实战和小组实战了。"

连胜似有所悟："我明白了。"

孟江武听得都有些急了："你到底是明白了什么啊？"

连胜："第一天越野跑，带我们了解山里的地形，之后就开始狩猎活动。第一次狩猎到的数目越多，第二次的难度就越大。虽然我只参加了几天，但我觉得整个演习的过程已经相对完善。我并不认为演习的每一天应该分开看待。"

孟江武皱眉沉思。

连胜问："还有人跟你一样，交了猎物之后又选择越野跑的吗？"

"有。赵卓荦他们。"孟江武顿了顿，"赵卓荦你知道吧？"

连胜指着前面："先上去看看。"

二人跑到半山腰。这一片地原本就比较平坦，多年来又一直被人踩踏，遂形成了一条开阔的路。

人果然多，都在环山奔跑。

连胜与孟江武反向绕着山腰跑了一圈，很快重新会合。

孟江武擦了把汗说："没看见他们。"

连胜不觉意外："去找人。看看会不会告诉我们。"

孟江武点头应允，跟在连胜身后一起往高处走去。

连胜跑了两步，回过头说："还是分开吧。找人没必要在一起。"

孟江武先是微愣，而后哼了一声，昂起头道："只是恰巧顺路而已，你以为我要跟着你吗？"说完大摇大摆地朝着旁边的小路走去。

连胜："……"

她说的分明是事实。山林这么大，找人怎么能聚在一起？

山林越往高处，地形越是陡峭。有些地方甚至像是故意布置过一样，长了不少荆棘。连胜在丛林间艰难穿行了一个多小时，才终于看见一个移动的人影，立马朝他追去。打了照面发现是赵卓荦。

对方也没料到是她，或许以为是自己的战友，还在原地故意等了等。

连胜朝他打招呼："哟。你来这里做什么？"

赵卓荦转身就走："你跑步的时候喜欢找人聊天？"

"不。"连胜说，"我是为了和你说话才跑到这里来的。"

赵卓荦："你来这里做什么？"

连胜笑道："为了看看你在做什么。"

赵卓荦没再搭话，闷头往前奔跑，连胜跟在他身后默默观察。

赵卓荦的行动路线没什么目的性，但视线总是不停地往地上或角落搜寻，动机明显。

连胜确定，又问了一句："你在找什么？"

赵卓荦："标记。"

赵卓荦停下脚步，拨开草丛，蹲在一棵灌木前。他往前一指，说道："看见了没有？"

连胜蹲下，顺着看去。

一枚金属制的三角牌，只有一指节的大小，掩藏在灌木浓密的枝叶里。如果不是白天会有些许反光，一时真的看不见。但山林里面有这些零碎的东西并不稀奇。连胜心想，就算自己看到，也不会放在心上。

赵卓荦说："这就是明天的物资存放点。"

连胜："什么物资？"

"子弹，水，食物。"赵卓荦说，"一般会事先存放在隐蔽、阴暗、偏向山顶的位置，活动开始前替换。你自己慢慢找吧。"

连胜了然："原来如此。"

在第二场狩猎赛里获胜的同志不一定就是赢家，参加了越野跑的人也未必能抓得住这个机会。任何的劣势，都有可能转变为自己的优势。瞬息万变的战场，不到最后一刻都不能松懈。想要胜利，从来都是体力和智慧缺一不可。

挺有意思的。

赵卓荦讲解完准备离开了，连胜不大标准地敬了个礼："多谢你告诉我。"

"不用。"赵卓荦侧着头说，"你没有参加过实战演习，能够猜到这里已经很厉害了。我不告诉你也会有教官提醒你。毕竟这是考题的一项，你合格了。"

等他走后，连胜想了想，爬过去将那枚金属牌拿了出来，摆到大路中间。

不知道物资是按照那金属牌来投放的，还是根据固定位置来投放的，不如试试看。

隐蔽、阴暗、偏向山顶？

连胜站在路中间，叉腰环视周围。如果她是教官，恶劣一点，还要加一个条件——不便提取。

刚才那棵灌木长得繁茂，如果把物资藏在它的下面，确实能做到隐蔽，但是周围并没有可以隐藏身形的高大植物。它位于山底向上的一条主道附近，届时过路的行人肯定不少，必然会引起争抢。

果然是充满恶意的安排啊。

连胜低头看了眼胸口的统计器，觉得路漫漫其修远兮，继续迈开步子进行搜寻。

天黑之前，连胜靠着自己的直觉一共找到五枚金属牌。但是有三枚的位置非常奇怪，连胜觉得或许被特意移动过。等她绕了一圈回到最初的位置，原本被她放在大路中间的那个牌子也不见了。

这可真是……有意思！

天黑以后不方便寻找，连胜下山吃了晚饭，在半山腰跑完剩下的路程，一直过了午夜，她才顺利完成任务，疲惫地走回帐篷休息。

第二天又是早上五点，教官过来喊人。

接下去的活动果然是个人实战赛。先开始抽签，给所有人编号。连胜勉强抽到了前半段，二百八十一号。郑磊和沈喻靠中，孟江武比较倒霉，在七百名开外。

付教官在队伍前面不厌其烦地重申："绝对不允许在活动期间脱掉护具。我再说一遍，绝对不允许在山上脱掉防弹护具！"

"每人依旧是十发子弹，子弹耗尽后半小时内没有补充弹药的一律按照淘汰处理。被打中要害部位，身上信号灯熄灭的，也做淘汰处理。所有被淘汰的成员请站在原地不要动！"付教官道，"如果你是一具尸体，那就尽职地扮演好尸体的角色，等待指令，教官会过来带你退场。不能移动，不能出声，也不能给其他人提示。严禁做出影响他人比赛的行为。一经发现，做减分处理，严重者取消成绩！听明白了没有？"

众人立正："听明白了！"

付教官指向一旁的物资点："号码牌在一到两百的学生现在过去领取装备。后三十名的学生开始准备！"

已经有不少人在那里换装，准备上山。

活动会在半山以上的高度进行。

为了防止山上人数过多，影响学生自由发挥，抽中前两百号的人会在活动最开始的时候上山。每淘汰一名选手，后面的选手依次轮替上场，直至所有学生参与完毕。

山中剩余人数不足五十名的时候，活动结束。

先上山的人肯定是有优势的。不管是选位狙击、争抢物资，还是活动时间。

连胜问："最长可以留多久？"

孟江武说："信号灯的电源只能持续二十四个小时，也就是说到点一样会被强制下场的。"

连胜："这样啊。"也挺长了。

"你想什么呢？山上虽然有物资箱，但是没有厕所。而且等你过去的时候，就算知道物资在哪里也不一定拿得出来。"孟江武说，"一般待个几小时就是极限了。排泄的欲望会催促你尽快结束的。"

连胜听完，觉得自己现在应该先去上个厕所。

这场比赛的进展比连胜想的要快。也许是刚开场，选位最为激烈。等连胜吃饭回来的时候，已经淘汰了五十来人，轮到她在候场区做准备。

孟江武不放心，跟过去帮她挑选武器。

站在物资点前面，孟江武问："你还带手枪吗？"

连胜："什么武器射击距离远、准度高、杀伤力大？"

孟江武想了想说："狙击枪？"

连胜立马说："我要狙击枪。"

孟江武："……"

管理员给连胜递过了狙击枪，她伸手接过，额头青筋一跳。比她预想的要笨重，携带十分不便。

孟江武无语道："你会用吗？你别开玩笑好吗？还是把枪还回去吧，继续做你的左轮神枪手。"

管理员抬起头说："在这样的地形里确实适合狙击埋伏，尤其是先发选手。最重要的是适合自己的计划。"意思是他赞同连胜的选择。

连胜问："怎么用？"

管理员面露诧异，弯下身掏了掏，掏出一本使用说明丢给连胜："三十六页，教程。"

孟江武还想劝说，边上的喇叭响了起来。

"通知：日常训练开始，所有不在准备状态的人迅速回自己的队列集合。"

付教官已经站在位置上等候，小队基本成形，孟江武不敢磨蹭，赶紧小跑着过去。

连胜仔细对着教程看了一遍，大致领悟到精髓，把东西还回去。过去换了衣服，配上设备，在山脚下排队。

这次的装备比上次的齐全，多了一副眼镜。据说有弹道分析和夜视的功能，简直是枪战神器。只不过时灵时不灵，范围看心情，要搭配感觉使用就是了。

没等多久，教官来领他们上山。

队伍到了山腰处，又等了半个小时，信号灯才终于亮起，正式开始计时。

连胜背上枪支，准备作战。

孟江武有一个地方错了。物资箱里最有用的是子弹。可知道物资箱在哪里，最大的优势却不是拿来自己用。

知道标记牌存在的人虽然不多，但肯定也不会少，而这些人多数是老手。

看见那个标记牌的时候，你不知道它当时所在的位置是真是假，也不知道你是不是唯一一个发现它的人。

有多少人像连胜一样移动过标记牌的位置，又有多少人在看见后会保持不动声色？

不同的选择，决定了第二天的作战风格。唯一可以确定的是，首批成员优势明显。他们可以领取昨天看好的物资，并将盒子放到更明显的位置。哪怕那个标记点是错误的，还没有人在那里设下埋伏，他们甚至可以直接转换地位来一波反击。

这才是物资标记牌最大的用处。用得不好的人是螳螂，用得好的人才是黄雀。而她要做最后的那只。

两百八十一名，不算首批成员，但也已经不错。

连胜开始回忆昨天的地图，筛选昨天看见标记牌的几个点，最后落在一个她也不确定真假的位置，朝那边走去。

那个位置符合条件且最为明显。如果有人从山下过来，有一个最佳埋伏点，就在投放处左上的位置，而她可以在左下的地方进行反狙击。

她记得左下区域并没有可以藏身的地方，这意味着她要离得较远，还好她选择了狙击枪。

为了避免意外，连胜从百米开外就开始趴在草地上匍匐前进，缓缓到达她之前选定的位置，架好枪支，进行瞄准。

或许是她运气好，选好点位不到五分钟就有两人结伴过来。那两人都是男生，小心翼翼地从树后往前行进。

他们走得很慢，但也正是因此，他们看得很仔细。于是他们发现了放在土坑里又被杂草掩盖住的物资箱。

那男生似乎不敢相信，揉了揉眼睛惊喜道："物资箱！这运气绝了啊！"

他的同伴戒备地说："小心点啊。"

"都没子弹了，早晚得死。"男生乐观道，"我过去拿，你给我打掩护。"

如果搭档枪法准互相掩护是可以的。对方埋伏了一个之后，搭档可以根据子弹射出的方向拿下一个人头。一换一，还是在同伴已经没子弹的情况下，值。

不过，连胜掉转镜头仔细观察了那个男生，他握枪的手不稳，不大可能有这样的技术。

前去探路的青年小心翼翼地侦察四周，蹲下身去钩那个箱子。直到他拿起箱子，附近都没有任何异样。

连胜不知道对面究竟有没有人埋伏。她觉得是有，毕竟是这么明显的一个点。两百多人，怎么会一个都发现不了？但是她也不能确保。

连胜开始倒数。如果对面没有枪响，就由她来了结这位运气绝了的男生。

男生拎着箱子试了试，发现是有重量的，确认是个新箱子。他难掩兴奋地要朝同伴走去，忽然背后一阵钝痛。他瞬间意识到自己被伏击了，夸张地叫了一声，扑到地上，顺便把箱子甩到他同伴的脚跟前。

多么机智的青年啊。

连胜在对方开枪的同时，迅速掉转方向，朝着子弹射出的位置发出一枪。

机智青年的同伴显然辜负了他的临场发挥，听见两声枪响，以为是狙击手连开两枪，吓得整个人后跳了一步，不要说去辨别什么方向为他报仇了，连箱子都不要了，扭头就跑。

山上显然会比这里更危险，所以那人往山下跑。可是这样，就把自己送到了连胜面前。

连胜再次掉转枪头，扣动扳机。

此时山下，付教官在一众学生的苦苦哀求之下，带着学生绕到了计分点的后方，然后在那里流连不去。

他让学生们自己在原地训练，踱步到光脑旁边查看战绩。

屏幕上只登记了上场人员的名字。付教官快速扫了一遍，看见几个熟悉的人，而后面击杀数的格子填写的全是零蛋，让他不禁深深叹了口气。

毕竟是指挥系，还是不要抱太大的希望。

他正准备转身走开，就听记录员拿着水惊叫了一声："喔！最快双杀。"

付教官一个大力扭头，望向屏幕。

连胜的名字跳到了最前面，在统计的击杀数里，显示出了数字"2"，而距离她到达半山腰开始计时起，才过了不到三十分钟。

"哇！"周围一片惊叹声。

孟江武不知何时凑了过来，见此情形，干笑道："这运气可真好。"

随后数字一跳，变成了"3"。

众人刚叹出去的气又瞬间抽了回来，纷纷抻长了脑袋。

屠杀者啊！什么情况？！

一人小声道："再涨一个？"

他话音刚落，数字瞬间跳到了"4"。

空气忽然凝滞。然后所有人都不淡定了。

"这机子坏了吧？这玩意儿还是声控的？"

"这是有人排队等着她杀还是怎么的？怎么可能！这不是作弊吗？"

登记员默默打开对讲机，向监控室的人发去询问，片刻后收到回报，点头说："正常。"

众人脸色各异。正常个鬼啊！正常了那就更不正常了啊！

之后数字终于稳定下来，没有继续上跳。可众人的视线还是想要往她名字那边飘去。

真见鬼了？

连胜杀的第三个人纯属意外，是最早倒下的“尸体”一号。但他没有死透。

他原先也以为自己死了，躺在地上等着指令退场。等了等，什么都没发生。他偏头一看信号灯，发现它其实没有灭，只是转红了。这说明他是重伤状态，没伤到致命位置。

哎！还活着！

于是他太兴奋了，想趁对方过来的时候悄悄玩个反杀。又等了等，依旧无事发生。他抬起头想查看情况，当头就是两枪。

“尸体”瞬间僵住：“……”

连胜也是吓了一跳。她原本担心这附近还有其他人在，谨慎的心理让她选择按兵不动，结果那“尸体”自己抬起了头。

连胜就猜他或许是假死。

她实在没想到对面那不知名的朋友，在这么近的距离下竟然都没将人击毙。而与她几乎同时的射击，来自她的更左侧。

这一片还真是个大网。

连胜想也不想，抬枪就朝着可疑位置打去。上膛，稍稍偏离，又打去一枪。为了保险，一连打了四发。

对面的开枪速度比她快，上膛速度也比她快。两发子弹接连朝她这边射来，可惜都偏了。

随后，连胜清楚地听见有人骂了一声！

教官的声音适时出现在对讲机中，冷漠地道：“‘尸体’说话，扣一分。”

“尸体”四号：“……”

“尸体”一号还骄傲地昂着他的头，茫然四顾。

连胜走出来，看着那位奉献了自身还钓出了三条大鱼的同志，手往下一按示意：“‘尸体’，把头放下。”

那哥们儿快哭了。不带这样的啊。

这下真的是各方位确认无误了。

连胜过去清剿了他们四人的枪支和子弹。

她来到那位枪法也很精准的人面前，低头捡起他的装备。果然是一把狙击枪。

“尸体”四号见她靠近，猛地抬起头，连珠炮道：“虽然说话会被扣分但我还是要说！其实我比你更早埋伏在这里，你开第一枪的时候我没有看清你的位置，但是你开第二枪的时候我已经看清楚了，就是视线被挡我不知道你的射击姿势，如果能再给我两发子弹我也一定能打中你，可是我——”

他深吸一口气，悲痛道：“没子弹了！”

连胜：“……”

那人含泪道：“再见！”

对讲机：“扣两分。”

“尸体”四号：“……”

连胜打开他的弹匣一看，发现果然没子弹了。于是把枪重新放了回去，转身离去。

物资箱里一共放了四种子弹，混合在一起是十五颗，加上几人残余的，能用不能用的一共是二十九颗。枪太沉了，连胜不能都带上，她摸了把步枪防备，随即去往下一个点。

“尸体”四人躺了没一会儿，被赶来的教官一起带下山。他们身后插着醒目的白旗，以提醒暗处的人他们是已经被淘汰的选手。

方见尘深刻反思自我：“早知道开场我就不去拿人头了，简直是在浪费子弹，鬼知道才开场多久啊，第二个点居然会有这么多人！我说……”

教官冷漠地打断他：“你不可以说话。”

“啊？”“尸体”一号惊讶道，“聊天也不可以吗？”

教官：“你可以。”

方见尘：“……”

“我还以为你说你要成为制霸山头的王者，靠着先发优势带领单兵系的兄弟们取得集体性的胜利的话是真的。”带队教官斜他一眼，“呵呵。”

方见尘捂着嘴，沉痛道：“教官，我可以解释！”

方见尘从山上下来的时候，所有人都震惊了。他灰溜溜地抱着自己的头盔，忧伤地抬头，仰望上空。

赵卓荦和另外两位队友一起过来，围在他旁边，以谴责的目光审视他。

身为一名狙击手，他觉得自己的尊严受到了伤害。

“你上去都干了什么？”赵卓荦不可置信地道，“你这就回来了？”

方见尘坐在旁边的石块上，脱去身上沉重的装备，萎靡道：“我想静静。”

“你也有想静静的一天？”程泽挑眉说，“你静了，全世界都静了。”

方见尘抬起头，愤愤地控诉：“我遇到了一个眼力比我还快的人。我们对着来了一波枪战，然后在我弹药不足的情况下，她成功地把我送回了营地。”

三人：“……”

方见尘又迅速为自己正名：“不过我手速比她快，论速度的话，我赢了！”

程泽冷漠道：“论速度的话，换一把机枪最快。”

方见尘委屈道:“扎心了，兄弟。”

程泽说:“那么早上去，结果又这么早下来，该认识一下自己的错误了，兄弟。”

身为队里唯一的狙击手，他们还等着这货过去探查情况接应他们。结果这货倒好，玩脱了。就不能靠点谱?

程泽问:“有枪留下没有?”

方见尘:“没有。”

程泽:“子弹呢?”

方见尘:“也没有。”

程泽气笑了:“连物资箱都没拿到?”

方见尘伸出手，带着不知从哪里来的底气，解释说:“我就刷了两个点，一个点是假的，一个被那眼力奇快的人拿走了。”

程泽:“……”

叶步青见程泽都想打人了，忙道:“所以大家都小心点，不要轻敌。不过我相信老赵一个人也搞得定。”

程泽扭头问:“你还选手枪吗?”

原本他们是想跟方见尘的狙击枪配合的，现在掩护的人先回来了，选手枪有点不大合适。

赵卓荦说:“嗯，还是照旧吧。”

方见尘嘟囔道:“照旧我就不高兴了，显得好像有我没我一个样……”

叶步青按下他的头:“兄弟，别总是自取其辱。”

那边教官手一挥:“赵卓荦，准备上山!”

赵卓荦应了声，过去穿装备。

方见尘脱下鞋子，丢到旁边的箱子里，跟着跑过去。他将手拍到赵卓荦的肩膀上，将重责转交给他:“请替我报仇，一定要小心那个女人。”

叶步青惊道:“是谁?你还给记住了?”

方见尘忽而一愣，发现自己没去看她的胸牌，抬头惊呼道:“哎呀!”

众人:“……”

方见尘说:“不过她刚刚拿了四杀，去统计那里肯定能查得出来。”

赵卓荦回答说:“应该是指挥系的那个新生。”

“什么新生?这么厉害的新生我怎么没听说过?”方见尘问，“你们谁认识她?”

几人沉默。跨了专业又是刚转系的，演习才开始几天，怎么可能认识?

方见尘又问了一遍:“谁认识吗?”

赵卓荦在绑腰带，回道："我见过。"

"哎哟。"方见尘没想到先开口的竟然是赵卓荦，激动地问道，"人怎么样？"

赵卓荦客观答道："体力不行。性格恶劣。不好相处。"

方见尘大为失望地叹了口气。

赵卓荦接着说："但是很聪明。"

方见尘："有多聪明？"

赵卓荦看向他："刚刚一枪崩了你。"

方见尘："非常聪明，的确非常聪明！"

他们的带队教官语重心长道："赵卓荦啊，坚持坚持，多拿几分。别跟他一样，死了还说话，被倒扣两分。"

众人："……"

赵卓荦带齐装备，顿了顿脚，点头说："我走了。"

连胜提着枪，小心地往昨天最早发现标记牌的地方走去。不知道那边的物资箱有没有被人发现。她体力不足，枪支沉重不便携带，山路又崎岖难走，她的现状并不乐观。

她唯一的优势大概只有耐心。

临近目标，连胜先停下，用目镜查看，发现物资箱还在，不确定周围有没有人。于是她先选好狙击点，位于两块大石的缝隙之间，去拔了一些枯枝，摞在旁边挡住视线。这边原本就杂草丛生，所以她的掩护并不瞩目。

她在中间架好器械，开始等候。

因为连胜先前的逆天表现，之后的训练付教官一直没抑制住自己喜悦的表情。

长脸了，连胜这次真是给他长脸了。不错不错，够炫耀一番了。

到了午饭时间，他逛到了监控室那边，想看看连胜的情况。

他推开门，在里面守班的几位教官回头看了他一眼，然后随手一指旁边的椅子："哟，过来帮忙？"

"怎么样，几分了？"付教官搬了把椅子坐到旁边，咧开嘴角道，"就早上那个最快四杀的，对，就是我的学生！"

教官说："她已经趴着不动快一个多小时了，挪都没挪过一小下。"

付教官惊道："……不会吧？"

那教官放大屏幕中的画面，指给他看。付教官只能根据他划出的轮廓来确定位置。

即便是在监控下，也几乎看不出连胜的身影，可见隐藏得非常成功。连胜纹丝不动，盖在她身上的草枝一点没有诡异的迹象。

付教官：“你说这维持多久了？”

“从她来这里开始。”教官说，“她还把物资箱里的水和面包都丢了，光拿了子弹。”

丢弃水和食物在付教官看来并不奇怪，演习时间不长，这些东西携带在身上会非常累赘。

“是不是位置太偏了，一直没有人来？”付教官眼睛转了转，“我记得这附近是有个物资点的。她会选择这里应该知道。”

“位置不偏，就是有点深。已经来过三拨人了，她就是不动。”监控教官说，“又有两个，喏。”

付教官皱眉，探过头仔细查看。就见两名男生背靠着背，戒备地弯着腰从山下走来，慢慢走进连胜的视线区，还在她跟前打转了许久。然而那箱子藏得实在很隐蔽，二人没有发现，又重新离去。

付教官在桌上敲着手指。他严重怀疑，连胜该不是借着这个机会在趴着睡觉吧？可惜监控只能看见她的头顶，看不见她的正面。

旁边的教官见这情形，一副果然如此的表情，又转身去盯别的屏幕。

付教官咳了一声，为她解释道：“这个，其实是因为没有合适的时机。”

连胜的确没有合适的时机，因为她现在的目的不是拿分，而是找一个搭档。一个业务能力够强，最好跟她一样，暂时落单的炮灰……不，前锋。

携带狙击枪，除却极端被动外，还有一个很大的弊处，就是打完一枪后，必须及时更换位置，否则会将自己的藏身处暴露。而且如果现在狙杀了任何人，“死者”被教官带走，会引起周围人的警觉。她本来就跑不快，山上的路又不好走，位置一旦暴露，处境将非常危险。

演习进行到这个阶段，选手基本已经组成完整的小队共同行动，她单枪匹马尤为不利。在找到可以互相掩护的搭档之前，她没有冒险的准备，所以选择继续等待。

最佳的对象是赵卓荦，可连胜不知道他究竟是几号，也不知道他有没有自己的小队，所以并不是单纯地在等他。

只是她运气不大好，过了一个多小时，都没看见一个合适的对象。

付教官抖着腿，继续围观。

他知道长久维持一个姿势是非常痛苦的事情，但连胜已经一动不动地保持了快两个小时。所以这位一身丧气的女士，究竟想做什么？

十五分钟后，终于又有一人出现在连胜的视线内。

那人小心地蹲在地上，掩藏在树后，视线往四周扫了一圈。他并不出来，也没有离开，只是很仔细地观察，最后盯住了连胜的位置。

连胜顿时眼皮一跳。

两人几乎同时动作。

连胜朝后撤去，躲到石头背面。而对方两步跨来，冲到了石头的侧面。

各自暴露在对方视线中后，两人一起端着枪起身，互相指住目标。

观察能力强、动作敏捷、应对果决。这人非常不错了。

连胜当即问道:“合作吗？”

赵卓荦:“你想做什么？”

连胜听见他的声音，觉得有些耳熟，试探道:“赵卓荦？”

他们离得较远，所以看不清对方胸口的名牌。赵卓荦想了想:“新生？”

连胜迅速摊牌:“我有子弹。”

赵卓荦偏头，做了个噤声的手势，随后听见两道说话的声音模糊传来。

连胜收起枪，重新趴了回去，顺便让出一个位置。赵卓荦一个跳步过来，蹲到她旁边。

远处的两人逐渐走近，最后停在不远处一棵粗壮的树后。要害部位被树干遮住。

他们还在小声讨论。

“是这边？”

“应该是这附近，具体不能确定。”

连胜小心调整方向，对准敌方，顺便给赵卓荦打了个手势，示意他上。

赵卓荦没有推拒，握紧自己的武器一蹿而出。

他爆发力强横，直接跳出了一米多远，脚蹬在地上，踩得枯枝发出断裂的声音。

树后一人听见动静，下意识地探出头查看。赵卓荦行动中压着上身，没有遮挡住连胜的射击视角，对方的头部就这样恰好暴露在连胜的枪口下。

毫不犹豫，发弹击杀。

那男生的手才抬到一半，被击中的时候没有反应过来，条件反射地朝着赵卓荦开了一枪。

因为信号灯已经熄灭，攻击做无效处理，他慢了半拍才明白自己已经阵亡了。但见赵卓荦猛地逼近，顺手中又开了一枪。

而站在他旁边的那一位青年，被他挡住视线，听到他接连开了两枪，没料到同伴已经挂了。正想问一句情况，被赵卓荦一枪爆头。

瞬间双杀。

两位“尸体”还笔挺挺地站着。

对讲机里说道："'尸体'请配合。三秒不做反应做扣分处理。"

男生一脸茫然地问："啥玩意儿？"

对讲机："扣一分。"

二人真诚地捂住心口，扑倒在地。

赵卓荦回头。他发现从掩护上来讲，连胜或许不比方见尘差。

信号灯的判定并不是击中就会被淘汰，而是检测到击中要害部位才会被淘汰。所以不是任何人都能在惊慌下射中目标，只打出重伤之后被反杀的情况不在少数。按照刚才的出枪速度和精准度，难怪方见尘会被她击杀。

这人比他想象的厉害。

赵卓荦说："合作愉快。"

连胜对他也很满意："合作愉快。"

监控室内，付教官拍桌："我的学生！对！她就是我的学生！哎呀，女兵不多啊，能打的女兵几年都不出一个。"

第五章
混战

赵卓荦去那两个学生身上搜子弹。他们带的都是冲锋枪，总共只剩下四颗子弹。

物资箱里的子弹四种混合，但数量并不均分。机枪最多，其次冲锋枪，随后是手枪，最后才是连胜的狙击枪。两个物资箱加起来，狙击枪的子弹只有五发，可以说是相当匮乏。

既然已经合作，赵卓荦也不隐瞒，他把昨天找到标记牌的位置简单提了一下。因为没有地图他不好讲解，只能依靠大致情况进行描述，位置真假不做评判。

两人决定从最近的地方开始攻略，以环形路线进行扫荡。

原先是埋伏等候，现在是主动出击。

连胜把狙击枪给赵卓荦背着，自己改用冲锋枪，顿时觉得轻松不少。赵卓荦对这一带的地形比较熟悉，知道什么地方适合埋伏，也知道什么地方会有危险。

“看看有没有新鲜的脚印。”赵卓荦说，“教官放置物资，走的时候会把附近的脚印顺便清理掉。留下痕迹的都是学生。”

两人根据周围的痕迹、遮蔽物、地形以及一些风吹草动，来判断目标的所在。

事实证明，不是所有的人都有连胜那样的毅力。一般学生在狙击的时候，保持抬头的动作过长，都会忍不住动一动。他一动，连胜的枪就会跟着动，于是击杀数一路飞飙。

付教官斜坐在椅子上，跷着腿，感慨唏嘘：“你们不知道，她刚入队的时候，连枪支的种类都分不清楚，怎么拿枪还是我教她的。”

旁边一众勤恳工作的教官们实在是听不下去了，愤怒之下将他赶了出去。

赵卓荦带着连胜在山上飞驰拿人头。

照理来说，在人员没有轮替完之前，山上的人数应该始终保持在两百名左右才对。可是他们不断扫荡，遇到的人却越来越少。而从“尸体”上的子弹数量来看，多数也是刚上山的人。这说明某个地方，可能有大团体出现了。

与此相应的，连胜也发现赵卓荦在有意识地带着她往复绕圈，狙击一个特定范围内的敌人。她保持沉默，没有提出异议。

在天色渐黑之前，赵卓荦终于走出了圈子，往另外一个方向走去。

那边有一块特别茂盛的植被，连胜还认得其中的两棵。那是常见的野生草药。

赵卓荦让她蹲下，以防被别人发现。

连胜说：“什么也看不见。”视线里全是绿色。

赵卓荦：“我知道。先试试。”

这边没有大型的石头，也没有繁密的树木，距离标记点不算远，如果角度足够刁钻是可以贯穿的。

赵卓荦选了棵枝叶稀少不会阻挡视线的树，矫健地爬上树干。他脚下不敢踩实，大半是依靠手臂的力量单手吊着，而后借助狙击枪上的目镜给她通报位置。

“你现在的位置，往东大约三米处……”赵卓荦顿了顿说，“抬头看，右斜角三十度左右有一棵四米多高的尖顶树，树底西边就是标记点。”

连胜点头。

赵卓荦继续巡查，发现了一个可疑的地方。

其实那人伪装得很隐蔽，基本看不出草皮里有什么。只不过绿色的草皮是人形的。

赵卓荦已经没有空闲的手了，脚下也站不稳，低头向连胜汇报情况。

“你面前左三米左右，前数第三棵树，叶子长得比较细的那棵。对方趴伏、横躺状态，靠左二十厘米左右的位置是他的头。”赵卓荦说，“你可以……”

他还没说完，连胜已经开枪了。

因为视线不清晰，所以她换着方向连开了两枪。

连胜打完迅速移动到另外一边，以防对方追击。她抬头问了一句：“中了没？”

赵卓荦：“……不知道。”

草皮人一动不动，但是另外一个男人从树后走了出来。他戒备地看了一圈，朝着物资点冲去。

“准备，物资点！”赵卓荦竟然也有些紧张，等着那人行动的空隙，一声令下，“射击！”

连胜手上拿的是冲锋枪，学生选的最多的也是冲锋枪，所以弹药相对充沛。

一般男生的高度是一米八到一米九之间，弯腰捡东西的姿势又决定了高度的不同。在视线不能确定的情况下，打中一个运动中的人概率是极低的。

连胜斜刷了个十字。

赵卓荦没有说攻击范围，就是认为她打中的可能性不高，只是想让她混淆视听，阻拦一下对方的脚步。几乎在出声的同时，他已经滑下树干，朝目标方向跑去。

赵卓荦几个大跳突破了遮蔽物，终于在视线内清晰地看见目标。那人正转身要跑，急中生智，就地一滚，翻回了树干后面。又从后面伸出手，朝着他一阵乱射。

赵卓荦直接一枪开在他的手腕上，打落他的武器。

那人从树后出来，高举双手喊道："我投降！我愿意归顺你们！"

赵卓荦毫不犹豫地给他胸口来了一枪："没这种玩法。"

男生失望地倒下，顺便抱住了赵卓荦的大腿。

赵卓荦淡定地收缴了两人的子弹，拿起物资箱进行检查。连胜在后面慢悠悠地踱步过来。

这次收获颇丰，可见两人在这边拿了不少人头。

连胜看着那人委屈巴巴地倒在地上，安慰道："休息休息，下去上个厕所，多么开心。"

"尸体"："……"

二人合力抢占了埋伏点，发现这边位置不错。只要注意周围的树上没人伏击……当然一般人也做不到靠盲打击中狙击手，所以这里基本是安全的。

两人悠闲地坐下，先吃点干面包。

没多久，前面大道上出现了六个背着大白旗的选手，跟着教官从山上下来。教官绕道过来，顺便带走了倒在地上的两位，很像一名勾魂使者。

两人咬着面包对视一眼。

山上怎么会挂了六个人？而且还是短时间内的。

赵卓荦说："估计再前面已经被季方晓的人攻占了。这是他们一直喜欢选的点，靠近溪流，行动方便，过路人多。不懂规矩的人很容易过来。"

连胜问："谁？"

赵卓荦蒙了一瞬，道："新生们？"

连胜："我是说季方晓。"

赵卓荦觉得自己跟连胜真的是不大好交流，无语地看了她一眼，解释说："你们一位大四的学长。挺有声望，认识很多人。"

"所以呢？他们集合行动，占山为王，想包揽最后的五十名？"连胜扣上扳机，"可这不能算是团体活动吧。"

"不，我们也会有队伍和他们争取人头数。"赵卓荦说，"不管是单人赛还是团体赛，都有个体的竞争。但最后为了更大的利益，必然会转变成团体的对决。"

这是非常有道理的。

连胜问："你们队伍现在有多少人？"

赵卓荦说："我们。"

连胜一时没反应过来，在两人中间比了比，赵卓荦认真地点点头。

连胜："……"

赵卓荦委婉道："我们队员的手气不是非常好。"

连胜："……"

刚刚被他们偷袭的两个应该就是季方晓的人。如果知道团队内部被人突入，季方晓应该会派人过来支援。

连胜问："你是打算走还是干杀？"

"我等。"赵卓荦说，"约了时间，五点在这边集合。"

差不多就是这个时段了。

天色变化很快，太阳落山后，以肉眼可见的速度开始转灰。连胜戴着的眼镜终于发挥了夜视的功效。

虽然说是夜视，但肯定不如白天那么清晰，看见的更多是一个轮廓。

连胜低头一看，发现信号灯也跟着暗了下去，只有夜视镜能看出更深一点的绿色。

他们安静地等了半个小时，左侧草丛里忽然传来一个声音，低声说道："程泽。"

赵卓荦听见了，站起来比了姿势，两边人马成功会合。

程泽在路上带了几个搭档，一共是四个人一起过来。一群人重新趴下，混到草丛里。

程泽问："这位是？"

"连胜。"赵卓荦给双方介绍说，"队友。甲乙丙丁。"

程泽："滚！"

这乌漆墨黑的，谁认得清谁？一二三四和甲乙丙丁并没有本质的区别。

程泽问："你怎么占的这个点？"

赵卓荦："照计划。"

照计划，是隔着草丛盲打。赵卓荦和方见尘配合默契，而且对演习的地形格外熟悉，所以这样计划并不奇怪。连胜能做到，就非常厉害了。

"传说中的新生是吧？"程泽从赵卓荦的手里接过子弹，给自己的枪械填满，顺便分发给后面的几位，"感谢你崩了那祸害。耳根都清静了。"

连胜脸色不大好看："还要等多久？我快憋不住了，奉劝你们赶紧。"

几人听着大为欣慰。真是个热血的好姑娘！

赵卓荦说："就上了，你在后方待命，看情况跟着我们跑。慢慢打游击磨人头，等支援过来。"

山上这些人不死，后面的学生根本没机会上来。他们的地位越稳固，活动进展的速度只会越来越慢。最长的一次似乎是打了三天才被强制停止。

季方晓的战绩虽然一向亮眼，但就活动体验来讲，简直就是茅坑里的搅屎棍，让人打得极度不爽，所以才会有了反季方晓合作阵营。

连胜："怎么打游击？"

"就是上一个跑得快的人过去拉炮火，其他人趁机找人杀。"程泽说，"放心，晚上他们射击率不高。"

后面一人质疑道："她的射击率行吗？方哥怎么就挂了呢？"

连胜半跪着起身："少说话，多体会。"

听起来，连胜是个不怎么喜欢说话的人。

和方见尘待久了，程泽就喜欢话说得少的，他已经很多年没有像这样正常地跟一名狙击手交流了，一股难言的感动在心底翻腾。

程泽的原始武器是一把机枪，后面换成了搜刮来的冲锋枪。

虽然他们拿到最多的就是机枪的子弹，但这玩意儿一般人不会选。凭机关枪那"突突突"的频率，多少子弹都是一瞬间的事情。

现在，终于派上用场了。

他们派出一名炮灰，带着机枪过去开路，其余几人伺机进攻，程泽在最后面负责收割战果。

夜视镜里几乎没有别的颜色，全部都是影子。而山上又有很多的树枝和叶子，细节处不容易分清，距离感有些模糊。倒是人的轮廓变得特别清晰。

连胜需要自己找位置，虽然她对这边的地形完全不熟。

她提枪跟着队伍走了一段，最后选了赵卓荦站位的正后方。

她粗略环视了一下，守在边缘处的人起码有四五个，听见动静正在朝这边赶来的，应该也有四五个。这边树多，黑影大半不在她的狙击范围内。不过群战的时候不需要确保自己单杀了多少人，更重要的是为队友打出了多少掩护。

程泽好几次一想射击就会有子弹从后面贴身擦过，打中他想打的目标，或是打中了前方某处，使得刚刚探出头的敌人又重新缩了回去。其他几位也有这个感觉。

第一次的时候他们觉得这人简直乱来，子弹再偏一点，打中的就是自己。第二次、第三次的时候他们才发现，身后那位狙击手，眼力和准度简直绝了。

她在给他们铺路，这条路铺得笔直宽广，让他们压力骤减。

即使双方没有合作过，但连胜确实在强势配合他们的节奏。

在黑夜的掩盖下，加上群战的混乱，连胜不需要频繁换位，最大的缺点被掩盖住了。

抢杀、助攻、控场，她现在就是一位全能型的狙击手。

连胜射完一把狙击枪，将枪支一丢，抬起旁边的冲锋枪。打到一半的时候，听见赵卓荦大声喊了一句："撤！"

山上的人开始靠近了。

众人往回跑去，扑进了原先的草地里，迅速隐去身形。

这一片位置选得真是太好了。众人在草地里游击了很长一段时间，才终于再次会合。

程泽决定好好夸一夸这位新生，结果视线在几个黑色的脑袋中间转了一圈，没分清谁是谁，问道："哪位是连胜小可爱？"

赵卓荦拍了拍连胜的背："最矮的这个。"

连胜郑重地看向赵卓荦，两指推着他的枪口，送到了自己的额前。

赵卓荦不解地看着她。

连胜说："送你一分，快开枪。"

赵卓荦蒙道："你想干吗？"

连胜："我想尿尿。"

赵卓荦："……"

"快，我憋不住了。"连胜把存着的子弹和枪支都推给他，"再会！"

众人："……"

连胜差不多是早上八点过来的，现在已经是夜里八点。也就是说，她有将近十二个小时没有上过厕所。

早上她特意没有喝水，下午四点多的时候吃了一块干面包。现在她的膀胱正处在爆炸的边缘。

程泽目瞪口呆。

他们队伍里，原本可以有两位出类拔萃的狙击手。一个被另外一位干掉了，另外一位被自己的生理需求干掉了。这个认知简直能让他们当场哭出声来。

这都什么事儿啊？

"你知道……"程泽嘴角苦涩道，"这已经不是裤子脱了的问题，这是临门……"

连胜："不然怎么办？"

程泽："就地？"

他们都是在野地里直接解决的，历年如此。毕竟嘛，都是男人，谁没那个二两肉。关键时刻怎么能为了几十毫升的液体排放停止男人的征途？但是你要求一个女生也这样你就……

连胜："我保持沉默。"

赵卓荦："禽兽。"

队友甲乙丙："禽兽！"

程泽："……"

如今山上都装了监控，看监控的都是男教官，还不止一个。

这也的确是他们没想周到，他们没料到一个女生能坚持这么久。

连胜用她最后的耐力说道："你们人还是太少了，我可以下去给你们多叫几个外援，搅搅浑水。"

手气不好抽到后排号码的学生，在出场之前或许队友已经被送回来了。而季方晓的阵营应当是有筛选要求的，在人数已经足够的情况下不会继续扩张，毕竟这还是一场以淘汰为主要目的的活动，不是为了促进大和谐。这就意味着，后期落单的学生只能走个过场，要么躲到活动结束，要么主动上前送一滴血，根本体会不到活动的快感，也积攒不了什么经验。

这是实力差距产生后的阶级压迫。

赵卓荦说："可以是可以，就是怕内应。"到时候他们的位置暴露，被上面的人反包围就不妙了。

"放心，我在后方坐镇。"连胜挪了挪屁股，"你们到时候见机行事，抢杀人头。"

输可以，但不能打得不痛快。像现在这样就非常不痛快。

这场个人赛从本质上来说并没有所谓的输赢，活到最后的不一定分数高，提前退场的也不一定分数低。

个人战的归宿，应该是大混战！

连胜大义凛然道："开枪吧。"

赵卓荦举起了枪。

"哎，等等！"连胜忽然叫停，扭头朝前面看去。那边有一道强光，正从上路下来。是教官过来认领刚才激战中牺牲的学生。

连胜矫捷地蹦起来，冲了过去。

"教官！"连胜大声喊道，"教官留步！"

双方的对讲机是单向设置的，毕竟没有教官愿意听学生叨叨。

那教官听见动静，停下比了个手势，问道："怎么了？"

连胜说："我要上厕所！"

教官有些茫然。活动举办多年，没听过这种要求。

"给她上！"

付教官的声音从对讲机里传来，他激动道："不带这么欺负人的啊。我怎么说的？女兵太少了，能打的女兵就更少了，不要用这样的方式去考验人家，根本没有意义！”

旁边一人崩溃道：“我说你怎么又来了？你就这么闲啊？”

付教官喊：“快快快！我马上过来安排！”

那教官想了想，觉得也是。演习主要是为了锻炼能力，但里面不包括肾的能力，于是将白旗暂时插到连胜的背上，准备带她下去。

连胜刚刚背上旗子，撒腿就朝山下狂奔。教官蒙了一下，在后面追道：“等等！喂！等等后面的人啊！小心脚下！”

他们的防弹衣足够厚重，现在没什么能阻挡得了连胜。

她一路跳跃滑行摔滚，以极快的速度冲下了山。等到达山脚一块较为平坦的地方，她开始边走边脱，走到训练场的时候，基本准备完毕。

山脚下还有人在训练。

活动进度不明，未出场的学生需要彻夜备战。号码排后的学生可以暂时休息，等待通知。

孟江武原本应该去休息的，但他实在是睡不着，所以过来加训。他正在热身，就见一道人影直冲而下，他认出是连胜，迅速追了过去，想问问情况。

连胜一副挡我者死的表情，气势汹汹地将装备丢了过去，然后一头扎进旁边的厕所。

孟江武：“……”

等连胜解决完生理需求，甩甩手从里面出来，已经有一群人围在了厕所门口，包括不少教官和闻风而来的学生。

一教官不悦道：“她没死怎么能下山呢？那还要再上山？这不符合规则，为什么要开这个特例？”

付教官：“不然为了上个厕所先给自己来一枪吗？活动的规则又是为了什么？”

旁听的学生说：“规则当然是为了保证公平。她现在知道山上的形势，直接带人上去来波反杀还打什么？”

付教官：“公平起码应该是双方面的。不让人上厕所就能保证公平了吗？”

自己的学生因为憋尿而被淘汰，付教官不能接受这样的理由。

连胜默默地加入争论的队伍，扭头问道：“那些淘汰下山的人，不是也能说山上的情况吗？”

孟江武点头：“能。”

旁边的学生快速插嘴说：“可是他们不能再上山，口述和实际肯定不一样。”

付教官语气不善：“那你就三个小时以后再上山，到时候局势和人员都变动了。”

连胜接受安排，她说：“如果你们担心这个的话，我也可以只进行口述。上山以后，我不带路、不引导，只刷人头不说话。随意监督。”

原先几位咄咄逼人的学生气焰瞬间消了，声音小了下去，心虚道：“这……没有必要吧？”

他们并不是故意要针对连胜，只是看见有人违反规则就觉得愤慨。可是仔细想想，付教官说的不是没有道理。连胜现在表现得这么坦荡，让他们觉得是自己小人之心。

付教官听在耳里，觉得心情复杂。

连胜对着自己说大话的时候，只想抽她一掌。她对着别人说大话的时候，莫名觉得……很爽。付教官叹了口气，可能这就是，阿爸的心吧。

“无所谓，就这样决定吧。”连胜抬起手，不和他们多纠结，直接大声喊道，“请奔走相告，想刷分玩游戏的，都在半山腰等着！”

远处不少人听见了，开始窃窃私语。

连胜往装备点跑去，边跑边问：“鲁明远在吗？”

孟江武跟在后面，无语道：“你应该叫他鲁学长。”鲁明远在大四也是个很有声望的人了。

连胜：“这很重要吗？”

孟江武：“重要！”

连胜于是大声喊道：“鲁学长！”

鲁明远还真的在这边，听见动静回声应道：“我在。”

他身上穿了一半的防具，头盔抱在怀里。

连胜朝他跑去，问道：“你上场了吗？”

“还没有，不过快了。”鲁明远算了算，“不超过十个号吧。”

连胜又问：“你认识季方晓吗？”

鲁明远的脸色有些纠结，想岔了，说道：“不是非常熟，不好介绍你们认识。”季方晓背景优越，实绩辉煌，很多人都想认识他。

连胜搭上他的肩膀：“不熟就好，找你杀他。”

“啊？”鲁明远蒙道，“你想狙击季方晓？”

连胜：“你是他们那边的吗？”

鲁明远摇头：“不，不是。我就上去随便逛一圈。”

连胜拉着他蹲下，从地上随手捡起一块小石头。

“你对这边的地形熟，知道哪里的树少、草高……”连胜将那边的景色描述了一遍，粗略画了下标志性的石块和树木位置，给他做提示。

鲁明远回忆了一遍，说道："我知道。你说的是前往山顶东南面的路。那里的确是这样的。"

果然是活地图。知道准确的位置就很方便了，连胜不需要赘述，直接和他交代了之后的安排。

鲁明远迟疑道："就这样？"

连胜点头："就这样。"

那边教官已经开始催促："512 到 516 号，准备出发！"

鲁明远站起来，指着那边道："我要过去了。"

连胜朝他敬礼："再会。"

鲁明远按照连胜的吩咐，先过去将武器重新换成狙击枪，拿到十颗子弹，又去跟山脚下还没上场的队友也说了一句，让他们将枪支选成狙击枪。

其实他们选择什么枪械都没太大差别，抽中后排号码的时候已经做好了空手而回的准备。但看鲁明远这样上心的样子，大家也纷纷热情回应。可见他的确是一个挺有声望的人。

随后，连胜又去找了孟江武，让他们进场后直接在山腰处等候，会有人过去接应。

或许是因为季方晓的团队开始成形，山上局势稳定下来；也或许是到了晚上，白天还是激战的人群开始疲惫，山上号码轮替的速度瞬间减缓，整整三个小时的时间，才上去不到三十个人。

连胜现在能够理解一场演习要打三天的原因了。

消磨战是很痛苦的，对敌方对自己都是。这场活动分明没必要到这个地步，可以说如今的走势剥夺了绝大多数人的乐趣，起到了相反的效果。

哪怕是实战，也应该让士兵感受到自己征战的意义和热血。而除去那几位还在打游击的单兵系同志，连胜只看见了他们的萎靡。

不应该是这样的。

三个小时后，连胜睡醒，获准重新上山。

她来到半山腰，发现这里聚集了四十几个人，都在等她。

连胜有些意外，比她想象的多多了。

鲁明远观察她的表情，主动解释道："你不是要三个小时才能来吗？我们就集体上去转了一圈，拉了不少人下来。"

连胜点头。

估计有不少人躲在山上。季方晓的团队不收人了，随处乱逛可能丧命，他们又不甘心就这么结束，看见一个新的队伍自然会参与进来。

一位新加入的成员问："他们那边有组织有纪律，而且人可能比我们还多，真的行吗？”

连胜指了指自己的喉咙，又摇了摇头，指向鲁明远。

旁边的人解释说：“她说了，上山后不说话，学长你主持吧。”

鲁明远握拳：“那我们就现在出发！”

连胜接过他的狙击枪，拿走了他们的子弹，往山上走去。

鲁明远带的路不是赵卓荦那条，连胜也没打算要过去与他们会合。在不知晓己方战友可信度的情况下，连胜不想连累他们。

鲁明远带着队伍一路小绕，迂回上山，路上说了一下作战方式，后面几人连连应声。

赵卓荦选的是树少的一条路，而鲁明远恰恰相反，他选的是植被最密集的一条路。

临近山顶的时候，由于目标太大，还是有人发现了他们。两边的人都开始通报，然后互相射击。

“往前冲，往前冲！混到他们的人里面去！刷人头！”鲁明远喊道，“我们人多不怕！”

所有人从树后开始闪电式移动，向上突进。重点暂时不在打人，而在走位。

这一片的地形，给他们打了完美掩护。

这场演习中，防弹护具包括头盔，所以一眼望去全是黑漆漆的身影，能分辨不同的只有体形和胸牌。胸牌在晚上看不见了，体形的话，靠的是微妙的感觉。是以两方人马一混合，闻声过来支援的同志们瞬间抓瞎。

这是什么情况？

然后他们也被渗透了。

连胜提着枪，去了鲁明远提示的绝佳位置进行狙击。而鲁明远等贡献了子弹，又没有什么实战能力的人，负责在混战中捡漏。

他们小心地穿插在枪林弹雨中，从“尸体”上扒拉下子弹，抱着头，仔细躲避周遭的攻击，不断地和队友打暗号寻求配合，努力将战果传输给连胜。惊险和期待双重刺激着他们的大脑，实在是……太有意思了！

一场甚至很难称得上配合，各人尽情自我发挥，让人哭笑不得的大混战开始了。

众人第一次发现，原来演习可以自己带自己玩。这才应该是他们指挥系的风采嘛。

赵卓荦等人趴在地上，忽然抬起头，望向另外一侧的山林：“什么情况？那边好吵。”

第六章

古武

远处的确有枪械轰鸣的声音，混杂着听不清楚的叫喊，似乎进行得很激烈。隔着一片山林，都能感受到那边声势的浩大。

赵卓荦握着自己的枪问："他们在说什么？"

旁边战友："杀？"

反正就是一些类似的单字。

连胜走了三四个小时没有动静，不知道是被淘汰了还是有别的谋划。赵卓荦的游击队伍已经壮大了一倍，几乎快忘了这人，这时候才想起来，连胜说要给他们找人来着。

赵卓荦下巴一点："过去看看。"

几人半弯着腰，隐匿身形快速往那边赶去。

声音越来越清晰了，终于到达了激战区的边缘。几人躲在树后都能感受到流弹在眼前飞蹿。

现场一片混战，根本分不清谁是敌谁是友。两边也完全自乱阵脚，嘴上吼着队友的名字，但手上一点也没耽误地在乱射。

群众的心理达到了空前一致——机会难得，先杀再说，啰唆个啥？

众人看得瞠目结舌，这是怎么个走向？

战友甲震惊道："这怎么玩儿？谁才是队友？"

赵卓荦给武器上膛，提醒道："这其实是个人淘汰赛，没有所谓的队友。"

这本来就是个人赛，管他谁是谁，站在场上的都应该是敌人。

几人醍醐灌顶，大笑着抄起武器，跟着加入战局。

他们不敢聚得太拢，以免成为彼此的靶子，互相保持好距离，分散到四周。

这种类型的演习，每年的参与人员和学生的出场顺序都不尽相同，专业跨度又大，很难进行组织。像季方晓有一个大四的圈子，赵卓荦有一个大三的圈子，他们的圈子不愿意接纳太多会拖他们后腿的人。从来没有人能够组织好其余"散兵"去对抗两队大佬，因此才演变出了大鱼吃小鱼的固定模式。

这一次，难得的冲突和反抗都有了，演习才真正精彩起来。

连胜手中的子弹接连出膛，如果单看她的射击频率，你会觉得这人是在乱来，但是他们又眼睁睁地看着那些目标依次倒下。

这是指挥系该有的水准吗？还是狙击枪都能自动对焦了？除了献上膝盖，他们还能做什么？

于是鲁明远等人捡子弹捡得更卖力了。

山上的人员终于开始流动。

对于连胜他们来说，这些原本就是一群随机组合的散兵，他们的任务就是自我发挥。可对于季方晓来说，不管他们在这里拿了多少的人头分，团队的人数都在不断减少。

他打了一会儿，发觉不对。再这样下去，集结团队的优势就一点都没有了，甚至有一部分人还在自相残杀。

季方晓收起枪，大声喊道："整队！不要落入敌人的圈套，整队清点人数！"

他的声音在四周的嘈杂中并不明显，几乎刚出口就被鼎沸的人声给淹没了，但已经够了，旁边听见的人用更大的声音开始传告命令。

鲁明远挥臂一吼，指向前方："狙击那个指挥！刚刚站中间说话的那个！火力包围边线，今天谁也不许走！"

乖乖留在里面死去活来不好吗，为什么非要离开呢？这一走，又是漫长的拉锯战。

连胜将枪头掉转，对准所有要撤离的选手。她之前已经提醒过鲁明远，这样无组织无纪律的场面对他们最为有利，不趁机将对方的团队重挫，再难有第二次机会。

只可惜人影一晃，连胜认不出谁才是季方晓，否则先拿下他，事情会简单很多。

在鲁明远的号召引导下，边缘区域的火线开始密集。不管是敌是友，试图后撤的一个也不放过。

因为战况激烈，林子里的"尸体"躺了一大片，监控室里的教官人手不足，现场秩序出现混乱。而守在山下的教官怕影响战局，不好强行进去带人，只能让"尸体"们自己匍匐着从小路出来，同时安排山下的人火速补上。

演习进度神速拉快。原先三小时才替换了三十几个人，现在不到三十分钟，左右已经下来五六十个了。

备战人数直接从后三十号扩展到后一百号，已经休息的学生都被叫了起来。

而那些刚刚下山的学生，虽然也只是上去走了一遭，但被现场气氛狠狠地震撼了，阵亡之后依旧意犹未尽，和底下的同志们手舞足蹈地描述山上的战况，让他们听得蠢蠢欲动。

激战啊！梦想中的激战！就问哪个男生不向往！

方见尘坐在地上，对着山上嘶吼：“让我去！我可以不带一发子弹肉搏！为什么我没赶上好时候？！为什么？！”

教官嫌弃道：“让路。”

方见尘抱住他的腿嘤嘤啜泣：“我恨！”

这场正面混战发展到后期，有些跟不上节奏，因为众人发现没子弹了。

学生们低下头，看见慢慢蠕动的“尸体”们，丧心病狂道：“拖住‘尸体’！留下子弹！”

众“尸体”们：“……”

随后便是漫山遍野的痛呼。

“我举报！我举报他们‘虐尸’！”

“教官！教官，救命啊！”

“教官，他们压我！”

“尸体”们久久退不出去，后面的人又不断上来，躺在地上的学生被无辜踩了好几脚。

教官无奈道：“你们换个地方不行吗？”

他们正在换。

虽然连胜等人都在有意阻挡季方晓的团队撤走，但情况并不太乐观。原先他们就是依靠这边的地形才冲上山顶，对方自然也可以依靠这边的地形慢慢撤离。

战场慢慢扩大，然后下移，最后彻底分化成了两块。

他们这边的队伍太过零散，多数人不听指挥，在季方晓等人走后依旧沉迷于自相残杀不可自拔。毕竟比起那些单兵系的精英，还是同属“打酱油”角色的战友更适合刷分。

终于还是将混乱留给了自己。

赵卓荦几人估计去追了。连胜也追了一段，中途放弃。追逐战不适合她。

鲁明远依旧紧跟她的步伐。连胜提枪回头，朝前一指——解决了这帮祸害，下山睡觉去吧。

连胜这一次的人头分真是拿得不要太畅快。在鲁明远等人的支援下，她有着充足的弹药供给。刁钻的狙击角度和密集的人群，让她保证了可以弹无虚发。虽然还有大半的子弹浪费在了掩护和阻止对方撤离上，但这并不影响她的辉煌战绩。

等到山上的人潮开始渐渐散去，人员又一次分散，连胜终于收起了枪。

没有意义了，她不需要多几个零头。

她原本想直接结束的，顺便给鲁明远破个零，但队友似乎还想继续他的征途。

鲁明远难掩兴奋道：“我们还想继续下山看看，或许能拿到人头。没有人比我们更了解这座山了，不看看太可惜了。”

他们指挥系的小团体，只剩下两三个了。

连胜问：“那我带带你们？”

鲁明远雀跃道：“可以吗？”

连胜点头，干脆道：“走吧。”

指挥系的同学对于埋伏的理论知识还是熟悉的，就是精准度和续航能力不足。几人聚在一起，又用了最笨的方法——选点等候。

选点对他们来说不成问题，四人刚好可以实现四角包围，目标进入中心区的时候，集体开枪，如果大家都没有打中，再让连胜兜底。

路过的学生几乎是崩溃的，莫名其妙就被子弹包围，在枪击声中下意识地抱住头，自己都不知道自己死了没有。

可不带这么浪费子弹的！

鲁明远等人却玩得很高兴。等子弹告罄，几人一起下山。

此时活动刚刚进入尾声，却尚未结束。在大混乱停歇之后，演习的进度再次开始缠绵的拉扯，一直磨到了将近中午才决出最后的五十名学生。连胜觉得磨叽，但较以往比起来已经相当不错了。

表彰大会要在午饭后开。

连胜回来后洗了个澡，小睡了一会儿，然后过去吃饭，参加集会。

她差不多整晚没睡，精神却始终亢奋。与她相对的，是刚洗完澡一脸萎靡的孟江武。

连胜排在他的身后，问道：“感觉怎么样？”

孟江武摇头：“不是非常好。”

他的号码实在太靠后，没赶上好时机。漫无目的地在山上晃了几圈，不幸遇到季方晓的移动大部队，直接被送了下来。

连胜听着就很同情他。

周围的人都在聊天，讨论这次的演习。如今仔细回忆，总有不尽如人意的地方，所以大半都是哀号。

不久后中尉过来，所有人站好队列，等待他通报成绩。

先是惯例的讲话，鼓励一下群众，结束固定流程后他抬起光脑，开始播报重点。

“本次个人演习第一名，大四指挥系，季方晓。”

连胜终于看见了那位传说中的同志。

他被点到名之后，出列站到前排。身高约莫过了一米九，长相斯文白净，人畜无害，嘴角含笑，很得体地朝众人躬身示意。

众人鼓掌庆贺，表情中皆是习以为常。

“第二名，大三指挥系，连胜。”

名字报出来的时候，满座哗然。

连胜？哪里冒出来的？

教官退到队伍当中，小声警告自己的队伍保持纪律。

学生稀稀拉拉地鼓掌，扭头去找连胜，想见识一下是什么神人。

连胜虽然开场拿了个炫丽的四杀，但之后因为没有战友，长时间只能隐藏埋伏，后半程又等同于没有参加。中期跟着赵卓荦刷了一波分数，但大部分还是在混战中拿到的。

那场混战里，季方晓想着撤退，赵卓荦想着追击，只有连胜是专心致志在刷分。可以说，起码有三分之一的人是死在她手上的。

连胜照规矩悠悠然地走到前面，朝众人敬了个礼，然后抬脚回去。

中尉喊住她：“有什么感想要说吗？”

连胜想了想说：“获此殊荣，惶恐之至，喜不自禁。”

众人：“……”

中尉决定放过她，也放过自己，挥挥手让她下去，继续播报：“第三名，大三单兵作战系，赵卓荦。”

赵卓荦也没什么兴致。第三对他来说实在不是什么值得高兴的事，但起码他态度端正，挺直胸膛快步上前，行了个标准且颇具精神的军礼。

他中气十足地道：“获此殊荣，惶恐之至，喜不自禁！”

众人：“……”

连胜抬头。居然抄她的感言！

中尉很是痛心。这一届的学生都是怎么了？他忧愁得都快谢顶了。又说了两句鼓励的话，迫不及待地走人。

他一走，众人开始毫无顾忌地议论，也不管连胜本人是不是在旁边。

“今年指挥系什么情况？”

“连胜是谁？你们在山上的时候看见过她吗？谁是被她狙杀的？”

“都没人吗？那她人头数到底是哪里来的？”

“她也是季学长带的吗，怎么没有听说过？”

“不是，她是新生，而且是大三的，怎么可能在季方晓的队伍里？”

下午基本是自由活动的时间，也是为了给昨天彻夜激战的学生一个补眠的机会。

连胜准备回自己的帐篷休息，刚走出两步，就听见左侧传来有节奏的惊叹声。

“赵卓荦。”季方晓朝他邀请道，“早就听说你的事迹了，愿意跟我来一场积分交换赛吗？”

连胜停下脚步，跟着走了过去。指挥系的学生向单兵作战系的发起挑战，这大概是独一回吧。

两位领队教官闻讯走到一起，饶有兴趣地问道：“是单人还是你们排？”

季方晓笑道：“当然是个人。”

赵卓荦有些意外。季方晓的排和他们不是没有对战过，但对方一直有意避开他，这次终于主动挑战了？遂点头说：“可以。”

众人开始欢呼。

教官乐见其成，出来主持秩序：“来来，都散开，空个场地出来。”

众人迅速后退，给他们清出了一个直径七米多的圆形场地来。

教官规整一下场地，让前排学生都坐下，扭头询问二人是否准备完毕，得到回应后吹哨。

两人都比较擅长打拳，先攻的是季方晓，赵卓荦开始防守。他们在擂台中心相遇，赵卓荦选择慢慢调整角度后撤，试探对方的拳路。数招过后，摸清对方的招式，赵卓荦开始反攻。

按连胜的经验来看，两人虽然表面势均力敌，但赵卓荦更霸道一点。

他出拳的速度、力道、角度，都更为刁钻。打得很稳，也打得很准。而季方晓的招式虽然多变，各路勾拳、直拳，踢、打、拿、拧，假动作叫人应接不暇，但实战中过于杂乱花哨，反倒暴露出了他自己防守的不足。所以在对招几次后，双方差距开始显现出来。胜负很快便见分晓。

赵卓荦挡开季方晓的手臂，一拳朝着对方太阳穴打去，遵循点到为止的原则，还没触及，半道收手。连胜已经能看到他手部的肌肉慢慢松弛下来，要结束这场对决。

结果季方晓却没有见好就收，反而觑准时机开始发难。他抓住赵卓荦的手臂，猛力一个旋身，将赵卓荦反按在地上，整个人压了上去。

围观的众人眼睛一亮，大力鼓掌：“哇！”

连胜眼皮轻跳。

在他们眼里看见的或许是强势反杀，在连胜眼里看见的就是……无耻。

赵卓荦的表情显然也有点郁闷，半晌没反应过来。

这老实孩子。

季方晓退开一步，朝他伸出手，笑着拉他起来："承让了。"

赵卓荦嘴角下沉，不大服气，还是"嗯"了一声从地上站起来。

连胜摸摸下巴，意有所指道："厉害了。"

"季学长？"孟江武激动鼓掌，"他的确很厉害啊。"

连胜瞥他一眼："你们也厉害了。"

孟江武："什么？"

连胜："没什么。"

赵卓荦揉着手腕，低头退出中间的圈子。连胜拍拍屁股站起来，举手道："我也想玩。"

格斗这种事情，一般是当局者清旁观者迷，只有真正在场上的人才能第一时间察觉到对方攻势中的变化。因为他们离得近，且视角最清晰。

季方晓的动作很快，几乎没有空当，大概是预料到赵卓荦不会打在那么致命的地方，加上位置选得隐蔽，所以不容易被看出来。

连胜在军队里见过不少这样的人，也见过各式各样的手段，很清楚他们心里在想什么。

想赢不是错，谁都想赢。对于士兵来说，他们的全部意义，就是为了赢。可是，不服输就不大好了。不服输的人认识不到自己的短处，而且……很碍眼。

连胜说话的时候，周围的人还在鼓掌。她说话的声音也不大，众人还以为是自己听岔了。季方晓也依旧往外面走。

连胜慢条斯理地挽起袖子，又说了一次："我也想打。季方晓。"

这次指名道姓说得很清楚。现场稍稍安静，众人转着视线在两人之间不断徘徊。

付教官原本站在人群的后排，闻言迅速走上前来。

付教官问："怎么？你们想跟大四指挥系的来一场积分交换赛？"

"不，当然是我个人。"连胜朝着季方晓伸出手，"怎么样？"

季方晓转回身说："我不和女生比。"

连胜直接扭头喊道："教官，他歧视女生。"

付教官："……"

旁边的同学不客气地嘘声，拿她打趣。

"别这样啊，小妹妹，别欺负你学长。"

"季方晓已经嘴笨了，你别害他找不到女朋友啊。"

"不会吧？小妹妹现在都玩这种套路了？我告诉你，季哥喜欢温柔的女生啊！"

几位教官拍手喝道：“安静，安静！”

季方晓笑道：“担不起这么大的帽子。不过你既然邀请我，我总有可以拒绝的权利吧？”

“当然。不过刚刚我应该是第二名，如果我以演习第二名的身份邀请你，你又用什么样的理由来回绝我呢？”连胜说，“我不接受不打女生这样的理由。难不成你在战场上遇到女兵，也扯面子说不打女生？”

季方晓蹙眉，脸色微沉。

付教官头疼道：“你是认真的？积分交换赛这种事情不是开玩笑的。”

连胜：“我当然是认真的。不然就为了露个脸吗？”

季方晓上下打量她一通，实在是入不了眼，觉得这人纯粹是凑热闹：“我下手没有轻重。”

连胜：“我也是。”

围观的群众放声喊道：“答应她！不然人还真瞧不起你！”

“打打打！”

连胜勾起嘴角：“嗯？男生？输不输得起？”

季方晓：“好吧。”

“既然你都答应了，那就玩得再大一点。”连胜摊开手说，“一场一分多没意思，我可以把我全部的分都押上来。”

季方晓干脆道：“不行。”

连胜耸肩：“为什么不行？我分还可以的。”

“因为规则不行，每场最高只能押十分。”付教官竭力忍耐道，“连胜，你别开玩笑了啊。”

这是迫不及待地给人送分？她还兴这么霸道总裁的玩法？

连胜有些失望。不过也是，如果分数可以这样转让，哪还需要这么麻烦？

季方晓走回场地正中，绅士地问道：“还有什么条件吗？”

连胜：“我先说明一下，不打到人我是不会收手的。不被打倒我也是不会收手的。所以，你不用想着抓空隙，也不要最后用所谓的手下留情来解释结果。既然是比赛，我只接受坦荡的过程以及绝对的结果。”

付教官干咳一声。

季方晓是谁？他就算没有进指挥系，差不多也是单兵系的一把手了。要是真一拳实在地打在连胜身上，这货怕是半条命都得飞了。

这个条件听着有点任性，因为季方晓不可能真的对同学下重手，何况这位同学还是一位“柔弱”的女生，但连胜似乎会。看她那语气还有眼神，可没有半点留情的意思。

季方晓知道自己吃亏，还听出连胜似乎意有所指。他神色不变，只是沉稳地道:“好。”

“比赛不接受中途叫停，也不接受无伤认输。”连胜朝地上一指，“谁先倒下，谁输。”

季方晓点头。

付教官负手在两人中间转了一圈，还想着怎么阻止连胜，最后被旁边的一名教官拉开，批评道:“干吗呢？不要打击学生的热情。”

两人的带队教官作为交换赛的裁判，对立站在赛场的两侧。另外几名看热闹的教官也凑过来，等着他们开始。

一个教官小声问道:“你们排还真是卧虎藏龙，有这么厉害的角色？她学什么的？”

一个体能全排倒数，不，是全连倒数的人，居然这么大胆。付教官能说什么。

“以前好像是学材料的？”

那教官一惊:“可是她好像很自信啊。”

付教官也想知道，连胜是哪里来的自信。

连胜活动了一下脖子，退到边缘。她的肌肉到现在还很酸痛，但相信季方晓也好不到哪里去。毕竟对方的运动量远超于她。

她抱拳朝对方示意，然后扎下马步，勾勾手指。

季方晓皱眉，又打量了她几眼，暗自思忖。

搞笑来的？她的动作很奇怪，有点像古武里的招式。可是军队里面一般学的是制敌迅速的散打。基础的练点军体拳，复杂的学一些其他的格斗技术，没有古武这种流派。

中华古武到现在大半都失传了，留下的只是一些空招式。它们虽然有很多的变数流派，但因后人水平不足，打不出优秀的实战效果。联盟合并后，越发势微。越来越多的人认为那不过是多年前古中国盛行武侠小说的时候，衍生出来的想象而已。

许多年前，应该说从季方晓出生起，就没见过有人在正式场合玩过古武。

不过既然是对方主动邀请他的，他也不客气了。

季方晓冲上去，先是对着连胜的脸部试探性地打出一拳。

他出拳的力气不大，速度也不快，显然没有将连胜放在心上。毕竟一个人的体格是不会骗人的。如果连胜连这个也躲不开，那就真不关他的事。

然而这个速度在吃瓜群众看来还是有点快。看，连胜都呆住了。

付教官的整颗心被吓得狠狠提起。连胜怎么还不动手？！

连胜面无表情，眼神中既没有恐惧，也没有杀气。在对方即将打中自己的时候，终于抬起了手。

她一手挡在自己的脸部前侧，一手顺着季方晓的手臂往前一滑，然后横起手掌，砍在他的手肘内侧，顺势往外一推。

季方晓没感受到多大的力道，而他看在眼里，连胜的动作也的确缓慢轻柔，可手臂却忽然泄力，自己曲了起来。

季方晓一偏头，连胜已经趁机逃了出去，和他重新拉开距离。

众人起哄嘘声："吁！跑什么呢？"

"学长不要怜香惜玉了，刚刚那是什么东西？！"

一人嗲着声音给连胜配音："追我啊，追我啊，你来追我啊。"

连胜偏过头来，抬起下巴，斜眼看去，却比刚才的模样凶狠多了，整张脸都写着不悦。那学生立马住嘴了。

这一招对得简直莫名其妙。季方晓甩甩自己的手，又跟了上去。

只是，还跟方才一样。连胜不与他纠缠，对过就走。打在她身上的拳头，就仿佛打在棉花上一样，会被软绵绵地弹回来。简直奇了怪了。

外人看着以为他在和连胜玩闹，但他自己知道不是。哪有那样的闲情？他加重力道，动起真格，接连出招。连胜依旧不咸不淡地拆开、推挡、后撤，有条不紊。

二人就这样在场上打起追逐战，半天出不了结果。

时间一长，围观的群众开始骚动。

他们发现不是季方晓在手下留情，是他确实奈何不了连胜。连胜似乎打定了主意，只守不攻，慢慢吊着他。那奇特诡异的姿势，软绵无力的动作，他们看不懂，也看不明白。有点像什么？古武中的四两拨千斤？

这下众人都有些坐不住了，不再盯着季方晓看热闹，改而全都盯着连胜，想一探究竟。

付教官忍不住上前了一步。

连胜的打法确实神奇，但是她不能出现失误。出现一个失误，季方晓肯定会强势结束这场战局。而继续纠缠下去，对体力的消耗也极为巨大。比体力，连胜是肯定比不过季方晓的，她自己应该清楚才对。那她现在究竟是要做什么？虽然他也很希望，但他实在不认为连胜能赢。坚持到现在已经是出乎意料，落败只是时间问题。

光防御是没有用的，想要取得胜利，还是得靠攻击。

付教官越看越心急，手指在背后不断地敲着，全情关注。

"新人！稳住，新人！"

付教官看得正入神，被那声音猛然一吓，浑身震了震。扭头一看，才发现周遭围观的人越来越多了。远远铺开起码有几百人。

方见尘正和赵卓荦坐在一起。他倒是很不计前嫌地为这个开场就狙击了他的新生加油。

付教官指着前面介绍道："她叫连胜，大三指挥系的学生。"

方见尘张大嘴巴点头："明白了！连胜！快拿下他！"

孟江武缓了一秒，也开始大喊："连胜，加油！"

都是同排的，哪里有不加油的道理？一个女生打到现在，哪有不鼓励的道理？

于是四面都在放声呼喊连胜的名字，给她助威。

季方晓听得心情越发烦躁，咬紧牙关，努力集中精神。

连胜厉害吗？他现在不得不承认，非常厉害。他很清楚，压制住他的是时机。

连胜如果慢出手一秒，他的攻势已经成形；如果出手太快，他就会适时改招，偏偏她抓得太准了，硬生生地挺了下来。这种准，更像是一种本能。可没有绝对的经验基础，又怎么可能会出现这样的本能？

这认知让他明白，二人之间有些难以描述的差距，连胜是个比赵卓荦还不好应付的对手。这样的人，你根本无法去拆招，也无法应对，她就像是自己的影子，完美克制住了他。

季方晓现在终于知道连胜开场提的几个要求是什么目的了。在场上的每一分钟都是对他的折磨，相信没有一个男人会喜欢这种纯消耗的打法，然而他不能投降。

不过，无用之功而已。季方晓狠下心来。

速战速决！

季方晓朝前踢出腿，又顺势转身跟上一记拳。连胜拍着他的手往旁边一推。季方晓已经适应了她的推拉，右手斜上勾拳，打向她的下巴。对方却朝后一仰，灵巧地躲过。

季方晓诧异地微张开嘴，视线移向自己的手脚，快速远离连胜，严肃考量现状。

他的出招变慢了。明明用了七八成的力，但是打出来远不如平时畅快。也许是因为奔跑了一天，又有三十多个小时没有阖过眼，所以体能减退……

可这变化也太明显了，显然不是。

他的手脚现在软绵无力，不知道从什么时候起开始不受控制。他摸向自己频繁被打中的关节，那里能感觉到一股微微的刺痛，但更多的还是麻木。

之前没有留意，现在才发现，他可能是中了对方的圈套。

是什么？连胜似乎对古武很有造诣，古武有什么能够做到这个？难道是点穴？穴道位于神经末梢密集的地方，被打中不是没有可能，但是，被频繁打中这件事本身就没有可能。

每个人体格不同，骨骼长度不同，加上穿着衣服，很难一眼看穿。要在对方移动过程中打到对方的穴道，怕不是得有着比机械更恐怖的精准？

季方晓脑海中闪过这个念头，隐隐觉得是真相，但又立马否决了它。这种只是拿来说笑的事情，真的能实现吗？

连胜看见他变化莫测的表情，猜到了他的些许想法，但笑而不语。

眼力不代表视力，就像许多神射手，他们或许看不清眼前的东西，但是抬手就能射中十几米外的靶子。

连胜尚未达到这样的水平，对于细微复杂的穴道还看不准。但是亲手摸过后肯定能确定了。季方晓开场时一直没把她放在眼里，这给她创造了不少机会。

僵持下去，对她没有好处，对季方晓也没有。

他们一来一回，时间转瞬即过。付教官掏出光脑看了眼。这场交换赛从开始到现在，已经过去了将近半个小时。

如果是一次两次，或许只是巧合，但连续近半个小时的攻守对斗，连胜依旧毫发无伤，甚至游刃有余，就不得不令人深思了。

仿佛不管季方晓的攻势有多凌厉，只要到了她的面前，就会主动慢下去，然后不断重复一样的结果。

看季方晓的表情，眼神凶戾，五官狰狞，已经忘记了维持他往日的风度。虽然连胜没有出招，但就是那样绵里藏针的招式，却叫他完全陷入苦战之中。

古武究竟是什么？

连胜瞥见教官看时间的动作，知道差不多了。

二人终于不再你打我退，而是正面交锋。

所有人发现局势转变的时候狠狠吸了口气，连季方晓也惊了一下。

连胜朝他逼近，身体偏在他的左侧。一脚钩住他的左腿，往旁边一带，季方晓觑机，反手抓住了她的右臂。

众人屏住呼吸，觉得大势已定。因为连胜刚刚那一扫，只是让季方晓一条腿轻微挪步，他的下盘还是很稳。而连胜已被他控住手臂，再难使出什么花样。

付教官的心沉了下去。果然如此，就到这里了吧。他们之间的差距实在太大了。一力降十会，加上连胜还这么年轻，能有多少技巧？

却见连胜被抓住的右手直接一勾，朝着他拉扯的方向用力顶去，同时左手按住他的肩膀，脚下一蹬，直直扑到他的身上。

季方晓一时不察，重心难以把控，眼看着就要摔倒。后仰中他没放开自己的手，使劲将连胜往旁边一甩。

连胜用膝盖和手撑了一下，缓住势转了个身，坐住了，而季方晓的后背却紧紧贴到了地面上。

照结果评判来看，他输了。

季方晓在地上躺了一会儿，望着正面的天空，久久没有回过神来。

现场静默片刻，爆发出一阵轰然的掌声。

季方晓竟然输了？输给了模样弱不禁风的连胜？

惊奇有，欢喜也有，更多的或许还是不解。

明明他们一直亲眼看着，再仔细回忆依旧想不明白，究竟是从哪一招、哪一式开始，连胜占据了上风？明明她从开始到结束，不过是在防守而已；明明她的肌肉不足以支持她去一次次挡住季方晓的攻击；明明有这种水准的人，不可能会是一副瘦弱的体格；明明季方晓不应该这么快就势微……而偏偏，这些都发生了。

教官迅速上前，将两人扶起，询问他们的情况。

季方晓摆摆手，表示自己没事。他此刻心情复杂，强敛了心神，走到连胜面前，朝她伸出手道："很厉害，打的招式没有见过。"

连胜在摸自己的手臂。季方晓情急之中抓的那一下没留手，现在后痛阵阵袭来。

季方晓正想道歉，连胜已经伸出手和他握住，没说什么，又收了回去。

孟江武等人热烈鼓掌，为她贺喜。几位教官也跟着啧啧称奇。

不管怎么样，连胜绝对是值得敬佩的。单在场上磨了半个小时，将对方生生磨到崩溃，而自己还全身而退，已经足够厉害了。

方见尘拍着赵卓荦的后背放声狂笑，可谓心满意足。

赵卓荦败给了季方晓，季方晓又被连胜打败，等同于赵卓荦被连胜打败。那他们就是难兄难弟啊！

季方晓走下场后，只想尽快离开这里。他保持着风度，和众人打了声招呼，先一步回去了。这边的人群也散了一大半。外围三三两两地站着人交谈。

连胜坐回到前排，喘了口气。

凑热闹的学生们意犹未尽，抬手喊道："再来一场啊，机会难得！"

"教官来一场！"

群众顿时来了兴致："对啊，教官来一场！"

鲁明远提提裤子，走了上去。

前排一男生捂住嘴，夸张地叫道："哇！又是指挥系！"

"指挥系"三个字让众人仿佛打了鸡血一般，大声喊道："指挥系！指挥系！”

付教官惊道：“你要挑战教官？”

鲁明远摇头：“不不不，我要挑战连胜。”

付教官看向连胜，不赞同道：“她应该参加不了了。”

“我可以啊。”连胜问鲁明远，“你分很多？”

鲁明远：“我？演习这边的分不多，但是总分的确挺多的。”

连胜重新站起来，走到场地中间。学生们见状一片狼吼声，纷纷大叫她的名字。

“厉害了，连胜！”

鲁明远高兴地比了比：“十分的哈。”

连胜点头表示可以。

付教官不知道这两人认识，只觉得连胜太过胡来。脸色微恙，但还是退到了一边。

鲁明远体能比连胜稍好一些，但也不相上下。他就是看得有意思，上来凑个热闹，顺便给连胜送个分。

二人软趴趴地对上了。

鲁明远走到她面前，摆开防御的姿态，说道：“你来吧。”

连胜：“……”

连胜对着他的肋骨处轻轻打了一拳，鲁明远连连退开几步，瞪着眼睛夸张道：“哇！”

众人紧张而又兴奋地追问：“怎么样？！”

鲁明远说：“没被女生打过。”

整齐的嘘声响彻天际。

如果说连胜和季方晓打斗的时候，那气氛是沉闷的，那现在和鲁明远对决，就是一场轻松的逗乐游戏。

“没想到你是这样的，学长！”

“克制，学长！克制住你的单身之魂！”

“这么重要的对决请保持严肃！”

连胜没想到鲁明远是个这么幼稚的人，他显然对刚才的以柔克刚兴致勃勃。

鲁明远说：“你不用对我客气，打我一拳试试。”

连胜：“那你尽管动手吧。不是有学拳吗？”

鲁明远肯定是学过军体拳的，闻言照着朝连胜打了一套。

连胜决定满足他的要求，和他对了几招后，在他腹部的穴位点了一指。

一股麻痹刺痛的感觉漾开。鲁明远弯下腰，若有所思道：“哦……是这样。”

连胜抬脚，随意一扫，直接将人撂倒。鲁明远还没玩够，猝不及防地一声“啊”，被教官宣布挑战结束了。

鲁明远大为遗憾，揉着屁股走下场去。

又有几人竞相举手，想要上场。连胜定睛一看，哦，不就是在山上给她捡子弹的小伙伴们吗？于是满足了他们的要求。

这分数刷起来，实在太舒爽。

只不过，这种单人积分交换赛要求比较严格。不同排且不同级，相同的人只能挑战一次，且每天不可以超过十场。其余的人盯紧了剩下的几场，拼命举手，报名参加。

付教官问场中的连胜：“怎么样？”

连胜说：“我们道家思想讲求盛极而衰，盈满则亏。九九归一，就是不宜过多。”

付教官：“什么？”

连胜甩了甩手：“手有点疼，我需要休息。”

付教官失笑：“你下去吧。”

连胜的手起了一块很大的瘀青。她撸起衣服看了眼，最后还是绕到医务点去，让医生给处理一下。

医务室里最不缺的就是这些跌打受伤的学生了，连胜自己拿了药酒，坐在一旁慢慢推拿。

医生走过，又停下来，忍不住八卦道：“听说你打赢了季方晓？这么厉害？”

连胜抬起头：“你还听说了什么？”

医生两手插兜，想了想：“打了半个小时？”

连胜：“是我没错。”

医生意味深长道：“真是人不可貌相啊。”

因为连胜和季方晓的一战太过震撼，反而让人忘记了先前赵卓荦的那一场。而连胜赢得又似乎有点……难以言喻，整件事情就被流传得更广了。

总之就是连胜火了，各种意义上。

在军队里，有两种可以树立威信的方法：一是用实际的战绩，二是挑战别人的威信。

第一种显然是需要前提条件的。信任要在长期的接触中才能建立。而第二种就不需要了，它随时随地，且见效神速。

季方晓的落败就是如此，感谢他为自己的进步做出了贡献。

“好好休息吧，之后可不那么轻松了。在军事学院里积分代表了一切。新生，祝你好运。”医生补充了一句，“而且赢了不一定就是好事。”

连胜涂完药，将东西放回桌上，朝他鞠了一躬，转身出去了。

连胜趁着中午睡了一觉，吃过晚饭后去集合点。或许是行程被压短了，大家空出了不少时间，今晚的安排依旧轻松。就是教官教学生唱唱军歌，顺便围观一下各个排之间的积分交换赛，然后听教官胡侃他们的年轻往事。

场面一片和谐，和谐得让连胜怀疑人生。

这场演习有很多混淆视听的安排，就算连胜以前没有参加过，也深深感受到了它的尿性。

连胜抱膝坐在地上，扭头问道：“之后都是什么流程？”

孟江武：“啊？流程？睡觉？”

连胜汗颜道：“我是说训练安排。”

“演习啊。训练，然后再演习。”孟江武顿了顿，终于抽出神来，组织了一下语言重新答道，“过两天会有一场组队对战教官的演习。快结束的时候，会有全体参与的红白阵营战。”

连胜：“组队对战教官？”

孟江武：“对啊，跟这次的个人演习有点类似，不过人数会增加。应该是组队的，但每年都有点不大一样，说不准。”

也就是说具体还要等通知。

前面付教官一声令下，众人起立，跑去和别的排飙歌。连胜一首歌都不会唱，严重拖了全队的后腿，导致被付教官单拎出来，到旁边学习军歌。

连胜大为不满。都是什么事儿啊？居然在唱歌上苛责连将军。

整晚就这么轻松地过去了。夜半，众人正在熟睡，一道尖细的哨声划破长空。

众人还搞不清楚状况，就听见付教官那熟悉又浑厚的声音在帐篷外面响起：“全体都有！马上集合！”

连胜爬出帐篷，见付教官穿戴整齐，手里拿着手电筒，站在河岸中间。

付教官催促道：“五分钟内集合完毕，否则自领处罚！穿上你们的军装，带上你们的被子，拿上你们的手电筒，给我火速集合！快快快！”

众人反身回去穿衣服、折被子。

付教官走到一个还没动静的帐篷前面，踹了一脚，又吹了声哨：“睡什么睡？给我起来！”

里面那人慢了一拍，终于爬出来，捂着脸问：“什么？”

付教官没有管他，走到空地上，等众人集结完毕。

连胜找了许久才找到自己的手电筒，将棉被用绳子扎好背上，赶紧走出来。其余的人也陆陆续续地跟上，列好队伍。

付教官看了眼时间，又数了遍人数。还好，没有人超时。他吹着哨子道："全体都有，向左——转！起步——跑！"

连胜一脸蒙，跟着他往山上跑。

大半夜的背着被子跑山路，虽然选的是较为平坦的大路，连胜还是摔了一次。有几个迷迷糊糊闭着眼睛跑的，也终于被摔清醒了。

付教官在队伍旁边冷漠地看着，前后都是和他们一样的学生。

慢跑了一个小时后，教官们才带着人重新绕回扎营点，让他们卸下被子继续睡觉。

原本应该是怨声载道的，但众人实在是太累了，直接脱了鞋子扑进帐篷里，来不及吐槽。

半夜慢跑似乎重新拉开了演习的帷幕，之后又开始了紧密高强度的训练。

因为训练有不少是多人合作的，要进行组队。虽然比不上狩猎、实战之类的大型活动，但占比也不少，而且大部分依靠纯体能和纯体力。

连胜之前赚到的积分有不少因为完成不了任务被倒扣了。

活动小队不会固定，后期开始随机打散。先是班级内部重排，然后是跨专业重排，最后是跨专业、跨年级的大混搭重排。

联盟大学的军事模拟就是这样一个参与范围广、重在短期磨合协调的活动。所以要借由这样的机会让学生们多合作，也是对各人职责、实力和专业的一个明确。

而军事指挥系的成员，在这样的演习组队中是最被唾弃的存在。如果可以，他们一般会沦落到内部组队。得亏于随机模式，才让他们有机会祸害他人。

连胜，成了最凶残的那一个。

众人不知道该用什么表情面对她。辉煌之后看见了她的极低点，有关于她的一切传说似乎都带着厚厚的滤镜。她的成绩永远在最上和最下两点变动。

反正她就是一个让人捉摸不透的传说！

调整期过后，他们迎来了第二场演习实战，也就是孟江武所说的，学生教官对抗战。

所有人集合，由教官在前方宣告本次演习规则。

营地里一共会派出八十名教官，负责参与这次活动。其中有上等兵、一等兵，还有两位士官以及被调派来做后勤分析的技术兵。

学生和教官采用之前排号轮替一样的规则，山上始终保持三百名学生、四十名教官的数量。当学生人数不足两百，或教官全体被击毙时活动结束。以四人小队的形式开展活动，团队总积分即个人获得积分。

学生子弹依旧是十颗，教官初始子弹是三十颗。

还有几条比较有意思的规则，连胜低头默默地回味。

那教官规则宣读完毕，退开一步，让中尉上前。

中尉颔首，高声道："作为表彰，上次在个人演习赛中获得前三名的学生，可以得到一个特权。"

连胜好奇地抬起头来。她还有特权？

中尉："现在，请三位优胜者上台。"

连胜出列，小跑着上去，排到三人的最左边。

中尉转身对他们说："现在你们可以指定一名学生，强制绑定为四人小队的队友。"

连胜琢磨了下，觉得这规则也很有意思。

既然他们是上次比赛中的优胜者，一般学生应该都是争抢着组队的。需要强制绑定的，只有对方的固定队友。也就是说，这是让他们互相抢人。

果然，季方晓毫不犹豫道："我选方见尘。"

一位远近闻名的话痨狙击手。

在这样的地形中，狙击手很吃香，之前的演习也已经证明了这一点。而且他选走方见尘，赵卓荦一个坚强的后盾就没有了，想必他会很头疼。

完全在情理之中。

方见尘理了理头发，叹了口气。他怎么这么受欢迎呢？

赵卓荦唇角紧抿，虽然没有变脸，但也可以看出他不大高兴。

他知道的称得上技术高超的狙击手只有两位。一个是方见尘，被季方晓先一步选走了。一个是连胜，她现在就站在旁边，自己不能选。

季方晓那边根本不缺人，他多的是可以随意搭配的队友，赵卓荦选谁都没有用，对方甚至还可能故意拖自己的后腿。还能怎么办？

赵卓荦看了连胜一眼，说道："我选孟江武。"

孟江武猛然抬起头："我？"

他竟然被选了，还是被赵卓荦给选了。孟江武简直受宠若惊，满心充溢着说不出来的感觉，同时还有一点心虚和惭愧。

队列中的学生左右寻找孟江武的身影。他们很好奇，用一次宝贵的绑定机会，交换了方见尘的选手，怎么他们没有听说过？难道是新生吗？

孟江武挺了挺胸膛，迎上众人的视线。

连胜："……"

她偏头朝赵卓荦挤眉弄眼。

这怎么玩儿？季方晓抢了他的人，他为什么要来抢自己的人？互相伤害也不带这样波及无辜的。而且孟江武也只是她随机组到的队员之一而已，甚至没怎么打过配合。赵卓荦不是破罐子破摔了吧。

连胜偏过头，小声问道：“如果我选你们队伍的程泽……”

赵卓荦快速打断了她，生硬地道：“那我也没有办法。规则而已。”

连胜：“哦。”怕他要哭。

连胜抬手，大声道：“我选鲁明远。”

众人又是一惊。

连胜体质不好算是众所周知了。众人都以为她会选一个体魄强健的人来弥补自己的不足，结果她选了一个难兄难弟。

鲁明远望向连胜，表情也很是茫然。连胜抬手，朝他敲了敲肩膀，打个招呼。

除了季方晓，另外这两人的选择真是……看不懂啊。

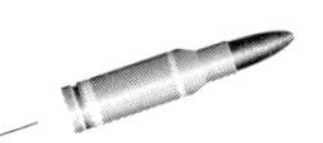

第七章
教官对抗赛

中尉宣布完毕之后，立即开始紧锣密鼓的赛前准备。

付教官又向他们强调了一遍活动规则，就不再管他们了，匆匆过去抽号，毕竟这次双方是对手。

第二场实战演习用的是自愿组队的方式，选手找齐队员后去统计点登记，然后按组别抽号。

连胜绑定了一个鲁明远，队伍还有两个位置空缺。她倒是没什么特别的人选，于是就去问了郑磊和沈喻。二人欣然同意。

小队四人汇集在一起商讨作战计划，有种熟悉又陌生的感觉。彼此对视几眼，不知为何有点尴尬，傻笑着难以开口。连胜摸了摸鼻子，让大家重新做了遍自我介绍。

郑磊和沈喻虽然跟连胜参与了最初的狩猎战，但并没有一起行动过，之后随机组队过一次，交流也不深，最多算混个眼熟。倒是鲁明远，跟连胜刷了一波大混战，各自心里都有底。

他们这个队伍阵容有点迷惑。四个指挥系的学生，完全打酱油标配。

连胜代表小队过去抽签，手气爆棚，直接抽到了三十一号。她又去问了孟江武的号码。他们组这次运气也还好，第八十组，临近第一批的边缘。

规则是一次上场三百名学生，也就是七十五组。山上每下来四人，可以上去一个小组。

赵卓荦看见连胜在和孟江武说话，也能猜到肯定是在问他们队伍的情况，装作没看见。之后孟江武回来，他又把队伍的计划亲自重复了一遍。

孟江武在两边跑了一圈，再迟钝也明白了他们这群人的意思——想合作，但是还不确定，所以让他搭个线，到时候看情况决定。

赵卓荦或许有很多的选择，毕竟他已经有一支非常完整的队伍，就是缺了个狙击手。如果把配置给他补齐，他们绝对四个人自己浪，还可以避免分散自己的得分。但是连胜没有选择，她迫切地需要高武力且可信任的合作伙伴。

感谢这个所谓的胜利者特权，给他们提供了谈判的机会。

连胜认为，这条规则的本意是让他们互相选择对方的小队成员，这样要么就此削弱对方的实力，要么为他们的后期合作打下基础。悲剧的是，三人里只有赵卓荦有固定的小队，这条规则最后转变成了针对他一个人的剥削条款。

为了促进大和谐，同时表示自己的诚意，连胜把自己队伍的安排也转告给了孟江武，将两队外交的重任交给了他。

连胜四人穿上防弹护具，他们选了两把狙击枪，一把轻便的手枪，还有一把冲锋枪。

这次物资点给他们每人配了一把木刀。连胜拿在手里掂了掂，自嘲道："没有子弹的时候，也可以肉搏了。"

沈喻黑脸道："讲真的，有没有子弹，都没有肉搏的机会。"

在持有热兵器的情况下，大家都会保持安全距离，谁跟你肉搏？何况真比肉搏，谁能打得过教官？

早上七点整，夜间积蕴的凉气被火热的日光驱散，众人穿着那套厚重的装备，还没开始运动，已经闷出了一身热汗。

七十五个组的人员分开，跟着教官从不同的方位上山。到半山腰后，掐表，训练正式开始。

鲁明远在前面带路。

教官们现在一般分散在大路四周，在视野宽阔、人流量大的位置。连胜决定先不跟教官起正面冲突，确定战线才是首要任务。

旁边的小队来跟他们搭话，想邀请他们一起去狙击教官，被连胜婉拒了。他们中途和一起进山的几支队伍分开，去周边埋伏。

几支队伍见他们离去，完全不能理解。显然他们现在有共同的敌人，而且这个敌人很强大，首要任务应该是联合起来，借着阵势制造混乱杀上一波，为什么要拒绝呢？

于是他们雄赳赳气昂昂地往山上而去。

鲁明远选了个相对安全的地方，队员伏在草地里隐藏身形，等赵卓荦等人前来会合。

他们才趴了没一会儿，郑磊就有点心虚了，他问："你确定他们会来？那可是赵卓荦啊，为什么要和我们组队？"

"因为有——"连胜指了指自己。

郑磊与沈喻齐齐嘘声。

两人将头贴着地面，似乎能听到远处的激战。

郑磊心里焦躁不安，忍了忍没忍住，还是偏头说道："机会错过就不再啊，开场是最好刷分的时候，去年我们队伍就趁乱刷了两分！”

连胜淡淡道：“才两分。”

郑磊：“……”

不知道的肯定猜不到她是第一次参加演习。

郑磊戳了戳自己的脸，惊道：“难道这是铁皮做的？”

连胜扭头看向他。

“你觉得开场好刷分，是因为它足够混乱。对你们来说是，对教官来说也是。”连胜说，“混乱是不稳定的状态，在没有十足把握的情况下，那不叫刷分，叫撞大运。只有没有把握的人，才会想着开场去碰运气。”

沈喻说：“可是你之前大部分的分数也是在混战里刷来的啊。”

连胜不厌其烦地和他们解释：“当时是在晚上，每个人的视野都受限。我的位置已经选好了，也知道对手所在的位置。虽然情况混乱，但是整个战局我心里有数。这一次呢？正好是白天，对手的实力、人数、位置，我们通通都不知道，极有可能半途遇到危险，我们甚至连己方情况都不明确。”

两人沉默下来。

“最重要的是，学生的实力和教官的实力不能比对。实力不是简单的人数加减的问题，不能认识到这一点的话，只会无谓扩大己方的伤亡。你自己想想，就算用十个人头换到了教官的一弹，教官要中弹三次才会退场，而我们自己的队伍可能就被拆散了，后面又应该怎么打？我们的损失绝对不只是简单的一个成员，甚至是整个走向。你知道有个词叫‘溃不成军’吗？你知道散兵的战斗力跟团队战斗力的差距吗？”连胜说着，就回忆起当年训兵的场景，不禁加重语气说，“你们如果开场就放弃自己的优势，那就意味着你们已经放弃了这场比赛。”

郑磊和沈喻欲言又止。连胜说的他们都是知道的，也明白教官的意图。天下没有白吃的午餐，这波开场分，要用同等的风险去换取。

连胜这种计划的前提，是建立在她有自信可以靠自己的小队拿下教官的人头。可教官也会结伴行动，最有利的情况，四对二，他们四个指挥系的学生能从教官手上拿到分数吗？

归根究底……的确是他们没有自信。

连胜说：“而且别忘了，不只教官可以淘汰你，其他的学生也可以。教官之间才是绝对的战线联盟，我们之间不过是塑料花友谊。”

郑磊：“对啊，教官都有联盟，我们才需要寻找更多的人结盟，不然怎么才能应对教官？”

他对上连胜严厉起来的眼神，声音无意识地低沉下来，最后仿佛是含在嘴里，模糊地说完了："单靠我们……不是更炮灰吗？"

郑磊推了沈喻一把，寻求战友："对吧？"

沈喻"嗯嗯啊啊"地说道："咱们还是要认识到自己的实际情况。我们三个枪法不准，你体力不行，这是事实吧？"

连胜垂下眼睛，唇角微微紧绷。熟悉她的人会知道她有点不高兴了。

妄自菲薄下的急于求成，是许多人的通病了。

他们只想着刷分，或者说他们想的只有眼前的一分两分。更高更远的地方，他们直接放弃了。

如果是小兵，能做好眼前的事，已经非常不错，连胜或许还要表扬他们一句，懂得抓住时机。可这两人选的不是指挥系吗？身为一名指挥，要谨慎，但也要足够狂妄。刚刚开场，局势未定，怎么就知道不行了？

连胜不允许他们在自己在的时候，还这么干脆地放弃。她连将军的尊严呢？

连胜觉得这个团队的智商有点堪忧，扭头问道："你听明白了吗？"

一直趴着默默旁听的鲁明远抬了下头，才回过神来说："啊？哦。其实我都能理解。"

连胜："我也能理解。"

鲁明远顿了顿，措辞道："如果是我的话，或者说是我原本的小队，我也选择现在过去刷分。"

郑磊和沈喻仿佛找到了同盟，顿时激动起来，拍着手道："你看！你听！"

连胜皱起眉头。

"不过。"鲁明远一个大喘气说，"如果我是这场比赛的总指挥，我一定不会让我的士兵去这样做。"

郑磊和沈喻被他的急转折打得措手不及，剩下的话被噎回了肚子里。

沉默了两秒，郑磊试探性地求证道："学长，你的意思是你站在连胜那一边？"

鲁明远点头："我站。"

连胜哼哼了两声，换了个趴着的姿势。

鲁明远说："既然连胜有信心，我愿意相信她。一分和零分没有太大的差距，但是全程参与和开场败退之间的经验差距，就太大了。"

二人仔细想了想，越发觉得他说得很有道理。

实战演习一年才一次，经验远比积分宝贵。如果连胜真的有自己的想法，不管最后有没有成功，都值得他们去尝试。谁愿意做一个漫无目的的马前卒？他们读指挥系的初衷可不是这样的。

沈喻抬手摸自己的脸，才想起来自己戴着防具，又讪讪地放下。

郑磊虚心地低下头："请组织继续教诲。"

连胜半侧着身，手点着他们，认真批评说："什么时候都不要把人数作为你们最重要的筹码，那样损失会非常惨重。战争的本意不是为了杀戮，而是为了保护，包括保护你们自己。过多的牺牲，哪怕胜利，也不值得骄傲。"

二人诚恳地点头。

不是人多就死得起了，没有任何一个人是应该死的。他们犯下了身为指挥最大的一个错误。

连胜："我不希望开场就直接造成损失。我不认同多换一的做法。就算是牺牲，我也会让你们死得有价值。"

郑磊嘀咕道："其实最好……还是不要牺牲了。"

连胜拍上他的肩膀："那就努力吧。朋友，为了活到最后而奋斗。"

郑磊看向她的手，深吸了口气，点头。

所有人都是从小兵起步的，经验是用血汗换来的。只要他们能认识到这些，冲动或无知都不是错。重要的是有一天，他们可以沉下心去思考，真正地成长起来。

连胜最后总结一句："年轻人，不要太心急。"

众人："……"

郑磊和沈喻现在才发现自己被一个新生当作晚辈训斥了半天，正想反驳两句，就听见后面一个人很是无语道："你们说得这么大声，还用躲在这里吗？"

几人回头去看，不知何时有四个人绕到了他们身后。

赵卓荦来得好快，说明山上的轮替速度也很快。短时间内已经死了不少人。

不愧是教官啊，这清扫速度可以的。

"哟，赵卓荦。"连胜开门见山地问道，"要合作吗？"

赵卓荦没有狙击手，肯定是需要找人合作的。连胜猜测季方晓那边也有跟他搭档的意思，赵卓荦不可能狠心放弃自己的兄弟。

果然，就听赵卓荦说："我们还有一个队员在季方晓那里。他们暂时还没上场，但是也问过我的意思了。"

他说到这里就断了，意思很明确，想听听连胜的看法。

连胜几人滚了一圈，把方向调回来，头对头地和他们交流。

连胜摊开手，大度地说道："没关系，大家可以一起合作，先试试。"

最佳状态当然是两支队伍，连胜觉得足够了，人多只会坏事，分割彼此战果。但和季方晓比起来，他们的队伍不太有竞争优势。连胜不能放过这个合作伙伴，只能暂时先退一步。

赵卓荦肯定也不喜欢和季方晓共事，他既然听从孟江武的建议来了这边，说明他内心还在犹豫。

“你们约好了在哪里见面吗？不如我们一起过去，商量一下对策。”连胜主动道，“顺便在路上抢点子弹，好好准备准备。”

赵卓荦狐疑地看向她。总觉得这人谄媚得特别诡异。

后面的叶步青跟程泽对视一眼。就冲刚才听到的那番话，如果不是方见尘在季方晓那里，他们是更愿意跟连胜合作的。

连胜的素质的确够得上一个指挥的素质。她的分析保证了足够的冷静和客观，重要的是她的作战理念更合他们的心意。季方晓的方案里，总是会有许多的炮灰，因此跟他相处始终会有一种放不下的戒备感，让他们有些不舒服。既然连胜愿意搭伙，那么可以先试试。

程泽率先伸出手说：“可以啊，合作愉快。”

连胜和他交握。

“那现在就走吧，两边离得还挺远，过去估计也差不多了。”程泽半撑着起身说，“我先到前面探探情况，你们待会儿过来。”

连胜在几人中间点了点。因为戴着头盔，只能依靠声音来分辨，然后指住了她最陌生的一个。

不认识，但见过一两次，跟赵卓荦等人站在一起的男生。

他身材高大、骨架坚实、胸背宽阔，一看就是战斗兵种，但是皮肤却很白，五官也没什么侵略性，叫连胜印象深刻。

叶步青会意：“叶步青。”

连胜伸出手：“幸会。”

程泽走了没多久，又迅速匍匐回来。连胜正在和他们讨论之后的对策，她的意见是，尽量迂回引诱，避免正面冲突。众人深以为然。

他们正要继续深入，赵卓荦忽然抬手一压，示意几人安静。

不远处程泽打了几个手势，再次转向爬开。

赵卓荦小声道：“教官来了，有两个。在前面的大路上。”

几人略惊。这么巧？随便趴趴也能等到？

“四面散开。”连胜立马下令，又扭头对鲁明远等人叮嘱，“你们自己躲好。”

郑磊彻底蒙了：“散哪儿去啊？这是要怎么办？要跑吗？”

连胜将背后的枪拿下来，抱在怀里，往下压低了重心，以免暴露。移动前最后回头说了一句：“跑什么？人都送过来了，照计划随机应变。现在散！”

郑磊和沈喻等人毫无方向，就见连胜朝着大路靠近，而赵卓荦和叶步青则往两边分散。他们根本不知道该怎么行动。

郑磊小声问：“我们刚刚有计划吗？”

鲁明远拉了他们一下，指着前面示意，带着他们朝后方撤离。

连胜一路向前，估算了一下草的高度以及外面的地形，考虑使用狙击枪有暴露的风险，为免意外，在中途较远的位置就停了下来。架好枪支，开始调整方向。

那两位教官时不时回头张望，走得不快，但是很谨慎。

连胜轻吸一口气，在对方走到正面位置的时候，扣动扳机。

两人很是警觉。走在内道的那位教官听见枪响，下意识地朝后一跳，可惜还是被打中了。肩膀上的信号灯从黄色变成了红色。而他旁边的搭档，迅速抬起枪支，打算朝她的方位射击。

连胜抓起狙击枪，往右边丢去，自己就地朝左边一滚，草地两边都是一阵窸窣晃动。

教官皱眉，被她迷惑住了，迟疑了片刻没有开枪。他还没来得及下手，又有子弹同时从前后斜处射来。可惜那边的位置不好射击，虽然对方连发几弹，但都被两人顺利躲开。

两人见这边情况不妙，暂时不管连胜，闪身躲到树后。连胜趁机过去捡起了武器。

“我去！”一教官说，“这里还埋伏着这么多人？”

他已经中弹两次，再中一次就要被淘汰，声音里却不见慌乱，还带着一股轻松的意味。他打开弹匣看了一眼，已经所剩不多，足够他退场前再拿几个人头。

另一教官搭腔道：“守株待兔吧？不过教官可不是那么好刷的。”

“三个人，一个在正前方的草地里，一个在斜后灌木下面，还有一个在右上的石头后面，对吧？我们已经全都看见了。”教官握着自己的枪，一面说一面小心往外面瞄去，“还有一个人呢？不会已经退场了吧？”

他刚刚探出头，一颗子弹立即破空飞来。他警惕地后撤，看着子弹从面前飞过，落点离树干起码还有五厘米的差距。

果然，学生的枪法是会有偏差的。

二人对视一眼，比了比他们的位置，准备从后面进击，先解决容易的两个。

还没正式行动，便听见有个女声高声命令道：“跑！”

刚刚开枪的三个位置同时传来响动。二人从树后查看，发现真的有人离开。

难道是意外撞见他们的？

演习基地里女生不多，但也还是有几个的，大部分集中在指挥系。她们跟普通的女生比起来略为凶残，但是和学院的男生比起来还是身娇体弱。

也对，这块位置偏僻，连学生都没几个路过的，真要埋伏，怎么会选择这边？应该是恰巧在附近碰头，撞见了他们。想着拿到一分已经满足，害怕被反杀，所以明智地撤退。

从他们刚才枪法的准度来看，这猜测很合理。

不足为惧。二人笑了笑，从同伴的眼神中坚定了猜测，直接起身追击。

连胜等人已经跑向深处，回头见他们出来，找到石头或树木等遮蔽物，扑过去暂时躲避。

教官两人分派任务，一人站在原地持枪掩护，一人深入草地，狙击对手。

追击的教官往里面跑了一段，眼神四面环视，确认三人的方位。他准备先去找连胜，又一次提脚的时候，脚踝被一股大力稳稳抓住了。是程泽。

竟然有人一直藏在草丛里。他们是四人小队！

教官大惊，倒抽一口气，直接垂下手臂，试图逼杀程泽。可惜他的枪支太长，不便于近身作战。程泽力气又不小，两手合力一抱，将他拽倒。

教官手上的枪口歪斜，朝半空发了一枪，来不及调整，又被对手正面扑倒在地。他一手掐住程泽的脖子，准备翻身重战，心口处传来一阵钝痛，似乎被什么东西给戳中了。

教官低头扫去，发现自己的信号灯已经熄灭，而刚才戳在他胸口的，是一把木刀。

程泽躺下转了个身，让教官挡在自己身上做自己的肉盾。刚刚躲起来的三人又从障碍后面出来，对着站在路边的那个教官开始射击。

教官迅速躲闪，还是被狙击手打中一枪，顿时明白自己上套了，刚刚那两枪偏离准度的弹道是装的。他估计情形不妙，当机立断，撒腿就跑。

几人也没有追击，悠悠朝着程泽这边过来。孟江武等人也跟着从远处跑过来。

程泽将教官推下去，拍拍手坐了起来。

地上的教官眼睛微微睁开一条缝，悄悄打量几人，这才发现他们哪是四个人，根本是个完整的八人小队。

连胜瞧见他的小动作，笑道："朋友，'尸体'不带睁眼的啊。"

教官默默闭上眼睛。

"哟！"连胜一手提枪，朝他敬了个礼，"感谢贡献首杀。"

教官："……"

现在的学生，胆子真的是越来越大了。演习还没结束呢，就敢来羞辱教官。她不知道时间还早着吗？

连胜蹲下身，拿起他的配枪，顺道去抠他的子弹。鲁明远提醒道："教官的子弹我们不能用的。"

教官的枪支和他们的不同，子弹不可通用。所以在活动规则里，学生有十发子弹，可以互相掠夺。但是教官有三十发子弹，用完就没了。配置冷兵器的目的，就是为了让教官们在子弹不足的情况下也可以留在场上。

连胜数了数，一共只剩六颗，她将东西揣进自己的兜里，站起来说："没关系，我有用。"

郑磊蹲下，把枪也拿起："这个你不带？"

连胜："不要。"

也是。漫山遍野都是移动武器库，怎么可能选这种难以续航的枪支？郑磊干脆地把枪给扔了。

看着地上的教官，孟江武后知后觉地开始兴奋。他没想到这么轻松就可以拿到分数。眨眼之间，毫无伤亡！但是很快他又冷静下来，明白自己其实只是蹭分。他觉得值得庆贺的事情，对于连胜等人来说，或许只是稀松平常。

孟江武不信邪地问："你们之前对过暗号了？"

"没有啊。"连胜抬起头说，"不是说好了见机行事吗？"

那么短短的几分钟里，哪里来的"机"啊！

"说了不难吧。"连胜扛起枪，朝前一指，"走。"

八人连成一排，往山的另外一面翻去。还是程泽在前面开路，赵卓荦负责兜底，连胜跟在小队中间。

这阵容让孟江武觉得自己是被保护的小鸡仔，简直有伤男人的尊严。可差距的确是存在的。这认知叫人想当场涕下。

一群人各怀心思，一路向前。

鲁明远走在连胜的前面，问了一句目标位置在哪里。程泽其实也说不大清楚，毕竟山上根本没有路标，对高度、朝向的认知都很模糊。行动的时候，基本是队员先走过，熟悉路面，直接指定了位置再过去集合的。

可是鲁明远和他们没有对过暗号啊。

鲁明远说："有什么树，茂密吗？路宽多少？斜坡高度多少？有没有标志性的石块或深坑？"

程泽被他一连串的问题问得蒙了一下，然后照着他的问题描述一遍。

鲁明远又问了几个方位性的问题确定细节，回忆脑海中的地图，大致可以确定。他急忙说道："啊，那里不行，我们不能就这样过去。"

几人闻言停了下来。赵卓荦问："怎么了？"

鲁明远正了正自己的头盔，解释说："从这里过去，要路过两个三岔口，还有数个交会路口，不可避免会遇到不少人。从以往的统计数据来看，目标点的前方有一段人流量集中的交会区，也就是说，我们可能会撞上大混战。运气不好的话，三分之一点的附近，还会再遇上一场。”

他说完之后，现场安静了数秒。

鲁明远转了转，“咦”道：“都没听懂吗？”

“听是听懂了，可是……”程泽带着震惊问道，“学长你确定吗？”

这座山虽然不大，但是也绝对不小。鲁明远只是简单听了一遍描述，就可以得出这个结论？

他们倒不是怀疑鲁明远，毕竟他可以称为军事学院首席数据分析师，拥有教科书般的建模技术。可是，在战场建模的时候，会有侦察兵汇报前方情况，他基于反馈，再进行合理推断建立模型。而现在，开场的时间还不算久，他们上山后也没有外出探查过情况，这个结论完全是依靠他自己的推测得出的，总觉得有点过于主观了。

鲁明远也不慌，让连胜等人注意四周，自己蹲下身，拿起一根树枝，把前面的路给赵卓荦标了出来。他画得专业且精准，怕几人听不懂，顺带把附近历年的战况也引出来说明了一遍。

他脑海中的数据库极为庞大，对这座山更是了如指掌。

“虽然数据会有些许偏差，但是总体走向是不会出错的。”鲁明远说，“就算没有混战，也肯定会有教官。在中场以前，山上人数偏多且战况激烈，这样的黄金路段不可能没人看守。”

赵卓荦等人埋头细思，牢牢盯着地上已经被画花的地图。

这座山基本是赵卓荦他们自己探索的。为了准备这场演习，他们在山上系统地巡查了好几遍。但他们拿不到往年数据，也没想过基于概率论进行类似的分析，对自己关注点外的地方，只有一个粗略笼统的概念。

原本他们还觉得探索清楚地形已经足够了，听鲁明远这么一分析，才发现原来地形不过是基础中的基础，地图的开发永无止境。钻研到像鲁明远这样的地步，等同于开启了上帝视角，才能叫真正的建模啊。

果然专业的事，就应该留给专业的人。

现场还是一片安静。

鲁老师茫然地问道：“听明白了吗？”

众人诚服地点头。

第八章

争抢战力

他们完全刷新了对后方人员的认知，比想象中的更为强大。

在平常的系统模拟中，单兵是战斗人员，给他们下派指令的是总指挥，数据分析师的存在相对而言不那么显眼，因此大家对这职业的认知笼统而模糊。主要是他们很少见到这种水平的分析师，大部分的人能做好统计反馈已经不错了，可真正显露水平的，其实是基于这上面的分析推断。

这次是真的……长见识了。

赵卓荦觉得，他们队伍里也应该带一个指挥系的强力后援，可惜鲁明远的身价他们暂时请不起。

连胜虽然听不懂他在说什么，用的什么方法，但对这个清楚表述出来的结果非常满意。从赵卓荦等人的表情也可以窥出，鲁明远应该是个很有水平的人。

当然，连胜看中鲁明远的不仅仅是他的技术，还有他的素质。

鲁明远足够冷静，且善于分析。重要的是，他非常尽责。多数情况下他都保持着一种低调的状态，客观地向你提出他的建议。他不会炫耀他的学识，也不会参与他们之间的争论。处事冷静，有大局观，让人觉得安心可靠，可以稳定军心。

事实证明他的确很不错。

鲁明远问："所以呢？要不要绕道？不过就算绕道，也不一定能规避教官。"

这是当然，战场瞬息万变，哪里有绝对的事情！

连胜端着枪，戒备前面的方位，问道："混战区离目标点近吗？"

鲁明远点头："近。大概就在范围区的边缘。"

"那就不用绕了。"连胜说，"这样看来，季方晓选那个位置，就是准备要参加混战的。我们既然要跟他合作，那么绕路的结果也一样。"

赵卓荦等人缄默不语。

去还是不去呢？这走向显然和他们原先的计划相悖。可是在没有见到人的情况下直接下了定论，好像有点对不起方见尘。

连胜知道他们正在纠结，于是说："小心一点，我们先过去看看情况。"

做人就是要大度嘛，他们早晚会知道季方晓不合适的，走走歪路，也没关系。

几人点头，就这样决定了，重新编排队伍。

主要的危险还是来自前面，所以赵卓荦的小队负责开路，孟江武等人靠后见机行事，鲁明远从旁指导。

众人路上遇到不少学生，凡是带狙击枪的，连胜都给他们刷了。毕竟没有物资箱，要保证装备充足，只能对不起他们了。

倒在地上的同学们，看他们的眼神带着血泪。竟然不打招呼直接就杀，破坏革命友谊。

路上遇到的情况，基本就跟鲁明远分析的一样，随后到了他说的混战区。

几人远远地停了下来。

连胜趴在地上听动静，随后抬起头道："前面估计在激战。"

孟江武忐忑而又兴奋地问："上吗？"

连胜说："不想死就别上，后退躲好。"

鲁明远很有自知之明，他朝孟江武招了招手，指向旁边一个可以躲藏的点。

连胜没有跟上，而是提枪继续往前。

孟江武惊道："你想死？"

"不。"连胜回过头酷酷地道，"我死不掉。"

孟江武："……"可把你厉害的。

连胜背着枪跟着赵卓荦等人走了，另外四人乖乖去到旁边躲着。

那是一个视觉死角。前面被一棵树挡住了视线，后面是灌木。左边倒是比较平坦，但是路不好走，有人过来可以一眼看见。

四人缩在一起，正好一人守一个方向。他们背靠着背，心底莫名升起一股安全感。

孟江武抬头仰望苍穹，看絮状白云悠悠飘过，暗想这是多么祥和的日子啊，他从来没体验过这样轻松的演习。

孟江武怀揣着罪恶感问："你们说，我们是不是太渣了？"

鲁明远说："可我们本来就不是战斗兵种啊。"

郑磊和沈喻点头。

孟江武郁闷道："可连胜也不是啊。"

"每个人总有自己擅长的事情嘛。我们是指挥系，做好后方调派和支援就可以了。"鲁学长像个长辈似的循循善诱道，"连胜枪法好，但是她体力不行呀，你们也有擅长的事嘛。"

三人一齐点头。

孟江武弱弱地问道："我们擅长什么？"

叫人窒息的沉默。

郑磊和沈喻回头，按住他的头愤怒往下塞："我们都忍着没问了，你为什么非要问这么扎心的问题？你有病啊？！"

连胜四人从边缘区过去，躲在暗处查看情况。

粗略一扫，前面的林子里有不下五位教官。因为弧度视线被挡，可视距离不长。至于上面究竟有多少人，连胜不好保证。

这边的地势有明显的起伏，旁边是处于低位的小道，就是他们来时的路。而几位教官就站在耸起的山坡上。

这一片不是矮树就是密林，障碍颇多，视线狭窄，对射击水平要求略高。四人在附近巡视，想找一个好的射击点，发现有点困难。要么不安全，要么不方便。

从低处向上攻，原本就处于较为不利的形势，何况这边子弹密集，周围都是趁机刷分的学生。一个站不好，可能还会被不知从哪里来的流弹给灭了。

没有战友，只有隐形的敌人。这就是连胜不喜欢混战的原因，难度太高了。

连胜还在思考，就有一颗子弹迎面朝她飞来，好在擦着她的脸飞了过去。连胜的心脏忍不住跳了一下。这枪法偏的嘞！

以防意外，她紧紧贴到地上，不禁叹了口气。一群各自为政的散兵，就算教官干站着不动，这群人都能把自己给灭了。

连胜小心抬头，再去看视角内可以捕捉的五个身影……现在只能看见四个了。他们呈斜角站位，保持一个安全的距离，互相掩护的同时抢杀人头。

他们射出的每一枪都更为谨慎，站位也很是巧妙，有节奏有组织地在变化位置。

差距太大。

赵卓荦三人已经离开了。没有位置，他们可以创造位置。自己动手，丰衣足食，抢一抢就有了。

连胜干脆在原地立起枪支。

这实在不是一个好的狙击点，她只能看见几个人头偶尔从视线内飘过，还不知道是谁的。

只有一瞬的机会可以把握，但是她现在子弹多，可以多试几次。

连胜射击的时候，手稳、眼准、干脆利落，直接扣扳机打了十枪，然后更换弹匣。

她现在的位置不方便射击，但对方更不方便反击。如果他们走出来，会暴露在更多人的枪口下。

一直被连胜骚扰，教官们很快发现她的枪法神准，不容易规避，便开始集体往内部移动。

连胜终于看不见他们的头了。

目标收拢防线，旁边的赵卓荦趁机强势往前方逼近。连胜选择暂时观望。

几位教官察觉到人聚得越来越多，其中还有好几位有水准的学生，决定暂时缓一缓事态。他们互相打了个手势，两两散开，将战局分割。

连胜没有去追。毕竟他们现阶段的主要目的是碰头而不是刷分。

教官离开了，带走了一大半的学生，还有几位停留在原地，但起码现场不再那么危险了。

赵卓荦弯腰蹲在山坡上，对着远处喊道："方见尘！在不在？"

远处一个黑影听见声音，从灌木中跳出来，撒腿朝他们狂奔，抬手一挥，兴奋喊道："哟！是你们，方哥！你们终于来了！"

四面又走出来几位身材高大的青年，一起靠近。

不好正大光明地站着，一行人移动到较为安全的角落。连胜抬枪加入。

方见尘看见她，想跟她打招呼。回忆了一下，替补自己位置的应该是指挥系的一位学生，但是记不得名字了，囫囵道："哦，孟……孟同学？"

连胜将枪扛在肩上，抬起下巴道："大名连胜。"

方见尘才听出来声音，惊叫道："那个新生啊？你们怎么在一起？"

"合作。"连胜言简意赅。

"哦，可以啊！我们就缺人。"方见尘抱着自己的枪，忽然嘿嘿一笑，吊起眼睛跟几人炫耀道，"知道我们刚刚刷了几分吗？知道方哥的枪下留了多少英魂吗？"

众人毫不配合，一同保持沉默。如果不是防具遮挡，一定可以清晰地看见他们不屑的表情。

方见尘：这群人怎么这么讨厌呢？

季方晓站在旁边，想等他们叙旧完毕。结果发现这几人似乎没什么好叙的，两句话直接陷入了僵局。

方见尘委屈巴巴地站着。季方晓问道："既然是两个队伍，应该有八个人吧？还是你们选择分开行动了？"

连胜抬手解释："我们还有四位朋友，现在等在后面。"

"是吗？那叫他们一起过来吧。我们商量一下后面的事情。"季方晓说，"虽然现在人散了，但是慢慢会再聚集起来，这边人流量大，而且地理位置绝佳。不是这里就是附近，我们可以在旁边等。"

几人暂时没有吭声，程泽过去喊人。没多久，孟江武几人也前来会合。

一群人拥挤地凑在一起。

季方晓大概率是不认识他们的，但也没有询问他们的情况。他迫不及待地直入正题，说道:“人都到齐了吧？还是抓紧时间确定一下之后的安排，怎么样？”

几人点头。

季方晓说：“我们这边现在是十一个人，还有几位在清扫战场，捡取子弹，如无意外，人数会在二十名左右。他们都是军事学院的精英，非常可靠。你们也看见了，我们一起参加了刚才的混战。”

“我不知道他们队伍得分怎么样，但是刚才那一波，我们应该有五到十分。”季方晓说着顿了顿，想看看几人的反应，却发现这几位都不为所动，依旧很淡定地听他阐述。

五到十分已经是非常不错的成绩了，有更多的学生最终会是零分下场。而他们现在才刚刚开场，这成绩可谓相当优秀。

孟江武等人以前就是这样的吊车尾。如果不是跟着连胜长了点见识，现在恐怕都要跳起来。

和这样的团队合作，得多厉害啊！

季方晓见状，又添了一句:“我们没有伤亡。”

连胜干笑道:“好巧，我们也没有。”

旁边的男生抱胸喊了一声:“你们拿到分了？”

“还好，也就一番激战，随便拿了几个人头。”连胜面无表情地瞎掰道，“因为急着赶过来跟你们会合，刷了七八分就放弃了。”

赵卓荦等七人:“……”

团队里传来一声嗤笑，然后众人都开始哄笑：“你们指挥系的说大话都不打草稿的？”

“听说是新生？所以真的不了解这边的演习吧？教官和学生不一样，他们有组织有实力，不是随便击杀的。”

季方晓出来打圆场道:“连胜只是开个玩笑。之前有没有刷到分都没关系，现在开始合作，我们这边人多，会有很多机会的。”

连胜默默地从兜里掏出子弹，摊开在几人面前，然后在手心里抖了抖，勾起唇角道:“纪念品。”

方才哂笑的几人沉默下来，闭紧了嘴巴。

子弹的差别还是挺明显的，确实是教官身上佩带的。

连胜真诚地问道:“打脸不？”

青年咋舌:“啧。捡的吧？”

连胜跟着不客气道："废话，不是捡的还是送的？你们的子弹不是捡的？"

青年语气上扬："你这人什么意思啊？"

连胜毫不退让，冷声道："合作前，要先打一架吗？"

他们在展示各自的优势，拉拢战力。这股战力在之后的对决中会起到至关重要的作用。

连胜知道自己的小队是让季方晓他们瞧不起的，因为没有什么可利用的价值。体力不行，射击不行，孟江武等人更是专心致志地打酱油，拉拢过来充门面都嫌掉档次的那种。

当然连胜除外，连胜之前跟季方晓杠过，还赢了，这是最大的原罪。

她现在在他们面前大言不惭，分明是刻意挑起事端，想搅黄了他们。

这也没错，连胜就是想告诉他们，她没有很想跟他们混，只是想跟赵卓荦等人打交道而已。

方见尘抬起手，用枪身把那青年按下："喂，干吗呢？在这儿凑个整数是为了打架吗？"

赵卓荦说："你们究竟是不是来合作的？还是你们不欢迎我们？"

季方晓心下一沉。这语气听起来，他们是偏向连胜的。不过没关系，大家求的都是刷分，利益总是一样的。

季方晓搭上青年的肩，用眼神安抚，然后说道："我们当然欢迎合作，但是有一定的交流认识，才更有利于配合。看来大家有点误会，心平气和地聊一聊吧。"

赵卓荦："我们既然过来，就是对你们的实力有一定的了解，有合作的意向，我也相信学长的眼光和实力。别的都不用多说了，请说说之后的计划吧。"

刚刚明明是连胜插话打断了他，顺便带偏了话题。

季方晓低下头措辞片刻，缓声说道："加上你们，我们一共有二十八个人。在人数上有绝对的优势，也包括实力。我认为我们可以主动去围剿教官，互相配合，争取分数。"

这就跟赵卓荦之前的计划大相径庭了。

连胜说："我不认为联合队伍直冲而上是上策。"

众人看向她。

连胜朗声道："这和第一次演习的情况不一样。教官之间也可以联合，他们的水平毫无疑问会比我们高。坦白来讲，选择正面冲突的前提条件是，用一部分的牺牲，来换取一定的分数。"

季方晓："我们刚刚的队伍……"

连胜打断他："你不能保证每一次都这么好运，能够全身而退。混战的情况下变故和意外太多。围剿教官肯定会有过路的人一起加入，你能控制住他们的行为吗？”

连胜摊开手说：“小队成员只有四个，损失任何一位都会造成不可挽回的后果。谁也不能保证自己一直被幸运之神眷顾。那么队伍四散之后，又该怎么安排？散打？重复第一场的局面？”

“可是，就算不正面冲突，也不能保证队员的绝对安全。在这座山上，就没有绝对安全。如果毫不作为，那就连得分的机会也没有了，那不如不上山。”季方晓说，“既然这样，为了防止队伍被全灭，我们每个队伍可以选出一个人出来，在后方等候。”

他的同伴正想搭腔说不需要，连胜又一次戗声道：“选出来干吗？交代后事吗？”

气氛顿时剑拔弩张。

季方晓目光发冷，直直注视着她，没有再开口。

连胜耸肩：“有些事，我们还是得坦诚地说清楚。这个团队虽然现在相亲相爱，但是当一支小队里真的只剩下一个人的时候，你们真的会去帮助他吗？本质上来讲，不同小队间也是竞争关系。每一分都不好拿，怎么可能会放弃难得的机会？我也不打算让我的队友独坐后方，在缺少战斗力的情况下，早死和晚死是一样的。”

季方晓移开视线。其实他也没想联合她的队友，看起来就知道没一个能打。

季方晓说：“你太保守了。”

局势再一次僵持。

赵卓荦等人一直安静地听他们争辩。

谁也无法否认连胜说的是事实。但任何选择都会有糟糕的一面，就看它的奖励值不值得你去冒险。如果他们认为值得，那么连胜就是错的。

“看来我们不适合合作。”连胜平静地道，“一个队伍里只能有一个指挥。”

季方晓说：“我也觉得是。”

话到这里，表示他们正式谈崩了。

于是两人一起转向赵卓荦三人，等待他的抉择。他们都需要这支小队的战力，说这么多，也只是为了这个而已。

赵卓荦面色沉静，垂眸凝思。

方见尘瞪眼道：“怎么样？你们什么意思啊？”

季方晓说：“看来有些矛盾解决不了，赵卓荦，你们的队伍怎么看？”

方见尘插科打诨，不正经道：“再聊一聊啊，男人和女人之间有什么事情是解决不了的？真的解决不了，你就让一让嘛。你可是男人啊！”

季方晓：“……”

赵卓荦说：“我们需要讨论一下。”

他带着程泽和叶步青走到一旁，进行秘密商量。方见尘也想跟过来，被程泽一腿踢了回去。

方见尘愤怒地吼道：“你什么意思啊？！我不是你们的人吗？一起吃一起睡的兄弟啊！”

程泽白了他一眼：“你现在不是。怕你听了伤心，待会儿再告诉你。”

郑磊等人面面相觑，有些惴惴不安。

如果赵卓荦走了，而他们又选择不加入季方晓的团队，那基本等于被宣判本场结束了吧？

赵卓荦三人围成一圈，却没怎么讨论。其实双方优劣颇为明显，几人心中已经有数，不需要过多的分析。

季方晓那边的队伍水平显然更高，而且方见尘在他那里。从兄弟情谊和客观条件来说，选择季方晓那边可谓合情合理。可是，季方晓的作战风格同样明显。并不是说他是错的，只是会让人觉得很累。

他们要的不是战友，而是可以吸引敌方注意，壮大己方阵势的同伙。说是合作，更准确地说，应该是同路人。他们依旧要在小团体内部争抢分数，选取目标，互相戒备。除了自己的队友，你就不要指望有谁会主动替你打掩护了。

不过，以季方晓的水平，也不会看着队友主动送死，他会尽量从全局观的角度调配人手，适当指挥、避免伤亡，所以赵卓荦不担心他会故意拿自己当炮灰。

而连胜那边截然相反。很难说清楚她的优势或劣势是什么，只能说她的小队非常适合他们。他们缺少一个狙击手，不然他们完全可以自己单走。连胜就是一个狙击手。他们队伍里还有一个鲁明远，也是指挥系领军式的后方人物。论埋伏和对地图的应用，他可以达到炉火纯青的地步，在这座山里，优势明显。

当然，季方晓会选择这个位置，说明他们那边也是人才济济。得出了类似的结论，只是聊不聊得来的区别。

至于沈喻和郑磊，一个队伍里不需要每个人都很优秀。虽然这么说很对不起他们，但队伍里有时候的确需要一些牺牲。

总体来看，之前和连胜的合作经历相当不错。她不会去抢杀人头，甚至会主动将可以拿到的分数送到自己的面前，以达到双方的微妙平衡。或许是因为她深刻认识到了人际关系之间的不平衡。

赵卓荦说：“直接选吧。去连胜那边的出右手，方见尘那边的出左手。”

郑磊和沈喻站在人群的外围，他们不住地把耳朵往赵卓荦的方向凑，可惜并没什么作用。

孟江武低头踢石块玩，已经死心了。

方见尘是他们的固定队友，季方晓又是强势刷分队伍。如果是他们，恐怕得脑子抽了才会选自己这边。

连胜并不担心，鲁明远也不担心。

对鲁明远来说，现在他已经有两分了，超过了半数的人，足够了。而且他并不需要积分。就是不能继续跟着连胜玩，有些许遗憾。

连胜嘛……她的对策是根据结果制定的。

等了几分钟，赵卓荦三人终于出了结果，回身朝他们走来。

方见尘朝他张开手，热情地喊道："来吧，优秀哥！我们又是相亲相爱的一家人了！"

赵卓荦提着枪，走到连胜旁边。

众人愣了一两秒才反应过来。

连胜得意一笑："战场之上无兄弟。"

方见尘眨了眨眼睛，难以置信道："哥！你们这就抛弃我了？"

"保重。"程泽搭肩说，"我们不在的时候，自求多福。"

方见尘转投叶步青的怀抱："叶哥！"

叶步青点头鼓励他："加油。"

方见尘："……"

这个决定出乎所有人的意料，导致众人一时找不出词来接话。

孟江武想高兴，又觉得自己应该克制，用力吸了口气，不让自己表现得太过明显。

郑磊生怕他们反悔，问道："那走了吗？"

连胜跟着催促道："走吧。"

季方晓神色不明："你们想清楚了吗？"

程泽点头说："应该是想清楚了，毕竟三票赞同嘛。"

方见尘捂住胸口，觉得眼前全是白花花的雪点，心痛欲绝。他们的塑料花情谊竟然就这样破裂了。他嫌弃地轰赶道："别说了！要走赶紧走吧。从现在开始我们就是对手，等我追上你们，我一定要拿下你们的人头分！"

连胜提醒说："人头没分。"

方见尘豪迈道："心中有分，哪里都是沙场！"

连胜："……"

以赵卓荦对方见尘的了解，他说的多半是真的。而且这边的位置不是很好，他们需要找一个安全的地方决定之后的走向。

他想对方见尘叮嘱几句，对方梗着脖子表示不听，几人直接转身走了。

他们远离了刚才的位置，确认无人跟踪，才停下脚步。找了个遮蔽点，一起过去盘腿坐下。

“你应该有计划吧？”赵卓荦问，“你想从哪里入手？”

众人对连胜做出倾听的姿势，的确很想知道她的安排。

像这种小规模的作战，指挥能起的作用其实很少，主要还是靠武力，何况供她指派的人现在只有七个。可她从头到尾都是一副很自信的表情。

连胜掀起眼皮，眺望远方：“你们知道这场比赛，最有意思的是什么吗？”

孟江武：“打教官？”

鲁明远：“报仇雪恨？”

郑磊：“拉帮结派？”

“不。”连胜说，“是自相残杀。”

众人：她怕不是闲的。

连胜环胸，和几人解释道：“我们每个人只有十发子弹，而教官只有八十名。一人可以打击三次，也就是二百四十分。我们有将近一千人。”

鲁明远补充道：“九百六十三。”

“谢谢，九百六十三。这意味着，哪怕是四人小队的形式，最后的均分，也就在一分左右徘徊。”连胜说，“像我们，刚刚两个队伍拿了四分，季方晓的队伍拿了五到十分，这说明已经有一大批的人注定了是零分下场。”

连胜伸出手道：“现在整体的问题有两个。一是敌人很凶残，不容易得手；二是战友很凶残，不适合合作。

“第一场演习赛的时候，目标跟对手都非常明确，所以我们上场之后会直接戒备所有人。而第二场的时候，它出现了一个陷阱，模糊了对手。实际是什么呢？为了能够刷到分，我们必须要有足够的弹药。在不提供物资箱的情况下，唯一的办法就是抢劫别的学生。而且，为了减少竞争压力，要尽量压制人数。

“这就意味着，学生间的内部冲突是不可避免的。学生间的合作是不可能牢固的。但是，当学生的数量少到一定程度的时候，又会变成教官拥有绝对的优势。等待我们的，都是输。”

第一场的比赛，貌似人人都是你的对手，但其实不是。更好的方法是结盟同行，去清扫弱势的个人或群体。

第二场比赛，貌似只有教官是你的对手，但其实也不是。虽然出现了小队，但也更明确了小队之间的竞争关系。抱团行动最终极大可能会激发矛盾争斗。

“也就是说，这场演习和第一场最大的区别，就是利益关系的变化。当然，所有的战争本质都是在追逐利益，区别于是被动的还是主动的。所有的作战计划，也应该是针对这主要利益展开的。”连胜整了整头盔，“明白我的意思吗？”

赵卓荦："所以你的想法是？"

"找一支队伍，组成终极联盟，然后将其他所有人，都视为我们的敌人。这支队伍当然就是你们，而我们的对手是……"连胜掐指算了算，"一千零三十五人。"

郑磊和沈喻异口同声道："八对一千零三十五？！"

为什么听着觉得很……悲壮？

连胜两手按在膝盖上，点头说："对。请做好身为这八人中一分子的觉悟。"

这样的话，她也真敢说得出口。足够狂妄了。可是，听她说出来，又觉得一切不是没有可能。

连胜微微抬起下巴，指向前方道："我来带领你们，拿下这场演习的优胜。"

她说得坚定而有力，众人一时间都要相信了。

"痴人说梦"四个字到嘴边拐了个弯，孟江武问道："所以你想怎么做？"

连胜："我的意见一直是这样，避免正面冲突，诱敌深入，再一网打尽。"

众人："……"

郑磊虚心道："能不能说点具体的？我们真的不是很明白。"

连胜说人话："炮灰先去拉人，后面设好陷阱埋伏。"

众人："哦！"

"我赞成。"赵卓荦说，"可是，最大的问题是要设什么样的陷阱？教官并不好骗，而且我们没有时间和工具，人手也不是很多，不能设置复杂的陷阱。"

他们甚至连根绳子都没有。

连胜说："不一定得是实质性的陷阱，能够混淆他们的视线，阻挠他们的脚步，扰乱他们的节奏的，就可以是陷阱。"

第九章
诱敌深入

几人锁眉，思考了一遍她的话。

她给出的是行动大方向，可具体的操作还没有指出。扰乱视线、节奏……

“你是说，像之前一样，利用地形来进行埋伏？”叶步青沉声道，“可是那样太慢了，合适的选位也不多，可能到比赛结束我们也没拿下几分。”

“不需要那么严苛的条件。之前我们躲在那里是为了保证安全，现在我们要主动进攻了。”连胜伸出两指竖在前面，“现在选位，只要满足两个条件。”

连胜说：“一，避开混战区。人要相对较少，可以临近主道，确保有目标经过，这样才能将人引诱过来。但藏匿的地方必须尽量保持冷清。”

鲁明远点头。这是必然的。他们现在人少，不适用于任何正面作战。

“二，不利于远程射击。空间不要太开阔，可以隐藏身形。最好是要有高一些的草地，或是大型遮蔽物。”

连胜扭头问道：“鲁……学长，符合条件的有吗？”

鲁明远点头：“还挺多。”

“那就没有问题了。如果需要工具，山上到处都是工具。石头、藤蔓，或任意的东西，只要能用得到，都可以作为你的工具。”连胜站起来说，“现在就走吧。”

山上有许多的藤蔓，连胜他们就近扯了几段。只是这几株藤蔓不够坚固，攀缘茎略为细嫩。他们将叶子撸下，数股缠成一捆。虽然比不上绳索，但也已经可用。

随后鲁明远带着他们前往符合条件的埋伏点。几人在附近考察了一遍，觉得可行。

准备妥当，等待实践。

他们现在需要选派出一名首发人员，前去路口引诱敌人。郑磊毛遂自荐，积极参与。这个炮灰的职责就光荣地落到了他的肩上。

郑磊检查好枪支，准备过去。终于到了他发光发亮的时候，他有些紧张地问道："应该怎么拉仇恨？有没有什么特别的姿势？"

连胜："开一枪？"

郑磊问："那万一打中了呢？"

众人："……"

"哦！"郑磊觉得自己傻了，抬手拍拍脑袋。

他目测了一下，从路口到埋伏点有着一百多米的距离。真是不容易。

众人就位，比了个手势，让他前去。

郑磊受令去了之前选定的点，躲在路口的某棵树后耐心等待。

一直过了十多分钟，他都没有发现合适的目标。虽然路过的学生不少，但教官一般都很谨慎，他们会尽量偏离这些疑似狙击点的地方。

他把连胜叮嘱的话又默念了一遍："三人及以上的，不拉，容易出意外。二十米射程以外的，不拉，跑太远会让他们怀疑。"

郑磊的手指扣在扳机上，觉得时间异常漫长。每一个人走过，他都觉得那是自己错失的分数。因为紧张，他手心里沁出了一层汗，所以他用力攥紧手指，让护具把汗液吸进去。

埋伏消耗的不只是耐心，还有耐力。

稳住，不要冲动。不可以将就。

郑磊全神贯注地守了十分钟，终于看见有两人从山下上来，身上穿着的是教官的防具。

两人看了眼路边，没有绕开，只是快步奔跑，想要尽快冲过这片区域。

郑磊斜过枪口，对准他们。

因为目标在快速跑动，加上他很是紧张，害怕错过这次机会，枪没有托稳，子弹最终打在了两人的前面。

教官们一齐扭过头。

郑磊跺了跺脚，大感可惜，提枪就跑。两位教官立马反身相追。

在这样的地形里，躲避攻击最简单的方法，就是不要跑直线。往树木最为茂盛的地方跑，不要让自己的后背在对方视线中长时间暴露。

对于普通人来说，在后面乱射一通，这样跑可能还真会被打到，可是教官一般很少会在没把握且没危险的情况下开枪，毕竟他们讲求技术，还要节约子弹。

郑磊手里抓着枪，迈开步子奋力狂奔。可是他脚下不够稳，而这边又杂草丛生，路况不平。为了保证自己不摔跤，跑得姿势歪歪扭扭的，速度自然提不上去。

身后的教官追得越来越近，在他们开始抬枪的时候，郑磊终于跑到了埋伏点。

郑磊感觉自己的心跳频率已经快到了极致，纵身往左边一扎，让灌木挡住对方的视线。

躲在灌木后面的孟江武和沈喻同时用力一扯。一个教官没看见混在杂草中的藤蔓，奔跑速度又快，一只脚直接绊住跌倒。

有埋伏！

他没有慌乱，顺着跌倒的趋势在地上多滚了一圈，离开陷阱地。

教官猜想这边应该有狙击手，虽然不知道埋伏在哪里，但只要偏离那人的视线，他就是安全的。可是等他停下，也没听到意料中的枪响，一抬头，反而见两道黑影扑了过来。

一人按住他持枪的手，另外一人压在他的后背上，用膝盖顶住他的脖子，掣肘他的行动。

教官登时明白过来，震惊道："我去！还肉搏？你们是不是搞事情啊！"

这场比赛，竟然还有人用肉搏？

他没来得及挣扎，紧跟着出来了第三个人，掏出小木刀，对准他的头就是三下。

一切发生得如此之快，脱离了教官的原有认知范围。

跟在后面的那位教官早已停了下来，他原本准备根据弹道确认敌方位置，进行反杀。从搭档被绊倒处易进行狙击的位置开始推理，确认了几个埋伏点。他正全神贯注，持枪戒备，结果就听见了同伴的高喊。

肉搏？几个意思？

他小心上前，想要查看情况，两道子弹破空袭来。却不是从他之前关注的位置。一个在他左侧，一个在左上。这位置看起来不是为了狙击他的同伴，而是专门等着狙击他的。

他心中瞬间了然。上当了。

教官闪到树后吼了一声："喂？"

同伴没有回应，看来多半遇害。他立马反身撤走。

他一移动，身后的子弹如影随形，逼着他往前走。

教官咬牙骂了一声。子弹多就是好啊！

好在这边障碍颇多，加上他走位风骚，在对面密集的弹雨中也只被擦中一次，信号灯从绿色变成了黄色，依旧侥幸逃出生天。

或许是脱离了学生的射击区，身后枪击声停歇。教官没敢放松警惕，依旧快步前行。

他一直被子弹逼着往这边靠，没有闲心辨认方位，现在不知道自己处于林子的哪个方位。教官一面跑，一面环顾四周，寻找出路。

前方又是一片可疑的灌木丛。虽然已经跑出一段路，他不认为还会有埋伏，但出于谨慎的本能，吸取同伴的教训，他步子迈得快而大，几乎是小跳着前行。也正是因此，他踩下去的每一步，都非常用力。

于是当他又一次落地，脚踩中了一堆极为凹凸不平的石块的时候，没能及时调整，脚踝直接向旁边倾斜，崴了。

教官脸色一黑，迅速定住，在他下意识低头的时候，一颗子弹已经精准射中他的后背。

信号灯从黄色变成红色。再中一次，他就要三振出局了。

教官忍无可忍大骂了一声。

这群小崽子们什么时候这么难缠了？竟然埋了这么远的陷阱？

连胜躲在暗处，重新给武器上膛。不给他调整的时间，迅速打出第二枪。

教官堪堪稳住身形，朝后用力一仰，躲了过去。

连胜掉转角度，紧跟着再接一弹。只可惜她开枪的速度还是慢了一些，教官脚后跟用力一蹬，朝前扑去。然后就地一滚，顺利躲到了旁边的树后。

攻势终于停止了。

林中一时安静，只剩下风穿林叶的声音。

教官背靠着树干，伸手摸了摸脚踝，沉沉呼出几口气。

多亏这三枪，刚才连胜的位置他已经看得清清楚楚。他横过武器，准备报仇。尚未调整好方向，正面迎来一阵扫射。

射击的人准度不高，但是毫不吝啬子弹。那样正面的、密集的射击，不可能射不中目标。

教官彻底蒙在原地，后知后觉地抬头，才发现前方的树上坐着一个人。那树枝叶并不茂密，那人躲藏得也不隐蔽，如果他能多看一眼，肯定能够发现。

可等他明白过来的时候，自己已经“阵亡”了。

目标被击毙，连胜扛着枪从暗处走出来，来到教官面前，蹲下身唏嘘道：“人嘛，看着地上的时候，总是会忘了注意头上。为了躲避身后的豺狼，却又会不自觉走入更凶猛的虎口。因为一个人的警惕和耐心，是可以慢慢消磨的。”

一个人会戒备一次两次，或许还会戒备第三次。可是当事情不断重复的时候，终究会有松懈的那一刻。

教官：“……”

鲁明远从树上滑下来，拍了拍屁股。连胜去搜教官的子弹。弹匣里只剩下三颗了，但是他胸口还放着二十颗。

看来是新上场不久。

连胜看着他，摇头叹道："可怜。"

教官："……"

他还没真死呢！还能回去算账的！

搜刮完子弹，连胜不再跟教官开玩笑，回去和赵卓荦等人会合。

八人重新聚首。

孟江武叉着粗腰，仰头大笑："我刚刚拿了三分！三分！就一瞬间的事情！"

郑磊嫉妒道："容嬷嬷，刚刚扎得爽吗？"

孟江武甩头："爽！"

连胜问："子弹呢？"

赵卓荦把从另外一位教官身上搜到的子弹递给她。

连胜数了数，有二十一颗，应该也是个刚上山的教官。这样加上之前的，他们已经有将近六十发子弹。

看她把子弹分别塞进自己的各个兜里，布兜都明显得鼓起来了，鲁明远问："你收集这些子弹究竟想做什么呢？"

"以防不测。"连胜说，"任何情况下，都先留一手。"

孟江武震惊道："忽然之间……你有了胸。"

连胜抬起枪："忽然之间，你丢了命。"

孟江武举起双手，连连摇头，表示自己知道错了。

"不过的确是很厉害。"程泽摆弄着自己的枪，上满弹匣，说道，"我们以前刷分基本要跑遍整座山，很少有休息的时候。从开场一直刷到结束。"

他还以为，体力和自我管理也是演习的考察项目之一。

也许它的确是……

"所以说，找对了方法，作战也是可以很轻松的。不可能每一个小兵都是有孔武之力的将军之材，但这并不意味着他们就没有以一敌十的能力。让每一个人找到适合自己的位置，用最少的牺牲、最低的损耗来达到作战的目的，不就是指挥的作用吗？"连胜说，"如果武力能直接决定胜负的话，就不会有那么多脍炙人口、流传千古的战役了。"

以少胜多，以弱胜强，才是战术的迷人之处啊。

众人点头。

原先他们一直不明白，为什么指挥系的人也要参加这场演习。毕竟如今的年代，数据传输高度发达，指挥多数是坐镇后方的，那么这场演习对他们的帮助实在是微乎其微。

指挥系内部恐怕也这么认为，这就是他们对演习一直兴致索然的原因。

见到鲁明远和连胜以后，他们才明白并不是。

不管是几人的小队，要将他们安排妥当，都不是一件容易的事情。并不是聚集在一起，互相背靠背，就是一种安排了。会有这种想法只是因为他们……水平不够。

首战告捷是一件很幸运的事情，现场气氛一阵轻松。有了第一次配合的经验，众人开始自信起来。他们继续前往下一个点进行埋伏。

远处，方见尘跟在季方晓的身后，漫无目的地走动。他们一大群人，目标显眼，但也正是因此，夹在中间反而很安全。

方见尘问："我们现在去哪里？"

季方晓说："去找赵卓荦。"

方见尘停下脚步，问道："找他们干什么？还想要拉拢他？我看还是算了吧。"

众人跟着停下脚步。

季方晓回过头，跟他耐心解释道："演习一共只有八十名教官，两百四十分。结果已经确定了，这意味着他们每多拿一分，我们就失去了一个机会。他们是我们最大的竞争对手，绝对不能纵容他们自由发挥。"

既然不能做合作伙伴，那么他们的关系只有你死我亡。这是从一开场就已经决定了的事情。

之前放他们走，是因为当时那种情况不适合产生正面冲突，否则会造成大范围伤亡，并不合算。

"嗯。"方见尘想了想说，"可以。"

顺便去刷了他们的人头，让他们深刻体会一下什么叫作后悔。

季方晓不动声色道："其实，还有一个挽回的办法，我们可以有再次合作的机会。"

方见尘看向他："什么意思？"

季方晓说："虽然我不知道赵卓荦为什么要选择他们那一队，但你的小队应该清楚，他们现在最缺的是狙击手，如果狙击手不在了，他们自然会重新加入我们的团队。"

"你这人好阴险啊。"方见尘背着枪，猥琐地笑道，"不过我同意。"

围剿连胜，听起来也很有意思。终于可以报仇了。

方见尘走了两步，回过头问："你怎么找他们？"

这里没有通信器，无法交流。每个人都戴着头盔，不靠近看胸牌根本不知道谁是谁。在这里打听人，会成为一个笑话。

"去查一下，哪条路、哪个方向有教官退场，位置又比较可疑的，多半就是他们了。”季方晓说，“他们现在人少，而且听连胜之前说的话，他们不喜欢参加混战。那么据此分析一下，他们队伍的风格是很明显的。”

方见尘点头。

做指挥的都要真心实意地用心眼算计，实在是太辛苦了。

季方晓的理论是可行的，但实践起来稍稍有点困难，因为这里的消息具有滞后性。

连胜他们为了防止教官报复……不，是防止教官下场后通风报信，被反狙击，基本刷到分就换个地方，而且他们选的位置一般都比较偏僻，并不好找。等季方晓等人终于跟上他们的节奏，已经是三个小时以后的事情了。

双方再次打了个照面，二话不说直接攻击。

连胜觉得情况有点不对，在对方人员会合之前，带人先行撤退，躲到了旁边的林子里。

好在他们跑得快，对手只知道他们的大概范围，却没有找到他们的确切位置，只能在边缘仔细往里面搜寻。而连胜几人现在躲在障碍后面，开展紧急商讨会议。

程泽说：“应该就是季方晓的队伍没错。看人数不少，水平也不低，有目的性地在这里找人。除了他们没谁有这个闲情了。”

叶步青有些惊讶道：“还真让他们给追来了？”

这寻人技术也是厉害，不得不真诚地说一句佩服。

赵卓荦提醒道：“小心对面的狙击手，他的枪法很快，而且很准。”

孟江武：“他不是你们的兄弟吗？”

“嗯。”赵卓荦说，“所以肥水不流外人田。”

孟江武：“……”这话似乎不是这么个意思。

郑磊叹道：“唉，相爱不成，就要相杀了。”他算了算自己的分，又满足道，“不过我已经死而无憾了。”

连胜撑着自己的头，蹲在一旁没有说话。鲁明远看了她一眼，问道：“能突围出去吗？”

“没什么意义。他们人多，既然都已经追到这里来了，肯定不会就这样放弃。或许外围还有人在看守，我们只要出现就会暴露位置。”程泽说，“就算突破出去，也会被他们一直追击。稍微遇点什么意外，就非常被动。”

这山上遍地都是敌人，最不缺的就是意外了。

但连胜并不心急，她的声调依旧平静，站起来从容道：“突围出去，再回来反杀。”

话是说得很清楚，可是他们听不懂。

“怎么反杀？”孟江武说，“他们应该有二十来个人吧？”

鲁明远：“可能还进行了二次扩充。”有人伤亡退出，总得有人重新补进。总之人数不会少。

孟江武：“那跟直接投入他们的怀抱有什么分别？”

“当然。”连胜说，“我们可以出去找援军，然后一起反杀。”

叶步青皱眉道：“难找。对面非常强势，人数又多，没有人会愿意选择我们。既危险，又没有什么好处。”

“有的。”连胜淡定说，“教官。”

众人惊诧：“教官？！”

向自己的敌人寻求帮助，怕不是走投无路思维混乱了？教官可是他们最清晰的敌对目标了。还有她不敢做的事吗？

鲁明远抬起头，默默重复了一遍她之前说过的话：“人嘛，为了躲避身后的豺狼，却又会不自觉走入更凶猛的虎口。”

“只要找到共同的利益，没有什么说服不了的人。有道理为什么不合作？”连胜问道，“那你们跟我走吗？”

她站在前面，等着看他们反应。

几人交换眼神，跟着站了起来。现阶段没有更好的办法，索性不如相信连胜，一条路走到黑。

八人准备直接突围出去。鲁明远给他们指了个方向，那边人流通畅，遇到教官的可能性更大。

于是几人朝着那边急速冲去。

不出所料的是，这周围果然有季方晓的人在。

八人集体行动，目标太大，守在旁边的那人愣了愣，继而高声大喊：“找到了，这边！八个人！”

赵卓荦在队伍的中段。他侧过身，对准那人射了两枪。青年势单力薄，不敢和他们硬拼，急忙躲到树后。

众人毫无阻碍地跑出了林子。

鲁明远回头确认，那青年保持着距离，但一直默默地跟在他们后面。

连胜带人冲到路的对面，往上爬了一段，众人稍稍分散开去找教官的身影。

没多久，赵卓荦跑回来吹了声口哨，抬起手示意：三个。

连胜冲了过去，随意找了棵树隐藏，草草开了一枪。

三名教官已经听见动静，他们停下脚步侧耳倾听，忽然见一颗子弹飞来，跳开分散，纷纷举枪瞄准她的位置。

“等等！我们是来谈判的！”连胜喊道，“刚刚可没打中你们，就是想让你们停一停而已。”

付教官抬枪的手一顿，试探地问道：“连胜？”

演习里的女生太少了，像连胜这样噩梦般的存在是多么地扎眼。听音辨人，简直轻而易举。

连胜也听出了他的声音，从树后走出来，举起手道：“好巧，缘分。”

付教官举着枪不为所动，问道：“你刚刚说什么？”

连胜先吞了口口水，然后问：“教官，你讲师生情谊吗？”

“不讲。”付教官冷漠道，“这里是战场。只有战友情。”

连胜：“真的吗？”

付教官：“……再会。”

“等等！”连胜高声说，“我有你们的子弹。”

她说着从口袋里掏出两枚，朝他们丢了过去：“是你们用的吧？”

旁边一个教官捡了起来，重新后退道：“那又怎么样？”

“我身上的不多，也就有几百颗子弹吧。”连胜说，“太多了身上带不下，我的战友那边也有。”

众教官：“……”

旁边的搭档咋舌道：“这得杀了多少人啊？现在就杀了她吧，祭奠一下我们的战友。”

“这些子弹对我们来说没有用，但对你们来说应该很重要。”连胜说，“如果能够有充足的弹药，你们的行动也会自由很多，起码不用有太多的后顾之忧。”

几位教官就静静地听着她说，示意她继续下去。

“后面有人在追我们，不过我想，比起我们，他们应该对你们更感兴趣。”连胜顿了顿，“他们人不少，而且水平也挺高。如果现在干掉了他们，对你们也有好处。”

学生间自相残杀的事情，他们是习以为常的，所以并不觉得奇怪。

连胜说：“我们的需求其实是一样的，而且利益并不冲突，暂时可以合作。作为好处，我可以先给你们一百枚子弹。剩下的结束后再给你们。”

付教官：“你说什么？”

连胜：“我有子弹。”

付教官：“我说你的目的是什么，再说一遍。”刚刚没听岔吧？

连胜：“你想要吗？”

付教官：“……”

真想现在就一枪崩了她。

第十章
与虎谋皮

旁边那教官总算是听明白了，拍了拍耳朵，不可置信道："你是想……跟我们合作？！"

学生和教官的对抗演习，学生来找教官合作？普天下都是头一回吧？

连胜点头："显而易见。"

那教官指着她笑道："哎哟，这个队伍真是厉害了哈。"

付教官歪过头，斜睨她："你刚刚是在哪里撞到脑袋了？"

"为什么这么说？事实证明我的提议很合理。你们会有好处，我也有好处，而你们的好处还会比我们多。站在自己的立场上为长远考虑，暂时放下兵戈，一致对外，是最正确的决策。"连胜摊开手说，"你们会觉得奇怪，不过只是因为大趋势的影响。但其实没有什么应该不应该的，识时务者为俊杰。谁最直接地关系到自己的生死存亡，谁才是真正的敌人。"

三人对视，挤眉弄眼地交流一番，似乎决议不定。

连胜垂下眼睛，说道："我们没有时间了，教官。请赶紧收起你的枪。"

三人略微迟疑，还是没有说话。

连胜直接掏出两把子弹，丢了过去，连裤兜里的都抖搂干净，干脆道："这是押金。我现在过去拉人，请你们抓紧埋伏。"她说完转身就走。远处草丛和灌木下跟着一阵抖动，然后几人一起离开。

"你确定这样就好了吗？他们会帮我们吗？"鲁明远说，"总觉得有一点……迷。"

几人点头。何止是迷啊，简直是玄幻了啊！

连胜说："为什么不帮？杀谁不是杀？子弹都备好了，还有人帮他们杀，多好啊。"

听着是这个理没错。

连胜拦住鲁明远他们："你们先去后面躲好，见势不对赶紧撤。我们散开行动。"

事到如今，众人只能听从她的调令。

鲁明远带着孟江武等人在这附近埋伏，连胜选位狙击，赵卓荦等人上前打头。

季方晓的队伍之前分散在后面，等他们得到消息再集合追过来，估计需要一段时间。而且他们肯定不会贸然直冲，应该会谨慎地排好队列，慢慢推进，正好给了连胜反应的时间。

没多久，在他们准备妥当的时候，季方晓的团队也杀来了。

双方都藏得很隐蔽。

对面因为在移动，隐约可以看见身影，探知大致的位置。连胜这些人按兵不动，对方一时发现不了。

在战场上，无论是追击还是逃跑，都是一件非常疲惫的事。有太多不可预料的状况，必须防备更多的变数，且从来没有松下心神的一刻。这样紧绷的状态，会给精神跟肉体带来双重损害，所以连胜并不喜欢。她还是喜欢做引诱方。就像孙子有云："以近待远，以逸待劳，以饱待饥，此治力者也。"

对面一边靠近，一边试探性地朝各处可疑地点开枪。

赵卓荦率先出击，转移位置。他的身影匆匆从前方掠过，几人一瞥，确定道："是男人。"

紧跟着叶步青和程泽也发起攻势。他们边打边撤，和对方保持距离。

季方晓等人并没有急着逼近，依旧守在远处，用弹药威慑。

对方不跟进，为了不让他们起疑，赵卓荦也不得不放缓脚步，找了个固定点，开始对抗。耳边此起彼伏都是子弹出膛的爆破声。

季方晓躲在树后认真观察，凭借刚刚匆匆那几眼，已经明白他们的身份和位置。他的目标暂时还没出现。

虽然看不见他们的脸，但连胜的身形在这几人中实在太过明显。毕竟他们的队伍里只有一个女生。而连胜的武力并不优秀，她肯定不会出来做先锋，现在应该躲在后方窥觑时机。

连胜趴在地上不断调整视角，始终没有找到合适的狙击目标，所以没有动作。

每个人的位置都选得不错，双方现在处于平衡的状态，那么这种无谓的射击不过是在浪费子弹而已。季方晓等人明明处于优势，却选择这样对峙，就显得很诡异了。

赵卓荦也意识到不寻常，逐渐放缓攻势，做做样子。

季方晓发现对方不上当，局势僵持没用，抬手一招，点了个人，让他上前佯攻。

人头送到面前了，拿不拿？当然是拿的。

连胜毫不犹豫一枪出膛，随后旋身一滚，火速逃开原地。

季方晓眼睛一亮，抬手喊道："注意！我的左前方灌木偏右，集中火力！"

一阵密集的炮火，对面几乎有一半的人都往她刚才的位置射击，再大范围地铺开，谨防意外。季方晓的队伍终于动了，集体朝前进攻。

连胜心中了然。原来目标是她！难怪刚刚和赵卓荦他们对打的时候，对方有些心不在焉的。想杀了狙击手，好跟赵卓荦的队伍进行二次谈判？这家伙还挺聪明。

季方晓到了刚才的位置一找，没有看见"尸体"，知道她跑了。余光中恰好闪过一抹连胜的身影，等他想辨认，人已经没了。

季方晓挥手，示意继续追击。肯移动，那就顺利了。

连胜作为最强势炮灰，带着他们火速赶往教官集合点。

赵卓荦等人管不了太多，中途随意打上两枪，努力跟上连胜的脚步。

季方晓提醒道："小心有埋伏，他们应该还有四个人。"

他虽然这样说，却没有放缓追击的速度。

连胜几人是被他们追到这里来的，如此匆忙的情况下设置陷阱的概率基本为零。而少的那四个人是固定酱油团，坦白来讲不足为惧。

团队的先头部队追入林中，终于抓到了连胜的身影。见她无处躲避，心中窃喜，抬枪准备射击。还在瞄准中，旁边一道子弹直接打来。

变故来得太快，那人扛着枪托感受到力道，手指微松，一脸迷茫地扭头望向子弹来处。紧跟着他旁边的战友跟他一起光荣了。

但是他的战友比他机智，光荣的时候高声尖叫了一句，给众人警示："啊！竟然有埋伏！"

后面的人都是有作战经验的，在看见子弹出来的时候，虽然有些震惊，还是下意识地后撤。只是"咻咻"两发来得太快，他们没能出声，后面的战友也赶了过来。一前一后，挤在一起。

那几人快步跑动提醒道："小心，退，退！快分开！"

季方晓在队伍中段，停下脚步，先闪到树后。他心中有股不祥的预感，问道："怎么了？"

"有埋伏！"一人答，"好像是狙击手！"

季方晓皱起眉头。他们的队伍里还有别的狙击手？

另外又有人喊道："不止一个啊！不是连胜！另外一边也有！"

转眼之间，他们的队伍已经接连损失了好几个人。

季方晓说："大家不要慌，他们队伍里没有优秀的狙击手！注意躲避，确认位置，稳住！”

终于有人眼尖，在边缘位置看见了和他们颜色不同的防具，喊道：“是教官啊！”

发现目标是教官，众人都开始骚动。

季方晓皱起眉头。运气竟然这么不好，在这里遇到了教官？

他往前窥探了一眼，虽然有些不甘心，但也清楚地明白现在的局势对他们不利。他们不能过多损失人手，代价太大。

季方晓传令道：“稳住，互相支援，暂时后撤！”

季方晓想后退，刚下了指令，后方又传来有人阵亡的消息。刚刚走在他们前侧的赵卓荦等人，趁他们不备绕了个圈，躲到众人身后，封锁住了后路。

他们的团队被四面包围了。

季方晓对赵卓荦他们的戒备心不重，因为这场计划就是以拉拢他们为主要目的，潜意识中把他们当作了同伴。

谁知哪里是同伴，这群人才是最危险的对手！

形势发展到了这地步，季方晓当然回过味来。

不是那么巧合撞到了埋伏中的教官，也没有那么不幸，教官只打他们团队的人。这就是实打实的里应外合，诱敌深入！

一人喊道：“什么？！教官和学生一起打演习？这是犯规的吧？”

另外一人弱弱地说：“其实规则里没说不可以。”

那人推销自己：“那要合作找我们啊，教官，我们更有优势啊！”

“优势有个毛用啊？优势用来打我们？”旁边的教官悠悠地吐出一口气，“打的就是你们这些有优势的人。是不是傻？”

众人：“……”

看不懂这个活动了啊！到底是个什么玩法？！

连胜找好位置躲着，宣告道：“注意了，同志们，其他的都不重要，先杀方见尘。”

如果是狙击手的对弈，二选其一，谁断谁的后路还不一定呢。

她在众人之间巡视了一圈，看见有一个带狙击枪的，优先排除。

方见尘如果真是一名优秀的狙击手，那么首要就是不会跟其他兵种一样，在战斗中暴露在敌军眼前。毕竟狙击手在战斗结束之前，都是要隐藏在暗处的。那么他现在肯定在后方，或者还没有进入包围圈。

一场枪战正式拉开序幕。

季方晓等人无心恋战，他们现在站得太密集不好施展。但是没摸清对方的位置，又不敢随意移动。只能慢慢看清楚，再选一角防线撕开，冲杀出去。

然而，比起包围圈里的他们，一个清楚局势的后方支援更容易帮他们打开出路，那就是狙击手了。而相比起教官，肯定是赵卓荦小队的防线较为薄弱。这样分析的话，狙击手的目标显而易见。

连胜趁着混乱，开始往同伴那边的方向移动。

赵卓荦也想到了这里，他警惕地找了遮蔽物，边打边防备。随后看见有子弹从后方穿出，打向叶步青所在的位置。

他迅速掉转枪口，对准那边的野地一阵接连射击。

方见尘紧紧趴到地上，用手臂"噌噌噌"后移躲开他的攻击，大怒道："再也没有兄弟情了！"

这么多人里偏偏打他，决裂决裂！不懂得关爱一下落单的兄弟吗？他们没有乖乖受死的觉悟吗？！

位置已经暴露，方见尘提起枪开始紧急转移。

他没走两步，迎面撞上收到赵卓荦提示而来的连胜。两人视线交会，气氛凝固了一秒，谁也没想到他们会以这样的形式相见。

二人都明白彼此的意思，电光石火间，同时扣动扳机。

"啪啪"两声枪响。

连胜被身后的赵卓荦扑倒在地，躲了过去。但她的枪口也因此歪斜，出膛的时候方向不对，子弹最后落在了方见尘前面的一颗石头上，然后……弹起来打在了目标的胸口。

方见尘的信号灯熄灭。

"啊！"方见尘大吼一声，无法接受这个结果，"我要'灿烂'了你！"

连胜："……"

方见尘阵亡，他不情不愿地倒在地上，将自己缩成一团。连胜爬起来，重新背起枪，顺便过去搜刮方见尘的子弹。

他是季方晓队伍里的狙击手，弹药必须配置充足。连胜一口气搜刮出了四十几枚，正好补足了之前被掏空的口袋。

连胜默默装袋，低头一看，方见尘正以仇视的目光盯着她。

连胜停下手，半蹲在他面前说："'尸体'，喂，眼珠子都要掉下来了。"

方见尘瞪大了眼睛，还是忍不住为自己解说："我死不瞑目！"

连胜过去，摆正他的头，挥手说："再会。"

方见尘还想说话，连胜打断他说："别说话了，给你们的团队留点正分。"

方见尘闻言猛一吸气，他心甚痛。这是羞辱，是的。对方在激他说话，简直卑鄙至极。

赵卓荦在前面射击，连胜转身拍拍他的后背："告诉他们，撤。"

赵卓荦点头，在同伴的旁边空打了一枪。在对方看过来之后，和他打了个手势。叶步青跟程泽会意，就近过去喊另外几位。

八人迅速撤离战场，把这边留给教官。

等季方晓发现后方防线已撤，应该会趁机脱逃，然后整队休息，暂时不来找他们的麻烦。毕竟他们损失严重，甚至连自己的狙击手都赔进去了，无论如何都淡定不了。即便如此，连胜等人还是抓紧时间一路快跑。

“正杀在兴头上，而且子弹还没拿呢。”孟江武抱着枪，恋恋不舍地回头看，“教官不是在帮我们吗？形势一片大好啊，撤什么？”

“再不撤，死的就是我们了。”连胜说，“开什么玩笑？你真以为教官是你喊来的打手？”

孟江武愣了愣才反应过来，对，和教官合作不过是情急之下的权宜之策，等局势改变了，那他们的关系自然也要改变了。说威胁，他们和季方晓可谓彼此彼此，如今送上门来，哪有不收的道理？

郑磊想到什么，忽然仰天大笑：“打赢了季方晓的队伍，哈哈哈，我隔着防具都能看见他们蒙了的脸！”

那是真的惊慌，只顾晕头转向地四处乱看，互相推挤。

沈喻跟着笑道：“难怪你不和季学长结盟，原来还有这一招！”

还有比教官更强势的外援吗？

连胜的队员离开，有教官看见了。可是他被前面的人缠住，一时脱不开手，只能任由他们行动。

教官抱着枪，开始收紧攻势，慢慢后撤，说道：“喂，你的学生们都跑了。”

付教官连眼睛也不眨：“不跑才怪。她这人精得很。”

另外一名教官说：“哎，别这样说人姑娘哈，多可爱一人。”

付教官：“……”他们认识的是同一个人吗？

季方晓第一时间发现连胜离开了。因为包围圈的压力顿减，感觉非常直接。

他没空去管连胜去了哪边，更别说反击了。现在军心不稳，赶紧撤离，控制伤亡才是紧要。

季方晓在后面指挥道：“后撤！右队先撤，左队掩护！”

团队虽然还有些混乱，但好歹都是一些优生，得到指令后迅速适应，调整队伍逐步后撤。

教官最后打了几枪，没有强留。包围圈已经断裂，优势不再。等对方重新列好队伍再进行反击，也不好拿捏。毕竟他们只有三个人。

原本还在混战的地方，没几分钟就安静下来。教官们也准备离开。

负责清扫战场的教官过来认领“尸体”。

方见尘倒在外围，那教官走到他身边，还能听见他故意夸张的抽泣声。

教官好笑道："喂喂喂，'尸体'，不要诈尸啊。"

"我控制不了我自己。"方见尘恨恨地道，"这惨无人道的世界！"

他不服！他要绝望了！这不公平！

教官问："那你还走不走？"

方见尘跳起来："走！回去吃饭！"

连胜等人跑出一段路，看着距离差不多了，决定先找个地方休息。

她已经气喘吁吁了，中途把武器丢给赵卓荦，还是跟不上他们的节奏。停下来后，一手扶树直接坐下。这样的体力活，真的不适合她。

另外七人跟着坐下，围成一团。

赵卓荦解下武器，还给连胜，问她："你之前就有准备，所以才留着子弹？"

连胜两根手指搓了搓，表示："略有准备。"

总要为最糟糕的情况留条后路。就算没有季方晓，也不能保证其他的意外状况。反正子弹不重。

程泽抱着肚子，忧伤地叹了口气。

精神松懈下来，他们感受到了强烈的饥饿感。

一整天都在奔波，虽然就运动量来讲，他们比普通的团队已经少了很多，可他们是早上就进场的。好比连胜的小组，已经有七八个小时没有吃过东西了。

众人面面相觑。

"原来这活动，考验的不仅是肾，还有胃？"连胜感慨道，"这些可都是娘胎里带来的，刷个活动还要考验娘胎的质量？"为什么要这样伤害呢？

众人："……"

"还有心肝肺。"孟江武说，"肾好胃好，没心没肝没肺，才能在这里待得更久。"

赵卓荦忽然扭头问："你想上厕所吗？"

之前的经历实在是让他印象太深刻了，导致他现在想起来也是尿意澎湃。

"刚刚很激动，我以为那感觉只是一种情绪而已，原来不是。"连胜站起来提提裤子，"我要跟着退场教官下去上个厕所。"

孟江武举手："那我也去吧。"

随后众人纷纷举手。可以下去上完厕所再回来，有这样的操作，干吗还撒野地里？

在山上尿个尿程序复杂，要先打报告，选择至少有两面遮蔽的角落。确认周边安全，找人帮你看守，然后再火速解决。虽说男人之间不讲究这些，但还是有点羞耻。

八人组团浩浩荡荡地去找教官请示上厕所，亮瞎了一干人的眼。众“尸体”纷纷叫嚣不可以。

连胜捂住自己的胸牌训斥道：“凭什么之前那个叫连胜的人可以，我们现在就不可以？这个活动不是讲求公平公正的吗？难道还要分人考虑？”

程泽也捂着自己的胸牌：“反正排泄系统是不分人的。”

孟江武说：“男人也有不能憋的痛啊！”

叶步青说：“我们也就算了，可我们的队伍里还有一位女生。让她在山上上厕所过分了吧。”

郑磊：“教官不可以偏帮教官啊！”

赵卓荦点头：“我们说的都很有道理。”

教官：“……”

然后几人成功背上白旗，跟着一起下山。

教官在对讲机里崩溃反映道：“我强烈建议明年增添厕所，山上怎么可以没有厕所呢？”

山上不建厕所的原因，是因为厕所里不方便监督，那么极有可能会发生一些惨案。

想要蹲个坑结果发现里面有人正端枪等着你什么的，然后你也不客气干脆共沉沦地进行反击什么的……

监控室里的教官说：“要激起公愤的哦。”

后果很惨重啊。

全山覆盖监控还是去年刚实现的。之前只有半山分界以上的地方有，那边是主战区。因为出了一些相当恶劣的事情，讨论过后，才开始把下面的地区也覆盖进去。

他们不敢大胆相信学生们的人品。

下来上过厕所以后，这次教官没扣留他们多待几个小时，而是直接限时赶他们回去。

山上要开始投放物资了。

这次不提供物资箱，但是战线拉得长的话，可能持续一到两天。教官不可能真让先头部队在山上饿个一两天。

下午五点开始，每隔三个小时，会有专人开始用小型降落伞投放水和食物。

一般下午五点之后，山上的战况会开始慢慢平缓。还存活的先头部队需要休息，而新进山的学生找不到同盟，也会暂时收敛。

这种时候投个物资，召集大家起来再战一波，用意可谓阴险。像连胜这样快饿疯了的人，无法拒绝这样的诱惑。降落伞上面完全可以印一句话——不要停，接着干啊！

八人上山后要重新选位。他们坐在半山腰处的安全地带先讨论结果。

鲁明远说：“放弃吧。不管是哪里，降落伞下面就没有安全的地带。”

这比狙击教官的难度还要大，因为你会成为全场独一无二且无法转移的焦点。

孟江武说：“或许我们可以放弃第一波的投放，选择第二波。”

连胜否决：“不管是第一波还是第几波，人数都不会少的。只不过第一次的时候大家都想着拿物资，之后拿到物资的人，会想着刷人头。”

不管是什么目的，抢物资都是最好的选择。

连胜问：“你们以前呢？难道就抢第二波？”

“哦。”孟江武面不改色道，“我们以前没熬到过这个时候。这次是走上人生巅峰了。”

连胜：“……”

连胜扭头问赵卓荦：“你们呢？”

赵卓荦：“杀拿到物资的那个人。”

连胜：“我也是这么觉得。”

连胜说完，众人又一次沉默。

连胜抬起头说：“你们干吗呢？为什么要做这么尴尬的事情？”

郑磊赔笑：“没有，我只是用沉默表示一下我的迷惘。”

沈喻朝她抱拳：“感谢大佬提携！”

孟江武问：“所以现在是要干吗？”

“按兵不动，静观其变。”连胜问，“有意见没有？”

几人摇头。饿的时候，连话也不想说了。

鲁明远指路，众人先上山，好随时应对。不用管位置，他们选了一个相对人少的地方，首要保证自己安全。

过了不久，天上开始落下数个颜色鲜艳的降落伞，伞下绑着一个长方形箱子。之后又接连在不同的地方继续投放。

物资出现以后，离他们隐藏点不远的大路上出现了不少人跑动的身影，学生们迅速赶往最近的物资降落点。

连胜等人依旧坐着。

众学生从四面八方赶来，有人从他们身边路过，扫了他们一眼，但是没有停留。

热头过后，外面又安静下来。

孟江武挪了挪屁股，指着前方心急道：“还不过去盯着？”

连胜摇头："不。"

孟江武说："为什么？不去的话怎么知道谁拿了物资？那就成功让他们抢走了啊。"

郑磊等人也大为不解。他们以为连胜的计划就是半路拦截来着。

连胜捏着自己的腿放松肌肉："抢走了可以再抢回来嘛。"

孟江武欲言又止，随后艰涩道："我忘了你是第一次参加。"

连胜挑眉："怎么了？"

鲁明远解释说："一般来讲，能抢到物资的都不是一两支小队。因为物资箱里有三十几个面包和十几瓶水，大家完全可以合作再分发。所以能成功抢到物资的队伍阵容都很强大，再作战抢夺的成功率太低，也不合算。"

赵卓荦说："这样的大群体活动，不可能没有结盟的人，那胜利的当然是人多势众的一方。"

以此循环，大家的选择会殊途同归——合作嘛。

他觉得以连胜的心眼，不可能没想到这个。

连胜仰着头说："有一类人，肯定能吃得上饭。而且，人数还不会太多。"

孟江武："季方晓？"

"啊……"鲁明远抬起头说，"你不会又是说教官吧？"

连胜环胸，意味深长道："教官好呀，教官多好。"

众人：教官自己觉得可能不大好。

之后要做的，就是寻找教官的位置。

他们聊了一会儿，连胜问鲁明远这附近有没有地形好，视野相对开阔，容易发现敌方来袭，四通八达，方便撤退，最好较为偏僻的地方。

这个范围太广了，鲁明远也不好说。他将附近的地形描述了一遍，众人一起讨论。他们合理推测出几个点，然后依次搜寻。

此时山上还处于疯狂的边缘。

他们尽量避开那些激战争抢的地区，但还是遇到了一片不可逾越的高山。

这一片因为竞争太激烈，物资箱已经被打开，里面的面包和水被众人哄抢一空。幸运拿到食物和水的人开始往四面逃窜，再和外围的队友进行投掷传递。其他人不甘心地跟来，事态发展得越来越严重。

孟江武五官扬开，仿佛发现了什么，有些兴奋："这样也可以。"

争一个面包的难度，肯定比一箱面包要少。

连胜说："这样死得也快。"

仇恨还分多少的问题吗？一个就有要你命的风险了。

因为作战范围实在太大，几乎霸占一片山区，绕圈代价过高，他们只能尽量低调地横穿过去。

连胜回头一看，问道：“物资箱挡在身前的话，子弹是不是射不穿了？”

“不允许的。”鲁明远说，“只有物资箱装满横在身前的情况才行，抱着空的物资箱或其他东西来遮挡装备，妨碍系统判定，会被判犯规罚下场的。”

连胜点了点头表示明白。

他们在林子里逛了一圈，小心地深入。好在分析和大方向是对的，没过多久他们就找到了目标。

前方有六位教官，他们已经用餐完毕，正坐在地上喝水。物资箱摆在一旁，可以看见里面还有一半的东西是完整的。

剩下的面包他们可能会带在身上，因为不知道活动什么时候结束，而他们要一直待到最后，拿去当诱饵同样是个不错的选择。

鲁明远扭过头，做着口型问道：“然后呢？”

连胜：“把子弹都给我。”

之前的交易，连胜丢给付教官一把子弹，但并不是全部。几人身上还留着不少。

众人掏出之前存的子弹，放在她面前。

连胜抓了两把塞到胸口的口袋里，又抓了一把在手里。将武器换成郑磊的小型手枪，然后独自走上前去。

熟悉的场景，熟悉的画面。众人默默地目送她远去。

连胜几个大跳迅速向前靠近，闪身躲到树后。

落地的时候，她的脚踩到枯枝，枝条折断的声音突兀响起，引起了几人的注意。

教官们虽然在吃饭，但并没有放松警惕，听见响声后立即停下动作，抬枪防备。六人分开站位，小心地往旁边移动，准备绕到树后击杀来人。

“嘿，都不要动。”连胜问，“你们还缺子弹吗？”

这个打招呼的方式真是太吸引人了，而且还有一股莫名熟悉的味道。

几人动作一顿，偏头看向同伴。

付教官用见鬼一样的语气道：“连胜？”

“咦？”连胜也有些惊讶，蹲在树后说，“付教官？又是你？”

付教官：“……”

这是他想说的话！

连胜一副高兴的语气道：“那就太好了，毕竟我们是有过合作经验的人，我想你一定能相信我的人品。”

付教官说：“……我觉得你没有那东西。”

“咱们要简单地谈，不要说那些不重要的了。”连胜说，“我有子弹。”

去她的子弹！

“呵。”她一说，付教官想起来了，“你之前不是说给我们几百颗子弹吗？最后只留下一点押金人就走了。食言而肥啊。”

连胜跟着笑了一下：“这不是来还了吗？”

那教官已经绕到连胜的侧面，将枪口对准她。连胜朝他敬了个礼，主动站出来。

她把手里的子弹往下一丢，然后把枪放在脚边，以示诚意。

付教官哼了一声：“又有人在追你们？”

连胜眼珠一转，她原本是想这么说的，但现在付教官在，就显得有点假了。她快速接道：“哪有可能，就是想来跟你们合作而已。”

付教官：“什么意思？”

“放心，我既然来找你们，双方的立场我很清楚。我们想要你们的分数，你们也想要我们的人头。而现在，我们更想要吃的。”连胜说，“子弹我们提供，人我们来引，还可以帮你们里应外合，就跟上次一样。条件……当然就是你们剩下的面包。”

一教官低头踢了一脚箱子，笑道：“还有一半哦。”

“我只要八个面包，还有一瓶水。”连胜说，“相信我，你们再找不到比这更合算的买卖了。”

几位教官对视间笑了几声，觉得她很有意思。尤其是这样把自己送到他们的枪口下，有板有眼跟他们谈判的样子，还挺像那么回事。看起来，这还是第二次了。有魄力。

一教官举着枪，扭了扭脖子，问道：“为什么要找我们，不去找你自己的同学。他们不是更安全吗？”

连胜说：“相比起他们，我当然选你们。毕竟和他们合作风险太大，收益太小。而跟你们合作，我只需要付出我原本就不需要的子弹而已。我更愿意相信，有直接利益相关的合作，是最为稳定的。”

“你们队伍有八个人？为什么选一个女生来谈判？”一名教官探头往她身后张望，高声喊道，“喂！那几个不害臊的男生，现在躲在哪里呢？！”

“喂，不用这样挑衅自己未来的同伴吧。”连胜说，“选我出来，当然是因为我最合适。谈判而已，有什么难度？就算我牺牲了，对他们的伤亡也是最小的。扯到性别上，教官，不好吧。你这究竟是在歧视哪一边？”

几名教官沉默了，他们需要商量一下。

付教官朝他们打了个手势——答应她，顺便最后让她长长见识。

连胜真的是太嚣张了，必须杀杀她的气焰。

几人遂点头说："可以，那你去拉人吧。留点子弹，我们的不够了。"

连胜欣然同意，又把胸口口袋里的子弹拿出来摆在地上，拿回刚才放下的枪。

她走出教官的视线，过去和自己的小伙伴会合。朝前一指，喊他们一起离开。

第十一章

反将一军

教官并不担心连胜说谎。

虽然还有半箱的物资，但也只剩半箱了。如果她带来的人少，不可能拿得下他们六个。如果她带来的人多，那就算成功了，也没有任何意义，还要继续内部淘汰。

他相信连胜敢做出这样的决定，就不会犯这么低级的错误。

八人走出一段路，连胜就停了下来。她左右看看，确认没人，招手示意大家蹲下。

孟江武迫不及待地问："现在是要做什么？"

连胜说："找人过去送人头。"

几人一起蒙道："啊？"

孟江武说："你不会忘了，这场演习的主要目的是杀教官吧？"

子弹已经足够，也没什么正面冲突，为什么不和学生合作？

连胜朝上一指："天快黑了。"

几人抬头去看，是没错，太阳都落山了，光剩一层余晖。估计再过个几分钟，就要黑透了。

连胜抱着自己的手臂，唏嘘道："月黑风高夜，杀人放火天啊。"

众人："……"

"孟江武，赵卓荦，你们两个跟着我过去。"连胜指挥道，"鲁明远，你们五个，去那附近找地方先埋伏。注意千万不要暴露自己。"

程泽问："所谓的不要暴露是指……"

连胜说："不要让别人发现你们不是教官。到时候人来了，你们就在后方狙击学生，控制一下双方人数。"

程泽低头想了想，大致明白，点头说："好。"

等天色黑了，所有人只能靠夜视镜行动，而夜视镜里对颜色的分辨并不明显。只要位置找得好，身上再带点掩饰，应该不成问题。

孟江武还是没听明白，鲁明远先拉着他们几个过去了。连胜起身往前走。

孟江武小跑着跟上赵卓荦的脚步，凑在他身边小声问："兄弟，你都听明白了吗？"

赵卓荦诧异地偏过头："她说得不是很明白吗？"

孟江武觉得自己的智商受到了侮辱，抓狂道："我不明白啊！"

赵卓荦："你哪里不明白？"

孟江武说："我哪儿哪儿都不明白啊！"

赵卓荦安慰他说："听从命令就可以。"

三人来到之前混乱的争抢区，保持一段距离，先看看情况。

现在物资已经抢得差不多了，路上只有零散的几个人在走来走去。估计有不少队伍在混战中被击溃，加上演习进行到这个点，难免有些伤亡，许多是再组合形成的搭档。

一个青年低头在路边搜寻，想看看有没有遗漏的物资。毕竟像刚才那样混乱的局面，一切皆有可能。

"喂，小哥……"连胜朝他招招手，"兄弟！"

那人抬头，戒备地按住了自己的武器。

连胜轻声呼唤道："你想要吃的吗？"

青年大叫一声："你说什么？"

"嘘。"连胜朝他勾勾手指，"有话和你说。"

青年跟远处的同伴使了个眼色，两人一起走了过来。

连胜往里面退了两步，背靠着树站稳，说道："我刚刚在前面的林子里，看见有六个教官。"

二人异口同声："你想找我们一起过去刷分？"

原先那青年摇头道："我们现在很饿，没有心情。而且对面有六个教官，这是去送死吧？一点都不现实。"

连胜说："他们有物资，吃不完，还剩了一半。"

二人陡然一个激灵，难耐地兴奋道："真的假的？"

"你们觉得教官会让自己饿肚子吗？六个教官会抢不到一个物资箱？那才叫不现实。"连胜煞有介事道，"就在前面，不信自己去看。"

二人缄默不语，有些犹豫。

"我骗你们做什么？你们身上又没吃的。"连胜拍了拍自己的裤兜，里面丁零哐啷一阵响动，"我们也不缺子弹，真要狙击你们，刚才就开枪了。"

青年为难道："这不是真假的问题，对面有六个教官啊。"

"所以我们需要人。他们既然有六个，我们起码要有十八个，不然没有优势。”连胜说，“我们这里有三个，你们能叫到人吗？”

两位青年思忖片刻，终于还是同意了。他们去周边宣传，十来分钟左右，顺利召集了二十多个人。

众人分堆聚在一起，审视着连胜等人窃窃私语。

“太好了！”连胜高兴道，“这样我们肯定能占据主动优势，现在就走吧。”

她伸出手指比道：“我们的目标，既要刷分也要物资。没有问题的话，请大家听从我的安排，毕竟我对这边的情况比较了解。如果现在各自为政，只会让形势更加混乱。可以吗？”

连胜一副很好说话的样子，众人同意了。

既然决定了要合作，那么就不会无缘无故地挑瑕疵。

连胜于是上前领路，回头提醒道：“请保持安静和谨慎，以免引起对方警觉。”

众人放轻脚步，提枪小心翼翼地跟上。

孟江武在她身后，一副见鬼的表情，好在头上戴着防具看不出来。

这轻声细语的温柔样子，还是连胜吗？！她说的话到底是什么意思？究竟是什么打算？她到底是哪边的？！

孟江武觉得自己的脑袋快要爆炸了。

旁边的赵卓荦依旧淡定自若地走着，从始至终没有开过口。

孟江武心底升起一股惭愧之情。对不住，拖累了团队的平均智商。

他靠近“赵高人”，小声问道：“兄弟，你知道之后的活动安排吗？”

赵卓荦沉吟片刻，真诚说道：“沉默保智商。”不要让别人知道你不懂，你就当自己懂吧。

孟江武：“……”

众人很快就到了教官埋伏的地点。

远远看去，能发现地上摆着一个物资箱，但周围并没有教官的身影。

连胜让人停下，将他们召集过来，围成一圈。

“我先说一下安排。吃饭其实是次要的，主要任务还是刷分。我们留在山上就是为了这个，对吧？”连胜拿起一根树枝，画了个圈，“这里就是物资，我想大家刚才都看见了。教官不可能把物资丢在这里就跑了，他们现在肯定埋伏在四周。”

连胜说：“我们虽然人多，但是不能直接上去，必须要分组行动。”

连胜在地上写道：“首先是第一组，佯装上当，进入这个圈里，将教官引出来。第二组，在外围，大概就是往前面一点，现在这个距离也可以。我们在外围撕开教官的包围圈，打乱他们的节奏。”

一学生打断她的话："去里面的人会比较危险吧？里面没有什么可以躲藏的点。"

"我们还不知道教官守在哪里，里面外面其实一样很危险。有同伴掩护，进去后可以有时间找到遮蔽点。"连胜说，"站在里面的人看得更清楚，也比较容易拿分不是吗？"

众人沉默，不大接受这个理由。

连胜："我还没有说完。选择留在外围的人，中场以后，要分出第三组。"

青年问："分那么多组人出来做什么？"

"教官肯定不会站着让我们干杀。情势不对的话他们会撤离。上面的路我们是知道的，并不适合撤离。以防万一，还是得把防线上移，总之就是要逼他们走下路。然后中场提前抽人过去埋伏，争取一网打尽。"

几人听得有些踯躅。

这去埋伏的人肯定也很危险，主要是人少了就没什么安全感。

青年问："那谁去追？"

"每个队伍派出一名。"连胜手指在众人中间转了一圈，"以身作则，中场的时候，我队派两个人过去埋伏。另外，为了保证公平，面包由内场和埋伏的人先分配，二二一，怎么样？"

虽然危险性大，但是刷分的概率高，而且拿到的面包也多。这样听起来，倒是可行的。

藏在暗处的教官们已经听见些许动静了。看着一群猎物即将靠近，有些按捺不住。

一人笑道："还真带来了。我还以为她趁机跑了。"

付教官给枪上膛："不知道带了多少人。反正最后剩不到十个的时候，先杀连胜。就是又瘦又矮的那个。"

旁边的教官说："那姑娘是女生，不算矮了哈。"

付教官说："年轻人太骄傲，不懂得及时止盈，总是要付出点代价的，正好长长记性。"

教官说："唉，早点结束吧，想睡个好觉。"

外围。

众人开始商量着怎么分组。连胜让他们以队伍的形式，分派出不同的职责，然后向她报告。

孟江武抓紧时机，走到连胜旁边小声问道："我们到底是要跟教官合作，还是跟学生合作啊？到底是狙击教官还是狙击学生？现在到底是什么走向？"

连胜低头装弹匣，闻言笑道：“这是必须二选其一的事情吗？”

孟江武深吸一口气：“不然呢？”

连胜侧过脸看他：“还记得我们最初说过的话吗？”

“什么？”孟江武挠头，“你说过很多话啊！”

连胜正色道：“我们的对手是一千零三十五人。”

孟江武惊道：“你是认真的？”

连胜挑眉。队伍方针，怎么能开玩笑的？

赵卓荦跟着走过来，跟连胜商量埋伏的地点，三人是应该靠近点好还是离远一点好。

孟江武听着她是准备要双杀了，还是忍不住多问了一句：“要不干脆按照约定跟教官合作吧。这样得罪他们……后果很惨重的。”

赵卓荦淡淡地道：“他们不会跟我们合作的。”

连胜：“就像空城计不能用第二次一样，也不要去相信你的敌人第二次。第一次是迫不得已，而且我们跑得快。他们会同意跟我们合作第二次，就意味着他们要杀熟了。不如我们先下手为强。”

孟江武：“……”

“坑这种东西，你应该换个地方挖，很少有人会在同一个地方跌倒两次的。”连胜斜睨着他，又将后面的话给憋了回去。

孟江武愤然起身。那眼神什么意思？

旁边讨论的人朝她招手，示意已经商议完毕。

连胜撑着枪站起来，低声笑道：“而且你不觉得教官很好骗吗？”

孟江武极为真诚地摇头。

连胜看向物资的方向，抬手量了下位置：“教官都很有实力，因为有实力所以自信。而当六个很自信的人聚集在一起的时候，就容易放松警惕，我们的机会就来了。”

连胜让他们找好位置，重新强调了一下各个小组的行动时机和任务安排，选好方向，一齐冲进去。

前锋踏进攻击范围的时候，一声枪响，直接拉开了战争的帷幕。

付教官抬起枪说：“还是省着点用啊，我怕子弹不够。”

连胜第一次缴纳的子弹基本已经用完了，第二次也就五六十枚，他们六个人分配后依旧寒碜。

“够了，也就这么几个学生。”旁边的教官说，“不知道你学生身上带着多少。”

因为物资箱附近没有可以有效遮蔽的障碍物，众人只是看似往那边奔跑，听到枪击声响，迅速转向，朝着旁边的大树跑去。随即往暗处一靠，准备反击。

“咦。”教官皱眉，“范围拉太大了。是不是他们早有准备？”

感觉是故意上前引他们开枪，其实是奔着隐藏点去的，不然反应也太快了。

另外一名教官说：“再看看。”

因为学生们快速调整状态，教官们失去了趁乱刷人数的优势。他们粗略一点，发现进来的人只是七八个，不足为惧。他们半蹲在远处的草后，开始慢慢移动位置，寻找有利的角度。

连胜挥臂，指了指几个大致的方向，让二组小队上前。

众人分散开，站到那些指定点的背后，寻找教官的身影，准备狙击他们。

暗处，身上背着厚重草堆的鲁明远打了个响指：“上！”

五人一人一个方向，混入群众中间开始伏击。

螳螂捕蝉，黄雀在后，食物链的传递顺序导致顶端的人总是更容易猎捕到自己想要的猎物。

众教官开始自由射击，只是稍一移动，脚边就会出现子弹。他们歪过头，重新挪了回去。

显然后面还有狙击手在掩护，来的人数起码得翻个倍，估计他们的目标也不只是物资了，还有积分。

这是一场有计划有预谋的挑战才对。跟连胜说的可不一样。

“这群人有备而来啊！是不是你们上次遇到的那一拨？”一名教官说，“你们上次陷害的是季方晓的队伍？那可不是好惹的茬，不会是报仇来了吧？”

上次参与过的教官说：“上次杀了他们一个措手不及，对面基本没怎么反抗，后方又有人接应，干掉了不少人。没这么快东山再起吧？”

有教官咋舌：“老付，你的学生这是给我们丢了个烫手山芋啊。”

付教官心中隐隐觉得自己被连胜坑了，但是偏头往外一瞧，发现在某些隐蔽的地方，的确有人在帮他们清扫障碍，不像是坑人。坑人还能做得这么全套？

教官们虽然嘴上这么说，心中也有些疑虑，但并没有退缩。他们握住枪，眼神四散，寻找可以转移的点，准备逐个攻破。这群学生本身实力略差，加上大晚上的看不清楚，命中率低得有点可怜。

双方你来我往，打得热火朝天。

连胜不敢说话，因为她的声音会被付教官辨认出来，现场总指挥权暂时转交给赵卓荦。他压着嗓音报告教官们所在的位置，引导学生们集中射击。

几分钟后，学生渐显颓势。

由于包围圈太大，而他们总共也才二十几个人，还分成了内外两组，外组中还有一批人在时刻准备着撤退前去埋伏，因此各人位置分散得很开。

除了包围圈里的人是肉眼可见的，其他人都隐藏在暗处。他们看不见各自的身影，又不敢说话打扰赵卓荦指令，互相间只能拿子弹来交流。这直接导致了外组人员在不断减少的时候，他们没有第一时间发现。当耳边沉闷的射击声许久没有响起，众人才意识到战友已经身亡。

什么时候的事？哪里来的子弹？怎么做到的？他们思考了片刻，终于得出了结论。

一学生喊道："对面不止六个人啊！"

觉悟得真是太快了，死光前居然就被他们发现了。

赵卓荦喊道："几个人都不重要了，箭在弦上不得不发，同志们，杀！注意安全！"

众人不得不重新提起精神。原先很是自信，现在有点动摇。

对手人数不明，位置不知，可能就混在他们之中。而他们不过是临时搭建的散队而已，可能自己都不知道自己隔壁趴的是谁。如此混乱的局面，他们怀疑等不到教官撤离了。

这还需要撤离吗？一网打尽了啊！

这是一大错觉。原因是教官有三次被击中的机会，所以看着总人数似乎久久没有减少，而学生这边已经阵亡了近二分之一。加上赵卓荦有意引导散兵们避开鲁明远几人，让战局显得更加神秘莫测，难以防备。

连胜的任务是刷分，她数了数，自己就打中了好几次。这群散兵的射击率的确有点感人，但是他们子弹够多，攻击够密集，在指挥下，靠运气也可以拿个几分。

对面只有六个人，十八分。接下去，应该差不多是退场的时刻了。战局要开始逆转了。

场内，教官们低头看了眼自己的信号灯，攻势减缓。

"不大妙哦。"一教官唏嘘道，"我要被送回去见统计了。"

另一教官摸了摸自己的信号灯说："我也觉得不大妙。对面有几个射击水准明显不在一条线上的学生。轻敌了啊。"

有教官问："老付，你那学生的射击听说不是很厉害的吗？现在人呢？到底在哪边？"

付教官绷着面皮，其实他也不知道，只好转移话题道："对面人不多了。"

的确不多了，里外加起来也就剩十几个了，他们还有六个人，不出意外应该可以拿下。

"现在学生的素质确实越来越高了哈，你看这样的对战，都稳定起来了。如果开始乱就好打了，但是还井然有序的。"一教官摇头感慨道，"不知道是该骄傲还是生气哈。”

一教官点评说：“指挥的问题。一个有组织有实力的团队必须要有指挥。可惜的是，他们光知道合作不知道服从，组的什么团？跟搞笑的一样。以为人多就是军队了吗？赶集人也多呢。”

付教官凶猛回头，说道：“超市半价活动开场的时候，那人多的啊……哇！”

众教官回忆了一下，异口同声道：“哇！”

那杀伤力是比军队还厉害啊。

几位教官忽然就聊开了，抱着枪咋舌。

“这群学生还是太年轻气盛，谁都压不住，就觉得自己是老大，不知道服从命令。”

“哎呀，有利益冲突的时候，每个人都要为自己谋利，确实很难合作的。大家都想着什么时候结束，你要是不及时抽身，就亏了。所以关系不牢靠，合作就是为了结束后分赃，管你谁是指挥了，越到关键时刻越容易内部崩裂。”

“正常嘛，你看古时候那些农民起义，不都是因为内部冲突失败的嘛。”

一教官抬起枪：“来来来！先解决了他们，回去好好训兵！”

连胜动了动手指，长时间趴着腰背有点受不了。对面似乎开始调整节奏了。她往旁边挪了挪，朝天上空鸣一枪。

附近的赵卓荦会意，喊道：“三组行动！”

在场的学生有些迟疑，没有回应。

现在走？现在走的话，现场就剩五六个人了，基本和教官人数持平，那还刷什么？他们难道还能一对一地击败教官，逼教官撤离？现在分散战力，等待他们的可能会是真正的全军覆没。一切白瞎。

这群人不予配合，赵卓荦也不等他们。

不愿意走就算了，他没有时间去说服别人相信他。他跟连胜比了个手势，率先行动，带着孟江武悄悄离开此处。

连胜提枪移到了左边，准备进行最后一次诱攻。

赵卓荦中途停了一下，抬手指向右侧的位置，然后才离开。程泽等人看见他的动作，多少明白现在的局势。他们的目的是控制双方人数，而现在明显是教官占据优势。那么他们的目标也应该转成教官。

当机立断，几人提枪转换位置，移向右方。

程泽拍了个人：“郑磊，去告诉连胜我们准备好了。”

“啊？”郑磊说，“准备啥？”

程泽：“……过去就对了。”

剩下的几位团员在心中盘算了一下。

如果这边失败了，那他们留在这里也是于事无补，等待他们的只有阵亡，现在走还能逃过一劫。

如果这边成功了，一切照连胜的推测走，那跟过去埋伏，可以拿到额外的食物，或许还能刷到宝贵的积分。

怎么想，都是过去比较值。于是他们慢了一步，也过去了。

战局忽然开始冷却下来，付教官听见偏侧传来一些动静。虽然不是什么危险的站位，但也有些敏感。他指着那边问道："那里有人在吗？"

"有！"连胜拖长声音道，"在换子弹！"

付教官哼了一声，决定再等等。

连胜重新架好枪，等待时机。右侧程泽几人做好备战，准备开始反击。

不过短短几分钟，他们的团队又阵亡了两个，士气已经开始动摇。不少人蠢蠢欲动地想要撤离。

众教官能够感受到他们的情绪。

付教官说："再接再厉，就快结束了！"

郑磊到了连胜身边，跟她汇报准备妥当。

连胜扭头，立马开始射击。几位教官的位置从刚才起她就摸得一清二楚，而对方对自己现在还放松着警惕。

这里角度有些偏，不容易直接命中。但只要把握得当，流弹二次伤害的可能也是很大的。或者把教官逼出遮蔽点，都算成功。

几发攻击紧密而刁钻，擦着目标的耳朵飞了过去。

那被瞄准的教官陡然一惊，下意识地往旁边挪去。他刚出来一点，右边程泽的子弹开始不客气地招呼。

那教官的信号灯原本就转红了，运气不好，直接熄灭。

连胜小跑着转向第二个点，狙击另外一位教官。这次对方直接死在了她的枪下。

几位教官察觉出异常，还没做出应对，同伴已经阵亡了两个。

对面还有这么多人？而且攻击犀利而强势，又重新打起了配合，和之前截然不同。

"情况不对！他们反了！"一名教官脸色一变，说道，"撤！"

幸存的四人伺机撤离。一个主动留在后方掩护撤退。

围在四周的学生一看，虽然不知道发生了什么，但见他们移动了，且节奏有些混乱，知道机会来了。跟跟跟！跟一发！

那位掩护的教官反身开了两枪。现在两边都乱，连胜这边的人因为激动也不顾隐藏。教官倒下的时候，顺走了两个人头。另外三名教官趁机逃了出去。

三人迈腿狂奔，一路向下。

一教官大呼一声："被你的学生坑了！"

他们将整件事情连起来一想，终于回过味来。连胜在两头骗，渔翁得利。

"什么合作，原本就想着坑我们呢！"那名教官说，"我们还想着最后再坑她，她从一开始就在坑我们！哎哟！"

付教官心中大为后悔。居然让连胜先行反水，早知道刚才就应该直接一枪狙击了她。

"早想着靠抢了吧？让我们先互相清一波对手，剩下几个人好分物资？"另一教官咋舌，"你这学生怎么那么黑呢？"

"年纪轻轻的怎么就那么黑呢！不愧是指挥系的人啊！"原先那教官附议道，"我一直以为我带单兵系是倒了血霉，怎么你们指挥系更不好搞啊？！"

二人轮番吐槽了一遍，付教官默默地闭嘴不出声。

他们唏嘘感慨过后，又开始总结反思自己的错误。

一教官叫道："难怪啊，我说！对面来得那么有准备，进退有度还有掩护，关键中了埋伏都不乱，头批拿了那么多分就很不对劲了。白陪他们玩了！"

另一教官说："我知道他们有准备的啊，怎么可能不知道，就觉得他们有准备也没用！"

付教官咬牙说："下次再杀回去。还是太小看他们了。"

"你挑得出她啊？"这名教官说完想了想，连胜还是很显眼的，点头说，"确实挑得出。"

他们现在信号灯都转红了，有点危险，需要有人掩护。付教官说："找李达匀一匀，人在哪儿知道吗？"

他尾音未落，一道子弹直直射在他的胸口。

变故骤生，三人一齐停了下来。

付教官已经阵亡，他后知后觉地摔倒在地上。另外两人迅速闪到附近的树后，紧张地观察四周。他们没想到这附近竟然有人在埋伏，光顾着跑路，一时没有注意。随后，数发子弹从正面朝他们攻来。等他们意识到，已经躲闪不及，直接阵亡。

他们这还是……被包围了？！

六名学生分别从前后走出来，朝着他们嘿嘿轻笑，站到他们面前。

还真是被包围了。大晚上的视线就是不清楚。

几位教官暗叹，聊得太开心，松懈了。

付教官想不明白啊。这是什么时候派出来的埋伏？刚刚的主导权不是一直掌握在自己手里吗，怎么就确定他们会往这边走了？还有连胜的队伍哪里还有这么多人的，不是死了一大拨了吗？为什么这些人会听连胜的指令？

孟江武在三人中间辨认了一下，蹲到付教官的面前。

“那什么，连胜让我带给你一句话……”孟江武说到半茬卡住了，扭头对赵卓荦请求道，“他不是你的教官，还是你来说吧。”

于是赵卓荦说：“连胜说，没能亲自拿下你的人头分真是太可惜了，但是请放心，她没有缺席。”

付教官恨恨地瞪眼。呸！

“不在这里，在更前面一点。你们撤得有点快。”赵卓荦尽责地往前一指，“下山的时候可以看看，我们在前面替她写了一行字。”

孟江武：“付教官败于此树之下！”

付教官：“……”

她以为她是孙膑啊！有病啊！

孟江武说：“位置有点不大对，给她挪过来吗？”

赵卓荦没那个兴致，因为他觉得挺无聊的。旁边几位同志却很感兴趣，主动请缨道：“我来我来！一个都不能少啊！”

他们去翻了教官的胸牌，把名字都记下，拿着石块一个个写在他们旁边。

到底还是脑子没抽，没把自己的名字也留下。

赵卓荦和孟江武先行离开。那几人写完，拍拍手道：“回去领面包了。”

面包可能已经没有了。

教官们退走后，众人已经可以预想到之后的走向。

怎么发展到这一步，那两位教官又是怎么死的，他们不知道。但这不重要，反正他们参与了这场激动人心的战役。众人还来不及兴奋，连胜提枪走出来，径直来到物资箱面前。

众人跟着围了过来。一名青年问：“不等他们回来吗？还有几个人吧？”

“死了的怎么分啊？依次轮给队友吗？我看数量可能有点不够。”

连胜弯下腰，在众人目光中伸手去拿。

众人讨论的声音安静了一秒。随后一青年高声道：“不是说先锋和埋伏的人先分配吗？你就是外围狙击的吧。喂，不是你自己定的规则吗？”

连胜恍若未闻，直接拿了八个面包以及两瓶水，夹在腋下，满满当当地准备离开。

“喂！”那人越发激动，拦住她喊道，“你们只有三个人还拿那么多，过分了啊！”

旁边的青年也黑脸说：“别仗着自己是女生就得寸进尺。”

众人七嘴八舌地指责：“放下，重新分配！”

连胜淡定地说："我们有八个人。"

青年气急败坏："开玩笑，你们哪里来的八个人？透明的吗？"

连胜打了个响指，鲁明远、程泽等人从暗处走了出来，手上还提着枪，枪口正对着他们。

几人顿时噤声。一个脾气暴躁点的男生忍受不了，也直接提枪对准连胜。

场面一时剑拔弩张。

连胜不慌不忙地道："要我跟你们算算分配？可以。"

连胜换了个姿势，随意地站着，一字一句说道："知道刚刚那一波反转是谁打出来的吗？如果不是我们，现在躺在地上的已经不知道是谁了。某人现在也不能拿枪指着我，跟我谈分配。

"你再问问，谁是本场指挥？谁先发现的这里？谁在本场刷分率最高？我们打出了多少掩护？就你们那枪法，自己说出来有信心吗？我们还有两位队员去埋伏教官了，凭我们做出的贡献，一人只拿一个面包，过分吗？"

连胜的话像一桶冷水，青年的气焰渐渐被浇了下去。

她的语气当中虽然不带一丝愤怒，声线一路平坦，但是隐隐能察觉出讽刺的意味。

"什么水平就拿什么奖励，你敢说出你自己做了什么吗？"连胜嘲讽道，"我看你本场最值得一提的举动，就是结束后拿枪对着你们的指挥兼本次战役最大的功臣，要她放下属于自己的一个面包。骄傲吗？"

哦，的确是有讽刺，还非常明显了。

郑磊远远地喊道："你害不害臊啊？"

青年脸色涨红。他明明觉得自己是对的，怎么反而就变得骑虎难下了？

他不自觉就跟着连胜的节奏走，绕了一圈掉回头才明白过来，又挺起胸膛道："原先说好了分配的方法，不管你是什么功劳，好歹也要等所有人都到齐了再分配吧？你自己先拿走了，叫其他人怎么看？谁还遵守规则啊？讲不讲道义了啊？"

"我制定的规则，目的是为了物资。别跟我谈道义。我刚才完全可以趁你们不注意，让我的队友全部淘汰了你们，然后霸占所有的物资，也免了所有的麻烦，这就是我给你们最后的道义。"连胜厉声道，"本来就只是一次临时合作的不牢靠关系，你们还指望持续多久？难道刚才你自己没想过临阵脱逃吗？"

青年又吃瘪。

连胜："我当然是拿完属于我自己的奖励就走了，难道还陪你们一起玩下去？有意见？"

青年迟疑片刻，慢慢放下自己的枪。旁边几人也没有异议，去分剩下的物资。

连胜转身就走，不理会他们。

青年抬头看见程泽，忽然明白过来，又一次抬枪质问道："站住！刚刚教官只有六个，那在后面狙击我们的人是谁？"

连胜停下脚步，义正词严地道："我不知道你在说谁。我只是留着队员在这里维护秩序而已，毕竟我只是一个羸弱的女生。"

连胜重音强调了一下"羸弱"两字，然后说："而且，他们可没有偷懒。一直在攻击教官。"

程泽直接对着青年开了一枪。

青年大惊失色，朝后一跳，撞到队友的身上，险些一起摔跤。

程泽往地上呸了一口，凶狠道："找碴儿是吧？别给你们客气当福气。什么意思啊？想给我单兵系泼脏水是不是？"

连胜快步撤走，路过教官旁边时，地上的"尸体"忽然抬起手，对她比了个拇指。

连胜低头，谦虚地欠身回礼，火速离开此处。

第十二章

全场最佳 MVP

众人回到之前休息的点，重新聚首。

“啊——”连胜长长吐出一口气，靠在后面的石头上，“好累啊。”

可苦了她这把老骨头了。

赵卓荦开始拆分面包。

或许是为了有效补充糖分，面包做得特别甜。众人有一口没一口地吃着，默默地回味方才的战局。

郑磊咬着面包脑袋一点一点的，傻笑道：“感觉已经站上了下辈子的巅峰。”

六名教官，加上他们二十九位学生，这样的大混战，他们竟然能主导战局，最后还全身而退。想想那一地的“尸体”，绝对是值得他铭记一生的成就。

没能亲自刷到付教官的人头，连胜还是觉得很可惜。

“他听到我的心声了吗？”连胜问，“他什么反应？”

赵卓荦停下嘴巴的咀嚼，说：“‘尸体’抽搐了一下？”

程泽纠正道：“那是来自灵魂的震撼。”

众人附议点头。总结到位。

郑磊由衷夸赞道：“你太无耻了！”

“我只是不够坦荡。打仗的时候，坦荡是最没用的东西。”连胜说，“请说我，算无遗策。”

郑磊坚持道：“你太黑了！”

“我这叫‘审时度势’。”连胜说，“幸存者马上就会感谢我的明智之举。”

原本面包数量就不多，男生吃得还不少，难道要一起分？

每次到了分配利益的时候，就是他们这些脆弱阵营分崩离析的时候。不先下手为强，他们根本拿不到八个面包。亲手打下的江山，怎么能拱手让人？连胜没来个清盘，真的是念在同学一场的情分上。

吃过晚饭后，几人开始犯困，决定暂时休息一会儿，找了个相对僻静的地方，轮流小憩二十分钟，睡醒的人可以试着去搜罗子弹。

晚上八点的物资投放，他们没有赶上。十一点的时候，决定再去参加一次。

因为饿，真的很饿。活动了一整天，怎么可能吃一个面包就够了。问题是，该怎么参与。

孟江武说：“不如趁着天黑再去坑一次？”

又有分刷又有面包，从结果来看，简直是最佳选择。

几人没什么兴致。

想得太美好了，这山上的信息又不是不流通。六个灵魂震颤的教官已经下山了，难道还不共振一下？

战术不是技巧，没有一招鲜吃遍天的道理。你对不同的人或许管用，但是在同一场战役，对同一批对象频繁使用，只会自食恶果。

孟江武也是明白的，但还是保有一点期待。

信息不流通就是他们的优势。谁知道刚刚下山的六位教官会不会深以为耻，对这事保持沉默。就算他们说出去了，新上山的教官也不可能这么迅速就把事情宣扬开。他们还是有很大机会的。

郑磊说：“要不然这样，现在不是天黑嘛，对方也看不清楚我们。我们就离远一点和他们商量。如果他们不知道这茬儿，那最好，照老计划行事。如果他们知道了，我们随机应变，马上就跑！晚上哪里都好躲，比白天安全多了。”

几人征询连胜的意见。

“如果你想试倒是可以。反正现在干坐着也没什么用。”连胜打了个哈欠，“要是试失败了，最多就损失一个人头。”

这样算起来，冒险还是挺值得的。就是风险和前次不能相比，不应该让连胜过去。

郑磊再次主动说：“我去！”

又到了炮灰点燃自我的时刻了！

于是几人动身，再次寻找教官的踪迹。

夜间不方便的是，不能一眼辨认教官跟学生，要根据防具的外部轮廓，多看两眼才看得出来。而且行路艰难，速度缓慢。他们在山上兜转了一个多小时，才遇到真正的目标。

两位教官。

郑磊遗憾道：“才两个？”

连胜：“先探探口风，别嫌弃人多人少，你过去问问。”

郑磊领命，激动道：“我去了！”

他们七人在百米以外的遮蔽物后蹲下，看好后路，以备意外。

郑磊已经极为小心地靠近他们，但晚上尤为安静，加上风向传递，几乎落针可闻。

教官警觉一喝："谁？"

郑磊掐着嗓子道："喂？"

"喂个鬼啊！你男的女的？"教官站起来暴躁道，"大半夜的你跟谁喂！"

郑磊躲在树后，调了下声线，问道："要合作吗？我有子弹。"

这种悠悠的语气，加上蛊惑般的腔调，再搭上林中时起时歇的呜咽风声……两位教官沉默了。

郑磊再接再厉道："我提供子弹，帮你们拉人，还帮你们刷人头，你们有物资吗？"

他说完才想起来不对，他应该先问有没有物资的。

"喂？"郑磊又补了一句，"你们有吃的吗？有对吧？"

暗夜里一声清脆的上膛声，教官说："怎么是个男的？"

郑磊听在耳里，脸色一沉。

"你们学生了不得啊，用子弹引诱教官，欺骗教官的感情，还发展出一门职业了？"教官怒道，"当教官傻的啊？"

郑磊："……"

说时迟那时快，两人一起动作，朝着外面用力一蹬，飞蹿而出。

月光下闪过三条黑影。

郑磊挥臂大喊："跑！快跑！"

连胜等人得到消息，迅猛起身，干脆跑路。

连胜说："往人多的地方跑！"

鲁明远指挥："左转！"

后面教官抬枪，不管瞄没瞄准，追着他们一阵射击。

郑磊捂着屁股惊悚大跳，努力跟上众人。

"不止一个，就是他们了！"后面教官喊道，"给兄弟们报仇！"

孟江武吼道："报应为什么会来得这么快？！好歹等下山再清算啊！"

他们逃跑的动静不小，很快就引起其他人的注意。

连胜等人在鲁明远的指示下跑过一段路，终于看见一群学生。那群人分别站在道路的两侧，似乎是听见动静出来查看情况的。

连胜朝为首那人用力挥手，深情喊道："快跑！被发现了！"

季方晓一脸莫名其妙，看她如一骑绝尘飞奔而来，听出声音道："连胜？"

连胜深吸一口气，又用力喊了一句："赵卓荦快啊！快跑起来！他们都来报仇了！"

身后追来的教官听见，凶猛喝道："飞起来都没用！今天谁都别想走！"

季方晓还在愣神之中，刚准备下令狙击连胜一报血仇，又发现后面竟然跟着教官。

原本留在这里就是为了刷分，他犹豫一瞬后，半抬着的手转了个方向，指令道：“备战！三队跟上！”

连胜等人趁机穿进林子，隐藏身影。

教官发现连胜已经跑远，她的同伙在阻拦他们的去路，只能先安心对付眼前的人。

此时，被连胜等人淘汰的教官几乎挤满了监控室。他们大半夜的不去休息，正一腔怨念地看着屏幕，恨不得亲身上阵再杀一次。还有几个凑热闹的教官，也过来长长见识。

“你的学生不需要你教。”一教官拍着付教官的肩膀说，“你应该多跟她学学。”

付教官：我不要面子的啊！

八人幸运逃脱。等耳边枪击的声音开始模糊，才一齐停下。

“果然，同样的地方不容易摔倒两次。”连胜喘着粗气说，“还是乖乖埋伏吧。”

几人同意。

连胜单手撑着树，回忆一下之前的场景，问道：“刚刚路两边是不是有很多人？”

一个大型团队集体行动，还有人领头指挥，加上方才喊她名字的声音……

连胜抬起头道：“季方晓？”

几人被她一说，细细回味，发现好像还真是。

“缘分。机会难得。”连胜抱着枪笑道，“走，过去看看。”

八人照着记忆摸回去，双方正在酣战。

两边都想杀他们，是不好起正面冲突的，以免促成他们的一致对外。

连胜悄悄绕到季方晓队伍的背后，狙击了他们几个人。在对方反扑之前，跟兔子似的跑路。等到战局结束之后，又跟着他们去了下一个地方，专门挑他们打得最激烈又无法脱身的时候过去骚扰。

季方晓对几人的行为简直毫无办法，恶心至极。

连胜等人就这样陪他们玩了两场，发现比打教官更有意思。在对方彻底恼火之前，意犹未尽地回去布防埋伏。

不知不觉天就亮了。

连胜抬头看了眼日色，此时山上战火渐熄，开始进入胶着状态。

演习进行到后半段，基本就跟裹脚布一样，拉扯再拉扯却没有尽头。先批上山学生的精神状态，已经到了疲惫的边缘。

做什么都提不起劲。除了打季方晓。

连胜问："我们是继续耗着呢，还是就下山算了？"

这时候刷分的效率太低了，但是按活动规则，不少到一定人数是不会结束的。

赵卓荦的小队往年会留到最后，因为最后的分数也很重要。但这一次似乎没什么必要，分数已经早早达到预期。

太阳往下一照，开始驱散寒气。暖意一起，众人又开始犯困了。一干咸鱼躺在地上，抖着腿看日出的景象。四肢酥麻麻的，没人想再起来。

连胜指着天道："今天要下雨了。应该快了。"

几人一惊。孟江武说："真的假的？你别吓我。"

连胜挑眉："看天你都不会？"

"谁还看天啊？都有天气预报了，你瞎说的吧。"孟江武扭头，拍了拍沈喻问，"今天天气预报看了吗？"

沈喻说："哪有时间看天气预报啊？天天半夜拉起来跑步，人都疯了，光看皇历了。"

孟江武："……"

"真快下雨了。"连胜指道，"你，你，还有你。帐篷临河，得赶紧回去。"

孟江武翻身坐直。

"真下雨了谁都逃不了。指挥系集体淹水。"孟江武说，"河流下游是我们的主营地，里面多少机器设备，肯定不会让那里积水。下雨之前会关闸截河。我们那地方的河水，最高得涨那么多。"

孟江武比了比高度，接着说："你以为你睡的那地方能幸免于难？都是白搭！"

连胜："……"

孟江武见她不说话，不禁幸灾乐祸道："我们演习第三年了，会不知道这个？自作聪明了吧，哈哈哈！"

郑磊同沈喻跟着大笑："哈哈哈！"

连胜："……"

三人忽然一止。

郑磊叹了口气说："我们这是五十步笑百步吗？"

沈喻："这是穷人笑乞丐吧。"

一股突如其来的丧气。

鲁明远说:“我饿了。”

“我也饿了。”赵卓荦的运动量是众人里面最大的，平时也吃得多，现在有点受不了，“要么去抢吃的，要么回营地吧。”

连胜说:“我选择回营地。”

其他几人:“我们也选择回营地。”

连胜抽出自己的小木刀，握在手里:“能打败我的只有我自己，谁需要我代劳？”

众人发现还有小木刀这样的“自杀”神器，无痛、快速，还能拗造型，可以说非常不错了。于是纷纷效仿。

本场演习最奸诈的小队组合，终于迎来了退场的一刻。

过来领人的教官站在他们面前，看见八人死得整整齐齐的，两手交握置于胸前，动作安详而幸福。他们面朝天空，一动不动，中间还摆着一捧野花。

教官说:“你们这是干吗？祭奠仪式？”

连胜有气无力地道:“教官，我们就要横‘尸’此处了，能不能先给我们一个面包？”

教官:“……”

随后八人跟着其他退场的学生一起下去。

同行学子看他们有气无力、一派萎靡的模样，出于人道主义安慰道:“比赛重在参与，大家不要这么难过嘛。”

他对着连胜问:“你们是什么时候上来的？”

连胜:“昨天。”

“能坚持到现在已经很不错了，很少有女生能走得这么远的。”青年鼓励道，“没刷到分也没关系，我们大半的人都没刷到分呢。”

连胜抬起头，回应他的鼓励:“谢谢。你也加油。”

教官回头一瞄，默然不语。

众人回到山下，依次去交还装备。几位教官看连胜的眼神都有点不对劲，朝她挤眉弄眼，还意味深长地笑两声。

孟江武打了个寒战，对她说道:“完了，你可能要出名了。”

连胜顺了把头发，在洗澡和吃饭之间犹豫不定。

那防具又厚又重，剧烈奔跑加上炎热的天气，闷出了一身的汗。汗渍又被他们穿在里面的军装给吸收了。

脱掉防具之后，军装各处泛起褶皱，还有些潮湿的感觉，尤其是沾染上的那股青春的味道，弥久不去。现在一吹风，身上四处都有点痒，大概是起痱子了。

赵卓荦等人毫不犹豫地选择吃饭，连胜也跟了过去。

此时还是大早上，食堂里有不少吃饭的学生和教官。几人选了张桌子，点了一大盘菜，开始狼吞虎咽。

昨天为了减少上厕所的次数，众人都忍着没喝水。现在一碗又一碗的豆浆接连灌下，快速慰藉了抽搐的胃。

吃饭用了十五分钟，几人一句话都没有说。

他们快吃完的时候，方见尘过来了。他一眼看见自己的兄弟，拖开椅子坐到旁边，激动地问道："你们怎么回来了？什么时候回来的？你们八个一起，难道是自己回来的？"

他不需要别人的迎合，一拍大腿煞为痛惜道："为什么这么不爱惜自己的生命？你们淘汰了我就是为了自杀啊？知道我在下面过的是什么日子吗？赵优秀同志你堕落了！你堕落了你知道吗？！"

连胜抬起头，方见尘认出她来，鼓起脸，憋了一口气指着她道："你有毒！"

连胜：你才有毒！

赵卓荦抽过纸巾擦了把嘴，默默地端起餐盘，走向门口。其余几人自觉跟上。

方见尘追过去继续叨叨："你们还没告诉我我死得值不值啊？你们有没有好好珍惜我的牺牲？"

没人回答他，方见尘又委委屈屈地道："你们不要这样，小队已经不需要我了吗？我们比金刚石还硬的情谊呢？我也不容易，大家都体谅体谅。"

连胜等人和他们不同方向，回到指挥系的扎营区。

她走近了才发现，没有一个人在收拾帐篷。大家要么趴在里面补觉，要么在外面活动。

孟江武跟在她后面，连胜抓着他问："怎么没人搬？要下雨了都不知道吗？"

孟江武理所当然道："当然！下雨了也不能搬呀！每个系都有规定的扎营区，不能随意更改。我们从这里撤走，没地方给我们待的。"

连胜："那我们还下来干吗？"

孟江武说："吃饭啊。"

连胜："那每年都得感受一下被水淹的滋味？"

"那也没有，这块地是特别的。这次是我们系运气不好，抽到了这边，往年都是别的院系。"孟江武说，"而且这帐篷其实是防水的，就是门有点低，积水的时候小心点，别让水灌进去了。记得把被子藏好以防意外。"

连胜："……"

孟江武补充道："哦，积水的时候还能听见水在你耳边流动的声音，据说滋味非常特别。"

连胜站在帐篷前面驻足片刻，觉得身上又开始发痒。她抽出衣服，趁着人少，先去把澡给洗了。

浴室现在没人，一半都是空的。连胜过去刷卡，端盆进去。

关上门，她一把脱下衣服。果然，腰部一片红疹。伸手摸摸后背，触手也有些粗糙。肩膀上的皮被磨破了，脚底和手指就更不用说了。

连胜忍着酸痛，快速冲了一个澡，出来没多久，天上就飘起了雨。

连胜坐在帐篷里，听雨点落在篷面上的敲击声，一下下急促而低沉，不断刺激着她的神经。她试着躺到地上，发现耳边的声音更响了。又想起孟江武说的水流声，顿时脸色黑了一片。

以前她因为带兵，被失眠困扰多年。现在好了不少，但对声音还是很敏感。这样的动静对她来说接受不了，所以她特别不喜欢下雨天。

连胜重新爬起来，叠好被子，塞到最里面。她穿好鞋，打起雨伞，往医务室走去。

连胜推开医务室的大门，外间已经坐了一个男生，正在往腿上擦红油。他留恋不舍地擦了一遍又一遍，叹了口气，又继续擦不知道第几遍。

医生浏览完页面，扭头一看，发现那学生竟然还在，忍无可忍道："你有完没完了？！你那城墙厚的脸皮都要让你给擦秃了！"

学生抬起头说："报告，我擦的是腿。"

医生板起脸，冷笑一声："干脆我打折了它，你就在这里住下吧。"

学生见他生气了，赶紧放下药瓶，朝他敬了个礼，飞也似的跑了。

医生转向连胜，两手插兜，抬着下巴问："你怎么了？"

连胜说："我感冒了。"

医生招了招手，示意她过去抽血。

十分钟后，医生看着手里的报告说："你好得很，就是有点缺水。活动下来的每个人都缺水，正常。"

连胜跨坐在椅子上，认真地道："我感冒了。"

医生冷声回道："你可以走了。"

连胜看着他，坚定道："我真的感冒了。现在没感冒，走出这里的大门就会感冒。我需要温暖的小床，温柔的医生，还有干燥的被子。"

医生："……"

医生伸手按住她的椅子，他一米九的个子，又是站着，连胜需要仰起头才能看清他的脸。

"我这里是有原则的。"医生说，"能走的都不能留下。"

"哦。"连胜忽然想起来，"我长痱子了！"

医生：这表情，你长的是痱子还是宝贝？！

他们两个正在说话，付教官叉腰走进来。他看见连胜，表情瞬间一冷，又看向医生，赔笑小心问道："她怎么了？"

医生面不改色地说："她感冒了。"

付教官："额……"

医生："有事儿吗？"

"没事，没事。"付教官说，"问一下，什么时候能好？"

连胜快速接嘴："十天半个月。"

医生："傍晚之前可以训练。"

付教官匆忙点头："好的！待会儿记得等通知，林医生提醒她一下，都要参加的。"

医生点头，付教官退了出去，顺手带上门。

连胜叹了口气，主动到最里面选了张床，掀开被子躺进去。

医生瞥她一眼，又继续刷光脑。

这个时间，大伙儿要么在训练，要么在睡觉，医务室倒是挺安静。

林医生标准严格，所以学生也非常识趣。

半个小时后，连胜昏昏欲睡，医务室的门又一次被打开。

赵卓荦见床上有人，轻手轻脚地走进来，小声道："之前摔了一跤，可能砸到脊椎了。"

连胜拉下被子，从床上抬起头问："你也要感冒吗？"

赵卓荦一惊，不明所以地看着她。

医生做了个稍等的手势，走到连胜面前，抓住她的被角，往上一拉，盖住她的头，然后整个包了起来。

医生喝道："闭嘴！"

赵卓荦瞠目结舌："额……她？"

医生说："祸害遗千年。这边，过来。"

他们去到旁边的隔间检查。撞伤和神经问题是很难说的，有时候一个不小心的疏漏，就会酿成不可挽回的后果，谨慎一点没有坏处。

林医生分析了他拍的片子，安心地说："没什么大问题。"

赵卓荦出汗量有点多，医生让他多喝盐水，又给他开了点维生素片。

等赵卓荦离开，连胜依旧一动不动，还蒙着头。

医生忽然有些担心，不会被闷闭气了吧？他掀开被子，发现连胜睡得天昏地暗的，口水横流。

感受到光线，她动了一下，似乎要转醒。医生黑着脸，重新给人闷了回去。

连胜：“……”

傍晚的时候，雨势稍歇，所有学生被召集起来开总结大会。

连胜一样被医生赶了出去。她穿好鞋，四肢不大协调地往外走。

休息过后，不仅没有感受到精力充沛，虚脱的感觉反而越来越明显了，因为肌肉拉伤。

众人排好队列，等待中尉过来。

付教官在队伍前面走来走去，其间瞪了连胜好几眼。然后停下脚步，指着天空问：“知道今天为什么会下雨吗？”

学生们天真地摇头。

孟江武：“因为已经快两个星期没下雨了。”

付教官说：“因为天怒人怨，天可怜见！”赢了教官，不可原谅！

连胜：这真是脸都不要了。

几个拿零分退场的同学捂着心口真诚道：“我觉得您说得对！”

他们这边教官在指责学生，隔壁队列的学生正在跟教官抗议。

为首一青年放声喊道：“教官，你太过分了，居然给了我们个零分！”

众人异口同声：“太过分了！”

青年：“这样的结果你说得过去吗？”

众人：“怎么说得过去！”

青年：“我们的内心都受到了伤害！”

众人悲痛呐喊：“教官——”

教官捂住耳朵，一脸痛苦地背过身。周围的人都安静下来看他们的热闹。

教官抬手一压，喝道：“通通都闭嘴！”

众人长吁短叹地安静下来。

“自己水平不够，不要赖教官啊。”那教官负手而立，斥责道，“怎么别的学生能拿到分，你们就不行呢？”

青年喊道：“不会放水的教官不是好教官，你们严重打击了我们的作战积极性！”

另外一名学生说道：“就是！哪里有别的学生能拿到？你知道我们多少人拿零分吗？你看看隔壁指挥系，都快全军覆没了！大多数人的经历告诉我们这是事实！”

“再放就漏光了好吧？你们教官差点被削死。”教官咋舌道，抬脚踢了踢地面。

他指着付教官说：“你们看看隔壁付教官的表情，你们怎么不学学他们啊？”

付教官一脸冷漠地扭过头，咳了一声：“过分了啊。你就这么对待你昔日的战友？”

教官一时没绷住，笑出声来：“哎呀，人总是要找点平衡的嘛。你就牺牲一下小我，让大家感受一下春天的光明。”

付教官叹了口气。他带过这么多届的学生，这是他最后悔的一次。

旁边几位教官一齐大笑。学生无法理解他们的幽默。

孟江武旁边的男生扭头说：“真羡慕你啊，跟赵卓荦同组。刷了不少分吧？”

孟江武神秘一笑：“还可以。”

那男生猥琐地挑眉。

鲁明远那边也在讨论。同伴问：“你们四个指挥系的，怎么在上面待了这么久？”

鲁明远推了推自己的眼镜，理所当然道：“刷分啊。”

同伴说：“这么厉害的？”

鲁明远：“当然！”

他们聊了没多久，中尉过来。所有人瞬间安静，挺直腰板，整好阵形。

中尉讲解了一下本次比赛的结果。

最后结束的时候，场上还有三名教官。学生人数先行不足，宣告结束。实在是很可惜的一次了。

但从战况来讲，学生的表现两极分化严重。

“在这里，我要着重表扬前两支队伍，表现得相当出色！”中尉举着光脑念道，“本次演习第一名的小队，连胜，鲁明远，郑磊，沈喻……”

连胜的小队拿了二十二分，赵卓荦的小队拿了二十一分，两个小队的得分加起来就超过了团队总得分的六分之一，可谓傲视群雄。

季方晓他们拿了十五分，可以说也非常不错了。但是两边这样一对比，稍显逊色。

季方晓的团队前期开局大红，势头强劲。之后想拉拢赵卓荦，结果被连胜重创，自己小队的狙击手还给挂了。中途耗时重新起步，刚打出节奏，不幸又撞上了连胜等人，被他们骚扰得心力交瘁。过程可谓曲折艰辛，让人闻之动容。

他们冒着大风险，打了各种混战，一整晚没睡，第二天也打完全场，依旧没能逃过连胜的阴影。

连胜看不见季方晓，但能想象到他此刻的悲痛之情。

众人听见成绩，一阵哗然。

这就是为什么超过半数的人在零分边缘徘徊的原因，几乎是垄断式的成绩，游兵散队很难拿到分数。哪怕有，也是在一和二之间游离。

没有三，是的，没有三。

教官指着他们笑道：“都听清楚了啊，给你们零分的不是教官啊，是他们。”

可不就是他们！一共就二百四十分，还玩承包？！

众人再也抑制不住，纷纷爆发。

“二十二分，怎么不干脆炸了整座山啊？”

“我知道她是谁！她就是把我淘汰的那个！”一学生摘下帽子指认道，“一个女的！”

另外一个迎合道：“我也是被她淘汰的！”

“教官杀手还是学生杀手啊？我刚上场没溜两圈就挂了，也是被个女的杀的！肯定就是她了！”

“她还带我们刷了物资！”

“你们确定都是一个？”

“场上就几个女的，还能有谁？二十二分啊！我们两个团加起来都没到二十二分！”

众人不禁悲伤道：“可怜。”被一个女的涮成火锅了。

方见尘回忆起辛酸往事，忍不住想要掩面痛泣。

“你们可怜？”方见尘说，“我可是被一颗石头反死的！”

他们队列的教官严厉评判道：“不要找借口啊。流弹的存在本来就合理，自己位置不找好怪谁啊？”

一教官板起脸道：“这种时候还用男生或者女生去形容对方，我告诉你们啊，你们失败不是没有理由的。活该啊。”

教官苦口婆心地说：“学学人家，他们四个指挥系的学生，体力比不上你们，可是以大比分大优势拿到了本场第一。自己要学会分析一下原因。什么时候也能用用脑啊，军事不是靠蛮力的，从认识自己的不足开始吧。”

众人才回过神来。

哎，这次连胜的队伍的确是四个指挥系的。不仅如此，连胜还是近十年来，第一个拿到教官对抗赛优胜的女生。

当然，八人集体退场的壮举也是很厉害了。

运气是不会好到接二连三的。连胜的名字就是本次演习的常客。纵然如此，他们还是会下意识地无视她。

因为她是女生？还是因为她平时训练扣分太多？不可否认的是，她肯定有什么闪光点，才能达到现在的成绩。

面对众人的议论，连胜依旧淡定地站在原地，仿佛事不关己。

郑磊等人被四周的人看得有些不好意思，低下头去，咧开嘴干笑。这一次真的是被大佬带飞了。

“看过监控的我可以保证，全场最佳 MVP，就是我们连胜同志。”旁边的教官自嘲道，“完美演示了什么叫借刀杀人，之后卸磨杀驴。没有出现任何意外，调和多方矛盾，让己方得利。指挥系教科书般的标准，当然，希望大家不要向她学习。”

多出两个不得要命？

连胜哼了一声。

全天下当然只有一个连胜。

第十三章
毅力

那边教官明里暗里吹捧了一下连胜，顺便调侃同僚一通。

付教官忧伤一叹。

他们很想给这群学生分析一下这次失败的原因，不论是团体还是个人，实力还是心态。毕竟标准在前，实在是有太多想说的了。可惜条件受限，而且正式演习还没结束。

学生鬼哭狼嚎地叫嚣，不停地往指挥系那边看去，一面极为心疼自己的分数和战绩，一面忍受着三观不断被摧毁又重建的酸爽。

队伍终于解散了，众人各自去吃晚饭。

连胜摘下帽子，也准备过去，她转了个身，几名女生拦到她面前。

大三指挥系 A 类总共只有五名女生，她到这座山的当天见过她们一面，但至今没有和她们说过话。

连胜不是个喜欢搭话的人。她平时不苟言笑，身上还总有股生人莫近的气场，看起来不大好相处，加上演习日程安排紧凑，多数情况下与她们根本凑不到一起。

连胜面无表情地问：“有事儿吗？”

几人互相推搡，似乎不好开口，最后一个皮肤偏黑的女生先问道：“想问问，你是怎么刷到那么多分的？也太厉害了吧！”

连胜沉思片刻。

这个问题应该怎么答？当然是靠实力。

一个人开口，另外一个女生也问道：“对啊。在山上的时候，你怎么躲得了那么长时间？你枪法怎么那么好啊？”

“到底用了什么方法？教官说的教科书式标准是什么？能说说吗？”

她们一说话，旁边原本已经要走开的人又跑了回来，也偷偷地旁听。

连胜说：“如果你是问这场演习的话，它是我们小队集体努力的结果，你不应该只问我一个人。整个战况用时近三十个小时，我很难三言两语地跟你说清楚。”

女生听她公事公办的回答语气，倒是很耐心地在说话，就又问了一句：“那你说说你自己？”

连胜抬认真道：“不要看轻自己，不要给自己找借口，你也可以的。”

几人愣了下：“具体是什么意思啊？”

连胜抬起头说：“当你觉得别人做到了你认为不可能的事情的时候，多数情况下只是因为你不够努力。”

“当年我练箭的时候……”她说着，想起来这里的人不练箭，补充道，“我以前练射箭。”

她抬起自己的手想要展示一下，却发现手上已经没有了原先磨出的层层老茧，顺势一挥改口道：“算了，好汉不提当年勇，你们自己努力吧。”

众人：这转折得也太快了。

晚饭吃过以后，中午还软绵绵的雨势彻底发力，瓢泼大雨磅礴而下。

众人有些崩溃：“每年这个时候，总有这么一遭。”

演习十五天里，不感受一番暴雨，都对不起这次演习。今年老天其实已经很给面子了，不仅有好几天天气是阴云，而且因为风大，雨天也较往年偏少。

可惜该来的总是躲不掉。

教官白天再怎么调侃，到了训练的时候，照样不讲人情。

因为下雨，山上路滑，上山可能真的会有危险，所有人转移至露天训练场地，披雨衣，负重过障碍跑。

演习进度越往后，他们的训练难度越大，扣分的力度也越狠。

每人要求完成十五组，一组里六项活动，不分男女。

连胜还没跑上两圈，就大幅度掉队。下雨天非常不容易把握节奏，对耐力的损耗几乎成倍增长，加上之前的运动还没调整过来，她的身体异常沉重。

连胜不能跟他们一样拼速度，不得不慢中求稳。

孟江武第二次跑过她旁边，惊道：“你不是吧，这才刚开场啊！”居然就跑出了要完的气势。

连胜挥挥手，示意他先走。

付教官站在场地中间喝道：“一项没完成扣一分，有本事你扣光九十分，我就让你去旁边休息！”

还是别了。她这分数都不够扣的呢。

之后几天都是高强度训练，她还不想创下史上最低的纪录。

十五组的训练，一般学生是在晚上八点半之前完成。超过九点，学生就会弃权。

孟江武的体力还是很傲人的，他在八点的时候完成了任务，率先过去洗澡。洗完澡后撑着伞，鬼使神差地绕到了训练场地那边。

他抬起光脑看了眼，八点三十五分，场上还有二分之一的学生，大部分是体格偏弱的辅佐类学生。之后半个小时，学生退场了大半。不知道是完成了还是弃权了。

孟江武觉得自己脑子有坑，还是蹲在旁边观察情形。

九点十五的时候，场上只剩下两个学生。教官倒是都在，在场内走来走去。

孟江武仔细辨认了下，发现一个是鲁明远，一个是连胜。

鲁明远是有些郁闷的，他早就超脱自己原有的极限了，本来想等连胜退出的时候一起退出，毕竟连胜看着早就不行了。结果他跑完十二组，连胜还在跑第九组，看起来遥遥无期。即便如此，对方也完全没有要退场的意思。

鲁明远憋着一口气，不想输给连胜。可等他又跳完一组障碍，实在是坚持不下去了。腿脚直打战，几乎迈不动。他斟酌片刻后抬起手说：“教官，我弃权。”

他的领队教官没苛责他，过来给他卸下障碍，点点头说：“不错不错，去休息吧。扣十二分。”

连胜听得眼皮一跳，觉得尤为丧心病狂。在山上拼死拼活也就拿了二十几分，这边一个晚上，直接扣了十二分。

不过，她能理解。基础和高层的重要性不可同类对比。

如果实战演习是他们获取胜利的必争之地，那么日常训练就是代表他们最终防线的立命之所。这不是可以补足的地方，它是致命的短板。狠狠扣分，正是因为它不容许这样的短板。

鲁明远在地上坐了一会儿调整状态，然后去跟连胜打招呼，先行离开。

连胜抹了把脸，开始她的第十组挑战。

她速度虽然慢，但是节奏调控得很好，不慌也不急，合理照着十五组的任务量来分配体能。十五组，她觉得自己能完成。

孟江武继续蹲着围观，觉得有点累了，就换了只脚。

浴室在训练场的后面。后批洗完澡的学生端着脸盆出来，正在互相吐槽今天的演习。有人看见蹲在灯光下的孟江武，远远喊了一句：“喂，兄弟！你在这里大号呢？”

孟江武回头白了他们一眼，不搭理他们。

几人笑了两声，正准备离开，一男生抬手指道：“那边好像还有人？”

男生们驻足，朝那边看去：“不会吧！”

“教官在夜间活动？”

“教官还能有那闲情？”

“过去看看。”

于是几位男生加入了孟江武的队伍，围观训练场上的英姿。

男生钦佩道：“哪位兄弟这么有毅力？”

另外一人跟了句：“这么有毅力到现在还没跑完，也是厉害了。”得多慢啊？

指挥系扎营区。

郑磊各处找了一圈没看见自己的好友，敲着脸盆问道：“孟江武呢？他不是老早就回来了吗？”

一学生探出头说：“我刚才看见他在训练场那边呢，还没回来吗？”

郑磊握着牙刷说：“训练有什么好看的。这都几点了？人都散了，他看个寂寞啊！”

一女生细声道：“连胜也还没回来呢。”

她一开口，众人都震惊了。扭头去看连胜的帐篷，整整齐齐的，果然没有被动过的痕迹。

郑磊惊诧道：“几点了？”

女生说：“九点四十五。”

他们又安静了数秒，仍是不信邪，也不睡觉了，重新换衣服，跟过去看看。

场地外围此刻站了不少学生。他们打着伞，扯着嗓子给连胜喊加油，顺便争论一些技术性的问题。

“她还能跑多久？”

“不超过十点。”

“不超过十点半。”

“这么慢的速度，能不能跑完都是个问题。”

“我觉得跑不完。”

众教官都给这位传奇的学生陪跑。

“来，连胜同志，教官给你看看我的腿！”教官拍着手在她旁边说道，“看见没有，我快走的速度都比你快。你看，你看，我还能赶超再回来。”

连胜：“……”

另外一名教官说：“我没见过跑得像你这么慢的学生。”

连胜轻飘飘的，但是你别看她跑得慢，她跑得还挺久，像吊着口气，虽然这口气有点虚。

教官给她打拍子：“跳跳跳！大跳！一次性跳过去嘛，你看就这么俩墩，你跳两次更累知道不？”

另外一名教官反驳道：“两次小跳和一次大跳比起来肯定是大跳更累

好吧？”

教官不服道：“怎么会是大跳更累？跳一次要蓄势落地重力做功明显更累。”

第三方裁判出场：“小跳挤挤还能出来，你极限情况下能蹦个三尺高？”

付教官咋舌道：“都搞什么乱啊，闲的？”

教官们异口同声道：“不闲的能陪她在这里跑步？”

十点十五分的时候，原本还在打包票开玩笑的人渐渐消了声音，静静地看着那道单薄的身影在黑夜里奔跑。

你可以嘲笑她慢，也可以嘲笑她弱，但是你不可以嘲笑她的脚步。她的努力不能改变她实力差的事实，可有这样的毅力，还有什么是克服不了的？

一个指挥系的新生，从零开始，她在奋起直追了。尤其是那些同样没有完成任务的女生，低垂着头，不知道在想些什么。

她们原本觉得男女相同任务量的安排是不公平的，所以对自己的失败觉得理所当然。可不管是什么失败，都不应该是理所应当的。

十点四十分的时候，考虑到第二天还有演习，教官出来赶人，看热闹的人渐渐散去。

连胜还在继续。

她中途停了下来，撑着膝盖开始调整呼吸。

众教官如释重负。

付教官走到她面前，说道：“放弃了？”

连胜摇摇头：“我先休息休息。”

几人刚扯起的嘴角瞬间又是一沉，一教官惊愕道：“你还要跑啊？”

付教官也是愣了愣。

“十分钟。”连胜说，“你们也没时间限制吧。”

这不是有没有时间限制的问题。以往都是教官逼得学生想放弃，连胜大概是第一个逼得教官想放弃的人。

付教官都有些看不下去了，跺脚说道：“还不去休息？”

连胜摇了摇头，没力气说话。

付教官皱眉道：“你以前也弃权了啊。这次弃权的人多了。”

“以前扣分也没这么狠啊。”连胜捂着脖子，接过旁边教官赞助的水，猛灌了一口，说道，“而且我后来不是补上了吗？”

演习的项目，有能靠耐力完成的和不能靠耐力完成的。凡是能做到的，连胜都去做了。最开始不了解这边的行情，但在休息过后还是给补上了。

红白阵营战，她还是很感兴趣的，要努力争取分数。

这个训练十五组，一共九十项。扣起分来不要太酸爽，她不能接受。

付教官一直知道连胜是个很有毅力的人，但这次真的有点超出他的认知。

连胜站着活动手脚，舒展一下四肢，准备再接再厉。

教官转身画了个圈："来来来，军歌来一首。你们最后曲目准备好了没有？"

他的同伴甩手道："准备个啥，哪儿有空啊？"

"我们排练都准备好了。"教官说，"哥给你们来一首。"

众人嘁声。

一帮教官开始在连胜身后高歌。

连胜基本听不懂他们唱的是什么，没什么调调，就是一帮大男人在难听地嘶吼。

她甩了甩头，继续做剩下的。

连胜的最后一组做得尤为艰难，基本跑跑停停。

天公不作美，原本已经转为淅淅沥沥的雨，在教官开嗓之后，又恢复了之前的猛烈攻势。

连胜颇为怨念地望着他们。

最后一组用了半个多小时的时间，终于赶在午夜十二点之前，完成了所有的任务。

连胜放下背后的包裹，弯下腰揉腿。她的肌肉已经没有什么力量了，站直的时候，能感受到小腿在剧烈地打战。停下来之后，一阵阵痉挛的痛感从脚底板升起。

连胜踢腿，缓解一下那糟心的感觉。

教官鼓掌，开心大叫："好！结束了，收工回营！"

众教官跟着鼓掌："不错不错，厉害了妹妹。"

有些东西是他们可以教的，可以训的，比如技巧，比如体能。但是有些东西，是只有学生自己才能做到的，那就是意志力。

一个"会"偷懒的士兵是一个聪明人，但是，一个习惯偷懒的士兵，肯定是个废人。

其余几位教官在现场把东西归回原位，过去关停各种设备。连胜抹了把水渍，转身往自己的扎营地走去。

付教官不急不缓地跟在她身后。

连胜频频回头，说道："怎么好意思让你送我回来。"

付教官："……"

连胜问："良心痛了吗？"

付教官怒道："你的良心都没痛，我的良心为什么要痛？！"

连胜意味深长地说："哦。"

回到自己的营地，此时河边已经开始积水了。这边地形有低斜的趋势，他们的帐篷仿佛飘在水里。

连胜大致能够明白河水在耳边流过是一幅怎样的场景了。她往前走了两步，慢慢往自己的帐篷跋涉，想抽出衣服，先过去洗澡。

付教官站在营帐中间，掏出自己惯用的口哨，中气十足地吹响："三连十二排，全体都有！马上集合！十分钟以内背好你们的被子给我排好队伍。快快快！"

连胜："……"

众人睡眼蒙眬地从帐篷里出来。孟江武小心地拉开门，以防水灌进去。

连胜瞠目结舌："你抱着被子睡的？"

"上有政策，下有对策。"孟江武说，"我帮你把被子也包好了，快快快，快跟上！"

下雨天背被子，外面多了个防水袋。真盖着睡觉，时间肯定不够。

连胜拉开帐篷的门，看到摆在里面的被子，直接拖了出来，背到身上。其他学生也基本是这样，换好衣服，直接跑了出来。

旁边的学生看见连胜，问道："你刚回来？你跑完啦？"

连胜忧愁道："嗯。"

众人惊叹："哇——"

郑磊站在她身后，怕雨声太大听不见，特意吼了一嗓子："你太牛了，哥们儿！"

"什么跑完了？现在才刚刚开始！"付教官被雨水糊了眼，基本睁不开，手朝旁边一指，喝道，"全体都有，绕场一圈，现在开始！"

"教官！"女生举手说，"以前不都是两点吗？为什么现在是十二点？"

付教官凶道："干吗？跑步还要选个吉时是吗？要不要再点个香，作个法啊？"

女生说："可连胜不是刚回来吗？又继续绕山底跑？"

连胜无言摇头。相比起洗完澡睡一半再被喊起来跑步，不如一气呵成趁早超生。她非常同意现在开始跑步。

付教官说："你们在教官对抗赛中的表现非常恶劣！极为恶劣！居然还来跟我求情？"

众人一脸无辜道："我们什么都没做啊，教官！"

连胜、孟江武等人缩着脑袋，埋头不语。

付教官说："规则就是规则，没有给你们自由商量的余地！现在开始跑，一列，出发！"

众人排队跑上大道，发现其他系也在训练，远远已经可以看见跑动的人群。

路灯特意关了一半，路面昏暗，加上背着被子，众人跑的速度都很缓慢。

原本训练他们黑夜行进是不开灯的，到底还是不放心这群学生。

他们跑出没多远，遇到一列停在旁边的队伍。

似乎都是大一的新生，还不懂事，就听教官扯着嗓子怒骂：“打仗还挑天气的吗？！你们愿意别人愿意吗？身为一名军人，你是晴天打战雨天休息的吗？这还得看你心情是吧？”

连胜扭过头。这些教官训兵骂人，还都是有格式参照的？

孟江武等人还是挺担心连胜的，毕竟她看着就像要挂了。

旁边的人见她脚步交错，深垂着头，跑得趔趔趄趄的，忍不住问道：“你没事吧？”

连胜摇摇头说：“没事。”

众人稍稍安下心，又听她用微弱的声音艰辛地道：“相去万里，人绝路殊。生为别世之人，死为异域之鬼。长与足下生死辞矣。幸谢故人，勉事圣君。”

孟江武回头：“什么意思？”

沈喻按着眼镜说：“你我将要生死诀别，再不相见。替我向旧友问好，为上司尽忠。”

众人：“……”这听着就不是没事的意思啊！

凭借她自己的能力，是真的跑不完这两圈，或者说跟不上这队伍。最后她几乎是被孟江武等人推着跑完的，勉强跟上队伍，回到营地。之后去浴室洗澡，险些就睡在里面。

第二天六点，晨起早练。

今天测试弹跳力和柔韧性，连胜直接落败。几番尝试过后扣了十分，她安心地在旁边休息了。

中午跟着大部队去食堂打菜吃饭。虽然还是有些萎靡不振，但是在众人的衬托之下，也不是那么明显了。

他们来得略晚，排在队伍的尾端。

孟江武观察连胜的表情，说道：“早知道昨天演习就晚点回来了，在山上还能多拿几分，你昨天也不用跑得那么晚了。”

其余几人深有同感地点头。

连胜喝了口水，长长地吐了口气，说道：“我选择回来，是因为考虑到当时的情况，继续待在山上也未必能刷到分，而且后期竞争强，身体负担大，危险隐患多，微弱的回报不值得我的付出。而昨天晚上的那十五组，第一，我应该做；第二，我可以做；第三，我想做。不想扣分是主要原因但不是决定性的原因，明白？”

远远闻到饭菜的香气，连胜胃部一阵敲锣打鼓。

队伍往前移动，孟江武探头看了一眼，叹道：“又是土豆，又是番茄炒蛋，又是煎鱼排。”

郑磊和沈喻跟着长叹一声。

“多好。”连胜挑眉，“有菜有肉，你们也太不知足了吧。”

当年他们行军条件不好，带的干粮就是晒干了的面饼，几乎没有水分。面饼坚硬无味，掰也掰不开。说是吃，不如说是咬一口，再顺着水灌下去。

难吃会导致没食欲，不消化但是管饱。

相比起来，这里的伙食岂止良心，简直豪华。

“主要就是饿。”连胜失望道，“就是太少了。”

郑磊激动道：“你可别再说你吃得少了我的连大爷，你昨天吃了三海碗啊！”

要知道打饭阿姨关爱后辈，那饭盛得可实在，压实还盖帽，他最多也才吃了两碗。

连胜说：“娘胎带来的天资。胃好。”

沈喻说：“说起来上次，你妈妈，她好像是上校，那你爸呢？”

连胜：“我不知道。”

沈喻：“额……”

气氛尴尬片刻，沈喻以为惹她不高兴了，匆匆止了话题。

连胜无辜耸肩。她是真的不知道。

位置排到连胜，里面打菜的阿姨头也没抬，推着餐盘放到窗口。

孟江武在后面探出头说：“阿姨，这货吃得多，多给点。”

“不，是姐姐。”连胜说，“没关系，我可以多吃饭。”

阿姨抬起头，开心道：“哎哟，女生啊。不要这样，年轻人嘛，就是要多吃菜！”

说着用勺子又给她舀了一个鱼排：“够不够？不够再来！”

连胜大为感谢，点头道：“谢谢，辛苦了。”

她端着餐盘出来，发现了赵卓荦等人，他们的桌子还空着一半，于是过去拼桌。

“嗯？”赵卓荦惊讶地问道，“为什么你有两块？”

连胜拿起筷子，淡定地道：“何必自取其辱。”

赵卓荦：“……”

两天的日常训练下去，连胜几乎脱了一层皮。一同离她远去的，还有她的分。

孟江武给她算了一下红白阵营战的分，不由得幸灾乐祸。小兵伺候！

连胜得知自己积分不足以后，颇感失望，又出去跑了一圈冷静了一下。

孟江武看她汗流浃背、脸色惨白的模样，不得不提醒她一句：“现在我的分都比你高了，你跑多少圈都没用。不是指挥系前二都没有意义啊。”

连胜将毛巾盖在脸上，调整呼吸，一时发不出声音。她狠狠喘了几口气，才说道：“没关系。没有总指挥还有百夫长，再不济还有十夫长，再再不济还有个小队长。”

众人：“……”

沈喻问：“你就这么想做指挥的吗？”

“当然。”连胜指指脑子说，“因为现在这就是我唯一的立足之本。如果我不能做指挥，那么我就没必要出现在战场上。”

如果是当初的连胜，飞檐走壁力大如牛，做不成指挥，也可以自信地上阵杀敌，可以说能完成任何一项合理指派的任务。可是现在，她不行。她最好的位置就是指挥。

而且指挥这样至关重要的位置，必须是要有绝对实力的人来担任才对。经过前两场演习，她并没有发现这样的人才。

哦，季方晓还是不错的，天时地利人和，他几乎占了个遍，可另外一个对手又应该是谁呢？

连胜如果做了小兵，是损失，是巨大的损失。

郑磊说：“可是前二的积分才能指定总指挥。排在后面的，积分基本就是给总指挥分派职务做个参考。你的演习成绩已经很亮眼了，其实现在剩多少分关系不大。”

连胜擦了把手，把毛巾甩回脸盆里，说道：“反正都是要练的，没有任何努力是白费的。”

众人不说话了。

这的确是的。连胜最初的时候跑两圈外场都费劲，现在哪怕是不好的状态，也能自己跑完三圈。短期内的提升非常明显。

因为日常训练时那惨无人道的扣分规则，连胜尤为热爱实战演习这一环节。

在军事演习还剩最后三天的时候，红白阵营战终于正式打响。这是三场实战里的重中之重。

群体对战，大概率会有正面冲突。这是指挥和战斗兵种共同的舞台，整个军事学院的狂欢。

红白阵营战，是将学生用抽签的形式分成红白两个阵营。抽签依旧以小组的形式，小组保持上次教官对抗赛时的阵容。这样互相间有过合作会更为顺手，但是阵营内部或许会进行二次编排。

阵营双方各占据一边山头，平均划分势力范围，互相刷取人头、抢夺物资、攻占地盘，最后再进行综合评分。

积分的两个评判指标——

一、活动结束时己方存活人数，一人记一分。

二、活动结束时己方势力范围内的敌军人数，一人减一分。

总人数少于两百时结束。

所有人在早上五点之前准备妥当，吃完早饭，过来集合。教官给他们重复讲解规则。

付教官说：“地上会随机摆放物资，一般位置都比较明显，里面放有十颗子弹。物资只可拾取不可移动。再说一遍，物资只可拾取不可移动！所有违反规则的学生，直接清出场地！

“所有人，谨记自己的身份任务，服从命令听指挥！如果擅自行动，就要做好接受惩罚的准备！”付教官大声道，“这是一场集体行动，坚决杜绝个人英雄主义！”

众人应道：“是！”

半小时后，中尉走上司令台，主持阵营战开场。

由指挥系分数最高的两人选择红白阵营，担任总指挥。

总积分最高的三人，可以代表自己小队四人自由选择阵营，其余人则需要抽签决定。

连胜分数扣得叮当响，但在指挥系里还不算垫底，挂在中游。

这次指挥系得分最高的两人，一个毫无疑问是季方晓，另外一个也是大四的，连胜不认识，叫蒋嘉柯。

二人走上司令台，季方晓先手选了红色阵营，占据南面山区。蒋嘉柯被动选了白色。

随后赵卓荦作为总积分第一，加入了红方。

虽然他不大喜欢跟季方晓合作，但无法否认他的实力。从结果考虑，这是最优选择。而且，方见尘那倒霉催的还是季方晓的队员。

季方晓位列总积分第二，但因为已经是总指挥，所以名额顺延。后面两队毫无意外，也归入了季方晓的队伍。可以说季方晓先发优势已定，他直接收揽了战斗力最强的三支队伍。

随后，连胜代表他们小队过去抽签，白签。

郑磊跟沈喻心下一阵失望，知道结果不容乐观。连胜淡定地将字条收了起来，点头说：“挺好。”这样才有意思。

就是白方听着有点不大吉利。

远处蒋嘉柯用扩音器高声喊道：“集合！白方集合！现在开始分配职务！”

四百多人朝着他的位置拥去。

四人一队，重新列阵，环成一圈，将他围在里面。

蒋嘉柯手里有每个人的积分统计。他以小队的形式，将人分为二十个排，每个排约二十四人，每三个排为一连，基本没有打散他们原有的小队。

根据数据，他选出二十名排长以及八个连长。

连胜荣升排长。

她听见自己的名字，抬起头来，欣慰一笑。有眼光！

一个排里几乎包含了各个专业的学生，倒是比较合理。分配完职务后，又开始安排初期站位。这个交给鲁明远接手。随后众人去穿装备，选武器，上山站位。

这次因为有指挥，装备里多配置了一个通信器，方便他们交流。光脑等智能器械还是不能携带上山。

鲁明远带连胜等人到指定位置，靠近山腰的高度。横向比较，距离双方阵营防线不近不远。

他们安静等待哨响。

连胜蹲在地上，问道："大家是不是都在这个中段的位置？"

鲁明远说："对。"

连胜沉吟片刻，没有说话。

不久，耳机里传来蒋嘉柯的声音，他说："都就位了没有？就位后所有人在周围寻找物资包。等待比赛开场直接拾取。"

连胜一手按着通信器，微微皱眉，扭头问道："他说什么？"

鲁明远面露讶异，又将话重复了一遍，说道："你的通信器不清楚吗？赶紧打报告去换一个。"

连胜说："我听得非常清楚。"所以才觉得自己是听岔了。

为了保证公平，双方阵营中的物资数量应该是一样的。这就意味着，要尽可能地收取己方子弹，掠夺敌方物资，才能保证自己弹药充足，足以应对长期战线。如果把握得好，也可以给予对方一定的打击。那么初期如何合理分配子弹就是一个大问题。

为了防止敌方捡取己方物资，地上的子弹是肯定要拾取的，关键是谁去捡，捡多少。战斗力不足的士兵捡取子弹简直就是一种浪费，携带大量子弹而阵亡，等同于将物资送到敌方的手里。而那些战斗力强横、生存力持久的人，反而会因为先期储备不足，后期处处受限。

另外，虽然是团体作战，但个人击杀分也尤为重要。之后战况暂且未知，对于子弹储备，每个人都不会嫌多。就怕还没有开场，己方在物资分配上就开始了内部争抢。

这最重要最关键的地方，他是要交给士兵自由发挥吗？大忌啊！

连胜拍着耳机问："这个玩意儿，可以只和一个人说话吗？"

鲁明远竟然跟上了她说话的节奏：“你是说私聊？没这功能。”

连胜只能直接在公频说话，考虑到对方的颜面，她说得尽量委婉：“总指挥，子弹拾取是不是更严格一点？毕竟这和后期作战风格紧密相关。”

蒋嘉柯于是随意说了一句：“所有人分配拾取，不可以个人垄断。战友和敌方阵亡后首要选择回收物资。”

连胜抬手揉了揉额头。要完！

像赵括纸上谈兵，可他起码是照着兵书来的。三国时的马谡虽然也熟读兵书，可他扎营偏偏和兵书反着来。

当年她死也想不明白，现在她……见怪不怪。

连胜还没再度提议，蒋嘉柯已经迫不及待地下达另一个指令。

“开哨之后，所有人照着当前的阵容，保持距离，向前推进。一定要牢牢防守住我们的阵营线！”

连胜：“……”

本场活动最后只考察两点：一，己方存活数，加分项；二，敌方在己方阵营内的人数，减分项。也就是说，尽可能地活下去，且将敌方推出去。

你可以选择攻击，也可以选择防守。这两种连胜都能理解。

可是，蒋嘉柯在没有考察过敌方战略的情况下，直接下达了一个不攻不守的战术，算什么情况？你说他是攻势，他的目的是守阵营线。你说他是守势，他这样一排兵，后方守备空虚。如果敌军攻入，很难再将其驱逐出去。

连胜低着头，吐出一口气，问道：“他是第一次做总指挥吗？”

鲁明远点头：“对啊。”

郑磊举手：“他好像是跟季学长一起玩的。”

连胜一点下巴，示意他继续。太不了解这个总指挥了，她心里有点慌。难道还有什么她不能理解的，更深层的考虑吗？这边除了生产水平，战术也发展到这样神乎其技的地步了吗？

郑磊挪着小步，凑到她耳边说：“我听说是这样的啊。这次演习，他找了几个单兵系的人，专门帮他刷分。然后第二场演习跟着季学长一起走，也刷了不少分。加上不停地参加个人积分争夺赛，就拿了这次第二。”

连胜：“……”

郑磊感慨道：“真开挂的人生啊。”

连胜：“……”

祸害人间啊。

连胜等他说完，舔了舔嘴唇，再次开口道：“总指挥，后方不加强一下防备吗？如果对方选择强攻，我们很难保证将他们有效拦下……”

蒋嘉柯直接打断她，不耐烦道："我有安排！我这边看得比你清楚，你听从指挥就可以了！"

蒋嘉柯低下头看着手里的地图，轻"呵"一声。

闲得没事就喜欢质疑上峰决定来显摆自己的实力。真以为当了个排长，自己就是个人物了？

鲁明远也觉得有些不合理，于是鼓励道："你再委婉一点，做指挥的都不喜欢有人质疑的。"

连胜觉得自己已经很委婉了。她哪需要去讨好别人？一向都是她说一不二。

连胜思考片刻，掐着嗓子谄媚道："尊敬无比睿智无二的蒋总指挥，那各排的人员安排，进击的速度，是不是应该互相协调一下？"

因为各方没有交流，行动速度有所差异，攻击的队形就会出现缺口，缺口就是敌方杀入阵营的机会。

他们现在并不在阵营线的边缘，杀过去需要时间。可对方如果选择强攻，就会放弃捡取物资的机会，让一部分人埋伏在阵营线的边缘，哨响后直接进击，来掠夺他们的物资。凭他们目前的情况，非常难以应变。

蒋嘉柯："就一个通信器，怎么协调各方速度？"

"我只是在阐述安排的不合理性。如果不能解决，这就是一个隐患。"连胜顿了顿说，"请尊敬无比睿智无二的总指挥多考虑考虑。"

"我有侦察兵，比你知道得多！而且谁会采取这么冒险的策略！"蒋嘉柯怒道，"红白阵营战，我比你熟，不需要你的提醒。连胜，我再说一遍，听从命令！不要在这里动摇军心！"

连胜："……"

可是论打仗，自己绝对比他熟。

第一次有人在她面前提资历，新鲜得不要不要的。

连胜很耐心地跟他分析："侦察兵没有看见不代表没有。这边山林可以隐藏的位置很多，视线受阻的情况非常正常……"

鲁明远拍了拍她说："连胜，我听不见你的声音了。"

"啊？"连胜忙道，"你耳朵怎么了？"

鲁明远："不是，我是说你被禁言了。"

连胜："……"

郑磊："我知道，你是不是有一句脏话想要送给他。"

连胜摇摇头："他除了眼光好，基本没有别的优点了。"

阵营后方，蒋嘉柯咋舌，对旁边的人抱怨道："就不应该听你的话选什么连胜。这人贼烦。"

第十四章

红白阵营战

蒋嘉柯屡次被连胜戗声，心中大为不快。什么人都能对总指挥指指点点，究竟谁才是总指挥？

“开战前屡次挑战总指挥的权威，可把她厉害的。你听她刚刚说的话了没？她怎么喊我的？那分明是嘲讽吧。”蒋嘉柯粗哼一声，“连这样的事情也不懂，竟然还来念指挥系？”

周师锐只是浅笑，似是而非地回了一句：“是吗？”

蒋嘉柯问：“怎么样？”

周师锐低头继续画他的地图：“什么怎么样？”

蒋嘉柯：“你推荐的人。”

“教官好像很看重她，所以我推荐给你了。”周师锐说，“其实你可以听听她的意见。女人的直觉有时候很准的。”

“谁打仗是靠直觉？”蒋嘉柯说，“之前她演习是打得很漂亮，可这已经不是教官对抗赛了。她认识不到自己的身份，要么是不专业，要么就是膨胀了。”

他打开周师锐之前画的纸质地图，顺着上面的阵营线扫了一遍，觉得连胜的话就像根刺一样，哽得难受。不是非常上心，又觉得有点道理，扭头问道：“你怎么看？”

“我只负责反馈数据，其他的你自己决定。”周师锐抬起头笑道，“你才是总指挥啊，蒋学长，我相信你。”

蒋嘉柯犹豫片刻，还是照着原来的计划接连下了几道指令。没有连胜打岔之后，一切顺利。他自己也觉得，从总体来看计划是可行的，只要做好后期调派，应对不时之需，基本没有问题。

至于连胜说的问题，他能没考虑到吗？他允许一定范围内的伤亡，而且，为什么他要把自己后面的计划全盘解释给一个排长听？

周师锐停下笔：“学长，你在犹豫什么？快开始了，不动员一下你的士兵吗？”

蒋嘉柯两手环胸，沉思过后说道："你说要不要趁现在临时换一个排长？"

周师锐半蹲地看着他，说道："现在换排长会引起内部恐慌的，而且根据刚才的情况，大家会认为是你的不对。三言两语就脾气暴躁，禁不起批评。你还是先忍了吧。"

蒋嘉柯不满道："我是因为这个吗？我是怕她不服从指挥！毕竟她带了二十几个人，守的是我们下路。听她刚才的意思，反正她对我很不服气。根本就是一个隐患，很危险。指挥最怕遇到自作聪明的士兵。带跑其他人怎么办？"

周师锐说："她不会开场就跟你作对的，违抗军令的后果很严重。她敢，也没人会跟。你继续指挥吧。"

被禁言等同于闭嘴。连胜真是许久没被这么打过脸了，尤其是在她真情实意劝告建议的时候。连胜听着蒋嘉柯的赛前动员，将频道调到自己的排，说道："关掉你们耳机里的废话，现在听我说。"

众人相继将频道调过去。

连胜一脚踩在旁边的石块上。

"我们必须要有两手考虑。物资捡完就没有了，不会有第二次。整场比赛用时未知。将子弹一次性均分给所有士兵，等同于将一批子弹与早期阵亡的士兵一起送给敌军。而留到后场的士兵，你们会面临一个非常窘迫的局面。"

连胜说："军队里不会给每个人都配一匹马，这里是靠硬实力说话的地方，不讲求公平分配。明白我的意思吗？"

一男生拄着枪问："那你怎么办？"

"所有人捡取子弹后，留一半带在身上，以备不时之需。另外一半交给押运官代为管理。"连胜说，"押运官会走在队伍的中间，必须着重保护。他就是你们的粮草，不容许有任何意外。出现意外情况，全力将他送走。如果我们全灭，就把子弹留给其他的排。后场根据各人战绩，再发放不同数量的子弹。"

连胜说："捡到的子弹不一定是适合自己武器的，也由押运官进行护送。"

众人点头，觉得这提议可行，没什么意见。

"不过，有一个缺点。"连胜说，"押运官没有机会刷分。遇到敌袭的时候，他只能低调地把自己缩在角落，尽量避免争斗，以保证自己的安全。"

这是整个演习设置有缺漏的地方，后勤人员的计分问题。

鲁明远举手道："那就我吧。反正我攻击力不强，就给你们指指路。"

连胜点头，按住他的肩："牺牲你了。"多么体贴的人！就是个做大事的！

最麻烦的事情有人担了，那之后的就都好说。

一男生问："学长，你不是一直跟季学长打配合的吗，怎么现在跟连胜了？"

"你说学校里吗？只是分配到而已。"鲁明远有些无奈，再次澄清说，"我只是尽职分析数据，和他并不是固定搭档。”

众人听见惊道：“啊？！”

这跟他们以为的都不一样。

连胜也有点惊讶。鲁明远以前是跟季方晓一起打配合的吗？

听他们话题越跑越偏，连胜拍拍手，将注意力重新拉回来，继续讲之后的计划。

“还要提一点，暂时不知道对方的策略是什么，尽量放缓速度，压制一下我们的战线。”连胜摸着下巴说，“实话实说，我们排的攻击能力并不强，正面对上敌军，我们不占优势。而且极有可能，你们会失去你们英明的排长。”

众人：“……”

连胜感受到众人眼中一股意味不明的情绪。

“我承认我的短处，这没有什么。”连胜端起枪扛在肩上，“不过如果有人愿意跟我比枪法，我也是很乐意奉陪的。”

众人噤声。

鲁明远看着连胜，他觉得这样的指挥是很让人放心的。她会在最大限度内寻找变通的方法，避免最惨重的伤亡，再观察以后的走向。

蒋嘉柯没有规定速度，这样既不算违抗蒋嘉柯的命令，又可暂时观察情况。如果最差的情况真的发生了，那么通信器里会有其他排的人进行汇报。

“我们在靠近山腰的位置，有一个好处，贴着边线走，可以杜绝被两面夹击的危险。”连胜说，“如果有敌军出现，不要慌张也不要散开。请注意，一定要抱团走，以确保人数优势。在这个地形里，任何落单的人都难以逃脱淘汰的命运。”

连胜问：“离我们最近的一个团在哪里？”

鲁明远：“八连二排，应该会在我们东北方。”

连胜：“往东北方跑。”

一男生插话道：“可是在阵营线埋伏会很危险啊。一般都不会这样做的。”

没有子弹的话，贸然冲击，如果不能一次性突破，让对方形成了反包围圈，又磨光仅存的子弹，那等待他们的只有阵亡。所以很少有人会选择这样的作战方式，几乎是破釜沉舟。

连胜：“如果我有一支尤为精锐的特骑……”

鲁明远纠正：“特种兵。”

连胜点头：“我就会这么做。”她补了一句，“而他们就有。”

积分排名前三的队伍，都在他们那里。

众人陷入沉思。

他们之中也有指挥系的学生，知道她的每一句话代表着什么意思。

一般在这样的作战中，他们身为小兵得不到侦察兵的汇报。身处前线，看见的和思考的都很局限，也没机会站在那样的位置去详细思考过。所以刚才听蒋嘉柯的指令，不觉得有什么漏洞。现在听连胜一分析，似乎真的是这么一回事儿。

考虑有欠妥当。框架有了，但是细节经不起推敲。这就是实战经验不足，考虑不到太多变数。

不过和蒋嘉柯比起来，他们其实也没好到哪里去。

一男生挥臂道：“连姐！就冲我教官天天在耳边吹嘘你，我愿意相信你！”

连姐说：“谢谢你们教官替我扬名。”

鲁明远说：“可能就是因为教官替你说话，才引起他们的不满。”

指挥这种东西，是很难说的。光讲理论每个人都可以吹得天花乱坠，而实践中又有各种各样的变数。可以说，如果没有辉煌的战绩支撑，谁都不会服谁。

大概就是文人相轻的意思吧。

“无所谓。”连胜摸着自己的枪，仰望天空，“真相总是令人难以接受的。”

众人：这人既无耻，又自恋。

监控前，一干教官聚在一起，看他们做赛前准备，顺便听听他们的分析。

一教官半蹲在地上，叹了口气说：“指挥之间的水平差距太大了。”

另一教官：“白方这边不是还有个连胜吗？越看越觉得她玄乎啊。”

那教官说：“连胜只是一个排长而已，而且还被禁言了，这怎么搞？”

另外那名教官玩笑道：“那又怎么样？不需要他们以一敌百，一敌二十就可以干翻全场！”

众教官大笑。

一教官说：“连胜嘛，一看就不是个安分的人，排长的位置怎么能装得下她？”

付教官摇头道：“开场差距如果拉得太大，一个排长就做不了什么了。”

一教官说：“再看看，不至于。”

双方准备完毕，报备教官，准时哨响。

白队这边，众人按照命令拾取物资。拾取后，连胜等人还慢悠悠地在后面分类子弹，再半数分配。他们前进的速度非常缓慢，但是为了响应指挥的号召，基本还是在前进的。

“哎，这边是一个很好的隐藏点。”鲁明远叫停，“再往前就没有这么好的位置了。”

连胜挥手道：“大家去偏僻的地方找一找，看看有没有残留的物资。”

队伍里有几人还比较犹豫。

敌方是不是会强攻，只是连胜的猜测而已。如果没有，在这里拖延时间，难道不是给对方可乘之机吗？而且这和总指挥的作战方针有悖，实在不知道应该相信谁。

连胜见他们没动，也没有催促，觉得时间应该差不多了。

“一分钟。”连胜竖起手指，“一分钟没有结果，马上出发。”

几乎就在她话音刚落，通信器里传来一人的惊呼声：“对面来强攻了！三连一排正面迎敌！”

随后又有一人喊道：“这边也有！四连三排请求支援！”

众人齐齐地惊呼一声：“哇！”

简直料事如神啊！

郑磊打了一个激灵，激动地问道：“现在跑吗？”

“不跑，我们已经算在后方了。鲁明远自己躲好，退到队伍后侧。听我指令，不对就先护送他跑。”连胜问，“刚刚报告的在哪里？”

鲁明远努力回忆一遍。他现在不负责数据分析，知道的情报只有开场时候听到的一点站位安排。揉了揉脑袋，抬起头说：“两个都在最东面。”

连胜拍手，高声吼道：“准备狙击，对方人应该不多。选位备战，弟兄们都注意了！”

后方蒋嘉柯听到消息，吃惊道：“还真的玩突击？季方晓不是这么大胆的人啊。”

周师锐在地图上标上红圈，说道：“他们从两边的位置进攻，人数应该不多。西边的还没遇上，让两队自己注意。”

蒋嘉柯：“战线回撤！所有人开始回撤！八连二排和七连一排的人先会合。收到请回复！”

八连二排排长：“收到！”

寂静——

蒋嘉柯额头青筋一跳，怒吼道：“连胜，连胜你听到没有？我说收到回复！”

连胜：这人有病啊？

鲁明远说：“她被你禁言了。”

蒋嘉柯：“……”

整个通信器里一阵诡异的安静，郑磊没忍住，一个笑了出来。

鲁明远直接和那排长联系，通报己方位置，约定会合。

连胜说：“让他们先绕个大圈，绕到我们背面，给了指令再过来。来的时候记得声势大一点，脚步杂乱一点，显得人越多越好。”

鲁明远如是转告，对方表示可以。蒋嘉柯微微皱眉，但是没有说话。

前方形势目前他不清楚，连胜也不给他通报，他不好插手，转头先安排中路的队伍。

连胜这边，所有人照鲁明远的指示埋伏好，等待敌方来袭。

“不让二排的马上过来支援吗？”男生拍着胸口道，“我这有点慌啊。”

“对面最多一个排，或者干脆就是一个小队而已。我们现在是防守，只要自己不乱，可以稳住。”连胜说，“看我手势再开枪。得手后马上躲避，以防对面有狙击手。”

众人点头应了声。

没过几分钟，对面传来一些动静。地上的草叶一阵窸窣，几道人影从里面蹿出。一晃而过，又迅速躲到树后。

看来对面也很小心。

连胜的视线被阻，暂时摸不清他们的人数。一只脚小心迈出一步，就着自己的位置，开始寻找目标。

对方却忽然停住了。

一路下来都没看见人，估计是起了疑心。这边的形势又很可疑，必须谨慎。

对面派出一人上前查看情况，连胜适时一手挥下，周围枪声四起。那人直接倒在中间。

枪战正式打响。

连胜这边有选位优势，且先发攻击，出其不意，对方被带乱节奏，开始调整站位。火并中又刷了一个运气不好的家伙。

对面发现这边情况对他们不利。己方射击率太低，只是在浪费子弹而已。而连胜等人死守着不出来，他们不好突破。

原本就弹药有限，又失掉了开局优势，一波不成，攻势开始缓下来。他们慢慢后撤，拉开距离，隐藏身形，保证自我安全。

众人跟着收枪，调整呼吸，等待指令。

郑磊小声问:“被击退了吗？”

连胜:“没有。不要动，先等。”

对方如果是要退走，不会这样小心翼翼地后撤，也不会停在这不远不近的位置，应该要迅速离开才对。

林子里一时安静下来，只有双方各自听不清楚的窃窃私语。

没过多久，对面一枪射来。直直擦着他们藏身的树干而过。

郑磊“哎哟”一声，立马缩回脑袋。

紧跟着又是几枪，枪法准确而迅速，完美地压制住他们。应该是从一个位置出来的，但是现在没人敢探头去看。

连胜数了数。十弹换匣，只有一个人。

“怎么办？要不要换位置？”沈喻抱头蹲了下去，“这边地形复杂，流弹非常危险。”

流弹这种事情是非常难说的，打到泥土或者树干，或许会嵌进去，但是如果打到坚硬的石头上，弹弹弹，谁也不敢保证了。

“嗯！”另外一个男生提着嗓子惊悚道，“他们好像在往右边移动，看起来是要包围我们！”

连胜：“站好自己的位置不要移动。一、二队注意前面，有情况汇报。四、六队转向，看见目标就坚决射击！”

连胜重新架好枪，对着蠢蠢欲动的敌方，开始威慑压制。“咻咻”几枪过去，对面几人发现行踪暴露，退回到安全位置。

狙击手，他们也有的。

对面又停住了。

“方见尘，方见尘！”连胜一面给弹匣上弹，一面冲着外面喊道，“我知道是你，说话。”

对面安静了片刻，然后方见尘的声音回问道：“你怎么知道是我？”

“如此精湛熟练的射击准度，加上傲人的射击频率，尊敬无比睿智无二，不是谁都能担得起的。”连胜说，“不是人人都能像你这样优秀，最多也就到我这个水平，是吧？”

方见尘勾起一个奸笑，得意道：“那是当然。”

对面精锐战力毕竟不多，不可能全都聚在一起。

赵卓荦他们应该去了东边，方见尘作为狙击手更方便带队，分到西边也合情合理。

连胜说：“打个商量。”

方见尘表情一收，警觉道：“干什么？吹我两句就想坑我了？”

“互利互惠嘛，本质来说，比赛不就是为了刷分吗？”连胜说，“我放你过去，你也放我过去。顺便，你给我们留一百颗子弹。”

方见尘不屑一哼：“拔刀吧，兄弟。”

“我是认真地在跟你讨论，这是基于现状下的变通之策。”连胜说，“既然我们都在谋求最大利益，为什么要做无谓的牺牲？”

方见尘冷漠道：“你刚刚杀我兄弟的时候怎么不说无谓呢？”

连胜：“是你们先动手的。”

方见尘：“真要算算谁先动手的吗？”

“别闲聊了，争论这些都没有意义。”连胜说，“我们继续在这里死撑，对谁都没有好处。想刷分吗？”

红白阵营战的积分结算方式：胜利方全员获得基础分二十。个人最终得分为基础分加上阵营分和个人击杀分。

方见尘说：“我们之间没有可以合作的地方。”

“只要我们的认知是一样的，那利益就是一样的。坦白来说啊，我们阵营赢不了你们。无论是指挥的水平，还是队员的战力。”连胜说，“从让我这样的人屈才做一个小兵的时候，基本结果就已经决定了。”

众人憋着没说话。

方见尘：“接着说。”

连胜：“既然我们已经确认拿不到基础的二十分，当然要选择尽可能地弥补这个缺口。蒋嘉柯的指挥风格直来直往，局限性太大。他竟然想让我们进行正面冲突。我这样的后方辅佐人员怎么能跟你们正面冲突？这根本就是以牺牲我们为前提的人肉战术，我不能赞同。你说是吧？”

方见尘拍地：“你不要试图跟我互动了，你自己说不行吗？”

“我是在跟你打商量。”连胜说，“而且，我不喜欢这个指挥，自以为是、刚愎自用，对我似乎挺有恶意的。我最不能原谅的是他歧视我的性别，听说他跟季方晓挺熟的，一丘之貉，你不信，可以问问他。”

连胜这边几位男生听得有点躁动，不知道连胜究竟是什么打算。但如果是她说的这样，他们肯定不干。几人差点就要反驳，又被旁边的人按了下去，暂时观望。

方见尘眼珠转了转，掏掏耳朵说：“这跟我有什么关系啊？我没有好处啊。还要我给你们一百颗子弹？祝你们创业成功？”

连胜哼道：“我知道你们的作战策略，随意猜猜啊。你带人打西线强攻，赵卓荦带人打东线强攻……”

方见尘插话说：“当然，现在都已经打起来了！”

连胜没有理会，继续说道：“你们其余的人都留守中线，保证后防，蓄势待发。季方晓是觉得我们的人手会集中在中路是吧？觉得我们已经倾巢而出，老家空虚，但是还不太确定，所以派你们先过来试试，顺便耗一耗我们的兵力，探探虚实。如果我方没有主动攻击，选择防御，你们会怎么样？派出几支队伍中路骚扰我们，混淆视线，然后暗地集结兵力，里应外合，直接强攻了对吧？”

方见尘：“……”

“啧。”连胜不屑道，“傻不傻？你连姐在，我们这边这么好打的吗？”

方见尘不悦道：“跟我没关系，你啧我干什么？”

连胜摸摸下巴，照着蒋嘉柯的战略直接倒推，竟然猜对了。季方晓果然很了解蒋嘉柯，这是一盘专门针对他的布局。

蒋嘉柯是个粗心又保守的人，而以连胜跟季方晓仅有的几次对战来看，季方晓是一个足够大胆，又足够谨慎的人，所以他选择效率与危险并存的混战来刷分，同时又可以在混战中活到最后。对于他不能确定的事情，他也可以很有耐心地和对手消磨。

稳健而不失攻击性，总之他要全盘掌握战局。

虚虚实实的消息，对这种人最有迷惑性了。

连胜小队这边的人终于听出了点端倪。是对面猜出了他们这边的战略，然后连胜又猜出了对面的战略？

似乎是出了这么一件极为强悍的事情，众人纷纷想把膝盖给她献上。

他们是前线作战，没有侦察兵反馈，没有副手分析。他们从出发以来，只看见了一地的子弹，再就是眼前这支敌方小队。就这样，连对方的底盘都摸清楚了？

众人沉下心，继续听连胜自由发挥。

“一个消息，一百颗子弹。”连胜说，“告诉你往哪儿走，我们的防线最薄弱。”

方见尘那边许久没有回音，似乎是在跟指挥交谈。

片刻后，方见尘叹道：“我们子弹不多啊。”

连胜：“我们消息也不多啊。”

方见尘：“怎么玩儿？”

连胜：“子弹丢到中间。”

“我不敢相信你。”方见尘摇头说，“赵优秀说过你为人奸诈性格恶劣难以相处。”

连胜：怕不是想搞事？

连胜说：“丢五十颗，我说一半。”

方见尘那边的人得到指令，把子弹抛了出来，甩在路中间。

方见尘吼道：“快说！我的五十颗子弹！”

连胜：“我们已经猜到你们的计划。我们后面就有人在埋伏，等着你们过去一网打尽。”

“然后呢？你这刚刚不是告诉我了吗？”方见尘怒道，“你坑爹啊！”

连胜叹道：“一块玉摔成两半，可它的价值，也不是简单地减半啊。”

方见尘哼了一声，让人把剩下的五十颗子弹也丢了出来。

连胜这边的人捂住嘴，以免自己惊呼出声。太厉害了！这货不做指挥，做骗子也是绰绰有余啊！

连胜说：“其实我们中路的防线才是最薄弱的，基本往两边回撤了。言尽于此，你好自为之。”

方见尘斟酌了一下，不管要不要相信连胜，这边都不好强攻，还是先换个位置。

他们转身准备撤离，连胜说：“你不能就这么走了。来了就这样回去，我不好交代啊，他们会以为我是间谍。”

方见尘：“说的好像你不是一样。”

连胜：“我已经喊救援了。你们见机行事吧。”

他们正说着，后方传来一阵纷沓的脚步声。听着人数应该不少，远远看着，也有种人影密集的感觉。

方见尘立马道：“撤！情况不对，速速回撤！”

连胜三言两语中，就这样有惊无险地化解了一场危机，顺便还打乱了对方的节奏。

一教官说：“我都快信了，了不起！”

同伴两手环胸，啧啧称奇道：“排里有这样一个见人说人话、见鬼说鬼话的神人在，老付，你真是辛苦了。”

另外一名教官说：“你想太多了，连胜很有自制力啊，你看之前训练的时候，根本不需要老付带。”

那教官说：“不是说他管得累，是说他被坑得累。”

付教官：“你也拔刀吧，兄弟。”

后方支援赶到的时候，连胜等人正在捡子弹。地上的“尸体”们已经被快速领走了。

他们左右拖着一些杂草和藤蔓堆起来的草团，有些蒙，左右看了看问道：“人呢？”

连胜：“被你们吓跑了。”

八连众人：“……”

二排排长说：“没听见枪声啊。”

连胜蹲在地上，拍了拍他的腿：“让让，捡战利品呢。”

二排排长抬着脚退了退，惊道：“怎么会有这么多子弹？”

郑磊哈哈大笑：“他们为智商付的款。”

因为子弹的轮廓是圆润的，又被丢了出来，滚得四处都是。二排的人跟着帮忙捡。

连胜把手里的拿过去给鲁明远，鲁明远分好放进自己的背袋里，问道：“他真的相信吗？他没有跟你合作过，不大可能会相信你。”

沈喻实诚道：“跟她合作过就更不可能会相信她了。”

"方见尘又不是指挥，他信不信不重要，重要的是季方晓有没有动摇。"连胜说，"如果季方晓动摇了，那么他一定会去试探，否则他很难进行下一步的安排。"

一百颗子弹，是为刚才连胜猜中他们战略所付出的代价。

因为己方情报已经暴露，跟他们打听一个或真或假的消息，用来做分析对手的参考。

季方晓多半会让方见尘过去试试水。就算连胜说的是陷阱，也有非常高的价值。白方的应对策略，可以直观反映出他先前猜测的正确与否。

连胜扛起枪："告诉他们，方见尘人头已送到，中路注意接收。"

鲁明远一阵无语，还是做传话筒，在通信器里说了这件事。

鲁明远说："你干吗老坑他啊？这都第几次了，你是在针对他吗？"

他都替方见尘觉得心酸了。

连胜无辜道："我也是很奇怪，他为什么老送人头到我面前呢？"

鲁明远："……"

八连二排的人看他们这边没事了，通信器里蒋嘉柯还在下指令。他们丢下子弹，急急离开，先往目标点赶去。

连胜排的人还在扫尾。沈喻几人朝她围拢过去，问道："连排长，你怎么知道对面的战略？这不是才刚开场吗？"

另外一名男生抬起头，大声道："怎么是刚开场啊，都还没开始交锋呢！"

众人附议："太神了！你是不是开场前偷听到什么了？"

"我不知道啊。"连胜说，"先诈一诈。反正都要打，诈错了也没关系，但是诈对了多好玩儿！"

众人："……"

郑磊竖起拇指，佩服道："果然黑。"

"兵者，诡道也。"连胜说，"哪个指挥不黑？白的人，不合适。"

几人笑笑，四散开去。

连胜的猜测肯定是基于一定分析的结果，否则不会这么准。可这是他们指挥系的事情，真要说清楚，光理论就得讲个半天。连胜这样说，大家就不追问了。

做指挥是非常辛苦的事，猜中对方策略诚然是很有成就感，但是这猜的过程，却是一种精神折磨。指挥官必须考虑到方方面面，根据基于战况分析得出的结论，以及基于情报得出的结论，去推测之后的战局演变。指挥不就是比谁都想得更远吗？可是，情报真假难辨，你要顾虑什么是对方想让你考虑的，什么是对方不想让你考虑的。这种迷惑性是十分让人纠结的。

季方晓问："赵卓荦，你们那边有遇到阻拦吗？"

"有。"赵卓荦说，"但是从旁边来的，不是前面。而且我们已经快突破了。"

季方晓："方见尘，你说刚才前面有多少埋伏的人？"

"人挺多的，但是没看清楚。"方见尘说，"大概两到三个排？"

季方晓斟酌片刻道："你带人去中路，及时汇报情况。看看蒋嘉柯是不是真的猜到了我们的计划。"

方见尘正在跟后方送子弹的人员碰头，重新给队友分发物资，闻言说道："我以我两次死在她手上的经验告诉你，她就是个坏坯子！不要轻易相信她啊！"

季方晓沉吟片刻，说道："可是她的确猜中了我们的计划，而且没有疏漏。既然她是白队的，肯定会向上面通报，不排除蒋嘉柯会据此做出防备。"

赵卓荦问："那还照计划来吗？"

季方晓："你们先缓缓，保证自己的安全，和他们僵持一下，如果不行就先撤退。方见尘，你们准备一下，去侦察情况。"

"喂喂喂！"方见尘抱着枪一蹴，喊道，"你怎么可以为了狡诈敌军的一面之词就送你们的第一狙击手羊入虎口！她谁不敢骗？你们忘了之前血的教训了吗？"

季方晓说："我看没有她不敢做的事情。就是因为这样，我才觉得她刚才的话有点道理。图利者的选择不是没有可能。"

连胜为了刷分可以与虎谋皮，这不是第一次。他不能完全排除这样的情况。季方晓对她不了解，只知道她行事诡异、捉摸不透。更重要的是，他现在连蒋嘉柯也摸不透了。

程泽跟腔道："以我跟她合作的经验来看，她确实什么都敢做。"

"快去。"赵卓荦那边催促道，"我们子弹不多了。"

季方晓跟着催促："快去，我们时间不多了。"

方见尘："……"

连胜等了很久，没听到蒋嘉柯的回应，反而听到了他的下一步指令："中路防线，快速向两边转移！他们人少，争取歼灭。尤其是东边，已确认敌方位置。"

连胜皱眉，对鲁明远示意，鲁明远道："方见尘可能会去中路，不要把中路的人撤走。"

蒋嘉柯听说话的人是鲁明远，顿了顿说："中路没有人。攻击你们那一边的人是方见尘？他撤走了吗？西侧防线拉长外推，防备对方有什么诡计。"

连胜唇角一阵抽搐。

监控室内，叹息声顿起。

蒋嘉柯的教官捂住头不忍直视，伸手拍了拍付教官的肩膀，悲痛道："唉，对不起你了。”

“可惜可惜。”一教官拍腿道，“送到碗里的人头，他还迫不及待给倒了。”

付教官皱眉，仔细想了想说：“不从上帝视角来看，我觉得蒋嘉柯的做法是可取的。因为我也不会相信连胜。”

连胜给的信息是跳跃性的。没有缘由，没有过程，直接给出了一个结果，而且这个结果因为太诱人还显得不真实。

蒋嘉柯那边要调配四百多个人，在有限的时间里，要处理无数的反馈信息。他要瞬间辨别信息的有效性和真假性。

他之前就跟连胜有隔阂，现在听见他们小队的汇报下意识地排除。付教官认为，基于他的立场考虑，并不是什么不可原谅的事情，只能算是令人遗憾的失误。

身处战局的时候，感觉和体会完全不一样。他们得到的信息非常匮乏，需要防备的事情又相当复杂。许多在外人看来愚蠢的决策，其实也是他们根据残缺信息分析得出的结果。谁都会放马后炮，可能及时应变的又有几个？他们之前不也被连胜摆了一道吗？

不是人人都能做到料事如神，天才都是极少数的。而指挥这个位置更为特殊，并不是有天分就足够，还需要努力和经验。

无数的努力和无数的经验，它是一条永远没有尽头的路。

第十五章
指挥的失格

监视器里缩小的屏幕，可以完整地看见双方布局。

白队已经开始出现混乱。

蒋嘉柯下的指令不能说出错，但是不够翔实，在施行过程中总是会出现一些细小的问题，而这些细小的问题将他们团队的弊端暴露得一览无余。

学生原本就是随机抽签组合的，各连排间毫无默契，指挥应该做好相应的准备，处理各种不同的摩擦，但是他略过了。

蒋嘉柯急于抓住大方向，遗漏了基础。

红队派出三个排的兵力出去试探，其余人留守待命，保持防御迎战的姿态。他们很稳健，就算受到冲击也可以快速调整。

一教官说："不过连胜打乱了他们的节奏，起码争取到了一点时间。"

连胜其实没做什么，应该说她的存在本身打乱了对方的节奏。

另一教官说："这点时间有什么用啊？等他们过去一看，乱成这个样子，基本就都清楚了。"

付教官摇头说："连胜这个人啊……肯定不会乖乖认输的。"

众人将音频调到连胜所在的白队，想听听连胜的打算。

连胜听见蒋嘉柯的指令后没有太大惊讶，就是有些不高兴。

这个结果算是在意料之中。对方不相信她，那她解释再多也是惘然。而他们现在形势紧迫，没有时间去建立双方的信任。这是阵营内不可调和的矛盾，而这个矛盾不可忽视。连胜如果不能解决，后果非常惨重。

连胜竖起手指道："三。"

众人看向她，不明所以。

"从最初的子弹分配到后来的队形排列，以及现在无视队员前线信息反馈，他已经犯了三个致命的错误，我无法找到让我继续相信他的理由。"连胜说，"作为一个指挥，我可以说，他确定失败了。"

众人不语。他们认为还没有到这么严重的地步，而且方见尘也不确定是否会去中路吧？

郑磊看了圈同伴，代替他们问道：“难道你真想去投靠红队？”

“当然不。阵营是我们不可动摇的立场，就算去红方他们也不会接收，自讨没趣而已。”连胜说，“而且，一个阵营战而已，没必要做这种影响恶劣、惹人生厌的事情。我们以后还要一起上课。”

众人一时松了口气。

“但是，现在的情况也不容乐观，我希望你们能认清。如果再让方见尘进入我们的后方，一个狙击手成了附骨之疽，会是怎样的麻烦？”连胜抱着枪说，“既然他们放着方见尘的人头不要，只能我们去收割了。”

郑磊：“我们去？我们怎么去？”

“从这里，继续向前，绕到中路，在正面拦截方见尘。”连胜指着道路深处道，“等方见尘到了中路，会有其他排的人汇报，蒋嘉柯总会相信。然后防线回调，我们堵住他们的去路，直接来个一网打尽。”

众人有些犹豫。

违抗军令，貌似是会被积分清零的。不管你是有道理还是胡搅蛮缠，阵营战中必须要确保总指挥的绝对地位，才能有序进行，所以它的惩罚非常严重。

鲁明远觉得不值得。

跟着蒋嘉柯的指令，运气好还能刷上几分，再怎么样也不至于被倒扣。可是如果违抗军令，那可是总积分清零。总积分清零就意味着，整场演习你都白参加了。

鲁明远小声和她提醒了一遍，将利弊简要复述，劝她不要表现得太明显。

连胜眉峰上挑。她对这边的等级划分不是非常感兴趣，她现在只关注眼前的这场战役。她非常讨厌输，非常讨厌。有悖她的取名之道。

连胜：“感谢你的建议，可我坚持自己的打算。”

连胜按着通信器道：“我是你们的排长，如果我向你们下令，你们应该不需要承担违抗军令的责任。想赢的，现在就跟我走。不相信我的，我也不留。”

这话说得实在是很霸气，而根据她之前的表情，众人知道她不是在无的放矢。

跟吗？当然跟！这样好的机会为什么不跟？难道听从蒋嘉柯的指令能更好？

众人纷纷举起手，响应她的号召。

连胜满意地微笑。

鲁明远黑脸道：“我觉得你想夺权很久了。”

“不要这么说，我本来是想观望的。可是对方显然很了解蒋嘉柯，而他本人又没有自觉。再这样下去，败局将定。”连胜朝前一指，大声喝道，“现在跟着我，出发！”

监控室内，几位教官有些不理解地叹了口气。

一教官摇头道：“她不知道积分的重要性吗？再也没有比演习更好拿分的地方了。”

他旁边的人说：“我觉得她就算知道，也会这样做。她就是这么个姑娘。”

付教官：“她刷分就是为了拿红白阵营战的总指挥，可惜后来都被扣光了。”

这听着就非常可悲。如果她真的是总指挥，一切就没这么麻烦了。

另外一边，方见尘正往中路摸去。

他们借着掩护快速靠近，持枪备战。一路小心谨慎，害怕被埋伏，结果发现安然无恙。

“我去！中路真的没人。”方见尘低头摸索了一遍说，“但是附近已经没有物资，被捡走了。”

季方晓：“他们从中路撤走了？”

“也许吧。”方见尘头一抬说，“啊，撞到他们的侦察兵了。”

与此同时，蒋嘉柯收到反馈。

“报告，看见了红队，在中路。一个排左右。”

旁边的数据分析副手周师锐画了个圈：“看来连胜说的是对的。”

现在来的只是一个排，如果来的是大部队，他们就完了。

周师锐依旧不温不火地说：“我们这边的策略可能已经被他们看穿了。”

蒋嘉柯按着额头想了想，有些头疼。

周师锐：“学长？”

不需要周师锐催促，他也知道现在没时间给他耽误。蒋嘉柯吐出一口浊气，说道：“防线回守中路，刚刚撤走的人马上回位，注意敌方一个排从中路进来了。”

好在两边的人没有撤出去太远，现在收到指令，火速回撤。连胜等人更是一路狂奔。

方见尘等人集火杀了侦察兵之后，不再隐藏，突进向前。想趁着这边防线薄弱，杀入他们内部。

“连胜居然不是骗人的？我怎么这么不敢相信？”方见尘喋喋不休道，“太阳散发出了绿色的光芒是不是？难怪森林里一片绿意。不过她肯定知道我们不会贸然相信，所以才给出这种真真假假的消息，如果我们真的相信她就可以反过来嘲笑我们是不是？”

众人:“……”

程泽说:“给他个禁言，我求你了。真的。”

“我快没有子弹了。”赵卓荦问，“可以突破了吗？”

“不！”方见尘忽然一声吼，“有埋伏，连胜还是骗了我！”

方见尘还在听通信器里的对话，突然发现前面埋伏着一个排的兵力。一排子弹射来，他冲得太快险些中招，众人迅速后退，转为防守。

郑磊在对面哈哈笑道:“泼猴，哪里走！”

方见尘原本还在想这货是谁，又听一道无比熟悉的女声说:“方见尘，我知道是你，再聊聊？一百颗子弹，我告诉你从哪里跑。”

方见尘沉下脸:“我呸！”

“人在前面埋伏，连胜的排。已靠近中段。”方见尘捂着耳机说，“她果然坑了我。我真的没有看错她。”

方见尘上好枪膛，准备直接杀出一条血路，传令道:“强攻，我给你们打掩护。如果我阵亡了，去找优秀同志会合。争取替我报仇。”

众人纷纷应声。

他还没来得及扣动扳机，就听见身后传来一阵动静。随后是“啪”“啪”几声干脆的枪响。方见尘扭头一看，发现自己身后的一位战友已经阵亡了。

他们这是被四面包围了。

方见尘心底升起一股“果然如此，天要亡我”的悲壮感。

“后方也有人，他们回援了。”方见尘悲痛道，“你们伟大的方排长可能要先走一步了！”

季方晓还在皱眉道:“中路，怎么会是最西线的连胜过去拦截呢，而且埋伏得那么深？”

方见尘:你好歹关心一下我的遗言好不好？！

连胜喝道:“抢人头的时刻到来了，弟兄们！但是注意子弹数量，不要浪费！”

在四面围击的绝对优势下，方见尘的排很快落败。

他的位置已经暴露，挣扎片刻，找不到合适的射击时机，逃跑中被不知哪边来的子弹击中。

频道里得知他阵亡的消息。

程泽:“走好。”

叶步青:“顺风。”

赵卓荦:“又是开场挂。”

方见尘:“……”

“死得其所。”季方晓说，“我是说，你的牺牲非常有价值。”

“扪心自问。”方见尘说，“我是为你而死。”

季方晓：“……”

赵卓荦：“‘尸体’能不说话吗？”

难道不是他们先诱惑他说话的吗？！

方见尘觉得自己还能蹦起来再战一场，或者先把通信器给砸了。

连胜走过来，蹲到他的面前，伸手去掏他的兜，一面虚伪道：“辛苦你了，千里迢迢送人头到我的手上。”

方见尘：“……”

连胜：“不要说话，安息吧！”

方见尘忽然睁开眼睛，狠狠瞪去。

方见尘的教官看见这一幕，险些掩面而泣。

蒋嘉柯的教官拍他的肩膀：“哥！稳住！”

方见尘的教官说：“弟，我先去给那货‘收尸’了。”

教官走出监控室，等在营地，没多久方见尘就被在山上值班的教官带了下来。

方见尘拆掉自己背上的白旗摔在地上，落寞地坐在路边。

他的教官走过去，斜他一眼道：“开场挂，你现在都这么厉害了啊？”

方见尘握拳：“我为组织而亡，虽死犹荣。”

教官嘘声，一手插兜：“你知道拿下你人头的是谁吗？”

方见尘一个抖擞，眯着眼睛睨去，短促道：“谁？”

教官：“连胜。”

方见尘猛吸了口气，正住自己的头盔：“你骗我的是吧？”

教官肯定道：“不，是连胜。不然你可以去统计那里查。”

方见尘抱头倒地，四处打滚：“我不信我不信！”

方见尘觉得，那还不如一枪崩了自己。

第三次了！他什么时候在一个人手下死过三次！

方见尘狼嚎道：“连胜误我！”

教官冷眼相看：“你为什么要相信一个杀了你两次的人？非要把人头送过去的人不是你吗？”

方见尘抬头看了他一眼，继续滚地痛号。

“都是因为程泽他们为她说话。”方见尘说，“我只是在听指挥啊！我被坑死了！”

教官用脚碰了碰他：“喂，快把装备给我脱了。”

“不脱！”方见尘叫道，“脱了，我的演习就结束了！”

教官额头青筋一跳：“你不脱也已经结束了！”

方见尘：“身为一名男教官，你没有脱我衣服的权利！”

教官：有病啊！

教官直接上前卸下他的武器，拿着枪械过去归还。

管理员远远瞅着一团黑影颓废地缩在地上，叼着苹果问：“他在干吗？”

“忧伤。”教官说，“犯病了。”

方见尘阵亡之后，赵卓荦那边的队伍且退且战，防止被多方包围。可是过来支援的敌军越来越多，他们已经错过最佳时机。

季方晓上下一联系，立马想通透了连胜那边的情况。他急忙对着通信器问：“赵卓荦，你们那边可以突击吗？如果可以，现在直接冲！”

赵卓荦回报：“不行，我们子弹不够，已经在撤了。”

季方晓觉得很可惜，说道：“那就先回营，优先保证自我安全。”

他们阵营的精锐部队刚刚已经葬送了一支，再将另外两个排也折在这里，就得不偿失了。

赵卓荦等人收到指令，当下配合着开始后撤。季方晓在后方又派了一个排过去接应。

众人退到了阵营线附近，白队不敢深追。

初次短兵相接后，双方暂时停歇，各自分析战况，部署下一步计划。

程泽装配武器，问道：“现在怎么看？对面到底是个什么情况？”

季方晓用手按着太阳穴，重重地换气，闭上眼睛，在脑海中模拟战局。

这边没有光脑，没有详细的数据分析结果，一切只能靠自己和分析师的空间想象来进行推测。可是，他们没有太多的时间，下一波攻势必须要快，不能让对方回过神来。

季方晓那边安静了片刻，然后说道：“你先等等。六连连长，你带二、三排的人，现在去中路。”

连长挥臂让人出列，一面出击一面问道：“中路突破？他们防线不是回调了吗？”

“不，不是突破。”季方晓说，“他们撤，你们就进。他们追，你们就逃。”

连长意会道：“去骚扰他们中路？”

季方晓说：“对。让他们保持兵力分散。其他所有人！右路集合，准备强攻！赵卓荦领兵，负责前线指挥！各排排长准备听命。交付物资，保证弹药充足。”

赵卓荦领命，过去和后方人员接洽。现场负责列队编号，指认各人位置、进攻方向和顺序，分派强攻或掩护的岗位，然后给每人分派至少二十枚的子弹，将负责管理物资的人守在队伍中间，向前行进。

这画面才称得上是一个团队。

众教官的视线在两边巡回一圈，不禁摇摇头。

一教官感慨说：“一场战役，需要的不只是指挥，还要有能压阵、有经验的战将啊。”

他旁边的那位说道：“不只是战将，还有各部统筹。”

侦察、前锋、指挥、分析、押运、后勤……这些人都是缺一不可的存在，而他们每个人都有各自存在的意义。

指挥不了解前线的事情，士兵不了解大局的事情，原本两方应该是用来互补的，而信任是建立他们双方合作的桥梁。只要每个人都能明确自己的位置和职责，整个队伍就能有序起来。不是指挥调度整个战局，整个军队的一切事务都要由他来操手。也不是把一切都抓在手里，一切就尽在掌握。越是人多的组织，领导者越要学会下放权力。

众人已经开始出发，季方晓处理完了一批队伍的站位，才开始回答刚才程泽的问题。

“其实我们原先的计划是对的，也猜准了。蒋嘉柯想从边线防御我们。”季方晓说，“连胜虽然猜中了我们的计划，但蒋嘉柯应该没有听信她的话。”

指挥所看见的事情是不一样的，他们有自己的考虑。前线的人并不了解，更多时候提出的建议是短浅而片面的。这也就直接导致了一般的指挥都有点刚愎自用的毛病。蒋嘉柯尤为明显。他一错再错，被指出后也不予反思。

季方晓：“连胜把人骗到中路去，如果是说好的事情，那应该是附近的兵力过去布置包围，但是没有。他们自己绕了一个大圈，绕到阵营中段，才拦截住方见尘他们，说明指挥没有采信她的话。

“中路防线先撤走再回拉，完全是被动而滞后的操作。如果没有连胜拦截，我们可能是能成功突围的。”季方晓说，“说明蒋嘉柯不仅没有采信她的建议，也没有采信她的分析。”

看对面眼睁睁放过正确的答案，往错误的道路上越奔越远，这感觉实在是相当复杂的。再联想到自己，那就更复杂了。

如果刚刚不是连胜搅局，让他们心生戒备从而滞缓了脚步，他们可能已经从右面东侧成功突入。然后就能发现对方后方空虚，确认计划无误。再调集兵力，从被打开的中路强行突破。一切完美而顺理成章。

可惜了，错过这样一个大好时机。

不过同时也证明，蒋嘉柯第一次做指挥，水平有点不在线。唯一值得担心的是，连胜处处料中，蒋嘉柯会不会总结失误，采纳她的意见。

不过无所谓，现在优势掌握在他们手上。他们已经错失了一次，不会再错失第二次。

蒋嘉柯那边也得到消息，赵卓荦等人已经被击退了，而中路开始有小股敌军来袭。

“我觉得他们刚刚应该是可以突破的，但是他们没有，选择观望，再被打回去。这有点自相矛盾，应该是出了什么事。”周师锐说，“方见尘会主动去中路送人头就更奇怪了，你或许可以问问连胜的意见。”

蒋嘉柯表情抗拒。周师锐耸肩。

中路的几位排长汇报，没有援军，对面攻势不强，可以守住。

蒋嘉柯说：“很好。”

没多久，鲁明远的声音又在公频响起：“连胜说，先集结兵力，不要分散。”

蒋嘉柯怒道：“她怎么处处跟我反着来呢？”

鲁明远那边安静了片刻，然后继续说：“连胜说，对面刚刚已经试探过了，不太可能继续小打小闹地过来玩耍，应该只是为了拉住我们中路的防线，让我们兵力分散。己方战略或许已经被看穿，对面可能要进行强攻，请及时做好应对。再晚就迟了。”

当你对一个指挥说，你的战略已经被敌人看穿，而此时距离开场也就过了两个小时，任何一个爱面子的人都会暴跳如雷。

蒋嘉柯显然就是一个爱面子的人。

蒋嘉柯不可能对着鲁明远发脾气，也不可能对一个传信的人禁言。毕竟连胜的排一共有二十四个人，他总不能一个一个都禁过去。

蒋嘉柯怒道：“现在战局一团糟，连胜你到底做了什么？你背离指挥擅自行动，扰乱作战计划，让我对前线认知失误，你先把你做的那些都给我坦白清楚！”

周师锐抬头粗粗扫去，说道：“学长，现在没时间听她解释，我们只要结果。她也是白队成员，应该知道重要性。如果延误战机，责任是她的。你不如听她的建议试一试。”

蒋嘉柯两手环胸，闷闷不语。

鲁明远：“连胜说，她干扰的是敌方作战计划。结果就是，你的战略已经被对方看穿。已被看穿。已被看穿。重复三遍是郑磊要说的。”

蒋嘉柯手上如果有东西，现在一定已经狠狠砸下去了。他们分明是在故意羞辱！里面肯定还有鲁明远的意思！

周师锐蹲在地上，手里转着笔，不再劝告。

蒋嘉柯想洗把脸冷静一下，但是戴着防具，越发烦躁。他脚下用力一跺，还是决定暂时妥协，听从连胜的意见。

还没下令，前方侦察兵说：“红队从东面进击了，看人数不少，具体暂时不能估测。”

侦察兵的反馈，他们一干普通兵种是听不到的。他们公频能听到的只有排长、连长和小兵的反馈报告，以及总指挥的指令。

蒋嘉柯一惊，脸色大变：“所有人火速集合，往右路集合，过去支援！”

如果让他们全员进入势力范围，那就太糟糕了。

众人原本还在听他们频道内的争论，得到命令急匆匆转向，往右边跑去。

连胜的小队还站在原地，被连胜拦住了。

公频内再次响起鲁明远的声音。

“连胜问，季方晓从东边强攻了吗？”鲁明远继续道，“连胜说，如果是这样，不要集结了，现在已经太晚。让大家赶紧散开撤退，往右边红队阵营撤退，优先保证己方人头数。”

蒋嘉柯终于爆发了：“你们反反复复有完没完？她是总指挥还是我是？你让她给我闭嘴！”

“连胜说……”鲁明远有些犹豫，“和你说话的人现在不是她。”

蒋嘉柯努力沉下气道：“鲁明远！我跟你是同级我给你面子，但是你别逼我跟你翻脸！”

连胜叉腰而站，皱眉道：“用兵之法，十则围之，五则攻之，倍则分之，敌则能战之，少则能逃之，不若则能避之。明显我们现在人数处于劣势，不仅如此，还很分散。一群分散的士兵，毫无计划地去抗击一队有备而来的敌军，我没有看见任何获胜的希望。

“而且他们现在过了阵营线，根据山林地形，是从上攻下的趋势。本身就对我们不利。”连胜说，“你看我们这边现在一团混乱的样子，是能过去支援的吗？这根本就是在浪费兵力！等到对面强势反扑，看看要伤亡多少人！

“我已经很有耐心地在解释了，忍受一个禁我言的人！”连胜将枪往地上一蹾，也有些怒了，“听我的话，告诉他不会错的！下指令磨磨蹭蹭的，他知道一个及时的指令代表多少人命吗？！”

众人：“……”

郑磊：“男人，不要挑战我的耐心？”

沈喻一腿踹过去：“闭嘴！保持严肃！”

鲁明远自动过滤了她讽刺的话，然后传达过去。

“我觉得也有点太大胆了，你有后期计划吗？”鲁明远汇报完，自己都有点

「聊聊天」小•剧场

LIAO LIAO TIAN XIAO JU CHANG

方见尘：连胜啊。

连胜：讲。

方见尘：你在干什么？为什么不接我的音频跟视频？

连胜：我，刀哥，测评。

方见尘：你现在讲话要这么惜字如金了吗？

连胜：刀哥开价，一字两元。

方见尘：优秀，你来跟她讲，我看她说话我感觉胸口堵得慌。

赵卓荦：脖子还是手？

程泽：？？

连胜：脖子，绝对的弱点区。最近刀哥找来的人都有种引颈受戮的牺牲精神。

赵卓荦：蓝色还是白色？

连胜：这个好像没什么区别，难道颜色会影响强韧度？

赵卓荦：主要考虑一下美观性。

连胜：那蓝色吧。跟电光的颜色更贴近一点。

叶步青：你们确定是在进行同一个次元的对话吗？

连胜：啧，我也觉得他们听不懂，我跟他们说过好几遍了，就算脖子短也不要把脖子伸出来，可是他们总是做不到。

叶步青：谢谢大将军……的回答。

连胜：客气。

程泽：我就想看看你们能不能聊到天南地北去。

方见尘：@连胜，为什么你跟别人说话的时候就是长句？！

连胜：我说的猥琐必学是指战术，不是站姿，亲爱的客人。呵呵。

【连胜撤回了一条信息】

连胜：不好意思，不是在跟你们讲，我在语音转文字授课。

方见尘：奸商啊……

连胜：什么叫奸商？这个价钱能把他们教会的，除了我，只有骗子了。

赵卓荦：买好了。**【图片】**

连胜：逛街呢？不错，很好看。

赵卓荦：你要出来一起吃饭吗？还是直接寄你宿舍？

连胜：寄给我干什么？

赵卓荦：你的生日礼物。不是你自己选的蓝色围巾吗？

连胜：？

方见尘：无语……

叶步青：我们在商场这儿看见一款限量发售的围巾和手套，都挺好看的。

连胜：啊？我还有生日吗？

赵卓荦：为什么会没有？林阿姨说了是今天的。

叶步青：别人有的我们队友也得有。

程泽：开心吗？

方见尘：感言。

连胜：谢谢诸位，谢谢！

连胜：我马上来！

不确定，他觉得蒋嘉柯肯定不会接受。

鲁明远提醒道："己方阵营内的敌军数量，是我们的扣分项啊。"

如果后期不能成功逆转，那他们可能会迎来史上最惨烈的扣分，甚至完成终场负分的传奇成就。

蒋嘉柯怒不可遏道："你放屁！"

现在撤退，意味着他本场指挥生涯要就此终结了。或者说，后面的战局不会由他来主导。这完全是他意料之外的事情，是他无法接受的事情。

实战演习史上从未有过，开场就直接让出自己势力营地的行为。

连胜直接走过去，凑在鲁明远耳边，对着他的通信器吼道："你现在如果还让他们过去硬碰硬，损失只会更加惨重，不仅会丢失你的城池，还会让你的士兵白白受死！跑！没人教过你打不过的时候要跑吗？！"

鲁明远觉得自己耳膜都要被震破了。一个大步退开，示意连胜冷静。

蒋嘉柯那边气急败坏道："这是谁的错？这是你的错！是你耽误军情还反复变卦！你身为一个排长屡次跟我戗声动摇军心，你就没有错吗？！"

连胜被他气笑了，反而平静下来，冷笑道："我没空在这里给你上课，也没空在这种地方跟你争吵。该给的建议我已经给了，你好自为之吧。"

蒋嘉柯用力吼道："右路集合！"

旁边周师锐说："蒋学长，你冷静一点。"

自己的总指挥被自己的排长给激怒了。到底谁才是对面派来的间谍？

周围众人能感受到连胜那冰冷的气场，一时间噤若寒蝉。

连胜调整了一下，挥臂道："跟我走！"

郑磊小声问："去哪里啊？"

连胜说："红队阵营。他们已经倾巢而出，现在那里是最安全的地方。我们需要重新计划，也需要休养调整。那边反而有我们喘息的余地。"

鲁明远说："可是这样等同于交出了整个扣分项。"

"又没有什么攻城的规则，就算是攻城，让出去了还可以再拿回来。不过就是双方换个位置而已，重来不行吗？"连胜说，"没到最后一刻都有转圜的余地。什么是我们最后的资本？是人！不是什么扣分项！现在就守着那点扣分项，还怎么制订计划？还怎么灵活作战？"

让士兵过去做无意义的牺牲，是最错误的决策。这种无谓的战斗不如直接投降，还能最大限度保住最后的面子。留到最后一刻，被打得屁滚尿流，就能彰显他的英勇了吗？只能显示出他的无能和愚蠢，没实力的人就应该滚下来。

连胜带着自己的排直往红队阵营而去，队伍里剩下的士兵有些犹豫。

他们不知道总体战况，但是听连胜说得信誓旦旦的，心中难免动摇。而且蒋嘉柯自己就稳不住，他已经明显地让手下人感受到了他的急躁和不安。如果连总指挥都出现了这种情绪，士兵们怎么能安心地去厮杀？这不等同于在上阵前跟你打声招呼：喂，我稳不住了，你先去送个人头给我争取点时间让我再想想。

鬼和他玩呢？想搞事情呢？

于是后排众人开始故意放缓速度。反正蒋嘉柯的命令也没下死，在允许范围内略微浮动，暂时观望。而东侧抗击的部队久久等不到强力支援，发现自己可能被放生了，也半打半退，主动朝他们靠去。

白队颓势一显，红队气如猛虎，加快攻击的势头。

所谓兵败如山倒，白队众人立马被冲击得一团散乱，纷纷呼救。

蒋嘉柯接连收到消息，用力握住自己的拳头。胸口一股气不上不下，越憋越重。他考虑了很多，个人的、集体的、过去的、未来的……总之，画面都不是那么美好。

他想起他的教官跟他说过的话——

“指挥是一件要命的事情。你指挥得好，是去要别人的命。你指挥得不好，是去要自己兄弟的命，等同于在要自己的命。所以没有指挥才能的人真的不要来做指挥。这不是奚落你们，这是在警告你们。”

蒋嘉柯屏住呼吸，感觉血液都在往大脑上冲，眼睛干涩得疼。

身边没有人在催促他，可是一分一秒他都觉得异常煎熬，最终还是照连胜说的那样，下令道：“所有人开始散开！撤退！”

周师锐站起来，收拾地图，准备跟着部队转移。

虽然他们这边有人保护，但对面可是一整个阵营，再强大的精锐部队也挡不住。

“蒋学长，从数据分析来讲，请做好最糟糕的准备。”周师锐顿了顿着重道，“照此发展，真的有可能会发生最糟糕的结果。

“走到这一步，已经是先期决策的重大失误，我们必须承认。既然已经演变成了这样的结果，必须要转变策略。”周师锐说，“现在不是我们主动选择放弃阵营，而是不得不。”

最糟糕的结果是什么？

现在白队处于绝对的劣势。红队已经占据了白队的势力范围，他们可以一百人压底，甚至两百人保底，就守在这里，然后派剩下的人对他们进行围捕狙击。如果他们将白队人员尽数歼灭，那么负两百分的实战结果，也不是没有可能。

绝无仅有，世间唯一，怕是他要名垂青史了。

蒋嘉柯一想到这个，不禁冷汗涔涔而下。

演习的总积分，最后会以二十倍的形式录入学务系统。如果是负分的二十倍……他极有可能会被同阵营的人内部干掉。如果真的让他们预料到了这个结果，想必白方人员很乐意违背指挥命令来获得总积分清零的惩罚。

那哪儿是惩罚啊？那明明是加分项啊！难道这是一个保护性的熔断机制吗？

“再稳不住局势的话……”周师锐听着耳机里的汇报，又看了眼手上的地图，委婉道，“恐慌要开始了。”

人员已经分散，而敌军彻底侵入他们的范围。他们看不见胜利的希望……或许从一开始就没看见。但是他们已经渐渐看见悲惨的明天。

真的是一溃千里无法收拾，起码凭他的实力现在难以收拾。

他乱了，稳不下心，更加想不出策略，对未来一片迷茫。

蒋嘉柯仰头吸一口气，问道：“你说该怎么办？”

周师锐没有正面回答他的问题，卷起地图说：“我觉得你可以问问前线人员，毕竟我们离得这么远，现在信息混乱，很难辨别。”

蒋嘉柯皱眉。

周师锐说：“连胜现在就在前线，知道得更清楚，经验也更丰富。其他人说不明白，你让她详细地说一遍。”

换句话说，就是问问连胜怎么指挥，你可以把你的指挥权下放了。

蒋嘉柯脸色非常不好，只是旁边的人看不见。

周师锐见他没有说话，又说：“总指挥询问排长战况，也是很正常的事情。学长，不用跟她赌气。”

蒋嘉柯终于解除了连胜的禁言，在频道内呼唤她，尽量装作不尴尬的样子，问道：“连胜，你们那边的情况现在怎么样？”

“我们？”连胜躺在地上，抖着腿道，“晒晒太阳，看看云。”

蒋嘉柯真是急火攻心。他这边愁得头发都要掉了，特意来询问她的情况，对方却是这种敷衍散漫的语气：“现在这都什么时候了？你能不能认真严肃一点！”

连胜说：“什么时候了？不想送死，尽情享受生命的时候。”

他们现在的确没事干。两人出去寻找是否有遗漏的物资，四人出去侦察情况，鲁明远在清点子弹，连胜安心地晒太阳。不然应该怎么样？

蒋嘉柯竭力忍着脾气：“想问问你对现在局势的看法。”

“嗯？”连胜歪了下脑袋，停止抖腿，摘下旁边一棵草，在手里把玩。

她保持着平稳语气，不冷不热道：“如果你要问我意见，请一直将这个状态保持到最后。我不接受半途再被禁言或否决意见的情况。”

多方干预，多人指挥，可是大忌。如果战况转好，连胜不能保证对方是不是会从她手里重新拿走指挥权。毕竟对方是总指挥，而她只是一个被总指挥任命的排长。这是本场战役无法改变的阶级地位。那种情况如果真的发生，简直恶心透了。

“将听吾计，用之必胜，留之；将不听吾计，用之必败，去之。”

如果是这样，她直接甩手走人。对方爱怎么打怎么打，绝不插手。

蒋嘉柯咬牙。

现在留住总指挥的位置已经没有用了，他是穷途末路了。如果连胜能够起死回生，他还没有无耻到掠夺她战功的地步。只是被连胜这样打压，他有点不痛快。

蒋嘉柯撇撇嘴，生硬道：“可以。”

这真的就是转交指挥权了。

全排人听见他这句话，明白这两个字意味着什么，莫名兴奋起来，一齐看向连胜。

连胜从地上坐起，热情道：“请记住你的话，我不接受出尔反尔。大家可以一起做证，众排长收到回复！”

众排长：这好尴尬的啊！

随后频道里陆陆续续传来各排长的响应，可士气有些低迷。

虽然连胜说得很激动，但她不在战况内。如今四面楚歌的情形，他们实在高兴不起来。

连胜动员道：“准备！所有人听我指挥！先找一个安全的位置，各自报告位置、人数以及周边敌情。我让我的副手——首席数据分析师，给你们详细记录一下。”

被拍肩的首席数据分析师鲁明远同志：我怎么不知道自己还有这个荣誉称号呢？

“看似我们处于完全的劣势，这的确是事实。看似这场战役已经要结束了，这只是假象！兄弟们，还早得很，这只是开始！打起你们的精神来，准备听我指挥！”连胜鼓舞道，“想想巨鹿之战项羽两万兵马击败四十万秦军，淝水之战中东晋不足八万兵力歼灭前秦军近八十万人。和他们比起来，我们的情况算得了什么？这什么也算不上！”

连胜几乎是在嘶吼：“通通给我拿出你们的气势！还不到最后一刻，不要放下你们的武器，不要低下你们的头颅！”

第十六章
绝地反击

一转交指挥权，连胜就跟打了鸡血般。频道里都是她的声音，一刻都没有停下来过。

她的语气里带着的强大自信，让原本还在躁动的士兵们快速安定下来。这种面临恐慌即将放弃的时刻，她说得越多，越能将自己的信心传递给前线的士兵。

总指挥一副胸有成竹、仿佛尽在掌握的态度，那证明他们还是有希望的。还远没有结束呢，一切交给指挥就好了。

不得不说，在战场上，士气对士兵的影响巨大。

毕竟这不是真正的战场，多数人没有所谓的非生即死的觉悟。就是这小小的区别，极大地改变了他们各自的战力。

蒋嘉柯和周师锐等后方人员，现在在掩护下暂时躲藏。

季方晓毕竟是从东侧单面攻入，势力想要渗透整个白方阵营还需要一段时间。他们现在是相对安全的。

他们白队的士兵，一半逃出了己方阵营，一半被红队反堵在里面。红队正在趁机疯狂扫荡他们的散兵，兵力分割的局面让他们损失了大量的人手，现在必须开始挽回。

但是，要如何在这样四面楚歌的战局中控制住团队损失，把兵力重新集合在一起，就是一个莫大的问题。

周师锐问："你需要数据分析吗？之前的数据都在我这里。刚才发生了一点变化，但应该还有参考性，我可以现在给你通报。"

"哦，不用了，谢谢你的大力支持。我们现在相隔太远，不方便交流，这边已经有一位优秀的数据分析师了。"连胜说，"总指挥，麻烦把侦察兵的频道权限给我。"

蒋嘉柯手指微抖，用异常清晰的声音汇报场外教官，请求把总指挥的权限转让过去。

频道内各排长开始汇报己方情况、位置。有的正在四处逃窜，排中人员已经分散，没有指挥系的人在身边，说不清楚地点。还有几个排的排长甚至已经阵亡。

各种声音杂糅在一起，配合着背景里的枪响，可谓一阵混乱。

连胜跟鲁明远二人屏息倾听。

他们习惯了从各种声音中准确抽取自己想要的信息，甚至在经过大量的训练后，已经有一种本能性的快速判断。加上记忆力和空间想象能力惊人，即使有疏漏，也可以后期补上。

周围的人大气不敢出，努力想帮他们记住这些信息碎片，可是在一连串的求救信号出来以后，直接就蒙了。听到几连几排都要犹豫地反应一下，尤其鲁明远他们这种数据分析员在确认位置的时候，是用区块坐标来表示的。最后他们脑海中只剩下无数的 ABCD 和 1234……

他们有点担心连胜和鲁明远顶不住，同时心中觉得这群人太不淡定，光嚷嚷，毫无谦让配合的精神，自己试试这玩意儿怎么玩儿？

蒋嘉柯五官纠在一起，视线低斜。

他有些后悔把指挥权交给连胜。还不是一样只会自乱阵脚？这样无组织无纪律的情况，她要怎么协调各方？

他犹豫着要不要开口提醒一下对方，让团员们依次汇报。但又觉得对方不会接受，最后落得自找没趣。

连胜单手叉腰，低头细听，时不时地“嗯”一声作为回应。

在这种地方，他们配置简陋，只能自给自足。鲁明远选了一块草皮稀疏的泥地，用石头代替笔，开始绘画地图。

他画得非常简陋，一条横线代表阵营线，点点叉叉代表敌我，后面随意标了几个数据。

一般人或许需要讲解，但对连胜来说正好。越简单越明了，所有信息都标上的话，只会缺失重点。

众人汇报完，自己都有些心虚。连胜该不会是在敷衍他们吧？

连胜用枪头一指，点在某个位置，鲁明远说：“F11。”

“现在，已经逃出白方阵营的士兵，整队去 F11 集合！排长已经牺牲的队伍，请现场迅速推选出一名新的领队。稳定下来的队伍，暂时保持不动，注意隐藏身形，等候进一步的指示。所有跑动的人群，尽量往西边靠近，那边更加安全。”

连胜喘了口气，继续说道：“现在落单或行动人数少于五人的先报数，附近有经过的团队请注意捡起这些队员。如果不知道自己的位置也找不到队伍的，在我下达指令后尽管向西南方向奔跑！”

连胜一边说一边开始快速下达指令，将各方各面安排得井井有条。囊括整个地图，几乎没有遗漏。同时不忘安抚那些孤立无援正被四处追撵的散兵，还有空闲关心一下红队的排兵情况。

公频里仿佛在听一个机器播报实时战况，问出的问题直指要害，说话的语气轻松愉快。众人皆震惊于她的口齿清晰和逻辑鲜明。

她没有在这样集体躁动的情况下进行强行镇压，也没有把自己的担忧和劣势展露出一丝一毫。越是艰难的局面，越要显出她的不屑，就是为了有力地告诉他们：你连将军心里有数，都稳住，不要慌！

这才是一个有魅力的指挥啊！

后排围观的群众简直目瞪口呆，抱着自己的武器想跪倒在连胜的军裤之下。

这得是什么大脑？脑神经不需要传递的吗？不需要反应速度的吗？

监控室内，众教官抱胸，安静地听连胜的安排调度。

哪怕他们很努力地听完了全程，而且前面还有全景地图参照，都没能跟上她的思维速度。

她非常有经验，知道现在什么是最欠缺的，仿佛整个战局都在她的脑海中。这种经验，不可能是她这种年纪该有的。而大地图上，白队开始慢慢稳定，虽然站位还是四处分散，但整体的气氛已经发生了惊天的逆转。

众人大为惊叹。

一个优秀的指挥，一定要能在任何时刻稳住人心，成为士兵心中信仰一般的存在。但这也只是说说而已。没有合作建立起来的威信，怎么能让别人信服？

连胜的身份原本就比较尴尬，可竟然只用了短短几分钟时间，就做到了这一点。

诚然一个原因是情况还不至于太糟糕，而这些学生也还没有足够的阅历，被她的声势唬住了。但最主要还得归功于她强硬的态度以及那堪称变态的洞悉能力。

从作战水平上来说，他们真的没有能够教连胜的了。

“复活了，看。”教官指着屏幕说，“这精神的。”

之前她憋着股气，一句话爱说不说，现在恨不得释放自己的光芒普度众人。

她焦虑吗？开玩笑，他们只察觉出了她蠢蠢欲动的兴奋。

众人轻笑。

蒋嘉柯听她一连串的指令下去，中间毫不停顿，完全是经过悉心准备的样子，一时间思绪复杂。

连胜等这一刻很久了吧？想从他手里抢过指挥权。可这是他技不如人，有什么办法？他自己交出去的指挥权啊！

连胜终于将一干散兵安排完毕，同时让那些被追击的队伍找准方向。

“连将军现在带你们走出困局！所有人开始准备！”连胜拿枪当她当年的佩剑，一下下点在泥地上，好在那枪支质量上乘，禁得住她造作。连胜喝道，“强将手下无弱兵，别给我丢人！连胜将军不接受砸招牌的小兵！

“首先，请大家有所觉悟，突破重围肯定是会有一部分的伤亡，我们需要队友的掩护，而你们极有可能会面临牺牲。我唯一能补偿你们的，只有胜利后的二十分基础分以及众人对士兵的崇高敬意！”连胜说，“众排长现在注意，限时两分钟，选出四名掩护人员。有主动站出来的同志，军队会铭记你们的贡献！准备完毕，在频道报告！”

虽然到了这地步，他们很期待之后的战况，但更不希望延误战机，破坏刚刚调动起来的气氛。被排长指定的几位人员，都非常配合地答应了。不到两分钟，频道内传来各排长准备妥当的应答。

鲁明远打出一个信号，表示可以。

连胜点头，说道：“二连三排、六连一排、四连三排听命，现在出发，往你们的西南方行进！”

鲁明远掐着时间，紧跟着打出第二个信号。

连胜：“一连一排，五连二排，三连一排，现在出发，往你们的东南方行进！”

没多久，频道传来一人激动的声音：“看见队友了，成功会合！”

众人简直要哭出来。那是摸到希望的一种感动，莫名地振奋，之前还在飘荡的心，瞬间落了地。

奔跑！奔跑！朝着自己的战友们奔跑！

“三批人员准备！”连胜又立马念了一串指令，然后说道，“大家自己调整一下速度，毕竟我们不能准确保障你们的位置，会有一定浮动。观察一下前后左右的动静，但是不要着急，就按照正常的速度走！”

公频一声惊呼，男生喊道：“六连一排报告，有敌军，暂时停滞了。”

“一连一排准备，直接右转，过去支援！”连胜丝毫不乱，“四批人员现在准备……”

在连胜的指令中，原先分散的兵力开始像溪流一样，从两队汇成一股，然后从两股汇成一群。

人数一多，众人顿时有了底气，不用再惧怕对方的游击扫荡，甚至还有能力来玩一波反击。

连胜站在排首，皱眉严肃道：“不要恋战，所有团队通报位置！即将靠近阵营线的队伍控制速度，先等待会合！”

太阳正烈，金光熠熠地洒在她的身上，从脚底拉出一道长影。

公频里，众人开始重新播报位置。各自离他们的目标点已经越来越近，即将完成历史性的会晤。

“现在，五十人以上的团队，每名队员保留十枚子弹，其余的全部交由押运官统一管理。派出四名队员保证押运官的绝对安全，我们要准备开始突围了！”连胜道，“F11 的白队队员就位准备，你们的兄弟被困虎穴，救援他们的重任就交给你们了！”

众人被她喊得热血沸腾，齐齐应了一句：“是！”

防线内的最后两拨人员报位，相隔不足百米。连胜直接下令：“前冲！所有人往前冲！不惜一切代价给我冲出来！”

监控中，防线内外的两支大队以势如破竹之势展开冲击。

红队布置在阵营线附近的防御非常薄弱，原本收到消息想聚集过去阻拦。看见这阵势，立马开始往两边撤离。白队成功进入红方势力范围。

此时，红白双方位置彻底互换。

竟然真让她把人给带出来了。

各部队会合的时候，齐齐发出不可思议的呼声，然后撒腿朝着连胜所在的位置跑去。

从公频里得到消息，连胜这边的小队跟着发出胜利的呐喊。那种提心吊胆的感觉，就像自己也参与了一般。虽然缺席，但一点也不影响他们的激动。

连胜一脚踩在矮石上，眺望远方，等着自己的士兵到来。防具也无法阻挡她脸上散发的光芒。

郑磊从侧面注视着她，被她的情绪所感染，说道：“你现在这形象非常适合叼根烟。”

“烟？”连胜愣了一下，摇头说，“不，‘阉’这意味不好。”

郑磊：“虽然不知道你在想什么，但应该不是什么好事。”

没多久，大部队赶到。连胜等人列阵表示欢迎。

他们刚从危险中脱离，还没能反应过来，零零散散地站着，感受大家庭的温暖。

连胜欣慰点头。虽然少了点，好歹也是黑压压的一片。

连胜站在前排，抬手一压，开始讲话：“恭喜白方阵营重新集合，为我们的成功突围和完美配合，鼓掌。”

众人大笑着拍手，以表示对她的呼应。

连胜没有阻止。让他们多感受一下胜利的喜悦，好忘却之前失败的阴霾。

一青年举手道：“求问连排长！你是开了火眼金睛的 buff（增益）吗？怎么

推算出我们的距离和速度，让我们会合的？”

没有现代科技的辅助，甚至看不见各自的情况和位置，光凭借一些口头的数据，就在短时间内制定出一条完整的行动路线，这实在是太神奇了。

连胜为了避免造成众人恐慌，刚才一直没有停下和他们的交流。等鲁明远推算完数据之后，直接展开了行动。这意味着她一心多用，依旧面面俱到。

连胜指向鲁明远：“这是数据分析师的功劳。”

鲁明远谦虚推脱道：“没有，我只是画了下图，这都是连胜的临危反应。”

连胜说：“不，多亏你完整且准确的数据反馈。”

鲁明远摇头：“不不不，是你对数据的合理应用才让它有了价值。”

众人：这两人还没完没了了呢。

连胜挥手打断，将这话题告一段落：“总之，谁的功劳并不重要，我们现在已经达到了我们的首个目标。不要忘记之前的教训，但需要把状态调整回来，马上准备下一阶段的反杀计划。”

连胜顿了顿，说道：“接下来，我们要重新编排队伍。各排长以及落单的散兵，过来跟我汇报。另外，所有人把刚才收集的物资先交给鲁学长，等待进行二次分配。”

他们原先的排已经被打散了，需要重新组合。再有就是之前物资分配的遗留问题，必须一个个纠正过来。

连胜随手点了点：“你的小队，还有你的小队，你们去轮替侦察的人员。两个小时后我会派人跟你们交换。请务必保持十二分的警觉，注意敌方偷袭。”

几人点头，问清楚方向，扛枪过去。

他们的侦察兵大半都已经阵亡了，需要重新选任。

一件件事情似乎堆积成山，但连胜并不急。她从头到尾梳理了一遍，不分巨细，然后一一解决。

季方晓等人对于白队成功突围的事情感到万分诧异。从汇报中得到的信息零散破碎，还有些莫名其妙，一时间困惑不已，下一步的计划也因此停滞。

程泽说：“对面怎么忽然转变作战策略了？”

一男生说：“会不会是因为周师锐？”

周师锐也是指挥系有名的学生。他虽然才大二，但有专业学习背景，接触数据分析的经验比许多大四生，不，甚至比部分博士生都要丰富。而和他的数据水平同样齐名的，是他的为人性格。

哪怕他什么都看出来了，也不会在战术决策中给总指挥提供任何明确的帮助。他就是一个完全的、专业的数据分析师。

指挥多数是喜欢这一类人的，他们最不希望有人干扰。

赵卓荦冒出一个大胆的猜测："是不是换指挥了？"

季方晓思忖许久，说道："不会。蒋嘉柯这样个性骄傲的人，绝对不会放弃手里的指挥权。"

频道里安静了几秒。

程泽活跃气氛道："我们慌什么？现在我们有绝对优势，该头疼的是对面才对。"

一排长问："下一步我们该怎么办？"

季方晓沉吟片刻，说道："先派一支小队过去探探情况。"

于是那排长说："就我们去吧。"

连胜在前方安排，蒋嘉柯就站在旁边，一直保持缄默。

既然他已经让出了指挥权，就不会再指手画脚进行干预。而且站在这群人中间，他已经觉得很尴尬，恨不得缩成一团，不想再开口放大自己的存在。

可是他等了很久，也没有等到连胜口中的下一阶段的反攻。她一直在小事上面不停地磨蹭纠结，和各个排长搞好关系。

太松懈了！这怎么会是战场上该有的样子？又不是战前动员，也不是战后总结，她竟然还在和这些士兵聊天？为什么每次他觉得连胜确有实力的时候，连胜就会做出一些他无法理解的事？

蒋嘉柯犹豫片刻，还是说了出来："连胜。"

连胜停下话看向他。

蒋嘉柯感受到众人视线，喉咙瞬间干涩。他说道："你现在在做什么？"

连胜指着他们说："安排队伍啊，怎么了？"

"这里是战场，枪声已经正式打响，现在才开始安排这些琐碎的事情简直本末倒置。"蒋嘉柯说，"你应该趁着现在出其不意，来一波反攻。或者找个好的位置，进行埋伏等待。我们这样光明正大地站在这里，不是等着对方来攻吗？"

连胜意味不明地笑了笑。

蒋嘉柯禁不住头皮一麻："怎么了，我还不能提意见吗？"

"不，你当然可以。"连胜说，"我也非常愿意回答你的困惑，希望能帮助你明白自己为什么会失败。"

蒋嘉柯大声道："我还没有失败！"

连胜："你要我直说吗？"

蒋嘉柯快速跟了一句："说！"

"你就是失败了，你从一开始就失败了。不承认自己的失败，不从高处走下来，你还会继续失败。"连胜走近他说，"你最大的错误，是没有揣摩清楚对手的心理。季方晓比你想象的更老辣，对你的了解也更为深刻。"

蒋嘉柯抬起下巴。

连胜："无意冒犯，阐述事实。"

蒋嘉柯握紧拳头，问道："那你的计划呢，究竟是怎样的？"

连胜淡定道："等。"

"就光等？"蒋嘉柯皱眉，"他们如果不来，就等到结束吗？"

连胜说："沉不住气怎么行？你想一夜就见分晓吗？有的仗打个一年半载也没有结果，急躁只会从一开始就毁了你。看不见更久远的地方，不会拿未来做赌注的人，从一开始就没资格站上这个赌局。"

蒋嘉柯道："你说战争是赌局？"

连胜说："战争本来就是赌局。你不可否认的是，有时候决定成败的，只是一些微妙的运气而已。"

连胜转过身，对着身后众士兵道："揣摩你们的敌人，认清敌我差距，是所有人在战场上要做的第一件事情！

"对方刚才大获全胜，现在士气高昂。我们虽然已经撤出阵营，但他们依旧会有所准备，不可能放松警惕。而且，不可否认的是，他们的单兵作战能力的确高于我们。这种时候，我们就算来个突击，他们也能及时防备。对于人数已经处于劣势的我们，极有可能会迎来二次打击。这是不可取的行为。记住四个字，强而避之！"

何况他们刚刚经历了一场可以称之为糟糕的战役，不能够指望他们马上走出阴影。

"埋伏，埋伏也是不可取的行为。"连胜说，"如果对面一直不来攻击我们，或者只是派出散队来随意骚扰，我们却要始终保持警戒的状态。精神上的压力会极大打压我们的士气。这种状态，会使我们受制于人，让战役主调把握在对方手里。对面觑准时机，来一波总攻，我们的战力就会呈现出明显的颓势。"

蒋嘉柯仔细想了想，找不出反驳的点："可是等根本就不是一项决策。"

连胜侧过头："可是急，放任疏漏的存在，就是一个错误。"

连胜抬起手，用力挥下，喝道："整队！所有人照我刚才说的开始站位！"

众人一阵跑动，排列成一个方队。

"现在来分析一下我们的处境。我方人员剩余三百一十二名。粗略估计，红队应该有四百二十人以上，甚至四百五十人左右。"连胜负手站在前面，声音沉稳，字正腔圆道，"我们和他们，现在最大的区别就是一百多个人头。这一百多个人头意味着什么，你们明白吗？"

众人低下头，冷静想想，就会知道现在局势根本不容乐观。

一百多个人意味着先期优势尽失，意味着后续行动会处处受到掣肘。比他们少了四分之一的人数，而单兵战力还是处于劣势，应该要怎么弥补这一缺陷？

蒋嘉柯留下的，根本就是一个烂摊子。

连胜说：“什么都没有！”

众人迷茫地看着她。

连胜：“一百多个人头数代表不了任何事情！我们有三百一十二个人，难道还拿不回那一百多个人头吗？”

众人：似乎不是这么一回事儿，但是不知道为什么觉得好有道理。

连胜大声喝道：“回答我，是还是不是？！”

众人：“是！”

“所谓的牵制和受制，并不是先攻跟防守的区别，是有防备和没防备的区别。”连胜说，“我可以大胆地保证，对面会按捺不住先行出招。他们第一次不可能派大批兵力，而会是一小股侦察试探。如果他们派小股散兵，那最好了。我们这边视线清明，可以清楚地看见他们的动态。小股散兵能打得过我们三百多人吗？来几个，都让他们有来无回！”

连胜说：“我们现在要做的，就是把握主动权，消磨对方的耐心，逐渐拉低敌我人数的差距。这很难吗？这非常简单！”

她话音刚落，通信器里侦察兵来报：“C 区方向有敌军，一个排左右。请注意。”

连胜打了个响指：“来了。”

打瞌睡就送枕头，简直是不能更及时的东风。正好让兄弟们试试手。

连胜抬手，朝着红队的方向一指，说道：“敌军正在靠近！”

众人一阵骚动，纷纷往那边看去。

连胜说：“他们的行踪已经被我们识破，这意味着，他们的第一步计划失败了。我们抢占了优先做出下一步决策的权力。所谓的潜伏，或者是偷袭，就是要让敌军发现不了你的存在。可是，如果敌军的侦察兵正在观察前线，而你就在他的视线范围内活动，即便你脚步再轻，行动再谨慎，也会有很高的暴露风险。”

连胜颔首教育道：“所以战术的多变性就体现在这里。混淆视线、引诱佯攻、虚张声势，只要能做到出其不意，攻其不备，胜利就掌握在我们手里。”

连胜：“由本场最优秀的狙击手带领你们感受一下，什么叫轻松的作战。无论是埋伏，或是攻击，要把节奏把握在自己的手里。”

蒋嘉柯在旁边都快急死了，跺脚催促道：“人都要打过来了你还说！”

连胜气定神闲道：“都说了沉住气，不要慌。我这边总要说完的嘛。”

蒋嘉柯：“那你倒是快说战略啊！”

把复杂的战术，不，超过三步需要各队进行时机配合、转换队形的战术，都告诉士兵，只会让他们紧张，转嫁为他们的压力。不过三百多人，连胜连副手都不需要，她可以一个人完成调派。大家只需要听话就可以。

连胜抬手点道："一、二、三排的排长出列！"

她往之前画好的地图走去，几个排长迅速跟了上来。连胜用枪头往地上几个位置一指："你们带人，分别在这三个位置等候指令。届时反应迅速一点，排长注意控制自己的队形。"

连胜说完，示意他们现在就去。

"这就没有了？"几位排长大眼瞪小眼，心中也有些没底，"你要不要先把计划告诉我们，我们好有个准备。"

"不需要，非常简单。"连胜说，"我让你们打你们就打，我让你们逃你们就逃。服从命令听指挥。"

连胜将枪甩到肩上，左手一扬："其他人都跟我走。"

众教官看着这一幕，齐齐唏嘘。看来白队的反击战是彻底开场了。

"我真的……"一名教官由衷道，"很少在年轻人身上看见这样的气魄。"

应该说没有。激情又不失冷静，沉稳又不失大胆，自信又不过于狂妄。

足够有魅力，但同时也足够欠揍。

蒋嘉柯走在连胜身后，哼道："你也太懈怠了。到时候出了意外，跌得更惨。"

郑磊小步急匆匆地跟上，在她耳边小声说："是的，连总指挥，装腔作势有时候是需要资本的。"

蒋嘉柯扭头朝他狠狠一瞪。郑磊指着连胜无辜地说："我是在提醒她。"

一、二、三排的位置恰好是一个正三角形，位于山的东侧。

一排在左，二排在相隔四百多米的右侧，三排作为顶点，在一、二排中线的上方。

三位排长带人火速赶去，选好位置，架好枪支，等待来人。连胜带着人不急不缓地去往另外一面。

对方毕竟是过来试探情况的，还保持着谨慎，行进速度偏于缓慢。尤其是走了一段路之后，靠近重要的中腹地段，依旧一个人影也没有看见，脚步就更慢了。

红队排长皱眉道："注意周围，有埋伏。"

侦察兵躲在山顶，视线一路追随他们。他在后面保持距离，汇报道："敌军正在接近，往 F1 的方向，位置约为 D6。"

看来是从斜角至中部的行进方向。D6 和三排排长的位置最为接近。

连胜那边没有消息，三排排长按捺不住问："我现在杀过去？"

“不，你稳住。”连胜说，“等待对面再走近一点，一排成员上前。”

数分钟后，侦察兵重新播报他们的位置。距离一排斜上角三四百米的距离。

鲁明远点头表示可以，连胜说：“一排成员注意，现在上前。演技好一点，假装埋伏被发现，保重自己的人头。”

众一排成员：“……”

连胜说：“放心，踩个枯枝，踢个石头，然后迅速躲到树后就可以。我相信诸位的临场发挥。”

一排排长表示压力山大，率领众戏精小兵上前。

红色小队在缓慢地摸索前行，中途排长停了下来，将耳朵贴近地面，去听远处的动静。趴了一会儿，他真的听到一阵杂乱的脚步声。

那排长迅速起身，传令道：“有人过来了，躲。”

众队员慌忙寻找藏身的地方。片刻后，果然有数道人影从树林里晃出，然后在远处停了下来。

一排排长到了指定的位置，不敢贸然上前，打报告道：“没看见人啊。”

连胜：“做得不错，对面已经发现你们了。”

一排排长：“……”

两边人都不动作，躲在暗处保持距离，观察情况。

“打起来，动静打出来。不要吝啬子弹。”连胜说，“三排排长，注意隐藏行踪，过去拦住他们的上路。”

三排排长应了一声，带人过去。

一排排长率先开枪，其余人紧跟而上。森林里单方面地展开了一场强攻，但看起来毫无进展。

该排长苦涩地报告：“什么都打不中啊，指挥！”

“让狙击手待命，压制对方行动，其余人趁其不备缓慢向上移动。”连胜无奈道，“要让他们看出你们想要杀敌的心啊。你们这样光打空枪很可疑的啊。”

一排排长应了一声，开始照做。

可惜他们的狙击手水平还没这么高超，红队排长很是警觉，在他们动作的时候就发现了他们的意图，开始回击。

白方几次尝试都以失败告终。

“很好，就这样稳住！”

红队排长说：“准备回撤！”

季方晓在那边问：“现在是什么情况？”

“东面上方基本没人。他们应该聚集在山腰附近的位置。”红队排长说，“但不能确定，或许我们的行踪早就被发现了也说不定。”

季方晓:“埋伏你们的有多少人？”

排长:“约莫就一个排的兵力吧。”

程泽觉得不对劲，说道:“如果发现了我方的踪迹，会只派出一个排的人吗？”

“报告！”位于上方的小兵匆忙喊道，“我看见上面有人影。”

排长愣了一下，说道:“看来是声东击西，他们在上面半圈住了我们。”

季方晓:“多少人？”

排长:“暂时不知道，我们过去试试。”

红队试图转移位置。一排配合三排集中火力展开强攻。

对面作战经验丰富，看起来是一队精兵。他们迅速调整好站位，根据对面的弹药密集程度推算出了敌方人数。

连胜听着通信器里的枪响，提醒道:“不要勉强强攻啊，各排注意安全。二排排长准备，前去支援一排，声势记得浩大一点。”

红队排长确认清楚，汇报:“上方突袭的是一个排。”

季方晓诧异道:“还是一个排？”

他们互相火并了一阵，并没有什么收获。

排长说:“他们防守很牢固，拿不到人头。但是也很强势，攻击很密集，我们不方便行动。”

防守严密是当然的，他们人数已经处于劣势了，只能避免各种情况下的牺牲。

季方晓摸着下巴说:“对面应该是在拖延时间，后方还有支援。”

红方排长也是这样认为的。

没过多久，深处传来一阵动静。他旁边的小兵会意，趴在地上听了一会儿，抬起头说:“听声音不少，有点乱。”

“你们先撤！”季方晓隐隐觉得有些诡异，“虽然不知道他们的人员为什么这么分散，但明显是有备而来的。”

红队排长:“是！”

对面毕竟有数个排的兵力，具体人数未知，但优势明显。强攻不是上策，红队开始顺势往里面撤。

连胜收到报告，蹲在草丛里，满意道:“所有人佯追，但是不要太紧密，注意保证安全。”

连胜回身命令道:“四、五、六排，上。这三个位置，给他们来一个完美的包围圈。”

四、五、六排领命出击。

他们这边也才派出去一半的兵力，蒋嘉柯问：“那其他人呢？”

连胜：“嘘——”

蒋嘉柯：“……”

白队成员强势来攻，等红队排长反应过来的时候，已经有点晚了。

红队排长一直强装镇定的表情终于破裂：“糟了！”

所有的运筹帷幄，都在这一刻崩塌。

假象！全是假象！

“我们被彻底包围了，对面人数不知。”红队排长深吸一口气，“他们是故意的，我们中埋伏了！这指挥绝对不是蒋嘉柯！”

季方晓抓紧时间问道：“有多少人？一百多，两百多，还是全员？”

红队排长肯定道：“不足两百！”

连胜站起来，踮着脚尖在公频里道：“这种情况下，我不允许伤亡的存在，也不允许被突围的可能！给我看清楚目标，争抢人头的时刻到来了！别说我没给你们机会。杀！！”

众白队跟着吼道：“杀！”

这还需要说吗？都被四面包围了，敌方根本没有躲藏的地方，哪里有让他们逃脱的可能？

双方会合后，不到十分钟，进击的红队被尽数歼灭。

亲眼看着敌方一步一步走进他们准备好的陷阱，最后追悔莫及地倒在枪口下，成就感无可比拟。

白队举着枪上前，在他们“尸体”边上尽情欢呼。

郑磊还没说话，连胜先一步打断他：“请说我，算无遗策。”

红队这边一阵静默。

季方晓吐出口气，肯定道：“对面作战风格的确变了，完全不同。指挥不是蒋嘉柯。”

一青年说：“如果是蒋嘉柯，我愿意给他洗一年的袜子。”

另一人飞快接道：“我还愿意吃他一年的屎呢！”

众人：“……”

“额……”那青年尴尬弥补，“没有这个如果，你们别这样看我。”

“换指挥了？在阵营战里临时换指挥？”叶步青惊道，“这以前没出现过吧？而且弊端太大。”

季方晓托着下巴说：“蒋嘉柯不是会主动让出指挥权的人。我想没有哪个指挥会愿意放弃总指挥的位置。”

叶步青说：“我觉得有点不对劲。对面只出动了一百多个人，大致估计，不会超过一半。”

赵卓荦说：“这听起来很像连胜的风格，虚虚实实，诡异多变。”

“我有一个大胆的想法！”程泽说，“对面会不会，有两个指挥？”

第十七章 力挽狂澜

连胜带人上前收缴子弹，教官也过来认领“尸体”。

红队成员插上白旗后，还是一脸茫然的样子，频频回顾。就算到现在，他们也不大能理解到底发生了什么。

还没看见人影的时候他们万般小心，仔细筹划每一步，猜想每一种可能。

遇到第一波攻击，依旧保持防备，知道或许还有埋伏。随后果然出现了第二批敌军，拦住他们的上路。再之后第三批，声势浩大地前来支援。他们终于松懈了，于是最后被包围歼灭了。

“走吧，不要留恋这里。”教官在旁边说，“底下有许多你们的兄弟，也有许多话想对你们说。”

红队众人：这感觉不像是要下山啊！

二十几人跟在教官身后，精神一派萎靡。到了山脚，发现红白队成员正在激烈地争吵。

监控室现在被教官占领，处于超载的状态。他们只能根据统计这边的人头数变化来猜测山顶的情况。和山上的情况截然相反，这边白队占据绝对的人数优势，狠狠打压红队的朋友。

果然，出来混，总是要还的。

“哎，人来了，快过来！”远处的同伴看见他们，朝他们招手，“你们什么情况啊？我们下山的时候白队都成什么样了，难不成你们自爆了？”

众人觉得有些难以启齿，又觉得有千言万语想要细细倾诉，过去还了装备，然后大倒苦水。

红队排长感慨道：“没想到啊，白队内部怎么那么混乱，连总指挥都换人了？”

众人纷纷道：“怎么可能！红白阵营战怎么可能换指挥？！”

所有的规则都是围绕着总指挥制定的，保证他的绝对权力。你说结果总指挥换人了？

少数在先批突围中阵亡的白队队员看透了所有的真相，他们默默地长叹一口气，遥望远方："那是当然的，我白队指挥权已经转交了。现在的总指挥是连胜。"

排长拍手，恍然大悟："原来是这样！"

旁边人怒道："什么这样啊？这样是什么样啊？！"

众人信息不流通，完全鸡同鸭讲。

从目前统计的数据来看，白队还有一战的可能。双方数据都开始稳定下来，尤其方才红队直接少了二十四人的操作有点骚，让被红队恐吓要拿负两百分的白队燃起了无限的希望。

他们实在是太想知道，白队是如何完成这次惊天逆转的。可就是盯穿了上面的数字，也看不见山上的情形。

连胜就是他们的英雄啊！

虽然他们甚至没有正式见过这位同志的脸，但连胜会在大三这个意料之外的学级，从一个意料之外的专业转入军事学院，就是命运的安排！

"以前我一直不相信指挥的作用，现在我知道我错了。"

"不，我一直相信，但是我不相信都是一个学校的学生，水平会有这么大的差距，现在我知道我错了。"

"不不，你们说的我都相信，但是我不相信指挥靠的是天赋，一个外专业的学生能有这样的水平，现在我知道我错了。"

几人忧伤道："现实教做人。"

他们已经不需要高强度的训练了，之后的两天预留给他们休整。练习一下走方阵，顺便上几堂理论知识课，看科普教育片，学习军歌，再准备晚会。

所以在比赛彻底结束之前，他们是自由的，不会有人过来轰赶他们。

红队排长眺望远处，发现前方场地中央还倒着一个人，穿着厚重的装备，戴着红队的标识，扑在地上一动不动。

他擦了擦鼻子，问旁边人道："那货谁啊？"

他兄弟说："你们队的方见尘。"

排长："额……"

排长走过去，在方见尘旁边蹲下，推了他一下："你还不去脱装备？"

方见尘深深叹了口气："我的青春到这里结束了，感受一下它的余温。"

排长安慰说："我刚刚也被她套路了。你又不是一个人。"

方见尘视线轻飘飘地转了过来，说道："你的愚蠢，不是还在正常发挥吗？"

排长恼羞成怒，撸起袖子："有本事别走！"

方见尘像活虾一个弹跳挣扎："啊！"

此时山上，众人迎来中场休息。

十二点的时候，教官会在各队势力阵营的后方发放食物。两边都选择暂时偃旗息鼓，食用午饭。

连胜指派了几个人过去搬运，然后抽调一半的人手，拿着面包跟水，边走边吃，往山顶靠近。其余人继续原地休整。

零伤亡，拿取了对方一整个排的人头。这战绩尤为傲人。

此时白队气氛融洽，已经走出之前的阴霾，摩拳擦掌，兴致勃勃。

蒋嘉柯不知道连胜让另外一半人去做什么，见她一个人坐在石头上吃饭，忍不住靠了过去。

蒋嘉柯问:“你是临时想出来的计划，还是早就有准备？”

如果是早有准备，他心里会好受一点。如果是临时，那就太可怕了。这是怎样的临场应变能力?

连胜握着面包，慢慢吞咽，闻言答道:“光看书是学不会打仗的，因为这世界上从没有两场一模一样的战争，也不会有两个一模一样的指挥。天气、地形、人，只要它们不一样了，整个战局就会不一样。”

蒋嘉柯说:“这个我当然知道！”

连胜喝了口水，慢悠悠地跟上一句:“哦。”

蒋嘉柯挪挪屁股，说道:“你能不能别阴阳怪气的？”

“如果你已经知道了，那我也不用多说了。”连胜垂下手道，“我想你已经明白，我对你先前的评价就是，一无是处。”

蒋嘉柯心口一痛，老血险些喷薄而出。为什么非要过来找虐，自己怕不是有病。

他站起来，直接转身离去。

此时，公频里传来小队的汇报:“已到达目标，西面阵营线。”

“上。”连胜说，“好好骚扰一下他们，记得打完就跑。如果遇到战力强的队伍直接会合回营地。他们防备我们有埋伏，不会深追。但是记得不要越到东边来。”

众排长:“明白！”

连胜抽了抽鼻子:“行动散乱一点，表现出你们无组织无纪律的状态，最好再向对方表露一下你们颓废丧气深感无奈的心情。”

众戏精排长:“明白！”

蒋嘉柯听见，迅速折了回来，在连胜面前跳脚道:“你为什么要做这么蠢的事情？！这一点用都没有！”

连胜咬着面包抬头，问道:“蠢吗？”

蒋嘉柯:“蠢！蠢透了！”

连胜继续静静地看着他。蒋嘉柯后知后觉地意会，忽然脸色一变:“你在模仿我？”

连胜抬头望了下天，委婉道:“我就喜欢你这样有自知之明的人。”

“你是在羞辱我！”蒋嘉柯的声音和脸一起沉了下去。

“你如果自己反思一下，为何会造成如今的局面，就会发现自己其实比想象中的更蠢。”连胜说，“来吧，你们这些理论丰富的学长，可以站在第三方的角度进行分析了。”

蒋嘉柯稍愣，冷哼。

连胜:“你的数据兵叫什么来着？”

蒋嘉柯说:“周师锐。”

连胜在公频里喊了声周师锐的名字。

周师锐就坐在不远处，听到召唤，提着一瓶水走过来。

连胜指着蒋嘉柯说:“请你说出蒋指挥在本次战役中的可取之处。”

周师锐沉吟片刻，淡淡地笑了下。

蒋嘉柯一时间大受打击，简直三观尽毁。

周师锐在她旁边坐下，说道:“学姐，我觉得我们会很合适。”

连胜说:“哦，是吗？”

此时阵营线的附近，白队正在疯狂骚扰。

他们一个个破罐子破摔一样，举着枪，四处横扫，扫完就跑，还不停地朝红队叫嚣。

防守的排长勃然大怒:“这白队到底什么情况？精分了吗？”

说游击又不是游击，游击是以偷袭为目的的非正式作战方式，灵活多变，来弥补己方战力不足。他们这纯粹就是骚扰！

浪费兵力过来做这样无意义的事情，难道是为了打击他们的士气，消磨他们的耐心？有本事更深入一点，别总是挠痒痒似的烦人。

季方晓说:“稳住，不用理会他们，他们不敢进来，只是在浪费子弹而已。”

“他们是不是一直在西区活动？”程泽说，“我觉得我的想法很有可能啊。”

赵卓荦还是觉得不大对，充斥着一股难以言明的违和感。

两位指挥意味着分裂了队伍，激化了矛盾。一半的人力是赢不了他们的。相信没有一个指挥愿意去接手一个处处受到掣肘的队伍。这个想法不仅大胆，还有些不合理。

赵卓荦说:“会不会连胜让我们刻意这样想呢？”

“这得怎么刻意？”程泽说，“你把她想成什么妖魔鬼怪了？”

赵卓荦心道，她的确挺魔性的。

“之前蒋嘉柯把队伍带成那样是大家有目共睹的。带领白队冲出去的，我猜是连胜他们。”一位排长说，“如果连胜是一个够强势的人，在蒋嘉柯失去民心的时候顺势抢权，也不是没有可能啊。”

程泽附议：“合情合理。”

季方晓仔细考量。

红队这边陷入无比的郁闷之中。他们从来没有想过，会在确认对方指挥上陷入一个难题。但这又直接关系到了他们之后的决策，不得不谨慎。

“……暂时以此为依据。”许久后，季方晓终于开口说，“集合队伍，靠近阵营线，观察他们下一步行动。”

连胜吃完饭，拍拍手站起来道：“弟兄们开始整队，跟我出发！押运官全部留在原地，等待我的指示。”

众人跟着站起来，一起往阵营线走去。

“记住一点，左右两方的兄弟们，你们现在是刚刚发生过矛盾的竞争关系。”连胜说，“这种场合下如果相遇，先骂为敬。”

众人笑了几声，回应表示明白。

连胜虽然没有明说，但是因为之前诡异的指令，众人推敲过后，对她的计划心中有数。

他们在靠近阵营线的时候，连胜重新给他们列队。一、二排打头，三、四排居中，五、六排殿后。西侧队伍，也让他们大致控制一下自己的站位，准备随时撤离。

连胜捂着耳机道：“所有人听我指挥，检查好弹匣，准备迎战。这是决定性的一战，能不能翻盘就看这次了。都给我打起精神来！”

此时红队侦察兵报告：“东侧防线来人了。隐蔽前行，应该是想偷袭。”

季方晓问：“西边呢？”

某排长说：“还是一样，在骚扰。”

季方晓想了想说：“等东侧部队靠近的时候，两侧各派出两排兵力，开始试探性追击。”

连胜带的人刚刚靠近，还没有出击，前方冲出了一群小兵。同时西侧部队也传来遭遇反击的汇报。

真是沉不住气啊。她还以为要多试探几次呢。

“他们开始反击了！”连胜喊道，“所有人听令！分散撤离，一排和十排往中间靠近。其他人分散撤离！”

西面的队伍仓皇下往右边狂奔，而东面的队伍不急不缓整队，往左面撤离。

他们身后是嘈杂的脚步声和枪击声，两支队伍险些撞上，看见对方的时候远远骂了一声，然后转向一同往下冲去。

“他们这根本就没有在配合！”目睹了全程的红队某排长激动地喊道，“风格迥异，没有交流，对面绝对不止一个指挥！”

这风向一被带跑，就很难纠正，而且人们总是对自己推测出来的东西尤为自信。

季方晓咬咬牙，下定决心道：“对方内部已经割裂，胜利毫无疑问是属于我们的！所有人准备，现在开始强攻！”

整座山被分为南北两个阵营，半山腰以上为作战区域。阵营线附近都有人力看守，以防对方绕到背后进行偷袭。

连胜等人在靠近山顶的地方进行骚扰，然后红队出发进攻。目标点上面以及左右附近的小队，全部冲了出来。

连胜根据后方人员报告，最终确认红队几乎倾巢而出。

“散开，集体散开！各排长注意协调！”连胜吼道，“机会就这么一次，一定要把他们全部带出我们的阵营区！冲冲冲！不要管身后的人，只管往前冲！”

白队众人开始自觉拉开距离，朝着各自指定的方向狂奔。跑动的人群遍布整座山，才可以最大限度把对方的战力分散。

此时红方刚刚追击，就发现对面乱作一堆散兵。

前方排长汇报道：“对面都分散了。”

季方晓举枪跟在队伍的后方：“我们也追！一网打尽，速战速决！”

从红队的角度来讲，战况已经非常明晰，策略也很简单。

白队人数不如他们，肯定不会选择单刀直入。但就算是分散单挑，对面依旧讨不到好处，因为红队的个人实力不容小觑。所有的正面对决，都是有利于他们的。

连胜迂回作战的实力和套路防不胜防。他们可以拉长战线等待时机，先缩短双方之间的差距，再做下一步的进攻。但这对己方士兵和指挥来说都是一件很痛苦的事。

既然已经出来了，绝对不能无功而返。趁着对面内乱，且全员位置明确，一波带走。

程泽问：“怎么分配兵力？是要先去围剿西面队伍吗？他们明显比较散乱，没有指挥，应该更好攻破。”

季方晓皱着眉头想了想，闪过一刹那的迟疑。

队伍步调慢了一拍。

赵卓荦嘴唇微张，还是忍不住说道：“如果……我是说如果，她真的是刻意让我们以为对面有两个指挥，然后引我们上当，来个前后夹击，我们就处于非常不利的境地了。”

程泽顿了顿，艰涩地问道：“她是对你产生过多大的伤害？你们到底认识多久了？”

“做个最糟糕的设想吧，总是不会错的。我觉得优秀说的不是没有道理。既然有疑虑，就不要把结果寄托在运气上。”叶步青说，“指挥，你觉得呢？”

前线排长皱眉道：“就是因为我们太过谨慎，太过关注那个叫连胜的人，开场才会错失一个大好的机会，给了他们可乘之机。”

另外一个排长也说：“是啊，我们现在占尽优势，有什么好怕的？如果刚才直接一波强攻，也不会留他们到现在了。又因为谨慎派出一队过去侦察，还白白给对面送了一个排！”

眼看着就要引起内部争端，季方晓一声轻喝打断他们。

连胜给他的感觉非常不好。或许是因为连胜之前打败过他，还设计坑过他。总之他和赵卓荦一样，觉得这人不容小觑。

最终他还是决定多长个心眼，对着众人说道：“听我指令！现在各排分散，去追击敌军。不要管是东队还是西队，两队的人头我们都要拿下！二连和六连的队伍注意！我们正在向下冲击，各排长带人从阵营线两边逼近，务必要将他们包围住。我们要在这里一决胜负！再说一次，这就是我们的决胜之地！”

白队这边，他们遛人遛到一半，发现猎物落队了。那速度还是他们想救也救不起来的那种。

前线排长忐忑道：“报告指挥！他们的速度太慢了，我们要不要跟着等一等？”

“不要慢，你们慢下来会引起他们警觉。”连胜说，“既然对面慢了就说明在犹豫，你们快速前冲，物色好位置，准备反杀。”

频道里一片震惊抽气：“这就开始反杀？”

连胜在奔跑，声音断断续续的，还喘着粗气，她说：“如果他们冲动一点，或者相信了我们白队内部分裂的事实，就会先调集兵力去围剿西面。我们要准备夹击救援。”

“如果他们不相信呢？”蒋嘉柯插话道，“这太扯淡了，我像是那么蠢的人吗？”

连胜继续说：“如果他们再谨慎一点，会先把我们逼到山腰，然后收拢两侧防线，给我们来一个三面包抄。”

众小兵奔跑的时候，大脑有点缺氧，不太转得过来，只听连胜说什么就是什么。

连胜:“慢下来！准备寻找遮蔽物防御点。各排拉开，要开始变换队形了！”

众人迅速慢下来，四处观察一圈，寻找合适的位置。

沈喻抱着枪，忽然问道:“连胜指挥，不知道合不合适，就想问一下啊，你更倾向于对面会做哪种选择？”

众人沉下心想了想。前面的还好，说明对方入套了。可是三面包抄听着就很不妙啊！

“那个……”郑磊略为不安道，“三面包抄的情况，你想过对策吗？”

“你连将军打仗，从来不奢求运气。”连胜哼了一句，“我就是猜的第二种情况来排兵。”

季方晓是个很谨慎的人。能多走一步，他就绝对不会省。从前面的多次布局就可以看出来。已经谨慎地走到了这一步，他会忽然间一时冲动吗？

不把最坏的情况考虑进去，永远无法应对之后的变化。无数的经验告诉她，现实很可能会比她想象的还要糟糕。因为命运尤为残酷，又特别喜欢开玩笑。

连胜跑在最后面。一面努力跟上步调，一面还要指令:“现在各个排注意，每排挑出五名光荣队员，势必挡住对方的攻势！其余人往中间聚集！押运官上前准备会合！”

所谓的光荣队员其实就是炮灰。连胜和他们说过，想要胜利，是必须要有牺牲的。但是他们可以预先控制一定的牺牲，避免更多的伤亡。这就需要有人能大无畏地放弃刷分的大好机会，为团队打掩护，奠定之后的走向。

主动报名的人竟然不少，连胜让排长给他们定了个优先级别。

他们喜欢叫光荣小队，那就光荣小队吧。听着也不错。

频道内安静了数秒。

几名战友自觉选好位置，蹲下架枪，扭头朝着其他人敬了个礼。

“祝好运，战友。”士兵说，“一定要赢！干死对面那群猴子！”

不知道为什么，虽然没有真正的死亡，虽然只是一场演习，但他们还是感受到了一股战场上燃烧的豪情。大概是因为，交托和信念。

他们现在在意的并不是什么积分，而是胜利。原本已经放下的希望，现在重新点起，反而更不能接受它被熄灭。

已经走到这一步了，多么近的距离啊！牺牲就牺牲吧，但白队一定要赢！

“快！对面马上就要攻过来了。其余人往中间集合！我数到三，不允许停留！不允许停留！”连胜直接喝道，“一、二、三，冲！”

众人头也不回，迈开腿，用平生最快的速度开始狂奔。

“我相信现在所有人的目标只有一个，那就是赢！只有赢，才能对得起所有已经下场的战友！这就是你们将来要面对的战场。现在只是在演习场上的暂别，可实际却是最后的生别！即便如此，你们也不能倒下，也不能停留！”

连胜喊破了嗓子，沙哑地嘶吼道：“背负着你们肩上的希望和责任，给我勇敢地跑起来！起誓！势要拿下这场胜利！壮哉——我白军！”

片刻后，红队商议完毕，终于追来，迎接他们的是光荣小队的强势狙击。

不管准度，不管子弹，唬住他们，阻挡他们前进的脚步，同时混淆他们的视线。

此时白队的成员已经集结好一半。从各方接连传来的情报终于可以确定，对面没有单攻西队。

一切如连胜所料。

蒋嘉柯一颗心稍稍落地。说明对面也不相信那愚蠢的指挥出自他的手。总之，不管原因是什么，最后还是挽留了他的一点点尊严。

“挡住他们！”连胜喊道，“胜利现在就交托在你们手上，死也要给我拦下！”

五个人对战一个排，或许起不到什么作用。但是，优先选好位置，捣乱和拖延还是很有效果的。

季方晓性格谨慎多疑，赵卓荦等人又深知连胜的狡诈，面对忽然薄弱的兵力，难免会有所迟疑。

对方顾及己方人头，同时无法确定深处是否有埋伏。在摸清连胜的套路之前，一时不会选用太激进的做法。他们的谨慎，成了拖延时间最好的战术。

由小部分人做牺牲挡住红队的攻势，减缓他们的行进速度，其余人迅速往中间靠拢，汇聚成一个大部队。

此时红队还在分散中。等季方晓反应过来的时候，白方队伍已经基本成形。

等他发现这边战力薄弱，而中间传来相关报告的时候，霎时间明白了对方的意图，连忙喊道：“集合！所有小队往中间集合！”

“上攻！”连胜在后方一手挥下，“杀出一条血路，给我杀！现在这里是你们的主场！”

“啊——冲啊——”众人伴随着激情的呐喊，集结而出。

中路零散的红队瞬间溃败。他们失去方向，方寸大乱。

季方晓看不见那边的情况，难以做细致布局，而前线几位排长面对忽然冒出来的人手，同时手足无措。想逃跑的，被毫无防备地击毙；留下顽抗的，也瞬间被密集的子弹扫射。

一时间竟然没人指挥。

场上人数开始疯狂缩减。

山下的学生看见数字忽然开始跳动，先是白队的数字一个一个零散地往下掉，红队阵亡人员面露喜色。紧跟着红队人数开始断崖式下落，就跟崩盘的股票一样，一绿到底，唰唰直落。心口如同剜出了一个大坑，所有人看着那数据一齐吼道:“我去——”

他们互相推搡着想要走近再看看，附近的学生都被吸引过来，现场一片混乱。

“出毛病了？！怎么可能掉得这么快？！”

“还在掉啊！”

“这就神奇！”

“说不是自爆我都不信！”

方见尘听了半天，脑袋一动，从地上爬起来。

他决定参与一下战况，冲过来喊道:“闪开！让我来看，我给你们分析！”

众人嫌弃地把他挤了出去:“滚！”

这才是白队真正的反击战，打响之后气吞如虎。

前线一片混乱，红队汇报战况的人说到一半就死了。后方不明真相的人过来支援。但是这样的局面，基本属于来一个死一个。

白队此时仗着绝对的人数优势开始向前扫荡。

押运官伸出罪恶的小手，搜刮“尸体”身上的弹药，重新分发给各排成员。

季方晓听着耳机里的声音，一时踯躅不定。情况不明，支援还是不支援？

这时候他们还能不明白吗？他们被套路了。

所有白队都是听从一个人调派的。没有什么分裂，也没有什么东西两派。对面只有一个总指挥，就是那个妖孽连胜！

“啊！”程泽悔道，“优秀同志你说得没错，她就不是个人！”

他现在也被伤害了！终生难以治愈的那种！

一排长喊道:“全都是演技派啊！进修过戏精专业了是吧？”

“安静！”季方晓一喝，“听我指挥！”

公频瞬间安静。

季方晓深吸一口气，让自己冷静下来。现在后悔已经于事无补，他们还是有优势的，绝对不能再错失。

今天犯了几个错误？他不知道。一直到刚才，他都觉得没有错误。不管对方是抓住了什么开始反击的，都绝不允许再发生一次。

“所有人集合，不要靠近他们，保持距离，等待大部队会合！两侧迅速回防！”季方晓握着拳头鼓劲道，“胜利的天平还是倾向于我们的，不要被对面的虚张声势所吓倒，把握住自己的节奏！你们都是军事学院最优秀的学生，重新调整状态，一鼓作气拿下胜利！”

红队开始不再主动靠近，连胜知道季方晓回过神来了。她最后带着部队，向西强势杀了一波，然后在对面集结人数之前，迅速转向上攻。

毕竟双方人数差距过大，之前白队又派出了六十多个炮灰，大半阵亡。只有少数临近大部队的逃了回来。现在割裂了红队的防线，从薄弱处刷了一波人头。等对面调整过来，若从两边夹击，那白队就讨不到好处了。

他们来到了山顶处，把握了高处优势。而红队也已经稳定，双翼开始收拢，形成一个完整的队列。部队集结完毕。

两边士兵相隔远望，虎视眈眈。眼中皆是杀气腾腾。

“别管对面主攻是谁，指挥是谁，有多少人，从哪里来！想不想一巴掌狠狠扇在他们的脸上！想不想有底气地告诉他们，我才是赢家，赢的人才是强者！你们才是强者！把胜利握在自己手上，管他们去放屁！”

连胜扛着枪，吞了口口水，用力喊道：“重新列队，所有人听我指挥！横列！准备下攻！”

此时。

白队场上存活人数：二百一十一。

己方阵营敌军人数：零。

红队场上存活人数：二百六十七。

己方阵营敌军人数：二百一十一。

这状况，说不清楚优势究竟在哪边，实在是多年未见了。

但是凭借刚刚的那一次冲击，白队将人头差距从一百二十多缩减到了五十出头，实在是大为成功的一战。季方晓要是反应调度再慢一些，或许会直接告败也说不定。

战场不就是这样吗？风水轮流转，只在一瞬之间。

画面中，白队开始动作。

和红队集结的举动完全相反，白队竟然又开始分散。他们气势汹汹地从两边开始下攻。

季方晓有了之前的教训，这次选择按兵不动。警惕地看向四周，随时应对。

白队慢慢成形，然后靠近敌军。

这是……包围？

众教官看着屏幕中的画面，终于坐不住了。

他们竟然选择包围？一个人数较少的队伍居然选择包围？这是计算失误吗？不可能啊，人就在他们眼皮底下呢，对面多少人看不清楚吗？

包围杀敌看似蛮横，且能最大限度地控制住己方伤亡，但它有一个前提，那就是足够的兵力优势。

“十则围之，五则攻之。”因为兵力不够，是会被敌军突围的。那不是包围圈，那就是一层豆腐渣。

白队此举，相当于将原本就劣势的兵力分散得更为薄弱。处处都是漏洞，这不是自杀的举动吗？

无论连胜说得多好听，他们的劣势依旧明显。总人数短缺时的人头差距已经足够动摇整场战局。这部分的差距只能靠弹药来补足，而开端弹药分配不均，直接导致了他们物资不足，后续难以接替。

他们禁不起消磨战，消磨只会让他们不断接近失败。他们要的是破釜沉舟。

连胜已经把所有的子弹都发下去了。这一次突击，不管成不成，结果都要确定。

你死我亡，干脆利落。

因为现在双方人数都锐减，加上红队完成集结，他们的作战范围大幅缩减。狙击手在一百三十米左右的距离待命，其余人几乎都在圈子里。

看着这一切，红队内部又一次陷入了争论和迷茫中。

程泽：“他们这是什么意思？”

数人安静片刻。

一排长弱弱地道：“我总觉得有阴谋，难道他们背后还藏着男人？”

程泽：“……”

“吃一堑长一智了。”另一排长说，“我也觉得有阴谋。”

季方晓说：“人数都在这里，这次肯定一见分晓。”

周围枪声四起，攻势猛烈，他们的处境不妙。没有得到季方晓的指示，又看不穿连胜的意图，一时间非常被动。

他们已经多次吃亏，不敢再轻举妄动了。

程泽催促道：“优秀优秀，快，你用脑电波揣摩一下对面。”

赵卓荦：“……”

“对啊，这种时候别沉默啊！学长之前错怪你了，你简直有双火眼金睛啊！”一排长说，“大师兄，对面到底是什么妖怪？”

赵卓荦顿了顿，说道：“我觉得试图去揣测连胜的想法，应该是猜不准的，毕竟我们对她也不够了解。而且我们现在进入了怪圈，可能会带有个人主观意识。”

季方晓：“然后呢？”

“就现状来看，我们有优势，而对面战力一目了然。这是一个进攻的好时机。”赵卓荦说，“如果是我，照自己的节奏来。”

“好！”某排长赞同说，“优秀不愧是优秀，够稳！”

季方晓被他一点，有种醍醐灌顶的感觉。

连胜的影响力和存在感实在太过强大，一做出什么决定，他们就忍不住先去揣测。可是这样的揣测有什么意义呢？他们根本不了解连胜。

季方晓：“赵卓荦，你们小队准备突围。田浩，注意掩护。”

白队杀得兴起。对面似乎放弃了一样，行动间都是群龙无首的状态。

“对面现在各排各连都被拆散了，隐患重重。机会难得，你们只需要做一件事，那就是杀！”连胜说，“大家都是未来的士兵，都是背负着万千民众期望的英雄，背负着家国安泰的勇士！让他们见识一下你们的气血！死战于此，绝不后退！”

前排小兵：“报告，他们左边准备突围了！”

连胜：“如果拦不住，就让他们走。所有人调整站位，三排火力加强，狙击手注意！不要让其他人离开我们的射击范围！”

等到白队开始动了，众人才发现，这不是包围圈，这是……牛皮糖。

他们的意思很明确。蛇头我们拦不住，你们爱去哪里去哪里。但我们一定要狠狠掐住你们的七寸。

队伍的调派灵活多变。它不是城墙铁壁，它是水，牢牢包围住敌军，随着他们动作而动作。

指挥已经不是连胜了，而是各排排长。他们把频道调到自己的排，然后现场指令本队人员的站位。伸缩可变，死死咬住。敌进我退，敌退我进。

赵卓荦突围出的小队一靠近，白队的成员就主动往旁边缩去。等到战力聚集，再狠狠反咬，将他们逼退，重新铺开小队。就盼着他们动，一动，远处的狙击手就有了出击的机会。

连胜趴在草丛里，子弹一发接着一发。赵卓荦等人处处受制，不好行动，根本撕破不了这道防线。

这就是小战役的缺点。规模本身可以作为一种掩护，但人数少的时候，人人都可以是焦点。

红队重新转换策略，也开始强杀。除了强杀，没有第二种选择了。

季方晓绕了好几圈终于明白了连胜的意思，就是最简单的，他们想靠着减分项直接获取胜利。什么包围圈只是为了阻碍他们的行动。

正面对战处于劣势，输就输。最后胜负的裁决也不是单看一个人头数。在红队势力范围多活下来一个，就有着两分的价值。

不要再管对方想做什么。季方晓摇了摇头，抬手喊道：“所有人往右侧移动！回到对方的势力范围，胜利就是我们的！”

连胜那边跟着吼道：“死死拦住他们！不惜一切代价给我拦住他们！”

火并一开启，双方存活数都以直线速度开始下降。

红队集结的位置不上不下，不左不右，距离阵营线有相当一段距离，为白队提供了良好条件。从他们走进这个陷阱开始，就再也走不出去了。

正面对战不到二十分钟，通信器里传来系统提示。

“播报。场上总剩余人数：二百五十人。”

所有人虎躯一震。

就快结束了！

连胜红着脖子，喝道：“稳住！现在在这里，你们一个人顶他们两个人头！杀一个人等于保住了两分！绝对的优势在我们这边！绝对不能让他们过去，死都要抱住他们的腿！死也要给我死在这片土地上！”

季方晓：“我们打到了现在，不要功亏一篑！都突围出去！突围！”

连胜：“看他们踏过你们的‘尸体’！踏过你们兄弟的‘尸体’！能不能忍？不能忍就给我拦住！”

火力瞬间爆炸。

白队子弹临近告罄，但他们根本不在乎。

集中在炮火中间的人，耳朵几乎被震到麻木。已经分不出是耳鸣，还是真正的枪声。

这就是一场最疯狂的枪战。

“播报。场上剩余人数：二百一十人。”

还剩十个人！

连胜站起来：“所有人给我注意！不要管什么隐蔽什么人头，在我一声令下后，集体冲出去！只要枪里面有子弹，都给我狠狠打！在对面反应过来之前，拿下他们的人头！”

连胜一手挥下，下达最后的一个命令：“杀！”

那声音从耳机里传来，似乎血液也从脚底冲到了头顶。

白队直接从遮蔽物后面冲了出来，对准前面一阵扫射。

这是自断后路的反扑之策。但只剩十个名额，他们不需要考虑之后的战局。

在那短短的几秒之内，谁也不知道是谁先死，是什么时候结束的，只有系统音在不断地重复。

“播报。场上剩余人数：两百人。”

“红白阵营战结束。”

“系统正在清算最后结果，请学生依次下山。”

第十八章

无悔的青春

统计附近一阵骚动，后方人员不停地往前挤。负责管理监督的教官几乎要被按在桌上摩擦，终于忍无可忍，厉声喝道：“都给我散开！”

有学生恳求道：“教官，教官，让我们看看啊！这让不开啊！”

教官正要发飙，身后屏幕一闪，数据被收到后台，只能看见一个蓝屏。

众人一齐哀号：“啊——”

统计轰赶道：“比赛正式结束了，都回去等待结果。”

学生们留恋不舍地离开，还在讨论：“刚刚还是红队人多！”

另一人说：“废话，肯定红队人多！那么激烈的正面杠，肯定白队死得多。”

众人凌乱了：“那白队什么意思啊？这红队明显占优势啊。好不容易扛到这时候又去送人头了？”

“我们不知道现在山上什么情况，猜什么都是白猜。不过已经比之前想得好多了，最后还有一争之力。”

众人围在司令台的前面，等待同伴们下山。

这是他们第一次那么早结束。现在还是下午，甚至不到晚饭时间。往年打得久的，起码得一天一夜往上走。

此时山上。

枪声戛然而止，四周一片寂静。

场上众人一时回不过神来，耳边不断“轰轰轰”地回鸣，胸口的激奋也消散不去。

他们后知后觉地放下枪，去摸自己的肩膀。几乎没有知觉了。之前为了躲避而大力冲撞，身上也带上了不少瘀伤。

一人捂着耳朵问：“到底哪边赢了？”

“不知道啊。”

“谁点点人数？”

“哎，我死了吗？”

“我还活着，哈哈！”

“我什么时候挂的？”

郑磊从地上一蹦而起，激动地朝连胜冲去：“啊！连胜大指挥！”

连胜面无表情地睨他一眼，盘腿坐下。

郑磊张开的双臂凝滞在空中。

教官从旁边冒出来，催促道：“下山了下山了，那边的人，别讨论了，半小时后直接公布成绩了！”

因为山上战况太激烈，所有在混战中“阵亡”的学生都要结束才下去，这边人就很多。

那学生梗着脖子回头道：“传说中的连胜在哪里？先让我看她一眼！”

旁边众人纷纷回头道：“我！我也要看！”

红队某成员激动道：“连胜还活着不？谁拿下了她的人头？”

连胜：“……”

教官一脚踹了过去，骂道：“赶紧走，看什么看！你以为人家是吉祥物啊？”

学生排成队相继离开。连胜坐了一会儿，也跟着站起来。

她的身形偏矮小，但是在这群人中却尤为瞩目。

因为她是连胜。中途接盘，大比分逆转战局的指挥。

众人自觉地让开一条小道，让她先走，顺便仔细地打量她。

很萎靡啊……这腿脚都不利索的样子，感觉要倒了。

季方晓背着枪，从后面追上来，喊了声她的名字：“连胜！”

众人集体扭头看去。

连胜跟着停下脚步。

“不管这次结果怎么样，从指挥来看，是我输了。”季方晓的声音听不出情绪，大方地朝她伸出手，“你是一个很有才能的人。”

这是他打过最失败的一次战役。不是说结果，而是过程。

他做过许多场的指挥，哪怕曾经一败涂地过，但从来没有哪一次会被敌军步步料中，然后一次又一次地落入她的陷阱。对方就像有一双眼睛，在他身后紧紧盯着他。

无能为力的失败感……以及技不如人的屈辱感。

他讨厌输。

“嗯。”连胜说，“你也多努力。”

然后继续往前走。

赵卓荦见她这样子，问道：“我帮你背枪吗？”

连胜很想说，背枪算什么英雄，有本事把她人背下去！但她只点点头，解下武器递过去。

程泽搭着赵卓荦的肩膀小声道："以前我一直以为优秀你很没有女人缘，没有想到连胜的心你都能猜得到。是兄弟我看轻你了。"

旁边的人跟腔道："女人心海底针啊，我这次是彻底长教训了。"

另外一名学长立马否决："普通女人的心那是海底针，连胜的心，那针得在地核里了吧？"

赵卓荦说："就是因为猜不到，我才觉得，你们能猜到的应该是错的。"

众人仔细那么一回味，纷纷道："有道理哈。"

先批部队从山上下来，山下的学生立马冲了过去，问道："怎么样啊？"

前排的人脱下装备，抹了把额头的汗，笑道："打得很爽快。"

队列跟着他们一起移动，走到归还装备的地方。

"然后呢？红队赢了？"

"不知道。"

"这情况有点复杂。"那学生说，"最后还有多少人都不知道。"

随后众教官也从监控室里出来。他们扯扯衣角，过来整队。

众人又集体拥向他们，激动地询问："教官，哪边赢了？"

"战况非常激烈。"教官一脸满足道，"我们也不知道！"

众学生："……"

这件事情有完没完，就不能先给他们个结果吗？！

学生们在煎熬的边缘抓狂不已。不久后，中尉到场。众人排好队列，等待他开始讲话。

中尉这次难得没有发表感想，而是直入主题。

"这一次的演习非常有价值。我在你们身上，看见了士兵该有的气势和激情。我表示非常欣慰。"中尉说，"现在，我来公布双方的最后得分。"

中尉对着光脑念道："红方剩余人数，一百三十二人。白方剩余人数，六十八人。"

他话音刚落，少数红队群众开始欢呼，结果发现身边的朋友都站着不动。

这是什么意思？六十四个人头差距，稳了啊！

白队众人在心底叹了口气，倒是没有太意外，只要别是负的，他们就谢天谢地了。

可是，现场绝大多数的欢呼声，都来自他们那些后期下场的白队兄弟。

两边人顿时一起蒙了。

男生推了推白队兄弟，问道："你是白的还是红的啊？"

那兄弟说:“白的啊!”

他大吃一惊:“你是间谍啊?”

教官在旁边喝道:“安静!都保持肃静!”

众人收起声音，中尉接着播报:“红方阵营敌军人数，六十八人。白方阵营敌军人数，零人。”

中尉抬起头说:“我现在宣布，红白阵营战胜利的是白队。恭喜他们。”

这一起一伏，变化太快，众人一时间调不回自己的情绪。缓了一秒后，白队继续放声高呼。

那兄弟反推了他旁边的男生一把，鼓励道:“快啊!快叫啊!”

男生被动鼓掌:“赢了?我们还赢了?”

“不可能!这不可能啊!”早期阵亡的红队成员喊道，“我们走的时候都在白方阵营内了，怎么可能对面扣分项是零啊?!”

“难道两边人还换了个位?”

“中尉，你读错了吧?”

“这是指挥失误吧?好不容易攻进了对面的阵营结果又跑出来了?”

中尉收起光脑，站在台上看着他们。

“安静!都安静!”教官走上前，“教官说一句公道话。这一次红队的指挥做得非常优秀，确实没有犯什么错误。”

“没犯什么错误能打成这样?教官你开玩笑呢?”

“大家少安毋躁。”中尉继续说，“我相信大家对这次的比赛都十分好奇。所以我特意让技术部专门剪辑了画面，作为今天晚上放映的影片。它确实是一个值得学习的素材。”

还做成了影片?史上绝无仅有啊。

学生举手发问:“教官，那本场最佳 MVP 是谁?”

“还是你们连胜。”教官郑重其事道，“MVP 里的 MVP。真真的。”

众人嫌弃嘘声:“嘁——”

“在这里，我还要通报批评一个人。”中尉说，“连胜。因为违抗指令，总积分清零处理。”

刚刚安静下来的现场，又是一阵骚动。

“M……MVP?”众人四顾茫然，想要寻求答案，“零分处理?什么情况?”

除了连胜自己的小队，其他人都不知情。

白队的人高喊道:“中尉，你弄错啦!连胜是从旁建议，我们都可以做证!”

中尉说:“是她主动违抗的指令。”

蒋嘉柯抬起手坚定道:“是我主动出让的指挥权!”

连胜如今就是白队的功臣，处理了他留下的重大失误。让这样的人背负零分的结果，他要怎么面对其他的兄弟？给点面子啊，大佬们！

中尉说：“那是你们之后的事情。但是在狙击方见尘的时候，是连胜自作主张，带领自己的排过去埋伏的。”

“咦？”方见尘听见自己的名字，猛地抬起头，一脸兴奋道，“我还立功了？我死得这么有价值吗？”

旁边众人：都不要点脸的吗？

众人纷纷朝指挥系望去。目光充满探究、不解、好奇。

连胜位于风暴中心，依旧面无表情。

中尉问道：“连胜同志，现在后悔了吗？”

连胜挺直腰板，说道：“我接受自己的错误，但是我不后悔。从结果来看，我觉得非常值得。”

中尉一声赞道：“好！”

他原本对这个瘦弱无力、惹事后还正面戗声的转系生不是很喜欢。但是在这一次，他真的对连胜改观了。

坚决果断、雷厉风行，胆大心细、处变不惊。重要的是，她的指挥天分实在是惊人。

这个年轻人，大有可为啊！

中尉点头说：“我现在宣布。本场演习的标兵，授予连胜同志！”

底下的惊呼一声接着一声，完全被这走向转晕了头脑。

“还真是 MVP？”

这得有多大的功劳，才能在违反规则、积分清零的情况下拿到标兵名额？

“我相信大家都很好奇，今晚可以自己从影片里寻找答案。”中尉带头鼓掌道，“现在全员解散，好好休息吧，辛苦同志们了！”

蒋嘉柯有点害怕。

因为仔细回忆一遍自己当初的所作所为，觉得有点羞耻。如果对方把自己开场骂人和歧视连胜的话给剪出来，完了！绝对能成为他一生的阴影。

主动让权是一回事，指挥权半路被夺又是另外一回事。后果是很惨重的。

他趁着时间还早，跑去找了负责剪辑的技术工，想跟人商量商量。

房门是虚掩着的，他悄悄推开一条缝，发现里面只坐着两个人。

林医生正在跟技术工讲解自己的电影美学。

“那个。”蒋嘉柯出声，走出来道，“教官好。”

二人扭头看了他一眼，又迅速扭回来看了眼屏幕，然后面无表情地点头。

蒋嘉柯手里拿着两袋饮料，放到桌上：“是关于影片的事情。我本场的表现确实有点不佳，就是关于我的镜头……”

技术工说：“明白明白，你放心吧。你们这些年轻人的事情我见得多了，我们有分寸，不会让你难堪的。”

蒋嘉柯：“可是教官，你的分寸跟我的分寸可能有点不大一样，要不你先让我看一眼？”

技术工皱眉道：“去去去！随便什么人都想来看一眼，我们还给他们专门剪拍小电影了？”

蒋嘉柯说：“可我是主角啊！教官，我不是随便什么人，我是主角啊！”

技术工眼睛一眯，回说：“连胜才是主角，你们都是配角。”

蒋嘉柯：无言以对啊！

林医生说：“放心，争取给你做到一晃而过。”

蒋嘉柯痛心。

他退到门口，又听到两人的对话。

“这不是纪录片，这是电影，今天晚上是观影课。”林医生说，“很多人已经参加过这次演习了，你不润色修改一下，他们不会喜欢看的。四个多小时也太长了，删。”

技术工虚心求教：“你怎么看？”

林医生：“这次观影总是有目的的，目的是什么，当然是教育。所以你需要凸显主角，一切围绕着主角去进行。再留两个对手作为衬托。你看，名单都已经很确定了。像这个谁谁谁，随便给个镜头就可以，不要浪费那么多时间。”

技术工惊道：“可他怎么说也是个总指挥啊，算配角吗？”

林医生：“没有贡献的都是龙套。人设再高也没用。而且这表现，你把他剪进去他估计也不会高兴，不如忘了他吧。”

蒋嘉柯：“……”

这是在说他吗？为什么听着这么心酸呢？但好歹是不用担心了的意思是吧？

这是教官第一次把学生的演习实况剪辑成影片，因为意义重大，开创先河，估计以后也会流传下去。所以，肯定不会将学生的负面表现剪进去，反而会进行一些润色。哪怕本场白方总指挥的表现似乎已经到了无法润色的地步，依旧可以避重就轻地圆过去。

晚上八点，技术部集体赶工，将影片做了出来。

基本就是截取监控上的画面进行拼接。他们之前全程跟踪了这场演习，知道哪里是看点，哪里应该截取语音。虽然粗制滥造，但内容足够震撼。

放映地点选在露天司令台。

教官们帮忙搬来设备。众学生盘腿坐在地上，仰头看着前方，等待开始。

多维的全真投影，连胜是第一次看见。画面中一个人蓄力冲了出来，仿佛近在眼前，她下意识地抬手去挡。

郑磊看她的动作，以为她要喝水，殷勤地递了过去。

众人安静下来，全神贯注地欣赏。

开场是空中俯拍，双方身影藏在各自的阵营中。然后哨声吹响，镜头拉近。众人背着枪，跨过草丛，往前面突进。

这一段，就是双方士兵出发的画面。但是视角切换得尤为高端，让人目不暇接。

开场节奏较慢，无声地放了半分钟，通过各种角度，让众人把双方开场的排兵情况看清楚。不久后，终于出现了声音。

细小的树叶窸窣声，声音的主人停了下来。

季方晓低沉的音调响起："以我对蒋嘉柯的了解，他应该会集中兵力防守阵营线。那么白队后防空虚，如果能攻进去，就是我们的大好机会。"

季方晓盘腿坐在阵营的后方，看着眼前的地图，说道："蒋嘉柯是第一次做总指挥，对细节指派可能不到位，这就是我们的机会。虽然不能确定，但我们可以试探一下。如果成功，那我们就可以……"

随后三个排被点名，前去两侧尝试突围。

画面直接转到阵营线处，连胜的排对上了方见尘。双方展开枪战，狙击手互秀技术。

连胜的声音作为背景音，和在枪声中："我知道你们的作战策略，随意猜猜啊。你带人……"

几乎全盘猜中，没有疏漏。

双方攻势暂歇，方见尘如实汇报。季方晓那边陷入沉默。

众人捂住嘴巴，阵阵惊呼："不会吧！"

白队因为连胜被禁言，前场几乎没有听到连胜的意见。原来从一开场她就打开了上帝视角？如果蒋嘉柯能听她一句话，白队怎么会陷入之后那样窘迫的境地？

红队成员也很纳闷。起初听见这个消息的时候，他们内部都有些动摇了。战略被猜中，关系着主动和被动的完全转变，白队竟然没有采用，他们想不明白啊。

蒋嘉柯老脸泛红，保持着姿势不动，装作没有听见周围的窃窃私语。

似乎是为了给他挽尊，额外出了教官的声音，简要解释了一下在战场上一名总指挥要面临的各种信息和难题。

“嗯。非常可惜。但是情有可原。这对指挥水平的考验是相当高的。”

随后，直接跳到了白队被红队集结的部队强攻的画面。

从俯拍的画面中可以看出白队溃不成军的样子，完全就像一支没有指挥的队伍，四散乱逃。背景音里是蒋嘉柯声嘶力竭的指令，但是没有人听从。

在场上，他们只能看见自己眼前的事，但是现在宏观一看，才发现局势比他们想象中的还要不利。人群散乱，军心动荡。多数人在追捕下已经开始慌不择路了。

“走到这一步，已经是先期决策的重大失误……再稳不住局势的话，恐慌要开始了。”周师锐整理着图纸，一派从容地起身，说道，“我觉得你可以问问连胜的意见。”

“连胜。”蒋嘉柯说，“想问问你对现在局势的看法。”

大家都知道，这中间肯定被剪过，于是视线若有若无地朝着当事人飘去。

连胜一个大力，从地上坐起。声音都欢快了，大声喊道：“所有人听我指挥！”

就是从这句话开始，影片中出现了背景音乐。

有节奏的鼓点，伴随着连胜震颤人心的鼓舞和呐喊，一直在耳边回荡。

技术工截取了一段通信器里杂乱的叫人头疼的报告声，连胜叉腰细听，鲁明远快速作画的画面。

连胜耐心应声，等对面汇报完毕，抬起手臂，直指苍穹。就单单“听我指挥”四个字，就带着无穷的力量，仿佛一切尽在她的把握中。

她的身影背对着画面，一条接着一条冷静地下达指令。

过快的语速，但是清晰的咬字，还有间或插入的安抚……多个画面重叠在一起，连胜的背影，士兵冲击的身姿，地图中慢慢汇集的人群。

然后在震天喊声中，白队一起冲出了重围，来到红队的阵营。

“哇——哇——”现场惊叫不断。

亲身体会和外场观看那是完全不同的感受。

在众人的欢呼声中，连胜仰起头，张开双臂。无数的虚影闯入她的眼睛。自信、强大的光芒笼罩着她。

光靠着人力对数据进行推算，竟然将原本混乱的友军直接汇成一股。这不仅表明数据分析师水平高超，指挥对各处的应对和指派反应及时，还说明连胜心中也绘画着一幅完整的战场图。

众人的疑惑终于得解。为什么白队可以绝地反击？不为什么，就是因为指挥有着绝对的实力。他们敢说，综观整个指挥系，能做到这件事的也没有两个。

现场自觉地响起掌声，声音甚至盖过了影片。

再之后，影片高潮不断。全篇都是两位总指挥之间的猜测和推理。

二人的对话不断随着镜头转换，顺应着战局向下，就是一部尔虞我诈的战争片。

季方晓的步步为营，连胜的算无遗策。红队的自信满满，连胜不断的鼓舞打劲。最终还是因为连胜对季方晓的了解以及季方晓对连胜的过多顾及分出了高下。

在连胜高举双臂的指令中，白队纵身扑出，玩命射击。

影片落下了帷幕。

枪声停下的那一刻，众人还停留在片中，一阵怅然若失。

让他们印象最深刻的，竟然是连胜的声音。

从清亮到最后的沙哑，一字一句，几乎吼出了他们血液里的好战因子。

这就是一个指挥的秀场啊！

播映中途的时候，众人还谈笑连连，此刻反而安静了下来。

他们以为已经结束了，正要鼓掌，屏幕中黑色画面闪过之后，又出现了连胜的身影。

这不是一个连贯的画面，而是零碎的片花。

画面中，连胜气喘吁吁地跟在队伍的最后面。她微弯着腰，脚步打晃，呼吸声沉重急促，背着沉重的狙击枪痛苦前行。

她前面的战友越跑越远，而她还要捂着心口继续动员。

趴在草地里埋伏的时候，她的头磕着地面，疲惫得无法动弹。通信器里却还是她一阵轻松的语调，教导众人如何演戏，骗取对方的信任。

她架枪的手一阵颤抖，低头猛呼一口气，然后死死抓住枪身，对准目镜。

小兵执行错了指令。她沉默片刻，传来一声几不可闻的轻叹，然后继续信心十足地说："没事，听我指令——"

这声叹息，就是所有片花的结尾。也是这声叹息，揪起了所有人的心神。

是的，她并不是那么游刃有余，也并不是那么强大无敌。众人最初对她的偏见不是没有道理，她的确有着许多的不足。

这一场战役对她来说，跟上众人的节奏已经很是艰难。可她硬生生地，用她的魅力，让人忽视了她的不足。

她不仅担起了指挥的重任，更是撑起了整个团队的灵魂。在他们自乱阵脚的时候，重新赋予了他们抗战的热情和胜利的信心，带领着他们一步一步走出绝境，自己却独自在背后忍受着压力。

他们是靠着连胜站起来的。

她强大的意志，坚定不移的信念，她的这种担当和勇气，有几个人能做到？

为什么他们这么不可靠？最后还是免不了让她短叹？

连胜这样的功劳，最后居然是零分！

郑磊扭过头，泪眼茫茫道："连姐，谢谢你。真的，对不起。"

连胜看着他感动的样子，没有说话。

那个叹息没别的意思，就是觉得他们有点……蠢。

众人情绪激动，尤其是白队。

周围重新亮起灯光，一位教官从周围走了出来，站到众人前面。

学生们迅速安静下来。

教官问："看完比赛之后，还有人认为红队的失败，是因为指挥失误吗？"

众人噤声。

"从士兵的水平来看，确实，红队从始至终都处于优势。他们更冷静，更有组织，更加富有战斗力。可是，当你们站在季方晓这个位置的时候，能不能够做得更好呢？我想大多数人是不行的。"教官舒了口气说，"从刚才的画面来看，我觉得季方晓已经非常优秀了。他在完全不知对面情况的时候，做出了大胆的假设。他会在队友发生争吵的时候及时遏止，在队友提出建议的时候适当采纳。处于优势的时候，不骄不躁；落入圈套的时候，不慌不乱。"

众人赞同。

确实不错。从最后双方的精彩博弈来看，季方晓已经做到了一个指挥应有的风范。只怪敌人太狡猾了。

"一个人处于劣势的时候敢于放手去博，可是当你占尽优势的时候敢吗？你肯定不敢。所以这是人之常情。"教官说，"我觉得季方晓会失败，最大的原因是，他的对手是一个比他更为了解自己的人。我之前跟你们说，你们失败，不是没有理由的。这场演习，你们输得不冤。"

教官的话一字一句，振聋发聩："这世上就是有一些人，不管做什么，都可以做得很优秀。他似乎永远比你们更接近成功。但这，也只是因为似乎而已。永远没有那么简单的成功。你们会觉得很轻松，是因为你们很幸运，因为有人已经承担了这些艰苦。"

众人低下头，看着自己的手心。

无论是胜利的喜悦，或是失败的郁闷，现在都被冲刷得差不多了。

教官侧过身问道："连胜同志，请上来。你有什么想对他们说的吗？"

连胜走上前，看着底下乌压压的脑袋，一时间有些恍惚。

连胜很羡慕他们。他们真的太幸福了。

演习的时候可以喝上热汤、吃上热饭；有着先进的装备、丰富的学识、完善的分工；有着看似严厉实则关心他们的教官；有着时刻待命，医药储备丰富的医疗后勤。他们有无数可以重来的机会，他们还有可以后悔的选择。

而她没有。

用白骨垒成的战场，从站上的那一刻起，就没有后悔的机会，也没有后退的余地。

可是，这样也是挺好的。她以前想象的美好未来，甚至不及这里的十分之一。如今的她，也不过是那么平凡的一个人。

她能对他们说什么呢？

连胜嘴唇微张，点头道："努力吧。"

没有痛苦做历练，就请一步一步，坚定地向前吧。

教官想说再来一句，底下众人已经非常配合地开始鼓掌。

"好！"众人还喊道，"说得非常好！！"

教官："……"

当一个人失败的时候，他诉说他的努力，会让人觉得那是一种掩饰和推脱。可是当他成功以后，再展示他的努力，那就是励志。

在电影美学者林医生的指导下，所谓的实战剪辑基本以连胜为主角，突出了她的沉稳和睿智，于是连胜在众人心中的形象被瞬间拔高。

军训只剩两天了，时间基本很活泛。早上去听大课，学习一下联盟的历史。下午选歌，各排间刷一刷积分赛。明天彩排，晚会，然后结束。

连胜走到集合的场地，立马被认出。前白队成员殷勤地朝她冲过来。

"连标兵，您来了啊。"

"连标兵，您快坐！"

"连标兵，你排选的什么歌？需要伴奏吗？"

旁边的人纠正道："您！"

那人迅速改口："您。"

"这样的小事为什么要来打扰连标兵？都让开！"一男生冲出来，推开众人，拿着一瓶水蹲下，"连标兵，请喝水。"

连胜接过，看着他们问："好玩吗？"

男生说："还可以？"

连胜抬手一挥："散。"

几人笑嘻嘻地推搡，回头含羞带怯地招手，然后散开。

程泽在后面笑道："这是戏精入了戏啊！"

连胜回头一看，发现是赵卓荦等人，热情地打了声招呼："哟！"

程泽问："可以坐吧？"

连胜示意："随意坐。不讲究。"

于是四人分成两排，在她旁边坐下。

这一块有两个话痨。一个是真话痨，方见尘；一个是激情昂扬的指挥，连胜。

两人都保持沉默，在旁边一个劲地喝水。

大课还没开始，这样的氛围让人很尴尬。

程泽说："你们这是怎么了？不对啊。"

连胜说："嗓子疼，不想说话。"

方见尘低下头："心疼，不想说话。"

程泽怒道："你心疼个鬼啊！半夜要睡觉就不痛了，光在那儿号，白天你就都用来痛了？"

方见尘上身朝他逼去："你的伤口会无时无刻都在疼吗？看见她我的疤都被揭了，为什么不能疼？"

连胜："……"

程泽按住他的胸口往后推，两人正面杠了起来。

连胜："……"

叶步青有些无语，揉着额角问道："你不像是一个新生，以前学过吗？"

连胜点头。经验丰富，非常人能比。

叶步青还想说话，头顶传来一声中气十足的问候："来得这么早啊！"

几人纷纷起身敬礼："教官好。"

付教官点点头，叹道："可惜了啊。"

他拉起裤脚，也在他们旁边坐下，说道："如果你那时候别冲动，等到之后接手指挥权，就不用被积分清零了。"

连胜迟疑地问道："积分很重要吗？"

付教官愣了愣，扭头看向其余几人："对你们来说，应该很重要吧？是吧？"

"我们……"程泽试探道，"不缺分？"

"哦。"连胜点头说道，"那我也不缺分。"

付教官：你各项挂零你还不缺分？

"文艺晚会还有大合唱，我们排得出个节目。获奖的话还能拿个十分。"付教官说，"你能唱歌吗？"

连胜说："我的嗓子，不允许我说……超过五个字……的句子。"

付教官："……"

旁边几个男生忽然蹿出来，站在他们对面批评道："教官，你真是的，这样的事情怎么能去麻烦我们连标兵？其他人决定就好了嘛！"

付教官作势要打，几位男生连忙抱头，嘻嘻哈哈地逃开。远远地给付教官送了个飞吻，以表示自己的爱意。

付教官重新坐下，哼了一声："那你会什么？"

方见尘抖着腿，在旁边握着拳头猥琐地笑道："会看，会听，会吃，还会站起来！"

付教官挽袖："这是我的学生啊，你注意点。"

连胜想了想说："吹号，擂鼓，打仗。"

赵卓苹补充："还会演戏。"

连胜："哦对。谢谢。"

付教官惊讶道："哎，你会打鼓？"

连胜："还好。"

击鼓进军，鸣金收兵。有点经验。

付教官说："可以啊，音乐后面加个鼓点也挺不错。你敲哪种鼓？"

连胜说："锣鼓。"

锣鼓那东西已经很多年没有搬出来用了。毕竟年轻人还是更喜欢架子鼓之类的乐器。而且因为锣鼓本身的构造材质，想要敲出沉闷的回声，需要特别的技巧和力道。

锣鼓原名威风锣鼓，"鼓之以雷霆，润之以风雨"，敲得好，那是真的气势磅礴，威风凛凛。

不过他们现在，一来人少，二来连胜肌肉拉伤，只能做做样子。

连胜终于借此逃脱了大合唱。

晚上众人集合选歌排练，付教官说了合唱加分的事。

众人志在必得道："我们一定要好好唱，拿下这次优胜！"

连胜鼓掌："非常好，非常好。"

其实就算他们不好好唱，本场大合唱也基本敲定了。

军事学院的学生合唱水平都高不到哪里去，如果没有一个特别出众的团队，众人都想在合理范围内拯救一下连胜同志的零分结局。

敲鼓是很需要体力的，如果可以，连胜现在连手都不想抬，基本一个人坐在后面喝喝水，玩玩光脑，听听他们唱歌。

如果之前训练的时候每一刻都过得异常缓慢，那最后的这几天，就快似飞箭。

连胜他们排因为训练的时候太过卖力，导致集体吼破了嗓子。在正式演唱的时候，打破了有史以来分贝最低纪录，同时也创造了有史以来跑调最多的壮举。

连胜听了半天，愣是没找到一个拍子。

嘶吼，嘶吼，所有人都在努力地嘶吼！

中尉拍手说："很好，大家很有精气神。"

然后他们成了全连唯一一个没有排名的团队。

付教官站在一旁，听到结果的时候忍不住扑进了自己兄弟的怀抱。

连胜觉得这都是阴谋。为了阻挠她破零，这群人费了多大的力气。真是辛苦他们了！

最终，各连评选完毕，连胜成了有史以来唯一一个零分标兵。

众指挥系同志们万分真诚地向她致歉。

翌日一大早，还是教官过来喊他们起床。

众人穿着便服，整理好东西，把帐篷等装备归还回去。

一众教官穿戴整整齐齐，负手站在各自排的位置，等待学生到齐。

付教官说："没什么想跟你们说的了。你们是我带过最难带的一届士兵。顶撞教官，训练落队，还坑骗教官……"

学生哄笑。男生报告道："教官，这都是一个人做的。"

"你们也没好到哪里去，幸灾乐祸，唯恐天下不乱。"付教官指着他们说，"还是我带过唱歌最难听的一个排。"

众人低下头。

"但是，你们也是我带过的最骄傲的学生。在最后一天，还能看见你们精神地开玩笑，努力为同一件事情奋斗。这样就很好了。"付教官朝他们敬礼，"我跟你们相处只有十五天，教给你们的很少，唯一能留给你们的只有祝福。将来我们或许能再见面，希望到时候，你们已经成为能够独当一面的联盟战士，共同保卫我们的家国。"

"全部都有——"付教官用力吸气，胸膛起伏，大声喊道，"六连三排，全体解散！"

众人挺直腰背，肃穆敬礼，大声应道："谢谢教官！"

付教官颔首，转身离开。

连胜在后面问道："付教官，到现在都不知道你的名字。"

付教官脚步顿了下，脱下帽子回头道："如果我们能再见面，我就告诉你们我的名字。如果不能见面，你们也没必要记住我的名字。你们不需要记住每一个你们见过的人。"

众人吹着夏日里的一丝微风，看着一众教官过去集合，整队离开。

连胜低下头，回去拎包裹，也准备回家。

除去有家长来接的，学校有校车将他们送到交通便利的地点。连胜来之前，林冽已经先行告诉她怎么回家，说或许没有时间来接她。

林医生穿着一身西装背心，跟他们一起等校车。

连胜抬起头仰望着他说：“能知道你的名字吗？”

“我？”林医生侧过脸，“林纾。”

“哦。”连胜，“我以为你也会说，不需要记住一个过客的名字。比较适合你的气质。”

林纾：“……”

郑磊在后面无语道：“这是我们的校医啊！每年跟过来演习的啊。”

连胜：“……”

林医生慈爱地摸了摸她的头：“学校有设备，回去可以检查检查脑子。”

连胜回到家的时候，林冽女士果然不在。房间里一片冷清，只有清洁机器人在转来转去。

他们只有一天的时间回来收拾东西，日程表上提醒他们明天就要回校报到，然后正常上课。

连胜在自己的房间里转了一圈，有点抓瞎。她完全不知道去这边的学校应该带什么。除了衣服，上课要带什么？毕竟是军事学院，要自己带武器吗？

连胜家的仓库里摆放着许多冷兵器的模型，上面还有她自己的名字。要带否？

连胜抓了把椅子坐下，决定委婉地问一问自己新认识的战友。

鲁明远盯着自己的光脑，陷入沉思。

鲁妈见他愁眉苦脸的，问道：“怎么了？”

“妈。”鲁明远皱眉道，“如果一个人问你去学校都带了什么，是什么意思？”

鲁妈想了想说：“如果是个男生的话，那没什么，就是随便问一问。如果是个女生的话，那就糟糕了。”

鲁明远惊讶道：“难道她……”

“对。”鲁妈说，“她应该把你当闺密了。”

鲁明远：“……”

可是他一点都不想当连胜的闺密。

鲁妈说：“那你就告诉她，你什么都不带。”

鲁明远低下头，如是回道：“我什么都不带。”

随后他想了想，又补充了一点：“钱。”

连胜觉得，对极了。

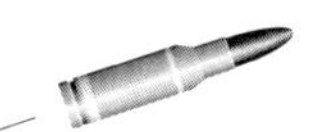

第十九章

实战模拟

除去军事学院的学生在演习，联盟大学一直在照常上课。

虽然他们规定的报到时间是在明天傍晚，但连胜担心会有其他的事情，就先过去了。

她只带了个光脑，直接出门。

这里最不错的地方是，什么东西都只要扫一扫。但烦人的是，不管做什么都需要去扫一扫。

连胜坐在车窗口的座位上，往外张望。

坐公共车辆要慢一点，连胜晃了一个多小时才到达联盟大学。

联盟大学的选址毗邻市中心，周围繁华热闹。在众多密集高楼中，入门直接一片宽阔草地的学校，尤为显眼。

她走进学校的时候才发现有点不对劲，因为大家基本都穿着便服。

她以为这里会和演习一样，分发规定的军装，从帽子到鞋袜一应俱全，所以完全没有准备。她摸着鼻子继续往里面走，查看情况。

联盟大学跟演习的山林完全不一样，路上能看见不少机器人。修剪花草的职位仍留给了人工，但其余的基础工作都交给了机器。

由于还是上课时间，路上并没有多少人往来。

连胜东张西望，很是可疑地绕着校园逛了三个多小时，对照着光脑里的地图，才终于将各处的建筑和路况认清楚。

这时候已经接近下午五点，第一批下课的学生从教学楼蜂拥而出，往生活区靠近。连胜觉得很饿，就近找了一间食堂，进去吃饭。

食堂里还挺空旷，连胜扫了一圈，发现正好有人坐在桌子旁选菜，就默默地走过去，站在那人身后。

男生察觉到，见怪不怪道：“别看了，今天的特价是螃蟹。再不点就没了。”

连胜走到旁边的位置上，有模有样地操作。

她点完餐以后深深叹了口气。这生活太累了，再也没有一个愿意给她打两块鱼排的阿姨了。她已经开始怀念在山间的简单生活了。

机器人送上餐点。连胜吃到一半的时候，有人来和她打招呼。

那男生凑近她看了许久，才惊喜道："连标兵！你这么早来学校？"

连胜回忆了一遍，没认出他是谁。

男生在她对面坐下，也没在意她的眼神，问道："你的课选好了吗？"

连胜迟疑了一下："大概吧。"

"大概是什么意思？哦，你不知道选谁的课对吧？"男生环胸道，"其实指挥系的课无所谓了，几位教授都非常有名的。不过课程跟你原来的专业完全不一样。你刚来，可能还听不懂。"

连胜现在就听不懂。

男生热络地道："要不我带你去咱们军事学院的楼逛一逛？那边有很多专门训练的教室，你以后肯定会用到的。"

连胜："多谢。"

她已经吃得差不多了，放下筷子，男生直接招呼她走。

军事学院的楼建在体育场旁边，且规模庞大。这边的建筑风格明显和其他学院有点不一样。在入门的墙面上，镶嵌着一个巨大的屏幕。

"积分排行榜？"

连胜慢慢往上看，果然在前排看见了赵卓荦的名字。他的积分都已经快破二十万了。

差距太大，排在百名的学生甚至还不到五万。

男生在最末尾的位置看见了连胜的名字，感慨道："哇，你真的是零分啊？"

连胜："……"

屏幕上的学生都是大三级以上的。倒数第二都已经破万了，她这简直比排首还要显眼。

男生说："你这样可不行啊。没有积分，你是抢不到职位的。"

连胜问："什么职位？"

"指挥，还有各种。"男生咋舌道，"你这可能都抢不到比赛呢。"

连胜惊道："比赛还要抢？！"

男生跟着惊道："当然。学校哪有那么多设备？"

连胜抽了口气。

男生意味不明地看着她："你转系之前都没调查过的吗？"

连胜说："不管结果怎么样，都不能影响我转系的决定。"

"也是。"男生朝她竖起拇指，"才能不能被湮没啊。没关系，慢慢刷分，你可以的。"

他没有停留，走到路口，催促她上前："来，过来认认路。"

大部分的门都没开，看不见里面的情形，男生也只是粗略而快速地跟她解释："南楼这边平时不对外开放的。一层都是比赛间。平时是训练室，不过要提前预约。楼上是你们指挥系的主场，再上面也是训练场……"

连胜跟在后面，一脸严肃地点头回应，脑海里还在思考积分的事情。

男生带她在附近逛了一圈，有事要离开，连胜跟他致谢，自己绕回楼下研究积分榜。

积分排行榜的下排用小字标注着积分的获取规则，譬如理论课的成绩学分、模拟比赛中的评分、对战比赛中的名次，以及每学期的演习得分。不过除了演习，其他的分数获取机会都非常零散。普遍以"一"为计分单位。

积分的具体用法没有写。

连胜掐指一算，赵卓荦这次表现优异，单在演习中就拿了一万多分，这意味着连胜要上一万多堂课才能追上他一次演习的差距。

难啊。

天色已经慢慢转黑。连胜走出军事学院，在回家拿衣服还是先去宿舍之间犹豫片刻，决定先去宿舍看看。

她光脑的学生信息上记录着她的宿舍号。

那是四室一厅的独立单人间。她的三位室友正坐在客厅里看影片，听见动静震惊道："连胜？你今天就回来了？"

连胜点头。在四个房间门上瞥了一眼，找到自己的名字，推门进去。

房间里几乎是空的，只床边摆着一双拖鞋，柜子里没有多余的被子。

连胜现在已经非常确定，她被鲁明远坑了一把。

床上落了一层灰，连胜打扫了一遍。

晚上八点的时候，林冽女士致电询问。

连胜接起通信，林冽在对面急促问道："连胜，你怎么还没回家？"

连胜说："我已经在学校了。"

"你在学校了？"林冽皱眉道，"那你怎么不带走你的东西？"

连胜："我要带什么吗？"

"你们军事学院的制服，还有你学期末做的模型呢？你不是说答应了送给材料学院做纪念吗？"林冽女士泄了口气，很是疲惫道，"还有你的被子呢？你的洗漱用品呢？你的行李箱就放在你的床边，你直接去学校了？"

连胜："是的。"

林冽那边沉默片刻，然后调整了语气："我现在把东西给你送过去，你留在宿舍里不要走动。"

连胜遵命："谢谢林女士。"

林冽今天非常忙，以至于对连胜的反常有点不满，换了身衣服，风风火火地过去找人。

她带着机器人来到宿舍门外，正要敲门，听见连胜和室友在里面说话，下意识停了下来。

"你怎么忽然就转系了啊？一点预兆都没有。"一位室友说，"今天教授还说起你呢，觉得特别可惜。那么有天赋，林上校也是做武器研发的，你居然半途转去了指挥系！"

另外一位室友说："指挥系现在在教授眼里就是个邪教！"

另一室友打断她们："别说这个了，连胜，你在演习那边过得怎么样？"

连声拿过桌上的零食："还可以。"

"拿了多少积分？"室友激动道，"我听说军事学院的演习特别丧心病狂！"

另一室友问："有帅哥吗？不过演习的时候肯定没有绅士。"

连胜淡淡地道："零。"

空气诡异得寂静了一秒。

"额……"室友说，"辛苦你了。不过没关系，可以再接再厉嘛。实在不行，咱还能再转回来的。"

林冽一口气哽在喉咙里，缓了缓情绪，抬手敲门。

几人在里面开了门，林冽身后的机器人载着行李进来，一路运到她的房间。几位室友顿时拘束起来，起身朝她问好。

林冽微微一笑，示意连胜进去。

二人走进单间。

林冽反手锁门，开口道："连胜女士，我觉得我们需要好好谈一谈。"

连胜坐在床边："请说。"

林冽："你是想以此引起我的注意吗？"

连胜不明白她在说什么："我不能直接请你注意吗？"

林冽顿了顿，又说："我的意思是，你在以此对我进行抗议吗？"

连胜："你觉得合理吗？"

林冽："这是我目前想到的最合理的一个解释。"

连胜迟疑道："那就是了吧。"

林冽点头："我明白了，你好好休息吧。"

林冽回到家的时候，已经接近十点，晚饭还没吃，澡还没洗，报告还没写。

明天早上要六点起床，可是她依旧坐在桌子前面，面前的文件一字未动，就这样磨过了半夜十二点。

林冽叹了口气，跟机器管家点了杯咖啡。

通信器响了两声，共事多年的同僚发来一段语音："林上校，这么晚了还不休息？"

是孙颜。

林冽想起，她也有一个差不多大的儿子，想必很有经验。犹豫了一下，决定向她请教。

"我发现我的女儿忽然间进入了叛逆期。"林冽说，"我们平时不怎么说话，我的确是一个失职的母亲，但是她从来不需要我担心。这一次我实在是想不明白。"

林冽说："她忽然选择转系，放弃了她擅长的武器研发，跑去念了指挥系。虽然我不想干涉她，但看结果实在糟糕。我不知道她到底想做什么。这个选择关乎着她的未来，我不希望她后悔。"

对面过了一分多钟才回信息。

"没想到林上校也会有头疼的事情。"孙颜笑了一下，然后正色道，"这或许不是叛逆，而是她有自己的想法。既然她选择指挥系，应该是因为她喜欢。也许她有天分，你可以给她一个机会。"

林冽说："她演习拿了零分！任何一个有天分的人都做不到这件事。而且她从小就跟着我学习，没有学过指挥。"

孙颜问："小姑娘是在联盟大学吗？"

林冽："是的。"

"我们与她不是同龄人，毕竟还是有代沟的。而且军事学院没有积分的话，的确不容易起步。"孙颜说，"我儿子也是联盟大学的学生，或许我可以问问他的意见。有一些想法还是同龄人之间比较清楚。"

林冽犹豫了一下："那真是太好了。也不需要太费心，如果实在没有天赋的话，我会和她再谈谈。"

孙颜说："请先不要冲动。她已经成年了，你可以让她自己选择。"

孙颜挂掉通信，叹道："太不容易了。林上校要管理整个科室，还要一个人照顾孩子。"

她旁边的丈夫跟着点头。

孙颜站起来说："我先去找儿子商量一下。"

她推门出去，发现赵卓荦房间的灯果然是亮着的。

赵卓荦给她开了门。孙颜进来，拍着手道："是这样的，妈妈有一位朋友的小孩也想学军事，但她是个新手，希望你帮忙带她刷几场比赛，了解一下。"

赵卓荦头皮发麻："小孩儿？"

孙颜："是的，女生。"

赵卓荦抬手捂着脸，五官有些不受控制地抽搐："还女生？多大？"

孙颜想了想，不知道连胜的性格怎么样。但是让林冽如此烦恼，想必会比较倔强。赵卓荦要是太凶，直接跟人骂起来，那就不好。斟酌了一下，谎称道："八岁。"

赵卓荦险些弹起来："八岁？！"

"所以请务必拿出你的耐心。你只要带她入门就会发现她是一个聪明的孩子。"孙颜说，"不会占用你太多时间的。如果觉得为难，我再去告诉她。请帮妈妈一个忙好吗？妈妈已经答应她了。"

"等等吧。"赵卓荦犹豫了一下，还是妥协道，"下周就比赛了，等结束之后。"

"那就这样说定了。但是月月都有比赛，到时候你不要找借口推脱。"孙颜开心道，"我暂时没有她的 ID 号，等问到了再告诉你。谢谢你，亲爱的儿子。"

赵卓荦："知道了。"

连胜从自己的室友那里学到了一个无比强悍的技能——搜索。于是她一整晚都在查找各个软件的用途和用法，然后成功翻出了自己的课程表，同时弄清楚了所谓的积分抢比赛。

模拟战场分为两种。

一种是十多人就可以随意报名参加的团队战场。小兵全部是由系统控制的 NPC（非玩家控制角色）。毕竟实战模拟已经像竞技游戏一样推行出去，人人可以参加。

玩家可以和朋友一起报名，也可以单人随机匹配。在这里，你的对手可能是一位忽然无聊来单打的大佬，也可能是闲得没事前来学习的小学生。

随机赛场以盛产奇葩而闻名。因为总是能够遇到一些以诡异姿势逼你去送人头的队友，胜率普遍保持在四成以下。没有固定队友的情况下，不建议去浪费时间。

比赛积分不按贡献，只看获胜场次。一场记一分。因为每场比赛耗时过久，靠着随机匹配来刷分的话，一天多数会在零到三之间徘徊。不过多数人只是为了玩个开心，不报考军事专业的话，这种积分对他们来讲没有什么实质性的作用。

另外一种，就是各大军校或各组织自行举办的大型实战模拟。

譬如联盟大学每月一次的军事联赛。五千对五千的万人大战场。因为名额有限，会在报名学生中抽取一部分。积分越高，选中的概率也越高。

只有大三级以上学生可以参加，抽中后选择自己的职位，由系统继续进行二轮排位。最终确定的总指挥与几位军官，可以额外邀请大一、大二级的学生。

这种大型模拟除去基础加分，还会有学校教授进行打分。最高纪录是一场获得一千多的分数。只不过，参加这个演习需要专门的设备。

连胜往下划拉一看，发现还是个大家伙，她宿舍没有。看着价格也不便宜，“1”后头跟着好几个零。

连胜正想查查看自己有多少存款，忽然传来一则通信。她手上一抖，险些把光脑丢出去，抬头往墙上一看，发现已经凌晨三点多了。

林冽问：“你怎么还在线？不去休息？”

连胜真诚道：“一心向学。”

林冽说：“我有一位朋友愿意带你刷分。”

“带我刷分？”连胜直接拒绝道，“不用。我不需要。”

林冽垂下眼睛，耐心道：“你再考虑考虑。指挥系不像你想的那么简单。”

连胜点头：“当然。我非常认真地在对待。”

“那好吧。你早点休息。”林冽说着挂断了通信。

因为已经三点，第二天也不用上课，连胜干脆把想知道的都弄清楚了，查了个通宵，白天再补眠。

她不敢睡太久，中午起来运动，晚上继续研究。

第三天终于要正式上课了，她把林冽带来的武器模型拿到材料工程学院。几位室友跟她一起出的门，在教学楼门口分开。

见连胜走上楼梯，三位室友准备继续去找上课的教室。两个人迎面走来。一人眯着眼睛，仔细看了看说：“背着刀那个，是连胜吗？已经回来了啊。”

连胜的一位室友停下脚步，转身问道：“你怎么认识她啊？”

“谁？你说连胜？”那女生愣了愣才反应过来，“谁不认识她啊？整个军事学院都认识她啊。”

室友三人顿时一惊，面面相觑。

“难道是因为她的战绩太辉煌？”一位室友说，“她是新生嘛，你们要理解理解。”

“就因为是新生才不能理解啊！”女生竖起手指，侃侃而谈道，“第一场实战演习，力压赵卓荦成了第二；第二场教官对抗赛，力压赵卓荦和季方晓成了第一；第三场红白阵营战，带领小队逆转战局。可惜因为不听指挥，积分清零。”

众室友瞠目结舌。敢情零分是这么来的？！

两位女生叹道：“唉，太可惜了。今年普遍分数高。光一个阵营战，两边就加了一千多分，只有她一个人是零。”

众室友：这跟她们想象的似乎不大一样。

三人站在原地，想等连胜回来再问一问，但连胜已经从后门出去，直接绕到了军事学院。

连胜今天早上有两节专业课。她到的时候偏晚，这课又比较热门，已经没有座位。

孟江武在后面朝她招手，把旁边的位置让了出来。

连胜听了两个小时，越听越蒙。谁谁曲线，什么什么战法，啥啥战役，无数的奇怪名字，完全听不懂。

她真的已经尽力了，但从现状来看，在这里上课，不是她的首要任务。

郑磊看着她的表情，感慨道："你完了，我觉得你可能撑不过这个学期。"

连胜表情严肃，皱眉沉思。

台上的教授终于讲完课，说道："新一届的联赛就要开始了。今天上午九点以后，二楼开放系统，请大家踊跃报名。"

他话音刚落，前排的人已经收拾好东西，准备出去。

郑磊三人一蹿而出，往二楼冲去。连胜慢悠悠地跟上。

机房还是挺空旷的，他们只是为了选一台幸运点的机子。

连胜走到郑磊的身后，看他操作。

郑磊插上卡，往手心里哈了口气，然后一掌拍下，迅速捂住脸，慢慢往屏幕上看。

连胜帮他念道："轮空。"

"啊！"郑磊抱头蹲到地上，绝望道，"居然是轮空！我人生的第一次选位！"

连胜直接越过他，将自己的卡往上面一刷，照着一按。

郑磊憔悴道："你别试了。零分！零分被选中的可能性有多低你知道吗？就跟在这个时代还能踩到狗屎一样。"

管他随意叨叨，连胜的屏幕变红了。她大为惊奇地凑过去，念道："恭喜，请选择职位。"

郑磊表示不信。

连胜在上面各处按了一下，发现全是灰色的，只有一个小兵可选。

"啧。"连胜在指挥上面点了点，"这就坏了吗？怎么都不能动？"

郑磊将信将疑地冒出头，看见这界面，顿时胸口一梗，想厥过去。

"坏了吧！"郑磊捂着嘴道，"你都能选上，我居然还轮空！"

入选名单会以匿名的方式标出积分。此时所有数字往上移了一格，然后出现了连胜那醒目的"零"。

机房里立马就有人喊道："这里居然有个零分的？！"

众人不平衡道："零分都能选上为什么我选不上？我都有五万分了啊！"

"我能参加比赛？"连胜皱眉道，"那为什么我不能选指挥？"

郑磊放低声音说："你零分啊，兄弟，只能当小兵！能被选上你就满足吧。我说你别点了，点烂了你也没机会去做指挥！"

连胜试探着去点了小兵，然后确认，结果真的录入系统了。她失望地拍了拍那个机子。

孟江武看见零分就猜到那人是谁，直接从隔壁排桌子的尽头冲了过来。

连胜已经收起卡，问道："然后呢？我应该怎么办？"

这显然是已经选中的态度。

孟江武走近，见郑磊那仿佛天崩地裂的表情，瞬间了然，指着入门口的机器说："你现在有优先预约训练教室的资格，你可以去那边刷卡。"

连胜现在需要的是租借设备，调整一下状态准备比赛。

下周五正式开始，她还有六天时间。

刷卡，先在今天预约了三个小时，然后孟江武带她去找指定的器械。

那设备是个长宽高两米的立方体，里面缠绕着密密麻麻的线路。一头接着设备外壳，一头接在一些类似防具的东西上。

孟江武推她进去，在外面指导道："这个是手，这个是脚，这是腰腹……都穿上。"

连胜默不作声地将防具穿在自己身上，最后在孟江武的指挥下，戴上眼镜，关上舱门。

在光线被彻底挡住的那一刻，连胜眼前出现了一片翠绿草地。她戒备地往后一跳，意识到自己在机器里，又迅速收了回来。

她原地转了一圈，发现这场景做得异常真实，便试探性地往前走了两步，结果发现没有撞上墙壁，于是又大着胆子开始跑动。依旧没有撞上墙壁，仿佛真的身处这片无垠的草原里。

孟江武在外面拍门问道："怎么样？有没有问题？"

连胜有点兴奋："没有！"

孟江武又问："知道怎么打排位吗？"

连胜停了下来："怎么打？"

"右上角，比赛模式！"孟江武在外面喊道，"你可以选择加入别人的团队，也可以选择排队随机！"

他的声音像隔了一层雾，在这个空间里听得并不清楚。

连胜应了两句表示明白，外面就没动静了。

确认了这边的东西，连胜进入排队的行列，握着手蹲在地上，静悄悄地等待。

一个多小时后，她依旧没能摸到战场的边缘。

因为零分的辉煌成绩，她一次又一次地被踢出队伍。其间有人对她竖过中指，有人对她骂过脏话。从最初的雀跃，到浮躁不安，到最后心如止水，连胜终于认清了现状。

她走出设备，拿起通信器给林洌女士发去慰问。

连胜说："我非常真诚地收回我的前言，请找人带我刷分。"

林洌："……"她真的很想去育儿论坛问问这情况。

林洌说："等你们学院本月的比赛结束之后吧。他也是一名学生，需要准备。我可以先把他的名字告诉你。"

"既然这样就不用了。"连胜说，"我们极有可能会是对手。这种情况下还是保持距离，不然我杀他的时候会有一丝罪恶感。"

林洌沉默片刻，发了个单音节："啊？"

"你被选上参赛了？"林洌才反应过来，"零分？"

连胜："是的。"

林洌震惊道："你知道这概率有多低吗？"

"我知道。"连胜说，"就跟在这个时代还能踩到狗屎一样。"

林洌："……"

"说明我注定是一个为战场而生的人。"连胜问，"你要来看吗？"

林洌没想到连胜会主动邀请她，这大约是有生以来第一次。可连胜的积分是零，就算被选中，也只能做一个小兵。她要花费时间去看一个小兵的表演吗？

林洌犹豫片刻道："我到时候再决定吧。"

所有人都没想到连胜会被抽到，似乎只有她一个人不觉得。或许她跟正常人相反，根本无法想象自己在一旁观战时的场景。看他们表演，怕是要暴躁的。

从她回来之后，室友们看她的眼神都变了。

"难道你背着我们还偷偷去学了指挥？"

连胜耸肩："我还要背着你们偷偷去参加比赛。"

"哇，你要去比赛！"室友中娇小可爱的那一位说，"要我们去给你加油不？"

连胜道："欢迎。"

联赛是可以对外开放的，有网络直播，在体育馆也会有现场直播。但是因为耗时过长，加上视角难以调整，全场重点不明，直播反而会错过很多精彩的地方。因此多数人会在之后选择被剪辑过的回放。

两天后，报名正式截止。系统开始分配本场职位。几名指挥和军官的名字被公布了出来。

本场两位总指挥都不是他们学校的。按照双方姓氏，分为楚队和刘队。季方晓跟赵卓荦作为军官被分在刘队，鲁明远作为副指挥被分在楚队。

连胜零分中选，引起轩然大波。这在史上绝无仅有，毕竟没有任何一个人到了大三还能保持如此完美的零分。

外校学生发现后，在官方论坛上不停发帖刷屏，质疑此事。

联盟大学一众学生保持缄默，等待着他们被打脸的那一天。不知道为什么特别期待，还有一点小兴奋。

鲁明远提前过来找她，问道："那个零分是不是你？"

连胜："我想能拿零分的人应该不多。"

鲁明远说："那你是我们队的。我刚刚拿到了己方成员的积分表。"

看积分识人。

"你以前没有参加过，我就是来提醒你一下。"鲁明远说，"这一次的地图应该是古战场。"

为了排除武器和科技的干扰，古战场显然是最能体现指挥水平以及学生作战能力的战场。因此联赛中随机选出的地图，古战场占据了七成。

对连胜来说，这是一个福音。

鲁明远问："你用过设备了吗？"

连胜："用过。"

"反正就跟真人格斗差不多了。"鲁明远给她比了比，"设备一定要穿戴齐全。跑动和移动虽然会在原地，但是所有数据全真传感。"

连胜就是一个小兵，在这样的万人大战场里能存活的概率其实不大，但是以她的积分，下次被选中不知道要等到猴年马月了。机会难得，让她多感受一下也是好的。

联赛前一天，系统公布各自阵营。孟江武也来问了声，他顺利入选楚队，又是一位朋友。

周五上午九点比赛正式开场。直播设在体育馆，而他们要去训练室报到。

连胜刷卡进入，选定机位。过去穿戴完毕，等待开始。

这次她直接出现在一片无人的沙地上，半空浮现着一排物品栏。

柔和的系统音说道："请选择装备。"

连胜低头，身上只穿着一双草鞋，一条到小腿的裤衩，一件白色的薄衫。寒碜得可怕。

物品栏里有各式盔甲和冷兵器，琳琅满目，但是所有装备都是灰色的不可选状态。因为购买需要积分，而连胜是零。她唯一能拿的，就是一根木棍。

连胜选中后发现，那是一根长约一米、仅三指粗的棍子，备注上面写着："不要拿来抵挡利器，它会断哦。”

连胜：“……”

她把棍子放在手上转了一圈，觉得还可以。关掉页面，点击备战完毕。

五分钟后，白光闪过，连胜被传送到开场地点。她往后一看，全是驻扎的营帐。一群人站得密密麻麻的，粗略判断，不超过五百人。

看来己方五千人是分开站位的。

“楚队登入完毕。”

“刘队登入完毕。”

连胜抬起头，看见半空中出现巨大的红字。

“三、二、一，开始！”

耳边立马出现总指挥的声音：“侦察兵，被点中的侦察兵现在上前。地图已开，大家可以自行查看。”

连胜迅速点开。

原本是全黑的地图，随着侦察兵不断上前，版图被拓展开，出现了画面。

他们的营地位于地图最右侧，地势平坦。现在看来，左右两边还各有一座高山，山势崎岖。前方有一处关卡，未被占领。

开场双方基本都在开地图，调整队伍。

总指挥继续说：“押运队现在护送粮草去我标注的红点。”

他将粮草藏在营地左侧的一条山间小道里。从地势上看，相对安全，易守难攻，且较为方便。

开场后每两个小时，士兵需要回营地休息十分钟，否则人物会处于饥饿状态，反应迟缓，速度减慢。再两个小时，直接阵亡。

劫获敌方粮草，全阵营可以获得二十的额外加分。这也意味着，如果粮草被劫走，两个小时后基本已经可以判定一方失败了。

总指挥：“除军官外，积分从上排下，各军选出十人，前往战旗附近守旗。”

一方人数少于五百，或战旗被推倒，直接宣布失败。

总指挥：“车兵和轻骑兵准备，在我标注的黄点集合。吴可给整个队选出百人精锐，中排待位。重骑兵在蓝点集合。”

他们这个队有些杂乱，暂时没人出来整队，应该属于步兵中的一支。有弓箭手，有刀手，还有长枪手，但全都是连胜熟悉的冷兵器。

站在连胜旁边的人一直在偷偷打量她，只是始终没有出声，终于还是有一位小兵忍不住叫了出来：“女生……竟然还带木棍？！”

她视线可及的几位还保留一点尊重，隐在人群中的人，开始毫无忌讳地评头论足。

“莫非是传说中的零分？”

“真是传说中的了！还有人是穿的裤衩？”

“居然是我们阵营的，还是我们队的！太倒霉了。”

“联盟大学没落了啊，现在什么人都能进了？”

“居然是个女的。完了，隐世高手的梦也破灭了。”

“零分报什么名啊？这不是抢名额吗？”

军中还是有联盟大学学生的。一士兵直接说道：“都是吊车尾，谁还嫌弃谁呢？”

确实是本场联赛里的吊车尾，不然也不会被分到步兵里来。但从各学校来说，被选中的都是些成绩还不错的人。

他一开口，旁边的两名男生迅速架着他退开。

那小兵挣开束缚，生气道：“这过分了啊。你们拦我干吗？好歹都是一个学校的，还是女生，看她被欺负啊？”

他兄弟安抚说：“别闹，别闹啊。”

论群战指挥，连胜赢过季方晓。

论单挑实力，连胜还是赢过季方晓。

谁欺负谁都不一定呢，不要瞎凑热闹。

对面声音渐小。他们就是觉得有些不平，顺带还有一些偏见。

联盟大学历来择生标准之高，让被它拒过的人更是带着一点嫉妒心理。心中的理想之地竟然出了一个零分的选手，对比之下，这心理有点扭曲。但说两句也就算了，倒没想怎样。

可如果就此作罢，连胜已经能预想到自己之后会被他们打压的画面。

她一声不吭，甩着棍子，一个跨步，直接抽在一高壮男生的手臂上。

男生手上的肌肉微抽，武器直接掉了下去。他的笑声戛然而止，还没来得及抬头，又被一棍敲在了膝关节上。男生左膝弯曲，险些跪下，堪堪稳住身形，还没调整，连胜抬棍，又一棍敲在他的背上。那男生控不住重心，扑面摔了下去。

周围响起一声惊呼。

“有刀又怎么样，你能拿得住你的武器吗？积分高有什么好得意的？那只是你过去的辉煌。性别有什么好嘲笑的？你只会为你娘胎里带来的性别而感到骄傲。”连胜扛起木棍，看着他说，“可是你在娘胎里的时候，有学会怎么打仗了吗？”

旁边的士兵将人拉了起来，男生狠狠抹了把脸，想上前，又被旁边的人拦住。

“禁止内斗，小心出事。”

男生梗着脖子道:“起码我在娘胎里的时候就知道，不要给别人惹麻烦。”

连胜:“那你在娘胎里的时候，就喜欢看见一个女人就直接把她归为麻烦吗？”

男生被她说得一愣，竟然找不出可以反驳的话。

正巧这时，前排一人喊道:“所有人安静！开始整队！”

众人顺势转身，过去排队。

林洌敲了敲门，走进控制室。房间四面墙上，全是宽屏的屏幕，正在播放战场内不同视角的画面。

系主任回头一看，惊讶道:“林上校，您怎么来了？”

林洌说:“你先忙。”

系主任拍了拍技术工的肩膀，说道:“把画面多转到连胜那边去，就是第三支步兵队伍里面最显眼的那个小兵。”

然后他转身招呼道:“请坐。”

林洌朝他点头:“打扰了。”

第二十章

小兵的反击

负责他们这支小队的步兵校尉在前面喊话，让众人重新站位。

列队后，重步兵带盾牌上前，轻步兵携武器排中，弓箭手位于众人背后，大约五百人的规模。

这边的弓箭手用的都是弩箭，不需要挽弓，用法跟他们平时的枪械差不多。张弦装箭，瞄准，扣动弩机，纵弦发射。

“禁止队内斗殴，我想大家自己心里都有数啊。”步兵校尉若有若无地朝连胜这边瞄了一眼，“这是一场公开赛，会有教授评分。虽然大家都是小兵，但还是期待能愉快地刷分。”

步兵校尉点了点队伍，挥臂道：“出发！”

连胜扛着她的木棍夹在众人中间，重新打开地图查看。

地图左上的位置，在开到一半的时候停止了。

出现了表示敌对的红点，应该是侦察兵遇到敌军已经牺牲。而右前方有一个绿色的标识，也就是他们现在要去的地方。

走出扎营点，前面有好几条错综复杂的小路和山道。步兵校尉目不斜视地走在前面，带他们进了不好走的小道。

这显然不是到达目标点最近的路段，他们故意绕了小半个圈。

连胜乖顺地听取指令。现在她完全不知道敌军的状况，甚至不知道此次行军的目的。是试探情况，前去支援，拦截粮草，还是准备事先埋伏？

她不太喜欢这种感觉。

因为地图够大，又是刚刚开场，出发后走了一刻多钟，也没有看见敌军的身影。

爬山是一件体力活。从实战演习到现在已经有近二十天的时间，突击训练的效果是显著的，连胜的体力和四肢灵活度得到了质的提升。加上其他人还穿着沉重的盔甲，集体行军速度会偏向缓慢，连胜能轻松跟上队伍的脚步。

她一路埋头走路，盯着自己的脚，没注意到队伍已经停了下来，一头撞上前面的兄弟。

“准备！”步兵校尉喊道，“弓箭手注意选位埋伏，步兵全体上前！”

众人在即将拐出小道的时候发现了敌军。对方还没有出现在视线内，但是已经显示在地图里，应该是侦察兵得到的信息反馈。

从红点数量来看，是一支规模差不多的步兵队伍。对面应该也会发现他们，两股队伍即将迎来交锋。

弓箭手直接往山体两侧冲去，先行抢占高点。重步兵列好盾牌，众人继续向前。

标注的红点离他们越来越近，忽然加快了速度，一阵整齐沉闷的脚步声急促而来。

连胜的视线被前面的人遮挡，只听见对面阵阵呼喊，飞箭从头顶射过。紧跟着传来敲金击玉般的撞击声，是箭矢被对方的盾牌挡下。

两方互相举着防具，正面对撞。步兵校尉大声指挥道：“挡住！前面的人挡住！把他们推回去！枪兵配合攻击，抓住他们的空隙，拿下他们的人头！”

然而对面的盾牌排列得密不透风，仍然无从下手。他们整齐划一地喊口号使劲，靠着蛮力，硬生生挤进了连胜的队伍里。队伍被冲破，由于太过拥挤，人流开始缓慢后退，对面抓紧时机步步向前。

近千人冲撞在狭窄的山道里，霎时间开始了流血的原始战争。

弓箭手哪怕占据了高地也不好施展，因为在这样混乱的局面下根本分不清敌我，只能选择暂时观望。

连胜拿着一根木棍，在队伍中小心穿行，担心自己没有盔甲，会被这些刀刀枪枪误伤，一路摸鱼，想找一个开阔的地方躲避。

“不许后退！”步兵校尉在前面喊道，“上前杀敌！这里不接受逃兵！杀杀杀！把节奏都抢回来！”

连胜：“……”

这个倒是可以理解的，毕竟这样狭窄的地方，如果士兵掉头撤退，被对方抓住攻势，很可能会一泻千里。

这种地方就不适合开战，更适合埋伏突击。可惜的是双方都知道彼此的存在，不存在埋伏的机会。

连胜偏过头，似乎听见了远处厮杀的声音。这是主道上的队伍吗？

旁边一位友军趁机撞了她一把，让她回神：“连标兵，你在干吗？动起来啊！我们还指望靠你浪起来呢！”

连胜：“……”

林冽看着连胜缩着脑袋左顾右盼，在队伍中谨慎移动，却始终没有出手战斗，不禁叹了口气。

做指挥？她知道小兵和指挥之间有多远的差距吗？她这个样子，甚至连一个小兵也做不好。

系主任观她表情不善，笑道：“她最早要选指挥系的时候，我也是很惊讶的。但是我想她一定可以做得很好，所以同意了她的转系申请。”

林冽摇头不赞同道：“她的武器研发做得更好。我更希望她认清自己，而不是做一个泯然众人的士兵。”

“不，她当然不是简单的小兵。”系主任指着屏幕说，“她现在没有积分也没有装备，所以在观察局势。如果她直接往前冲了，那才不对。”

林冽不是战斗兵种。虽然升任上校，但她是做科研的，这两者的军衔不能比较。

林冽吸了口气说：“她现在没有，只靠这样的表现，以后也不会有。”

系主任说：“她不会就这样结束的。我看见她的时候，她的眼神非常坚定，我想她有自己的考虑。她是一个让人放心的孩子。”

连胜从小学开始住宿，只在周六日回家一趟，而林冽全年无休。她们一年都说不上几句话。但是连胜很好学，加上本身性格有些内向，不大愿意跟别人交流，其实更适合做科研。

林冽说：“她像我，我了解她。”

“是吗？但我觉得她也很像连少校。如果他还在世的话，我想已经是一位非常成功的指挥了。”系主任顿了顿说，“当年他是我的教官，他是这样说的，是否处于劣势不是判断一个指挥的标准，如何应对这种劣势，才是评判他能力的关键。”

林冽攥紧手指，没有说话。

小道里，连胜横着木棍，跟众人保持距离，不住地往前面查看。

友军跟在她旁边，兴奋地问道：“连标兵，你说现在该咋办？”

旁边一人闻言哂笑道：“打仗的时候去问一个没穿装备的人怎么办？联盟大学没教你们怎么打仗吗？”

友军哼道：“关你屁事？联盟大学教我们打仗用脑，你有吗？”

连胜说：“最简单的正面冲突，靠实力。”都已经打起来了，还需要什么谋略啊？

连胜正在跑动，倏地听到一股破风之声，求生的直觉让她迅速蹲下。箭矢擦着她的肩膀而过，险些废了她一条胳膊。

连胜心有余悸地扭头，看向后方。

众弓箭手隐藏在高处山林里，根本认不出谁是谁。

有人喊道:“前面的自己躲开点啊，那个没穿衣服的小兵注意！”

连胜:“……”

如果这是她的士兵，她一定现在就杀了这个弓箭手。

步兵校尉直接怒骂道:“弓箭手都给我小心点，无法确认集中目标就不要射击！你们这样会造成自己队伍的恐慌！”

连胜透过人群的缝隙仔细观察，发现对面的轻步兵已经攻上来了，重步兵因为行动不方便，主动退到后方。

是时候去抢把武器了。

她穿着裤衩和草鞋，一段光洁的小腿在众人之中尤为醒目。后方人员又较为稀疏，她还没主动进击，就有人先送上门来。

“我发现对面的零分了！我先拿下了，哈哈！”一个敌对士兵穿过人群，助跑两步纵身朝她扑来，手上举着大刀，对着她的头顶砍下，“历史性的一刻，请拍照留念！”

友军伸出手呐喊:“标兵，危险！”

连胜侧过身，横起长棍，眼见大刀逼近，不见慌张，左手下滑，握住棍尾。双膝微曲，压下重心，弓步向前，朝对方的脸狠狠抽了过去。

疾风袭来，青年后仰着头倒退几步，视野中翻转着蔚蓝的天空，他单纯地发出了一个单音节，以表示对这人生的疑惑。

连胜干脆利落地跟上一步，重重朝目标的手肘击了下去，而后将长棍甩到左手，右手顺势抢过对方的武器，熟练地掉转刀锋，反手割向目标脖子。

士兵呆滞在旁边，偏头看了眼空荡的手，一时有些茫然。

友军大声提醒道:“他还没死绝！”

连胜不客气地又补了一刀。

士兵软倒在地，直接被弹出系统。

首杀达成。

连胜出棍的速度非常快，且时机神准。旁边的人看见那刀几乎都要贴到她的脖子上了，她一抽一转再反手一敲，不过眨眼之间，直接逆转了局势，却还没结束。

她旋身将手中长棍往最近的一个敌军投去，那人下意识抬手去挡，等反应过来，抬刀防守，连胜已经一个大跳跃至跟前，一刀先割向他的手臂，再一刀砍向他的要害。

围观群众目瞪口呆，大脑思维还停留在先前的那一刀上，连带着手上的动作都慢了一拍。

连胜掂着手里的武器，察觉到周围人的视线，面不改色地说:“放心，我不抢自己人的武器。”

连胜蹲下开始扒“尸体”身上的盔甲。

对面的士兵远远瞧见，惊叫道：“别脱我兄弟的衣服啊！妹子，不要这么凶残啊！”

连胜抬头对友军说：“帮忙掩护我。”

几位友军一起跳出来，挡在她面前放声大笑。

对面的士兵顿时不淡定了：“你们这什么打法啊？开局一根棍，装备全靠抢？这都是我们的积分啊！”

“为什么这样也可以？！”

守在体育馆看直播的同志们此刻也不淡定了。

周围的人在奋力杀敌的时候，一个衣衫褴褛的小兵蹲在地上脱别人的衣服。这是什么操作？这画面实在很美丽的啊！

体育馆内喧哗不断，不知是谁率先鼓起掌来，众人跟着起哄。

“我就喜欢这样的妹子，够豪放！”

“刚刚那几棍确实厉害。”

“身手看起来是不错，怎么还是个拿棍的？”

“新人吧？”

“军事学院无新人好吧？谁转军事学院之前还没玩过模拟战的？”

那两位牺牲的跑出设备后立马上网登录现场直播，亲眼见证了连胜给他们宽衣解带的画面，简直生无可恋。对他们来说，阵亡没什么，身为一个小兵早就习惯了，但是死后被扒“尸体”就很没面子了。

太羞耻了，这是尊严的问题！

林洌看着这一幕，绷着脸没说话。

“额……”系主任说，“很好嘛，你看，多聪明，就是要充分利用起所有能到手的资源。”

系主任窥觑她的脸色，发现有点复杂，试探着问道：“林上校，您觉得呢？”

林洌说：“我不知道。”

她想先静静……

连胜扒下盔甲，穿到自己身上。因为尺寸不对，显得不伦不类的，尤其是鞋子，还不如草鞋来得合脚。

围观的同学崩溃道：“有人会在战场上穿衣服吗？你是在搞笑吗？”

连胜用两人身上解下来的腰带勉强将盔甲给绑结实了，站起来说：“我还需要两根腰带。”

众人：“……”

连胜刚刚杀了两个人，正好一手一把刀，提起来准备再接再厉，友军直接拦住她道："标兵，你先站着不要动，我去给你摸个尸！"

他们殷勤地朝倒在前面的"尸体"跑去，结果在半路被人拦截，遭到了敌方的疯狂反攻。

刘队小兵看见，大喝一声："他们还想打我们兄弟的主意，快保住兄弟们的清白！"

"现在有人在敲我的门，说他们死不瞑目！"

"真的，念在同队一场，我把我的遗体托付给你们。"

"别扒裤子好吗？求你们了，我头盔送给你们！"

楚队队员挥刀直上，毫不相让。两边人围着"尸体"，你追我赶地打在一起。

友军问："连标兵，你要不要长枪？"

连胜："不，太沉了。"

友军："好的，连标兵！"

步兵校尉绝望地吼道："你们在干什么！这是在比赛，都严肃一点好吗？！"

旁边的青年跟着喊道："联盟大学的那一批，对，就是你们！你们在严重干扰比赛的进程！"

连胜决定暂时放弃鞋子。盔甲穿了上半身，戴了个头盔，遮住一些致命点。下半身不佩戴装备，以确保活动方便。

她在物色一个瘦弱点的男生，或许这里面还会有女生，那就更好了。

她一动，敌军纷纷散开。

对面校尉喊道："不就是脱衣服吗？别㞞，给我上啊！"

体育馆内笑声不止。

林洌看着这战局，有些困惑。

这队伍里面似乎有不少人是认识连胜的，不仅如此，关系好像还不错，会喊她"连标兵"，还会和她开玩笑。连胜刚转系到军事学院，和同学接触唯一的机会就是实战演习。但她知道，指挥系的人在演习中大多数是走个过场，加上连胜性格内向，不大可能交到那么多的朋友。

林洌问："他们认识连胜？"

"你说我们学校的学生吗？是的，大部分都认识她。"系主任笑道，"军训的教官跟我说了，连胜的表现非常出色。"

林洌一惊："出色？她不是零分吗？"

系主任一听明白了，委婉道："她也许是不好意思跟你说。她虽然体力略逊一筹，但在实际演习中的成绩非常亮眼。尤其是第二场演习，中途退场，小队成绩依旧是第一。不过最后因为违反指令，受到积分清零的惩罚。"

林冽思绪一转，不可置信道："然后还拿了标兵？"

系主任点头。

林冽挪了挪位置，觉得坐着不大舒服。

"所以我说，她很有指挥天赋。观察力、应变力、决断力，这都是她展现出来的。"系主任说，"如果她有机会能进入军部的话，一定可以学到更多东西。毕竟我们这只是学校，没有权限提供太多资源。你明白的。"

林冽当然明白。大学里更多只是在系统地学习而已，锻炼的是体魄跟意识。涉及国防战力的事情，怎么可能在军校提及？

林冽垂下眸光："不。从我的私心讲，我不希望她上战场。"

此刻，连胜正在率领她的亲友团进行抗击。

"不要分散，发挥出你们群体攻击的优势来！一冲就散了，叫什么军队？"连胜不自觉地就开始指挥，"站位！重要的是站位！不要粘成一团，注意角度，给你们的战友打掩护！"

连胜转身，指着她旁边的几个人到各自的位置去。那几个男生不亦乐乎地尝试，口号喊个不停，动作夸张而有趣。

围观的众人笑嘻嘻地看着他们行动，只当他们是在玩闹。可当他们开始一路向前，有惊无险地四处刷人头的时候，众人才发现连胜是认真的。

排兵布阵当然是很重要的，不是简单地将人聚集在一起。纵然这里太过狭窄，敌军又已经打入内部，排不开什么可用的阵法，但站位的思想不能废除。

连胜提刀四顾，督促那些战友道："不要松懈！不要嬉皮笑脸！你拿着刀在那里看什么？这里是战场，给我保持警戒！"

步兵校尉从前面过来，有些无奈道："我才是这个队伍的上官。"

"那你来！"连胜邀请道，"你来喊杀。"

步兵校尉恼羞成怒："你在敷衍我吗？你们不要玩了好吗？"

连胜的回答是干脆利落的一刀："你刚刚说什么？你说谁在玩？"

步兵校尉："……"

步兵校尉喝道："集合！列队！所有人给我认真杀！后面的快给我滚上来，我真的要骂人了啊！"

他已经非常克制了，喘了口粗气，亲自去后面拿人。

像这种比赛，总会有人躲到后面去。如果可以，他们希望自己开场抽到的是弓箭手。这不是怕死不怕死的问题，而是活着才能创造刷分的机会。有不少人是经历过数次的轮空才能排上一次，如果开场直接作为炮灰阵亡，简直是比轮空还要憋屈的悲剧。那是自己憋死了自己的希望。

若要死，毋宁尿！

步兵校尉留在后方监督，赶着小兵上前。对面且战且退，局势开始慢慢扭转。直到杀过了这一条路，对方转身迅速撤逃，毫不恋战。山上的弓箭手得到指令，从高处爬下来。

步兵校尉尝试组织人员："整队啊！快整队！"

他看着眼前依旧混乱的队伍，心力交瘁道："天哪，怎么会有这么乱的队伍？！"就差把"残兵败将"四个字贴在身上了。

这群人都是来自不同军校、不同专业、不同级别的学生，职位和兵种是随机出来的，没有打过配合，也没有过固定的站位，连武器类型都是随机分配的，几乎等同于街上随意拉了群人直接上场，区别只在于他们稍稍专业了一点。然而，这个队伍似乎是专业中吊车尾般的存在。这种情况，指望靠随意喊两句就能用好他们，不大可行。而在这样的大战场里，消极怠工的现象很严重，极为考验指挥的水平。

连胜安慰指挥道："小心点，勿急追。"

这样的队伍都能击退对面，显然是佯退、诱攻。前方地图不明，有埋伏的可能极高。

步兵校尉从总指挥处得到的结果也差不多，所以才在这里磨蹭，闻言看向连胜，想起之前她排的位置，问道："你是学指挥的？"

连胜淡淡地道："嗯。"

校尉求助道："给整整。"

连胜做了个手势，示意无所谓，上前一步，大声喝道："听我指挥！重步兵上前，枪兵和刀兵中排待位！所有人站位拉开！"

众人照令前后控制距离。

连胜错开一步，走到边缘，抬手指道："左边一列，三、五、六、九排男生出列！二列……"

连胜往前走，眼睛飞快在众人中间巡视，指定了一些体格高壮的男生，回收地上的盾牌，换装替补，到前排去，又点了几个体形偏瘦的重步兵换到后排。随后在枪兵跟刀兵之间临时调位。精锐放到前排和中间，保证队伍的攻击力。

连胜又看了一圈，皱眉道："刀兵为什么还混在弓箭手的队伍里？弓箭手你跑前面来做什么？！这里不是让你们认亲的地方，给我火速归队！左右对齐把空缺补全，人数多了就再开一排！站位拉开，都是军校生为什么没有一点备战意识？！"

一人小声道："喊。狐假虎威。"

恰好连胜在清嗓，这话就飘到了她的耳朵里。

她扭头，正想开口训斥，步兵校尉直接上前道："是她狐假虎威还是你自己不堪入目？有本事就拿刚刚的击杀数出来比比！”

他举刀指天，大怒道：“我说！谁再敢违抗指令，无故脱离队伍，躲到队伍后方的，我直接一刀先砍死他！不信你们就试试！”

身为一名小队军官，他当然有斩杀逃兵的权力。如果狠一点，还可以直接点名督战官出来。只是考虑到大家都是军校的学生，没必要做到这一步。但他的耐心已经到头了。

众人被他一吼，安分下来，等待下一步的指令。

步兵校尉冲连胜使了个眼色，让她领队进击。

连胜：“右二排弓箭手上前，盾牌保护，准备下山！”

她给几人指定站位，重步兵将枪兵和刀兵围在中间，周围和头顶用盾牌防护紧实。这样一个长方形的铁壁，准备妥当。

连胜下令道：“上！”

这一小批士兵沿着刚才敌军逃跑的山道往下走去，其他人远远地跟在后面。

随着他们的行动，前方的地图开始显现。

拐出小道，进入大路，两面是高耸的山体，适合伏击。

小兵们自己商量着，推搡着往前挪动。一直在大道上走了近百米，都没发现什么动静。

步兵校尉小声说：“没事儿啊？”

连胜：“再等等。继续前进！”

步兵校尉回头对着一干吃瓜群众说：“都时刻准备着啊，打起精神来！”

进击小队走了近十分钟的时候，前方终于落下一阵箭雨，箭矢密密麻麻地从两侧高山飞来。

“有埋伏！有埋伏！”步兵喊道，“有箭！”

连胜喝道：“蹲下！”

重步兵盾牌下移，立在地上，将周身遮得严严实实。

那几名小兵被突如其来的箭矢吓了一跳，下意识地想跑，又听连胜喝道：“都不要动，不要擅自脱离位置！调整好姿势，继续向前！”

众人几近吐血。

密密麻麻的撞击声接连响起，箭落在盾牌上的后劲与震动，以及那急促杂乱的节奏，给众人的精神和肉体带来了双重考验。

他们尝试了一下，始终找不到节奏，又不敢贸然前行。

一步兵忍不住喊道：“还要往前走？我们走不下去了！前面有人怎么办？我们不是去送死吗？”

“对面没有人出击，你们的前面现在没有敌军！”连胜说，“你们现在往回走还要走十分钟，往前走只要五分钟就可以走出危险区，自己选！”

步兵崩溃道：“你别骗我们，山上的人也可以移动的啊！这样走下去，天长地久的没有尽头好吗？”

“移动不了！前面山势渐平，弓箭手不好埋伏。”连胜说，“他们现在还不出击，估计是这边只有弓箭手！”

这种情况，如果有其他兵种配合，用箭矢封住他们的去路，再派刀兵或枪兵直接强攻，冲破他们的盾牌防卫，显然是更有效的办法，也不用像现在这样浪费羽箭。

但是对方没有，很大可能是这边只配置了弓箭队。

连胜沉声道：“如果相信我，就向前。如果不相信我，你们可以回去了。”

士兵刚想说话，步兵校尉开口说：“前面的地图还没开，回去之后还是要过来的。两边都是弓箭手，只能是你们的活了。自己看着办吧。”

盾牌内的士兵们：“……”

一个男生喊道：“我相信连标兵！现在我来指挥！我数到三，大家一起移动，争取早点完成任务！”

似乎也没有别的办法了，小队调整过后，再次起步。幸运的是，就跟连胜预料的一样，他们走过了这一段危险区，箭攻就停歇了。

连胜让重步兵把带去的几名弓箭手放下，守在山脚等候，保持戒备，可以适当休息一下。弓箭手们一般不会选择近攻，因为重步兵可以完美地克制他们。

“第一批过去的弓箭手注意隐藏身形，继续沿着山路深入。”

几位弓箭手终于回过味来，说道：“你拿我们当侦察兵啊！”

连胜：“不然呢？送你们过去干吗？”

弓箭手苦笑道：“不，我想问的是，为什么是我们？”

步兵校尉无视他们的话，直接传达上级指令：“向右，向右边的岔口。看见了没？往地图边缘的小岔口。”

连胜说：“建议分散行动，以免被一网打尽。”

弓箭手听命在前方侦察。

连胜盘腿坐在地上，说道：“其实前面那个地方只有弓箭手配置，已经基本可以确认，里面没有粮仓。”

步兵校尉：“你怎么知道我在找粮仓？”

连胜扭头看向他：“不是找粮仓，走这么偏的道干什么？”

之前听到左侧有呼喊声，正式的战场应该在那边，他们是被征用做侦察兵了。

从目前开出来的地图可以推测，楚队和刘队的地图是大致相似的。中间一条大路，一共有三个关隘。两队各占前后，中间未被占领，周围有小路可以绕道。虽然两边路况略有不同，但小路大致的方向和数量应该是一样的。

楚队把粮草藏在小道里，刘队也有可能这么做。

十分钟后，右侧地图基本被开到头。弓箭手在山上没有发现士兵来过的痕迹，确认前方无人防守。汇报情况过后，步兵校尉让他们先跟重步兵会合。

步兵校尉说："所有人准备，列队返回。"

"等等。"位于中间的步兵说，"举着这个真的太重了，能不能先换个人？"

他们要一直把沉重的盾牌举过头顶，一来一回，再健壮的手臂也耗不住这任务。

步兵校尉说："那就剪刀石头布，交给命运。一局定胜负，输的站中间。"

连胜："……"

她算看出来了，这个军官可以说非常随性了。

盾牌军用了一分钟的时间决出队形，重新列队，退出敌方射击范围，回归队伍。

他们放下盾牌，捂着耳朵龇牙。那些密集的箭头打在盾牌上，声波被闷在里面不断回荡，变成了一种无形的攻击。

步兵校尉挥手催促："同志们辛苦了，归队归队，转道撤离！"

经过之前的一战，他们只剩下不到四百人。这剩下的人由步兵校尉带领，过去开辟地图，寻找粮仓线索。

虽然被侦察队征调，但连胜依旧对战局一无所知。因为他们主动避开了所有的激战地区，只往偏僻的小道里钻，而总指挥的指令只传达给军官。唯一可以看见的，就是地图上方的人数统计。

楚队（4198）：刘队（3601）。

就这样看来，他们还挺占优势。但连胜总觉得不对劲，毕竟她还是挺期待赵卓荦跟季方晓的组合的。

第二条小路因为位于地图偏中，敌军火线密集，楚队指派了一支骑兵队和他们配合，由他们作为炮灰吸引炮火，帮助骑兵冲出火线，前去侦察。

侦察兵和炮灰之间的无缝转换，让这群人简直失去了对生活的信心。

"要不要这样？"众步兵哭丧着脸道，"小兵果然没有人权啊！"

步兵校尉给他们打气："加油！中间的关卡都被我们攻下了，照这趋势我们能赢！只要可以找到对面的粮仓来波强攻，胜利就是我们的了！"

步兵校尉说："你们都是为了胜利牺牲的英雄！"

连胜："我希望能做活到最后的英雄……"

步兵校尉说："这位同学，不要打击我们的士气。"

众小兵：说谁呢？到底是谁在打击啊？！

步兵校尉照例问道："有什么提议没有？"

"攻守兼备的话，我推荐锋矢阵。"连胜比画了一下，解释，"前锋张开，前头阵形呈箭形，骑兵在中间。因为弱点在尾侧，所以将重步兵拉到最后。既然目的是将骑兵送进去，这样方便将骑兵送进去。"

步兵校尉如是传达。得到总指挥首肯，连胜负责排列队形。

步兵校尉指着连胜说："额……你，对！就是你！你排那边去！"

连胜扭头一看，后方中位，在骑兵背后，可以说是一个非常安全的位置。那是大将的站位啊。

步兵校尉朝她狡黠一笑："我喜欢聪明的人。"

连胜跟着微笑："我也喜欢。"

一男生立马喊道："为什么？我也很聪明的啊！你知道我学年末成绩第一吗？我可是我科教授的得意门生！"

众人纷纷叫嚷道："谁还不聪明的吗？来个 IQ 测试啊！"

步兵校尉抬起下巴骄傲道："因为她聪明地拿到了本队最高人头数。"

众小兵顿时哑口。再给他们一个机会，他们一定好好杀人。

第二次交锋，连胜这边有八百多人，对面只有六百多人。

步兵护在外围，损失最为惨重，帮助骑兵撕开防线后，迅速后撤。这一次的助攻，让步兵队伍人数从近四百人缩减到不足两百人。

步兵校尉请求支援，总指挥让他们先回营地。

众人回营地补充饥饿值，顺便合并了另外一支只剩一百人且校尉阵亡的步兵，随后就接到了查探第三条小路的任务。两支步兵队伍的成员手握着手还没来得及感慨一下各自的辛酸历程，又要走上一起送死的道路。

所谓小兵，不是在死，就是在死的路上。

连胜虽然身体素质不是最佳的，但是己方步兵校尉命够长。而这位命长的校尉显然拿她当军师，一直保护她的生命安全。

炮灰小队在经过多次死里逃生之后，最终确认第三条小路依旧没有粮仓的踪迹。对面的粮仓就跟神秘失踪了一样，哪儿哪儿都没有。

根据地图来看，可能的几个点已经被排除三个，剩余两个。如果不是他们运气太差，大胆猜测，另外两个点也是错误的。更大胆的猜测，或许敌方还把粮草留在战旗附近。

当然，这不合理。因为粮草会占据很大空间，让士兵不便列阵，导致关卡内守卫薄弱。那可是最重要的防御区。

指挥得到汇报，似乎也有点抓瞎，暂时没有给他们下一步的安排。

此时，比赛已经进行了三个多小时。

双方人头数——楚队（3451）：刘队（2616）。

领先对方将近一千人头数，仿佛占尽优势。

第二十一章

指挥权移交

步兵校尉带着两百多号人往营地赶，目前待命。

这群步兵很是疲惫，毕竟东奔西跑地走了三个多小时的山路，还时刻在危险的边缘徘徊，大概是所有士兵里运动量最高的了。跟守在战旗附近的士兵相比，完美展示了什么叫阶层差距。

小兵叉着腰，请求道："前面这位同学，向上打个报告让我们休息一下吧。我们需要时间来缅怀逝者，你们这样是对生命的亵渎。"

步兵校尉回头道："你们这样，是对分数的亵渎。"

另外一个男生说："羊毛也不能只在一只羊身上薅呀，我们这都走多远了？我请求跟骑兵更换岗位。"

连胜举手："我请求跟押运官更换岗位。"

"再给我一个机会！"男生匆忙改口道，"我也请求成为押运官，我一定把我的生命和粮草紧密相连！"

步兵校尉"啧"了一声："我比你们好吗？我也没休息过啊！"

指挥没有指令，这边又是安全地带，他们就慢悠悠地散步。

众人开始讨价还价，极尽真诚道："所以，都是为了大家啊。"

步兵校尉捂着耳朵，倏地脸色一变，挥手轰赶："回防回防！对面来攻城了！"

众人有些茫然："攻城？直接强攻？"

步兵校尉在后面催促，大声喝道："跑起来！快！再晚你们的分数就真没了！已经破关了！"

众小兵闻言虎躯一震，撒腿狂奔，朝着老家赶去："坚持住啊！你让他们一定坚持住！"

连胜被动地跟在众人身后，时刻关注着两队的人头比例。

此时人头比分的差距依旧将近一千，说明楚队优势明显，为什么急着把步兵调集回去？他们虽然现在是空闲的，但之前被指派去查看小路，距离老家起码有一半的路途。舍近求远？看步兵校尉的表情，应该很急才对。

他们跑到中途的时候，发现两队轻骑兵也在火速往回赶，多方人马交会在一起。

连胜再一看，楚队人数忽然开始锐减，短短几分钟内直接挂了两百多人，还在不断继续，呈直线式下滑。

步兵赶路还得靠跑，速度相对缓慢，两队骑兵直接从他们旁边奔驰而过，逐渐消失在视线内。不久，他们听到身后传来一阵杂乱的马蹄声，连带山路的地面都在微微颤动。

原本以为是敌军，再一看，发现是己方的重骑兵队伍。

连胜皱眉道："为什么会有这么多兵力被派在外面？"

此时没有人回答她的问题。

连胜说："把人都调回来做什么？远水救不了近火，外面的地是都要白打了吗？"

就算是老家被攻也不应该这么慌张。实在不行，仗着人多，可以直接冲去对面的关卡来波围魏救赵，除非己方防线已经彻底被击溃。但战旗附近应该都是最强劲的兵力，怎么可能这么容易被拿下？

"别说了！"步兵校尉在前方指道，"转转转！现在去粮仓！"

众人闻令冲入大道，转向跑去粮仓。

然而没等他们赶到支援，所有人头顶飘过一行红字——

［公告］系统：楚队总指挥阵亡。

消息一连播报了三遍。

众人：啥玩意儿？！

步兵校尉没忍住，说了一句脏话。

众步兵顿时无措，停在了原地，面面相觑。

总指挥中场就阵亡？现在是要怎么办？这后面还怎么玩？

步兵校尉的耳边全是众人迷茫的咒骂，背景里还夹杂着各种喊杀呼号，听不清是谁的声音。

群龙无首，阵脚自乱，真是没有比这更糟糕的情况了。

指挥权已经顺势转移到负责数据分析的副指挥身上。然而此刻粮仓附近兵力集结，敌军和友军都混战在一起。楚队又被总指挥阵亡的消息打得措手不及，无法及时消化这个信息，根本没人听副指挥鲁明远的话。

鲁明远忙得焦头烂额。各方请示都发到了他这边，而敌军现在就在己方阵营，他手上的一堆数据还没有结果。左右两边都是紧急要务，该先处理哪个？他连个商量的人都没有，在忙乱中不知所措。没人在听他的话，他也不知道该听谁的话。

他只是一个后勤人员啊！

如此紧张的局面，别指望有人会来管他们这边的步兵了。

步兵校尉拿不定主意，不知道是应该继续前攻，还是暂时回避。

连胜观他的表情，联系指挥阵亡的消息，已经能猜到现在的局势。她单手扶腰，找了块石头先坐下，说道："粮仓那边现在应该人员密集，但是毕竟空间有限，不要再往里面挤人了，再去只会添乱而已。"

里面多是骑兵，骑兵那可是一人一马。

步兵校尉说："你怎么那么淡定啊？这死的不是总指挥，是成打的分啊！"

总指挥都挂了，失败还会远吗？

"现状是，我们只是小兵，无法推测军情的情况下，不要擅自做主。"连胜说，"对面现在在收割他们的战略成果，这是已经无法阻止的。不过我军人数还有优势，刚刚骑兵也已经进去，最多只是大受打击，不会那么容易告败。相信副指挥，等吧。"

每到这种时候，她都忍不住唏嘘。损失，自己做小兵真是他们的损失。

前方战场的实际情况，现在无从知晓，但显然不大乐观。双方人头数量都在急剧变化，尤其是楚队。人数差距已经从九百缩减到不足四百，不知道要用多少的牺牲才能让楚队缓过这一次的危机。

众小兵守在原地，只能看着那一排数据不断变动，心中疼痛非常。

胜利的光芒在逐渐熄灭，前途真的是一片渺茫。

总指挥意外阵亡，被召集回来的骑兵只能奋力守住他们的粮仓。

骑兵从后面赶来救援，原本内外夹击是一个很好的攻击机会，可惜正好赶上重大事故，被刘队抓住空隙，冲入队中，彻底打乱了阵形。

骑兵的作战能力虽然优异，可并不适用于这种狭窄的地区。马匹受惊，直接冲撞了旁边的战友。比起敌军的冲击，来自友军的自爆之力显然更为惨重。

他们需要的其实是步兵，可是现在步兵因为行动速度慢，反而被骑兵队挡在了林道的外面。

鲁明远挠了挠头，挥开地图，先调整各方队伍。

他一直守在战旗附近，没有亲眼看见粮仓的战况，不了解那边的混乱。听取多方汇报后，担起指挥的重责，在频道内安抚道："骑兵队伍后撤或进入内道，换步兵上前。各校尉注意！调控一下己方的位置。防守！不要慌乱，先稳住自己的士兵！只要我们稳住，他们就会自己撤退！"

大部队全部回了阵营，楚队还有人守在外围。只要里面稳住，再让外围的步兵上攻，做到里应外合，就能让刘队有去无回。然而，还没等他们稳住，刘队见好就收，直接转向撤逃。

连胜众人守在林道口，士气低迷，等待里面的消息。

不久，地面传来轻微的颤动。

连胜厉声一喝："躲开！"

步兵校尉蒙道："躲哪里去？"

连胜率先站起来，往林子里面走去，应道："躲一边去！"

步兵校尉迟疑了一下，决定听从连胜的建议。众步兵们后知后觉地往两边撤走。随即，刘队的兵力气势汹汹地冲杀出来。

他们根本没管这支零散的步兵队，只要不拦他们，基本无视。连胜粗略扫了一眼，确定对面起码有近一千人。

如今他们势头正盛，楚队还没能及时调整，他们就有魄力叫停撤逃，看来不简单啊。要知道止盈跟止损，都是很考验人的。

此时双方人头比数——楚队（2311）：刘队（2267）。

几近拉平。

刘队退走之后，鲁明远的声音在众人耳边响起。

"楚队士兵请注意，我是副指挥鲁明远。总指挥刚刚已经阵亡，现在指挥权由我接管。"鲁明远说，"请大家不要惊慌，我军优势尚在。粮仓、战旗，都没有意外，中路关卡依旧在我们的势力范围内。刘队的强攻只是正常交锋而已。"

鲁明远说："现在所有人在原地待命，各校尉重新向我汇报情况，我会给大家下达指令。请时刻保持备战状态，敌军很可能会卷土重来。林道口的队伍，现在往营地转移。骑兵依次出粮仓。"

"另外，那个，"鲁明远问道，"连胜还活着吗？"

连胜走过去，跟步兵校尉打了个手势，校尉这才知道她的名字，回报道："她还活着。"

鲁明远舒了口气，搜出连胜的名字，给她加了一个校尉的军衔，然后把她拉进频道。

连胜："我等着听你们的辉煌战绩。"

一校尉问："这是谁啊？"

另外一人说："没听说过。"

"没听说过是对的，这是连标兵。"某人毫不收敛地吹嘘道，"我联盟大学指挥系的奇才！"

鲁明远打断他们："大家都先保持安静，我们现在时间紧迫，对面很可能会整队强攻，不要占用频道闲聊。”

“先回答我三个问题。”连胜揉着额头说，“一，为什么楚队大部分的兵力都派在外面？二，为什么刘队会有那么多的兵力进攻粮仓？三，为什么总指挥会阵亡？”

鲁明远深吸一口气，说道：“说来话长，简单说，就是我们被坑了一把。”

因为大家都想知道楚队会怎么应对这次的意外，所以镜头转到他们这里，却没想到鲁明远的第一动作竟然是呼叫连胜。

屏幕里他话音刚落，体育馆就响起一阵声音，带着夸张的感叹，语气里说不清是期待，还是嘘声。

连胜先前的分析句句在理，同一步兵队伍的人是听见了，也体会到她有真水平。但这些并没有在直播中被展示出来，毕竟整个战场被分成了许多块，多个视角，而被选中在体育馆里播放的，都是最为重要的场景。譬如楚队如何攻占中间的关卡，获取先场优势，又譬如刘队是如何攻破他们的防线，实现逆袭反杀。

而这些镜头都跟小兵们无缘，他们只是默默无闻的炮灰。更何况，就算镜头给了他们，管理员也不会把音频主场交给一个小兵。

调到楚队的军官层后，这位开场扒衣的零分小兵的声音才清晰地出现在体育场里。

多数人却并不看好。

连胜问出的三个问题，虽然犀利，但也正说明了她对局势完全不了解。在这样动荡的战局下，他们不赶紧找一个知情的人接手指挥，稳定军心，反而去呼叫一个新人小兵。

联盟大学想提携后辈新人，也未免做得太明显了。

林冽不停地有些小动作，开始坐立不安。

系主任问：“林少校，如果是你，你觉得现在应该怎么办？”

“我并不擅长做指挥。而且现在来讲，我的观点没有任何意义，因为我不在场上，我了解的信息比他们多。”林冽顿了顿说，“不过楚队的劣势无可否认。”

楚队最大的损失不是失去一个总指挥和一千多个人头，而是整体士气的低迷，主动权被对方夺走。鲁明远虽然是副指挥，但他同时也是一个数据分析师。总指挥阵亡后指挥权顺势下移，只是应急之策，他们必须尽快确定真正的总指挥。

连胜身为小兵，或许在联盟大学里有些声望，但这个军校联赛，联盟大学所占的比例只是少数，她要怎么去说服其他人听从她的指令？就算鲁明远愿意扶持她做总指挥，也没有那么简单。

“是的，情况很糟糕，但还没到最糟糕的地步。”系主任说，“连胜的表情告诉我的。”

连胜有点抑制不住唇角的微笑。她想安静地做个小兵的，但是对方没给她这个机会。

她旁边的步兵校尉惊悚道："你脸抽了吗？"

连胜不屑一哼，将他的头推开。

众步兵正在往营地走，给后方骑兵腾位置。

"我……"鲁明远看了一眼地图，说道，"我现在很忙，在接报告。谁来简单叙述一下战况？"

一名校尉不耐烦地道："这种时候还浪费时间？跟一个小兵解释个屁啊，赶紧整队！"

鲁明远不悦道："整队是我的事情，我正在整队，而且她现在不是小兵，是校尉。"

"我来说吧。"某校尉自告奋勇说，"我嘴闲着不想用来浪费，我大致说一下。"

原先那人接连被联盟大学的学生戗声，心中不爽，但没有再争吵。

那校尉解释说："其实对面一直有在中路强攻，但是人数不多，只有一个校。"

标准每校有兵士七百人，他们这边因为人数限制，大约是五百人。

"我们这边起先留了四个校的兵力，所以没怎么在意。"校尉说，"但是不知道为什么，他们像魔怔了一样，一直在中路强攻，还不停地派兵过来，导致他们开场人头数锐减。然后前线侦察数据里面发现，他们兵力分散，各条路上都有。总指挥觉得没什么危险，就派出一个校出去开地图。"校尉说，"这时候我们这边兵力还是够的，粮仓一支，战旗两支。"

连胜皱眉。原来那些人头数都不是在对战里赢到的，而是对面主动送的。

"当然了，我们也是很警惕的！起先我们以为他们会有什么阴谋，但是打了三个多小时，除了刷到一堆人头分什么也没发生。"那校尉说，"人数优势的基础已经奠定了，但是对面的粮仓却一直找不到，指挥就又派了一个校出去找粮仓。这没毛病吧！"

连胜：总觉得他在害怕自己批评他……

鲁明远那边接嘴说："我把现在的兵力图发给你们。"

鲁明远又额外给连胜发了一张："连胜，我给你发的第二张就是对面突击前的兵力图，虚点是我的推测。"

前期楚队的确侦察出了刘队兵力的大致分布情况，可后期楚队沉迷于开地图，不停地向前突击，就把刘队抛在了身后，导致后期鲁明远的地图预测上出现许多不明的虚点，而且虚点总体在下。如果仔细看的话，这个时候应该要心生防备了。

但是因为刘队佯装战败，队伍溃散，一半还留在后面顽抗追捕，一半顺势偷偷向下。各方“逃兵”聚集在楚队的家门口，加上先前一个校的兵力，趁对方不察，一举进攻，正好打了他们个措手不及。

好一个骄兵之计啊。

那校尉说：“哦，我再来说一下我们总指挥是怎么死的。”

“对面忽然出现一群兵力，大概有一千五百人，我们也是很震惊的。他们刚开始是来攻占战旗，这时候我们营地总共就两个校，战旗失守就完了，所以暂时把粮仓那边的人调了一半过来救急，然后让中场的骑兵尽快往回赶。可是打到一半，他们忽然不打了，转道撤去打粮仓了。

“哎呀，这怎么行的？粮仓那里就半支队伍的兵力，他们过去就完了！后面还怎么玩儿？”校尉深吸一口气说，“当然对面为什么会知道我们的粮仓是有点奇怪啊，现在已经不重要了。总之！我们指挥就带兵追过去守粮仓了，把战旗这边交给后面赶过来的骑兵。”

这时候兵力一团混乱，四处换道，士兵不知道详情，心里估计是很慌的。指挥变来变去，才是自杀式的行为。

“可是打到一半他们又不打了，转回来杀指挥了。没防备啊！山间小道你看见了吧，撤都没地方撤。指挥在中间啊，根本不知道发生了什么，知道了也来不及后退，指挥就被自己人活活堵住了，然后对面不要命地冲过来直接杀死了我们的指挥。”校尉咋舌一声，“杀死指挥之后，我们这边没反应过来，一时没人接手队伍，对面趁机又开始杀人。但是我们马上整队开始反抗，我们应变能力其实没毛病，真的。但是杀到一半，对面指挥又大喊一声：‘烧了对面的粮仓！’他们又进去了！”

连胜：“……”

“杀了我们指挥还想烧我们粮仓？想得美！于是所有人都挤到粮仓去了。再然后我们的骑兵也挤进来了。”校尉叹了口气说，“人多，没指挥，士气低迷，加上马匹受惊，总之后面的你都知道了，一言难尽啊。”

这校尉描述得很生动形象，声音似乎是带画面的，能让人直接脑补出他的表情。

刘队就是欺负他们没指挥，才敢屡次变卦玩弄他们，趁乱收割人头。从一开始，对方就没指望能一次推倒战旗，或者烧毁粮草，只是想借此吓吓他们。如果真的烧毁了粮草，楚队无所顾忌，直接堵住去路不让他们走，那么一千多人恐怕都要折在这里。

连胜最讨厌有人在她头上玩奸计了，感觉这是在愚弄她的智商。

刘队指挥显然是个很有胆识的人。开场设了一个看似明显得不能再明显的陷阱，但是很好地隐藏了自己的目的，还抛出了一个诱人的利益，让人忍不住想要踩踏进去。

楚队的警惕在不断扩大的人头比分和不断收到的捷报中终于瓦解，给了刘队以可乘之机。

用一千人头分的风险，换取这样一个陷阱。值吗？

值，太值了。这不都挣回来了吗？顺便还捞走了一个总指挥。

就在他们说话调整的空当，刘队已经收割了楚队分散在外的兵力，顺道还有中间的关卡。

此时人头比分——

楚队（2021）：刘队（2250）。

人头数已经被赶超。

楚队众人没有心情去理会这个，深吸一口气，强逼着自己不去看地图上的数字。

鲁明远问："连胜，你说现在应该怎么办？"

连胜等人已经到了营地，她现在站在步兵队的旁边，一手遮光，眺望远处。

连胜干脆道："放弃粮仓。"

频道里安静了一秒，然后众人齐齐惊道："你说什么？"

"我说放弃粮仓。刚才就应该干脆地放弃粮仓，直接拿了对面一千个人头。有这人头优势，可以直接速战速决，两个小时，绝对够了。"连胜说，"他们就捏着这个把柄，让我们付出了不止一个粮仓的代价。"

一青年喊道："没听过放弃自己粮仓的！你是对面的间谍啊？你懂不懂战场啊？"

连胜："破釜沉舟都没听过？"

青年说："这是两件事！"

连胜深吸一口气，严肃道："任何情况下，一个人会拿一样东西来威胁你，是因为他想榨取出更高价值的东西。不要去祈祷对面会有任何的善心，抱薪救火，明白吗？"

青年急躁道："你少来！纸上谈兵谁不会啊？放弃粮仓说得好听，对面如果知道了，打游击，你能保证两小时内干掉他们一千多个人吗？心不要这么大行不行？"

此时刘队正在整队会合，顺便清扫战场，等待下一次强攻。

方见尘和赵卓荦负责守在战旗附近。赵卓荦蹲在地上，不安道："其实我觉得……击杀对面总指挥，也许不是一个明智的选择。"

这等于给了她夺权的正当理由。

刘总指挥说："射人先射马，擒贼先擒王啊。杀总指挥还不对了？"

方见尘说："对面还有一个指挥。"

"对面多的是指挥啊，军事学院那么多人学指挥的。"刘总指挥说，"那又怎么样？影响力比得上原装的？总指挥阵亡就是最大的打击，换一个指挥能厉害到哪里去？"

联盟大学几位学子默默仰头，心道，或许是能厉害到天上去。

季方晓说："放心，她没那么容易上位。这毕竟不是联盟大学内部的比赛。"

刘总指挥问："你们在说谁啊？"

"连胜。"季方晓顿了顿说，"对面那个零分小兵。"

刘总指挥闻言大笑："我说你们没事儿吧，还怕她？一个零分小兵？你们联盟大学玩这么大的？"

另外一人说："我能笑一年好吗？你们什么情况啊？季指挥我以为你不会怕的。"

方见尘沉痛摇头："你不懂。虽然你是我们的总指挥，但是好想也让你死一次。"

在这样的紧急关头，楚队内部为下一步的决策陷入了争吵中。

鲁明远说："大家都不要急，现在不能急，好好说。"

"现在必须急！"那脾气火暴的校尉说，"对面就要打过来了，我们还在这里听一个娘们胡扯，她一个零分小兵会打仗吗？我不管你们联盟大学想做什么，但是别连累我们这么多人！"

连胜忍着怒气道："那你打过仗吗？"

校尉吼说："肯定比你多！"

"不放弃粮仓的兵力，正面冲突根本就赢不了！对面的两千人和我们的两千人不是一个概念你明不明白？！"连胜也生气了，非跟她用性别抬杠，语气冲道，"刚才的混战里我们死得最多的就是骑兵！我问你，一个骑兵跟一个步兵怎么打？你非上赶着送死吗？别再盯着你的人头数了！"

校尉问："那带粮跟不带粮的又怎么打？非要先把自己饿死吗？"

"蠢货！"连胜恼怒骂道，"你带脑子了吗？！"

校尉不想跟她说，直接弹出系统提示："自荐总指挥！"

鲁明远也迅速点了自荐。

"吵屁，别吵了，直接投票吧。"校尉说，"你们是选一个零分小兵陪着联盟大学的人一起送死，还是选我和他们再拼一场。快一点，已经没有时间了！"

虽然联盟大学的人是愿意支持连胜的，但在这样的军事联赛中，被选中的人数原本就不多，选上校尉的就更少了。

最后鲁明远只拿了四票，对面的校尉拿了八票。

［公告］系统：楚队指挥权移交。

连胜："……"

鲁明远："……"

连胜冷笑："呵呵。"

新的总指挥走马上任，频道内一阵沉默。

鲁明远显然非常不高兴，但是他没有出声。

在这种时候，楚队竟然陷入了内乱。体育馆的人旁观了这一场指挥权的争夺战，也有些茫然。

"连胜是谁？"

"不知道。但是季方晓他们都挺看好她的，应该很厉害吧？"

"应该是的。方见尘、季方晓啊，不都是军事学院的名人吗？我都听说过了。"

坐在旁边的一名教授幽怨道："连胜也是我们材料工程学院的名人，就是被指挥系骗走了。"

周围群众：感觉不是一个次元的对话……

"不过从开场到现在，他们已经内涵联盟大学好几次了吧。当我们看不见？记住他们这群人了！"

"对。回去查查是哪个学校的。"

"同志们！上论坛上论坛！"

一男生挽起袖子道："快上三夭论坛，有人竟然大放厥词，欺负我联大无人！"

三夭就是提供他们实战模拟技术支持的公司，此时论坛上一阵血雨腥风。

起因是第一军事大学的学生，也就是楚队新任总指挥的校友，在观看赛事过程中，不满连胜公然戗声，意图争抢指挥权的行为，出来发了一个帖子。

《零分小兵也敢做指挥？联盟大学怕不是要完！》

帖子暗指连胜没有自知之明，竟然在这种情况下挑起团队内部矛盾。而联盟大学的副指挥更是假公济私，趁着暂时拥有指挥权，把一个零分的小兵破格提拔为校尉，居心叵测，不可言喻。希望他们能自我反思，改过自新。

文中顺便还嘲讽了一下原指挥，被刘队耍得晕头转向，死得毫无尊严。就这水平也能拿到那么高分，估计就是刷分上去的。草包何必为难自己，祸害四方？

之后原指挥的校友——联盟军事大学的学生也开了一个帖子。

《如何才能做好一个优秀的副指挥？做好风险预警和提示的重要性。》

文中暗指原总指挥场中阵亡的主要原因是副指挥的配合不到位，没有及时发现刘队的阴谋。如果副指挥的作用只是统计人数的话，那机器可以更快速且更精准地做到。发展数据分析这一岗位的原因，就是为了弥补机器所无法保证的逻辑分析和战略推理。

鲁明远做到了吗？他没有。他只是完美地做到了一个背景板。那要这副指挥有何用？！

随后，日常抹黑一下联盟大学。

传说中指挥界的未来之星季方晓，以及已经预备进入军部的鲁明远和方见尘、赵卓荦等人，原来只是传说。这群人眼界太窄，竟然光盯着一个零分小兵，想将她炒作上位吗？军界又不看脸！

每次军界出现一个有名的军装美人，多数情况下都是名不副实，光用来做招生和外交的门面，简直是军界的搅屎棍行为。没想到竟然提前出现在了军校里。

抵制！必须抵制！

最后，再顺便黑了一把新指挥所在的第一军事大学，表示原指挥挂了，这位新的也不远了。

全文声情并茂，井井有条，旁征博引，论述清晰。比一军的那个帖子有深度多了，也拉仇恨多了，于是他们发帖的速度慢了一拍。等他们开完帖子才发现，隔壁一军竟然在骂他们！

我的天啊，脸呢？！这群人怎么那么不要脸呢？！

同时一军也发现了联军的长篇黑帖，火速带人赶到。联军和一军的人热烈地掐在了一起。

等联盟大学的人上网，发现这两个神帖，虎躯一震，怒火攻心。

这两所学校又公然抹黑我校，有毛病没有？

要完要完，成天要完，你是吃丸子噎死的吗？

整天要完我校，我校屹立不倒。全联盟第一大学岂是浪得虚名，欢迎来战。

联盟第一大学？谁封的？能不能要点脸？

这是群众的心声。

非军事大学里面的一个杂牌专业，我一军没说话，怎么轮得到你们？

我联大底蕴岂是你们区区一军能比？一群四肢发达头脑简单的蠢货，带脑子了吗！

你联大是了不起，喊出来压阵的指挥都是一个零分小兵，这底蕴确实比不过。纵观我校近百年，都挑不出这样的人才，亏你们还有脸出来混。

零分的人的确是不多见，已经不是转系生可以掩饰的了的。毕竟如今模拟对战是全民可以参与的活动，哪怕不是军事学院的学生，账号里都可能攒着几十分。

除非她从来没有参加过模拟对战。

而一个没有参加过任何模拟战的学生，那不就是专业的外行吗？

这个质疑乍听起来真没毛病。

联盟三所名校之间的名誉争斗，其余军校不想蹚这浑水，任由他们咬得不可开交。

众吃瓜群众表示，看得很爽！不要停，请继续浪！玩得越大就越好！

众联盟大学学生几乎怒火攻心，拍下光脑给连胜声援："连胜！狠狠打他们的脸！"

我倒要看看对面新指挥厉害成什么样了，能打得怎么样！找出一点bug（漏洞）我绝对不放过他！

连胜去抢指挥！我相信你可以的！

再杀一次指挥吧！刘队，拜托你们好好发挥别让我失望！

请睁大眼睛看清楚！对！最丑的那个就是新指挥！

此时战局内，新指挥开始发表讲话。

"这是大家的选择，已经说明了一切。"新指挥说，"鲁明远，我相信你是一个专业的副指挥，这不是一个人的战场，也不止有联盟大学，这是万人大战场。我希望你明白。"

鲁明远说："你这是什么意思？你觉得我要捣乱？"

新指挥说："我相信你是一个有职业素养的人。既然这样，我们开始吧。对面马上就会有动作，我们不能浪费时间。

"粮仓和战旗各留下一个校，其余人守在关卡前面，准备迎战。"新指挥道，"各队待命，我来整队。鲁明远，把最新的兵力图给我。"

连胜说："呵，你这是穷途末路，真打算去送人头？"

新指挥忍无可忍地道："你阴阳怪气的有完没完了？现在总指挥是我！我已经很客气了，你再这样就别怪我不讲情面。"

站在旁边的步兵校尉一直听着他们的对话，忍不住摇头，走到连胜旁边，做口型让她别说了。

“既然这样我就直截了当说了，你自己看着办吧。”连胜转了个身道，“对面大概率可能会直接强攻。”

新指挥咋舌：“当然，我也知道。”

连胜心说你知道个屁，继续道：“对面现在有两千两百人左右，守粮仓的估计不会超过三百，因为我们到现在还没有发现对方的粮仓所在。守战旗的可能也不会超过三百，因为对面已经准备强攻，想要一举拿下，留太多的守卫没有多少用处。也就是说，对面来攻人数会多于一千六百人。”

新指挥跟旁边的人耸肩，表示不屑。

“如果我是他们，我会把步兵留在战旗边上，率领众骑兵过来。楚队现在只有两千人，你直接让一千人去分守粮仓跟战旗，根本就是在分散自己的兵力。”连胜说，“先不说双方的士气，单就骑兵的数量来比你就已经输了，你想怎么打？更别说对面还有绝对的人数优势。”

鲁明远直接截和了新指挥的话，问道：“所以你的建议是？”

“以其人之道，还治其人之身。”连胜说，“给我一支骑兵，假意骚扰对方的粮仓，拦住他们的兵力，剩余人直接去推战旗。对方现在后防空虚，肯定来不及回援。我军只要拖延时间，拦住他们，再次反转也不无可能。这是他们的机会，但也可以是我们的机会。谁能把握先机，谁就能拿到胜利。”

一校尉说：“可是我们根本不知道对面的粮仓在哪里啊。”

连胜猜测道：“对面的粮仓大概率就在我们第一次去开图的小路上。”

“那里没有！”新指挥抓狂道，“不是你们自己去开的图吗？”

“当时是当时，现在是现在。根据地图来看，那里是最安全的地方。”连胜说，“两边弓箭手待位，中间配一支步兵，就可以用最少的兵力，保证最基本的安全。没有更好的选择了。”

鲁明远快速思考判断。

新指挥说：“这不过都是你的猜测。”

“我不赞同你说的话，这是基于分析的合理推测！”连胜说，“为什么我们找不到对面的粮仓？为什么对面兵力这么分散？对面地图现在只有一个区域我们还没开，那就是他们的战旗。难道粮草能放在战旗附近？这显然不可能。唯一的解释就是，他们在移动粮草。

“开第一条路的时候我就觉得很奇怪，为什么那么适合埋伏的地方他们不多加一队步兵？就算里面没有粮草，也可以削弱我军的兵力。这更像是故意要让我们知道，那里面没有东西。之后也是一样，看似在阻拦，但最终都有惊无险地让我们过去了。这把戏还不熟悉吗？”连胜说，“或者你能找到更好的解释？”

众校尉沉思。听她这么一讲，挺有道理。

玄乎的事情，就是越想越会觉得玄乎。

连胜说：“我的意见是放弃粮仓。抱着粮仓一起死能加分吗？都面临这样不利的局面了，你还想打几个小时？难得双方兵力集结，你以为这一战还分不出胜负吗？不拉出粮仓的战力，我们根本撑不下去！”

新指挥说：“你的推测是很有道理，可全是你的猜测啊！你的战略是基于概率建立的。”

连胜重复道：“这是基于事实！”

新指挥：“你这就是冒险！”

连胜险些喷出一口口水：“和你的战略比起来我这实在是太保险了！”

体育馆内阵阵惊呼。

猜测几乎全中，跟敌方的战略完全吻合，包括粮仓的处置、他们转移粮仓的地点，以及他们留守战旗的人数。

此时刘队还在一派轻松地集结兵力，准备来攻。

刘总指挥恐怕到死也想不到，自己刚刚还在嘲笑的零分小兵，已经完全看穿了他的计划。一条兜裆裤都不剩。如果楚队新指挥这时候采纳她的建议，那么胜负的结果还要再翻一翻。

这得是多少内存的大脑？多少个窍的心？指挥系是不是还要修习读心术？原本以为她对战局毫不了解，没想到却是全场最通透的一个人。可她只是一个接触不到军官层信息的小兵啊！她是从什么时候开始考虑的呢？

有学生忽然反应过来，挥手道：“快快快！打脸的机会来了！网上伺候！”

此时，原本在论坛里闹腾的学生，诡异地出现了断层。联盟大学众人骤然开始转变风向，嘲讽之气大开。

我校零分指挥的水平，与一军顶级优生的素质。我快不行了，哈哈！你们怎么不接着吹了？

小姐姐好漂亮，人美聪明又霸气，可惜就是当不上指挥，心疼。

我喜欢小姐姐的装扮。上身大盔甲下身大裤衩，就是和外面那些妖娆货不一样。

刘队最大的败笔是干掉了对面的总指挥，楚队最大的败笔是让刘队白干了自己的总指挥。我真是有才！

系主任拍腿笑道：“哈哈哈，热情洋溢，处变不惊，是不是？”

第二十二章

千里走单骑

连胜拍了拍脚上的泥，说道：“现在看似敌我差距不大，但其实已经不容乐观。双方的差距会直接决定之后的走向。你不铤而走险，那败局已定。”

新指挥说：“你不要在这里危言耸听了。”

连胜：“那你倒是想想我说的话，假使对面就要这样做，你能找出应对的方法吗？”

新指挥沉默。

一校尉说：“先别管她是什么身份，已经说到这地步了，也有道理，正常情况下，难道不该听取吗？”

新指挥说：“那你想怎么办？”

连胜：“我需要一支骑兵。”

“我们已经抽不出骑兵了，而且你刚刚自己也说了，我们现在兵力不足。”新指挥说，“如果你猜的是错的，你再抽走一支骑兵，那我们楚队也是彻底完蛋。”

连胜用力揉了把脸。

新指挥说：“而且也未必有人愿意跟你走啊！”

连胜看向旁边的步兵校尉，说道：“能刷分，信我。”

他们步兵队到现在几乎就没怎么刷过分，表现也不亮眼，不可能得到教授的额外评分，只能期盼一下获胜的奖励了。

于是步兵校尉给她支援：“从我个人的角度来讲，我是愿意的。我不会放弃任何获胜的机会与可能，也不想忽视其中的风险和隐患。我的学级评优就靠它了，谢谢。”

新指挥烦躁地高声道：“可是我们抽不出骑兵队！我们上哪儿抽一支骑兵队伍出来？”

连胜说：“如果不是骑兵队，我们就靠腿，等跑到对面黄花菜都要凉了。”

连胜还没跟他继续商量，前线侦察兵汇报道：“报告，有情况，刘队正面来攻！人数暂时不知，但声势浩大，请做好准备。”

新指挥摘下头盔撸了把头发，烦躁地道：“我们现在争吵这些根本就没有意义！刘队的人都打到面前来了！”

“现在这些就是紧要，这就是你的战略！”连胜说，“对面打到面前又怎么样？你慌？！开战前夕你还不决定你的战略，想直接拉着人就上吗？原始人都不是这样的打法！”

新指挥说：“我的战略早就已经决定了！”

众人都疲惫地叹了口气，他们根本无法说服对方，打从心底的不认同。

侦察兵继续汇报道：“对面已经在靠近了，我的指挥们，到底该怎么列队？”

再争吵下去已经没有意义了，他们简直是拿最宝贵的时间在浪费。

现在也只能正面打一波，拿点可怜的人头分，作为最后的收获。

连胜走回到队伍旁边，说道：“就这样吧，你继续你的战术。排兵。”

新指挥闭上眼睛将思绪在脑海中过了一遍。

他否决了连胜，相当于是否决了联盟大学的一批人。可他也不敢保证连胜说的就是错的，或许还有一丝想法认为她说得很有道理。连胜自信且果断的推测和布局，确实影响到了他。

联盟大学众人静静旁观，脸上带着一丝微笑。就这样，非常好。他们错失了最佳的机会，这已经变成一道送命题了。

事实已经证明，连胜的猜测是正确的。

如果现在新指挥答应，而最终却输了，是因为错失了最佳的时机。新任指挥优柔寡断，延误军机的罪责难以摆脱。如果新指挥答应，而他们也幸运地赢了，可以说是连胜的功劳，是她在力挽狂澜。

照目前情况来看，楚队新指挥要是继续坚持己见，楚队大概率会输，那他们就可以尽情嘲笑一军的那些家伙。大佬有心带飞，无奈他们自甘堕落。何苦？

仔细想想，还是最后一种带感。

楚队新指挥说：“如果你能召集得了人，那你就带兵去吧，总之我不会给你抽调兵力。”

连胜被气笑了：“你的意思是让我自己招兵？”

新指挥：“你只有不到五分钟的时间，如果没有人愿意跟你去，或者人数不到一百，就自行归位。我不会让你白白浪费兵力。”

连胜一面往一侧奔跑，一面在公频喊道：“楚队所有成员请注意，我是联盟大学的连胜。如果有愿意跟我去对面偷旗的，现在就前往营地左侧集合！我再说一遍，现在愿意跟我走的营地左边集合。快！”

众兵听见指令，一脸茫然。愿意跟她走的？什么意思？

紧跟着新指挥的声音又响起："其余士兵听令！除去留守战旗和粮仓的校队，所有人营地前方集合，准备迎敌！连胜那边的是突击小队，自愿参与，但不在我的指挥范围。无论情况如何我都不会给予支援！"

队中士兵问道："是分开行动吗？"

各校尉点头："对。"

随后零零散散有几人出列，朝着左边过去，其余人整队向前备战。

连胜站在旁边掐时等候，最终过来的不足三百人，大部分还是联盟大学本校的学生为了支持自己的校友。

他们不知道现在的详情，也不明白指挥分开行动的目的是什么，站在一旁等着连胜解释。

连胜让这群散兵先列阵，在人群中穿行，看见了一个熟面孔，惊道："程泽？你怎么会在这里？"

程泽："你说呢？"

这毕竟是随机分配的战场，谁也无法保证被分配成了什么。

连胜感慨说："看见你也是小兵，我就安心了。"战友情，果然还是存在的。

程泽说："可我还是个骑兵。"

连胜说："不就是胯下多了匹马吗？"

她绕了半圈，又看见了一个熟人。这不是叶步青吗？看来这场联赛里面确实是有很多高手的，小兵也不可轻视。

他们最终召集到了六十一名骑兵，其中多是程泽和叶步青拉拢的战友，其余的全是步兵。

连胜问："骑兵的马能坐几个人？"

程泽说："两个，而且速度也会减慢。"

"那也好过用腿跑。"连胜指着前排道，"一排步兵出列，跟着骑兵过去，其余人跑步前进！过关卡，转中路，在绿点等我指挥。"

连胜上了程泽的马，将可怜的兵力分成两批，往敌军营地行进。

他们从小道过去，避免正路行军的大部队。走出没多远，已经可以听见旁边传来的阵阵厮杀声。

还真是两军对垒，国家安危，悬于一将。

连胜耳边全是各校尉的紧急汇报。新指挥在调派各队，努力活跃士气，但依旧掩盖不了战力的紧张。

他们依旧没去动粮仓的兵力，被最精锐的士兵留在了战旗附近。

刘队后方人群还在不断靠近，他们的压力只会越来越大。随着人数差距开始明显，一旦引发恐慌，那就是一溃千里，不可遏止。

过了中间的关卡，连胜直接带兵转向宽阔的中路。程泽等人原本还有些担心，没想到一路过去，竟然没遇到任何阻拦。

程泽四面查看："中间的关卡我记得是被他们占领了。怎么现在都没看见人？"

连胜说："楚队旧指挥阵亡，人心涣散，不趁着这时候决一胜负，还给我们留时间慢慢调养吗？"

他们这边的都是散兵，没有时间调整小队频道。有计划只能当面说清，调派灵活度大大降低。

骑马跑了十分钟，他们才到达先前的小道路口，连胜命人停下。

先批一百二十二人的阵形：二十五名重骑兵，三十九名轻骑兵，三十名重步兵，其余全是弓箭手。

她把所有的弓箭手都调了过来。

"重步兵铺开！"连胜只有一个指令，"全体守在这里，不要让任何人出来！"

士兵蒙道："就守着？不进攻？这里面是什么？"

连胜："多半是粮仓。"

小兵一阵激动，说道："那还不打？！都已经发现了对面的粮仓，怎么就带这么几个人？"

"你们打不过，对面人多。"连胜言简意赅地说，"我们选最窄的道路，就守在这里。重步兵的盾牌可以分五到六排，后排重骑兵撑住，弓箭手得到指令就攻击。目的不在刷人头，但务必拦住所有要出来的人。程泽，这里交给你接管。"

程泽直接问道："对面有多少人？"

连胜："我预计不会超过三百。"

程泽爽快应下："那可以，但时间不长。如果对面强攻，我只能保证争取二十分钟的时间。然后，场外再见。"

小兵说："其实我更想问，对面躲着不出来怎么办？现在兵力紧张，我们过来就做这事儿？"

连胜没时间跟他们解释，拄着刀道："大家既然选择相信我，那么请听从我的指挥。我可以大言不惭地说，本场战局的胜负，就把握在我们手上。"

连胜打开地图："不信大家现在可以看看双方的人头数。"

此时人头数——

楚队（1785）：刘队（2019）。

双方兵力消耗迅速，交战不过十几分钟，已经阵亡了五百来人。因为基数够大，颓势还不明显，但阵亡者中楚军所占比例异常高。

连胜说："如果状况持续，我方战旗被推倒只是时间问题，唯一的办法就是比他们更先一步，偷袭刘队营地。"

一骑兵说："怎么可能？我们就那么几个人！"

连胜："这是指挥的事情。指挥要做的就是，不辜负每一个士兵的牺牲。"

连胜退开一步，朝他们深鞠一躬。

"现在我无法对你们做任何的保证。我愿意为了最终的胜利尽我所有的努力，但我也只能把这个艰巨的任务交给你们！将士们，请背负起这份重担，不要退却地向前，因为这是我们唯一的选择。"

连胜抬手喝道："轻骑兵，跟我走！"

叶步青带着其余的几位轻骑兵前去找后方的步兵会合。他们在指定地点等了几分钟，大部队才姗姗来迟。

叶步青代替连胜，说了之后的计划。

"什么？强攻战旗？"众步兵面面相觑，迟疑道，"我们这就不到两百个人啊！还全是步兵，怎么强攻敌军营地？"

叶步青说："目标只是拿下战旗，从中间一点突破，别的都不管，到时候由我指挥。"

小兵说："那也不行啊！那是刘队战旗啊，我们强攻，连门边都碰不到吧？"

叶步青："对面人不多。"

小兵争相道："只是猜测吧，地图都没开，怎么知道有多少人？"

果然这样大胆激进的战略不是所有人都能接受的。

双方并不是真正的指挥和小兵的关系，每个人都有质疑的权利，可他们根本没有时间再去解释。

楚队旧总指挥的经验告诉连胜，最有力的理由，只有事实。

叶步青说："等待开地图，看看里面究竟有多少人。"

小兵："谁去开？"

叶步青说："连胜。"

一个轻骑兵护送连胜过去，以防路上遇见侦察兵，他好充当炮灰。

二人顺利来到刘队关口的外围，远远地躲在暗处。

"就送你到这里了。"骑兵将马让给她。

连胜牵过缰绳说："其实你可以送我到更远。"

骑兵："你想我陪你一起进去吗？"

连胜："不是，我想让你把裤子脱给我。"

骑兵扭过头，拔腿就跑。

连胜翻身上马，最后一次汇报总指挥："我现在去开地图，如果对面的人数如我所料，希望楚队的士兵最后不是抱着粮仓一起死的。”

总指挥此刻焦头烂额，根本没听清楚她说了什么。前线战况不佳，队伍正在退走。再退就要退到他们营地后方，也就是战旗所在，形势严峻。

他捂着耳朵说道：“我现在没空跟你争吵，我很忙！”

连胜没有在意，摸了摸马脖子。上马后才发现，骑兵有两种操作方式。

第一种是系统辅助稳固下盘，将两腿和马腹自动夹紧，以防落马。士兵只需要控制好上半身的重心即可。缺点是两腿不能自由动弹，骑马姿势固定。

第二种就是士兵自行控制。

系统默认第一种。毕竟这年代，没有人会真的去学骑马。

连胜调成第二种模式，带着战马踱步适应。望着眼前这逼真的古战场，连胜心中升起一股久违的熟悉感。

这里才是她的战场，这里才是她的天下。

连胜单手持刀背在身后，脚跟用力，往马腹一蹬，马匹直接向前奔去。铁蹄勾起黄土，扬起一道沙尘。风声呼喝，一路往耳后飞掠。

刘队侦察兵站在营地边缘的关卡墙头，远远看见，喊道：“对面来人了！准备准备。”

刘队总指挥亲自带兵出征，战旗这边交给了赵卓荦。

赵卓荦有些惊讶。楚队还能抽出人马？立马警觉地问道：“多少人？”

侦察兵自己也不大相信：“好像是一个。”

方见尘从地上站起来说：“你搞笑呢？”

“真的是一个啊！”侦察兵急道，“她过来了！”

清清楚楚的，只有一个身影，却不是从正面而来，而是从侧面绕着关口一路飞驰。

赵卓荦此刻守在营地后方的战旗附近，鞭长莫及，只有方见尘带着弓箭队在前方守候。

“管她是谁，拦住！”方见尘搓手道，“弓箭手出列，给我狙击她！”

弓箭手举着武器，爬上墙头，瞄准目标。众人仔细一看，才发现不对劲，惊道：“怎么跑得这么快？这马也能开挂？”

战马是好战马，只是他们不会骑。挺直腰背，还要保证重心，怎么可能快得起来？对于可能将人甩出去的操作，系统都不允许。但连胜可以。

弓箭手发现得太晚，又因为决策耽误了最佳时机，等准备好要射击的时候，连胜已掉转了马头，紧贴着城墙跑动。

方见尘等人站在她的斜上方，一通乱射，要么偏离，要么被连胜的大刀挥开。

这就是弓箭的缺陷。力度不够大，速度不够快，准度不够高。对他们来说，还是有点陌生。

不过一眨眼的工夫，连胜即将靠近入口。

狙击的梦想可能要破裂了，方见尘急忙下令："快快快，都下去，拦住她！"

众士兵又急急跑下了城墙，聚集在门口。

他们蹲下身，抬起弩弓。耳边已经听见急促清晰的马蹄声，知道对方距离不远，计划着趁她转向减速的时候，发一波攻击，直接将人击毙。

脑筋还没转完，也没来得及跟队友打出信号，连胜带马从拐角冲出。

他们手忙脚乱地扣上弩机，尚未瞄准，就见连胜一个急转，朝他们冲撞过来。

马会被绊倒！所有人心里都是这个想法。

虽然撞上战马会带走他们一两个人头，但这马上的人也跑不掉了。于是中间的人默默往旁边退开，寻找更好的视角，方便围捕来人。

可当战马到了他们的跟前，竟然腾空四蹄，长鸣一声，纵身起跃，从他们头顶飞过。

那马腿上坚实的肌肉轮廓，倒映在他们眼里，是他们从未想象过的画面。

连胜左手勒紧缰绳，控住上身，另外一手握着长刀，朝后狠狠砍下。

只见鲜血飙出，原本想用肉体和她同归于尽的两位弓箭手先行一步被弹出系统，只留下系统控制的"尸体"，瞪着眼睛倒在地上。

众弓箭手眼睁睁看着变故发生，久久说不出话来，等找回自己的声音，整齐地传出一声——"靠！！"

此时目标已经跑远了。他们枉然地射出几箭，疯狂吐槽。

"马还可以这样跳的吗？我怎么不知道有这功能？"

"我要举报这马开挂了！"

"别闹，三夭什么时候有挂了？"

"那马为什么能跑那么快！"

"我猜那是真的在骑马啊！这年头真的会有人去骑马吗？"

方见尘一路往里面跑去："报告报告！有一个人过去了！请注意，是连胜，一个不穿裤子的连胜！"

他们都是弓箭手，没有骑兵，当然追不上一个逃跑的骑兵。

里面留守的士兵一脸不敢置信的表情，刘队总指挥听见频道里的对话，喊道："喂，联盟大学的几个，不要那么明显地放水，小心玩脱了！"

赵卓荦转身，对着身后众人道："所有人集合，不要因为她是一个人就放松警惕，给我直接拿下她！"

此时场外呼声连连，除了感慨就是惊叹。

千里走单骑，匹马闯险关？一人有着千军万马难挡之势。

林洌看着眼前这一幕，震惊道："她什么时候学过骑马？"

系主任："网上可以学呀。"

是可以学，只是没有人会去学而已。

林洌垂下眼睑，自语道："她学骑马做什么？"

这样精湛的马术，没有成年累月的训练应该是学不出来的。

场内，连胜一路向前，地图中灰色的一块终于清晰显示出来。

里面是他们的营帐，再往里，就是他们的战旗。

从关口到营地中段，一路都没什么人影，可以推测留守的人员并不多。

楚队众人皆是震惊，绝没想到她一个人能走那么远。看着地图上的标识，陷入窒息般的寂静。

叶步青适时喊道："里面没有大部队，绝对不会超过三百人！所有人准备，开始强攻！"

叶步青拍马上前，率领众人，喝道："目标是他们的战旗！不要命地往里面冲，只要拿下他们的战旗，就算只站着一个人，胜利也是我们的！出发！"

众步兵跟在他的身后，朝着对面营地一路快跑。

楚队总指挥才发现那边的情况，鲁明远催促道："地图已经开了！召集粮仓的士兵，给他们争取时间！"

总指挥下达指令："粮仓所有兵马营地集合！火速集合！"

连胜靠近了刘队的战旗，最后一块地图终于开完。鲁明远确认敌军总人数：二百八十七人。

她扭头准备离开，迎面两把长枪扫来，几位骑兵已经追上，发起总攻。

连胜顺势后仰，上身紧紧贴在马背上，右手刀锋一转，割向一侧骑兵的腹部。

那骑兵正探出上身攻击，受伤之后直接翻落马背，他的战马抬起前腿开始暴动。

连胜扯着缰绳用力一拉，让坐骑朝后躲开，前方几位骑兵的马匹立马撞在了一起。

亲眼围观这一幕的刘队士兵又一次真诚地感慨："靠！！"

赵卓荦策马赶来，在众人背后指挥："攻击马腿！"

步兵紧跟着守在后面，拦住连胜的去路。

连胜轻蹬马腹，战马迈开步子轻快上前，靠近步兵的时候转了个向，侧身面对他们。

刀兵见马速度减缓，直接出刀，却没料到连胜一脚踩住马镫，挽住马脖子，翻身半挂在马上，朝着他们先砍出一刀，然后又重新上马，躲开攻击。

下盘够稳，如踏平地。

连胜回头，面无表情的脸上带了一股威慑感。

比马术，这群小子还差了好几个年头。

众刘队步兵已然傻眼。是耍杂技的吗？哪个团的？！

赵卓荦往另外一边赶去，指挥骑兵开始包抄。他们留下的骑兵不多，只有三十来人以备不测。

赵卓荦在后面吼道："拦住前面，不要让她逃走！她就一个人，通通稳住！"

"你们什么情况啊？！"刘队总指挥急了，"对面一个人还是一个校？你们搞我心态呢？"

刘队总指挥发现老家情况不靠谱，可能还得看自己，而这边的大部队也已经杀到营帐前，就剩一步之遥。他抬刀直指前方："火速！不要给他们支援的机会！"

此时几名骑兵将连胜围在中间，银光闪烁，数道兵器一齐刺来。

连胜低头，直接滑下马，抬手一刀敲在马臀上。战马吃痛嘶声一吼，猛地前撞。前方骑兵心下发紧，朝旁边撤去，挡住了自己的战友。

连胜就地翻身，借着灵活的优势转到了旁边。抬手一拽，将上面的人拉下来，同时按住马背，翻身而上，成功抢走刘队骑兵的坐骑。

众吃瓜刘队士兵已经要疯了。

赵卓荦崩溃道："别再喊了！认真点杀！"

方见尘从后方气喘吁吁地赶来，看见那瞩目的人影和混乱的局面，厉声喝道："连胜！留下小命！"

刘队士兵陷入深刻的自我怀疑中，连胜顺势杀得风生水起，突出重围，朝着赵卓荦的方向纵马而去。

赵卓荦举刀相迎，严阵以待。

二人武器相撞，铿锵鸣响，但连胜骑术精湛，行动间不仅灵活还很多变。

她的刀锋随着身体下移，划拉至赵卓荦的刀柄处，借着巧劲往外一滑，突破他的防御，砍在他的腹部。但那刀刃经过多次砍杀，已经有些卷了，再加上赵卓荦盔甲等级高，并没有致命伤。

连胜回头看了一眼，发现他竟然还安然无事，不由皱起眉头。

赵卓荦姿势都没变，直接又一刀砍下。这一刀是实打实的力气，连胜手臂都被震得一麻。

连胜不信邪了，刚刚明明是朝着缝隙去的，怎么可能砍不穿？

她策马暂撤，甩开身后的小兵。两人激烈交战，她抓住空隙，又砍了一次，而赵卓荦依旧还活着。

她一时没想到是自己武器的问题，指着赵卓荦道："我已经砍了你一刀，请你配合我倒下。"

赵卓荦："……"

说时迟那时快，身后骤然响起一道声音。

"趴下！射！"

语焉不详，而且根本没给他们反应的时间，箭矢直接朝他们这边飞来。

数支箭一起射中了她正头疼的不死对手，她险些要以为是友军来了，然后后背跟着也中了一箭。

连胜："……"

赵卓荦："……"

"我……"方见尘深吸一口气，脸上漾起一个猥琐的笑容，"我报仇了？"

数十道箭矢过后，两个身影轰然倒下。方见尘不敢松懈，又让人继续射了两箭，确认二人阵亡，才停下攻势。

众士兵举着自己的武器，一时不知道该做何反应。

他们干死了自己的校尉，心底有一股浓浓的愧疚感……以及兴奋。

方见尘叉着小腰骄傲道："我刚刚让他躲了对吧？是他自己反应不过来是吧！"

旁边的小兵说："我觉得他也在你的报仇之列。"

"不要胡说，我们浓浓的兄弟爱！"方见尘脸一板，"所有人就位，现在听我指挥！敌军即将来攻，注意守住战旗！"

目睹了这一切的副指挥匆忙地在队里呼叫："报告报告，方见尘打死了赵卓荦，抢走了指挥权！我官阶比他高，我现在很害怕啊！"

刘队总指挥歇斯底里地喊道："你们别玩了！这都什么时候了？！"

方见尘应道："我在守啊！对面这不还没来呢，你那边怎么样了？"

刘队总指挥咬牙道："你放心，我们很快！"

他嘶声在阵前吼道："快上！再不上我们老家要被自己人打空了！"

方见尘不满地道："别这样说啊，什么叫自爆，我这是为了大多数人，留着一个连胜多祸害啊。和群众的生命安全比起来，优秀同志的牺牲简直物超所值！"

叶步青带着人一路飞跑，想要赶过去支援。

他没想到地图开完之后连胜还能活着，而且周旋了挺久。只是被人拦住，出不了阵营。无奈他们是骑兵，其他人却是步兵，尤其是这边还留了不少重步兵。原本人数就少的队伍，瞬间就被拉开成了三个阵列。

他们要抢战旗，玩的就是突击。少数人过去有什么用？

叶步青策马回到众人身后，对着众人鼓舞道："兄弟们，跑起来！火速赶去支援，拿下本场战旗，胜利就是我们的！"

他话音刚落，就传来了连胜阵亡的消息。

虽然早有预料，众人还是忍不住惊了一下。

楚队总指挥动作一顿。看了一眼地图上方的人数，又看了眼突击小队的位置，再看一眼己方险峻的状况，心"咯噔"一沉。

跟连胜说的一样。这场比赛如果不能赢，那他真的是要倒霉了。

"拦住！"楚队总指挥提起一口气喊道，"给他们争取时间，守住战旗！"

两军冲在一起，地上"尸体"无数。战旗就插在不远处的台上，被风掀起一角。

此时体育馆内一阵哗然，众人无心再关注比赛。

他们幻想过传奇小兵连胜的争霸之路，但是从未想过会是这样的走向。

前一秒还在振臂呼喊她的神级操作，后一秒亲眼看着神陨落。这转折来得太突然了，就像呼吸中一口气忽然被憋断。期待着她临死前能再挣扎一段，神经反射也是可以的呀！开场到现在，她从一个小兵成为全场瞩目的焦点，刚刚征服他们，怎么能就这样牺牲了？

> 我想重看一下刚才的画面。三百六十度的那种。求情校方给资源！
> 三天！连胜给了你多少钱，我给你双倍！我也要体验一下挂马的酷爽！
> 完全可以开发骑兵新玩法了啊！就拿这段录像！三天给广告费！
> 我觉得方见尘说得很有道理啊。不杀她又是一个祸害。

连胜被弹出系统的时候还有些蒙。她没想到对方连自己的指挥都敢杀。不过他们人多，有资本这样任性。

设备的门打开，一个机器人来到她旁边，提醒道："请尽快离开训练室，三分钟内不离场将会被强行送离。"

连胜活动了一下手脚，觉得四肢发软，径直往门口走去。她没去看结果，现在结果对她来说已经不重要了。

胜负……虽然和她的意愿相悖，但双方的差距是既定事实。

战术这东西是很神奇的，几乎等于把胜负的关键寄托于对手是否会落套。而显然，刘队指挥成功了。作为一名小兵，她可以接受这样的结果。但作为一名曾经的主将，绝对的指挥，她不高兴这样的结果。

连胜一路往宿舍奔去，掏出光脑，给林冽发去一条通信。

林冽还在恍神中，通信响起的时候，整个人颤了一下。她朝系主任点头示意，走到门口才接起通信。

连胜简洁道:“我比完了。”

林冽顿了一下，不知道为什么撒了个谎:“是吗？我这边在工作，没有时间去看你的比赛。抱歉。”

连胜:“哦。没事。”

两边都有点尴尬。

林冽靠在墙上，问道:“打得怎么样？”

“还可以，轻轻松松的小兵，就是后期不大好。”连胜说，“你之前说有人带我刷分？”

林冽那边顿了顿:“我晚点让他去找你。你注意接收一下信息。”

连胜点头:“谢谢。你忙。”

林冽在她挂断之前，急急地问道:“你很喜欢指挥吗？”

“喜欢，当然。”连胜挑眉说，“我不想再目睹一场失败的战局，我要走上最高的位置。在出现比我更厉害的人之前，我都不会放弃那个位置。”

林冽:“那你不喜欢武器吗？”

连胜说:“武器？也喜欢。这并不冲突。锦上添花为什么不喜欢？”

林冽不自觉地加重音量:“锦上添花？”

连胜:“那如虎添翼？”

林冽:“……”

连胜离开，比赛还在继续，但是整场比赛的高潮似乎就在连胜阵亡后消退了。楚刘两队的胜负已经不那么重要了，显出一股寡淡无味的感觉。最终也没有出现再一次的逆转。

方见尘命令留守粮仓的人出击回援，最后被一众重步兵拦住去路。

叶步青带着人冲进刘队营帐，遭到弓箭手和骑兵的强势阻拦。

方见尘等人在战旗这边等了一整天，就为了这一刻。之前被连胜挑起了战意，没能发泄，士气正高涨。叶步青等人还没能碰到战旗，楚队的战旗先被刘队收割下。

系统公告战局结束。

楚队总指挥丢下手里的武器，看着眼前欢呼的敌军心里五味杂陈，静静等待着最后被传送。

他们有过反败为胜的机会，但是他们没有抓住，甚至一步步把大趋势往失败的地步推去。争吵、内乱、抢权，最终什么都没能改变，反而做出了最糟糕的决策。

步兵行军速度太慢，赶到的时候已经浪费了太多的时间。突击小队战力太弱，士兵良莠不齐。粮仓兵力平白浪费，调派过来的时候，楚军已经颓势难掩，无法为突击小队争取到更多的时间。种种劣势相加，一步接着一步的错误，终究难以力挽狂澜。

如果连胜带过去的不是三百人，而是五百人，是不是就能赢了？

如果突击小队带去的不是步兵而是骑兵，那是不是就赢了？

他们只差那最后一步！

他忽然很想知道，连胜现在是什么想法。气急败坏、嗤笑活该，还是冷眼旁观？

哦，对，她还是零分，她应该根本就不在乎分数吧。

冷静想想，他也觉得连胜分析得对，可是在当时那样的情况下，根本没有时间让他冷静，否定这个想法已经根植于他的脑海中。人为什么总是会在关键的时刻犯蠢呢？可这种时刻的反应才决定了一切啊。

本场比赛最为人津津乐道的，果然还是连胜。

联盟大学众学子，挺直腰板杀上三天的论坛，在那两栋高楼下面继续刷帖子。

我联大新女神，连胜。我女朋友，谢谢。

连胜是谁？

兵神。我决定把她列为我抽签前必拜的仪式之一！

不，我觉得连胜的大刀在等你。

连胜这次肯定能拿到教授打分，不知道有多少。

我猜一百分起步。

别闹了，还一百！神级操作没三百说得过去？

你当积分还包邮呢？直接三百，不如去抢？

楼上不要开玩笑。坦诚来讲，连胜没能活到最后，又是一个小兵，比赛最后还输了，得分不会太高。

反驳楼上。先不说指挥上的神预测能打多少分，单人闯营成功开地图的战绩就绝对可以拿高分。再加上孤身闯敌营的传奇马术和刀法，指挥跟作战实力都没的挑。我大胆预测一下，总分会在五百边缘。

怎么都是我联大的学生？这又不是我联大的帖子。刚刚那群人呢？

再看这两条帖子，我心情忽然好好。真的，没见过打脸这么标准的示范。

我看后台，本帖已经申请删除了。

无耻！

一军和联军的学生保持沉默。

想听听楚队二位总指挥的想法。
想听听一军众同胞的想法。
其实我更想听听刘队总指挥看完分析的想法。他的骄傲会碎吗？

如果没有连胜，刘队这次大获全胜肯定会是最热的话题，刘队总指挥也会因为先期成功决策而大受赞誉。然而现在，黯然失色。

楚队先后两位总指挥才是最倒霉的。失败不算什么，指挥失误也算尝试，毕竟战场瞬息万变，谁也不能保证常胜不败，而且他们的表现也不算最糟糕的。

问题是他们的校友，一军和联军的学生，为了替他们甩锅，把脏水全泼向联盟大学，不料被疯狂打脸。结果出来后，新指挥更是成为众矢之的。

方见尘嘚瑟地跳着出了训练室，被等在一旁的赵卓荦直接勾住了脖子，拖拽着往前走。

“优秀！优秀！你不要这样，我们铝合金的兄弟情呢？”方见尘吃痛地喊道，“你就是这样对待带领你们拿下胜利的功臣的吗？！”

赵卓荦不为所动。

方见尘歪头问道：“哦，你知道我们最后赢了吗？”

赵卓荦额头青筋一跳。赢不赢关他什么事？他一分都没拿到！

“兄弟，稳住！”方见尘拍拍他的胸口，安抚道，“一切都会好起来的。”

楚队新指挥下了设备，走出门口。一群人齐刷刷地盯住他。

他的兄弟走过来，斟酌着开口道：“那个，我跟你说件事，你不要太激动。”

新指挥没理，埋头刷光脑。

朋友的眼睛一眯，戒备道：“你在干吗？”

新指挥：“买票。”

朋友：“去哪里？”

新指挥：“联盟大学。”

他的兄弟一惊，作势要拦住他：“你去真人搏斗？至于吗？！”

“我去道歉。”新指挥说，“顺便看看她到底是谁。”

林冽背靠在墙上，陷入沉思。系主任走出来问了一声：“林上校？”

林冽回神，站直看向他。

系主任说：“对了，你今天来找我，是有什么事吗？”

林冽犹豫了一下，摇头道：“没事了。打扰了，我先走了。”

系主任：“好的。”

林冽朝他颔首，转身离去。她走回自己的飞行器，发现孙颜主动给她发来了通信。

孙颜说："林上校，我儿子告诉我他的比赛已经结束了。如果还有需要的话，可以把小姑娘的 ID 告诉我，我转告他。"

林冽："好的。麻烦你了。"

林冽把连胜星网的 ID 号码转了过去，又说了一次谢谢。

孙颜见她表情似乎有些恍惚，多问了一句："也许有些唐突，林上校，你怎么了？"

林冽叹了口气："我今天看了她的比赛。她站到战场上，整个人都不一样了。"

孙颜轻笑："是这样的。那是他们的战场，如果有人敢拦在他们前面，都是挡我者死。这种时候不要跟他们讲情面。"

林冽低下头说："我们家里是没有传感模拟器的，我也从来没教过她。可是我到今天才发现，也许她真的很喜欢做指挥。她在我不知道的时候，做了很多其他的努力。"

林冽脸往旁边一偏，看着不知名的地方说："虽然她可能已经不记得她爸爸了，虽然他们性格迥然不同，但有时候，他们真的很像。"

张扬霸道，不容置疑的自信和果断。

孙颜说："也许是她不希望你担心，但是到了能自己做决定的时候，又想去试试。"

林冽闭上眼睛，问道："如果有一天，你儿子来问你，你会允许他走上前线吗？"

"这个问题，我也想过很多次。但最终能告诉我自己的，都只有一个答案。"孙颜用低缓的声音说道，"我希望他可以怯懦，但同时也希望他可以勇敢。这是每个父母都会有的矛盾和期盼。他所学到的，是我们和这个社会教给他的。如果他愿意为了这个社会，为了更多的人奋斗，我会感到欣慰，说明他爱这个世界。如果他要去追逐自己的荣光，我只能支持他。如果他不幸不能归来，我也只能用我的余生去缅怀他。可这都是他的选择，上校，只有他能选择。"

林冽一生做过许多艰难的抉择，但这些从来没有一个是来自她的工作。她永远无法像对待工作一样，自如地应对这些有关情感的选项。她不会为自己做过的决定而感到后悔，却无法阻止自己去回忆那些心痛的事实。

连胜回到宿舍，先洗了个澡。出来以后，打开自己的光脑看了一下，发现学务系统上的积分已经更新了。

的确是高效率。

查看明细。她本场击杀分只有十一，战败参与分十分，但是最后总得分刚好凑到了五百。

她又打开学院官网，查看教授的评语。众教授对连胜的评价都很高。

虽然本场战役失败了，但她的表现大大超乎了所有人的预料。战略上的前瞻性与实战上的攻击性都无可挑剔，所表现出来的胆魄跟勇气更是让人敬佩折服。各个方面都让人无法相信的零分传奇小兵。

实力值得肯定，未来值得期待。

同时，她也犯下了一个无法忽视的错误——战场上干扰了总指挥的决策。

不管总指挥的决策是对是错，士兵能做的只有服从和建议，她的做法显然已经超过了自己的权限。

给她凑够五百分，是因为几位教授一致认为她的实力不应该停留在零分的阶段，这是对她未来的期许。希望她能尽快将分数提上去，再次看见她出现在大战场上。

另外，这次获得额外判分的人数特别多。

本次跟随连胜一起过去的突击小队成员，全员获得了二十分的加分。叶步青跟程泽在战斗中的出色表现，再多十分，等于从侧面极大地肯定了连胜的战略正确性。

连胜放下光脑，准备出去吃饭，机体轻微振动，提示收到一条陌生信息。

那人询问她什么时候有空，可以上网带她了解一下三夭的相关规则。如果是第一次的话，让她先上去创建一个匿名账号。

打军校联赛的时候，学生是从校园内网转接三夭官方实名登录，但平时训练或上网，可以选择匿名登录。连胜才发现一个很严峻的问题，她连设备都没有。

她正苦恼间，外间传来响动，她的室友们回来了。

三个室友发现她房间的门是开着的，一起拥了过来，挤在门口。

室友甲惊道："你怎么回来了呀？我们还说找不到你呢！"

连胜擦着湿漉漉的头发问道："找我干吗？"

室友甲："连姐。"

室友乙："连姐。"

室友丙："老公！"

另外两人直接伸出手将她的头按下。

室友甲说："是这样的……"

室友丙顽强地抬起头，说："想找你签个名。"

室友甲被她打断忘了要说什么，点头说："这个可以有。"

连胜:“……”

室友乙说:“事关我校集体荣誉，虽然过程有点曲折，但连胜同志，你火了！”

连胜:“是吗？”

室友甲说:“你今天真的是太帅了！就想问问连学霸你是怎么学的那几招？什么时候学的？你是神吗？”

室友丙:“老公！！”

两人合力捂住她的嘴巴，把她拉到了一边。

连胜招架不住这些妹子的热情，丢下毛巾，走出来说:“我去吃饭了。”

室友乙点头:“你去吧，我们吃过回来的。去三餐，三餐今天的菜还挺不错。”

室友丙羞涩地道:“其实我有两个胃，我的第二个胃正在复苏且蠢蠢欲动！”

室友甲跟她挥手，小声道:“先留点脸，以后用。”

连胜吃过饭，又去训练室那边问了一下。果然已经借不到设备了，起码近一周都被预定了。于是鬼使神差的，她去了医务室。

医务室倒是有几个人在。

林医生依旧坐在一旁看光脑。

连胜走到他身后，林医生感受到，回过头来。

“哟，是你啊。不错。”林医生侧着身，一手拍着桌子道，“没看到直播，但是看到结果了。看来你打得不错，这一次好歹没抢指挥权。”

连胜弯下腰问:“你有那个吗？”

林医生一愣:“什么？”

连胜一时难以形容，伸出两个拳头撞了撞。

林医生猛吸了口气，觉得不可能啊，问道:“你这么快就谈恋爱了？”

“什么？”连胜说，“忙着刷积分，谁有空谈情说爱？”

林医生表情一沉，站起来说:“你跟我来。”

连胜一阵欣喜，跟在他身后。

林医生带她走到里间，站到一个检查设备的前面，按着她的头说:“先来检查检查脑子。”

连胜往下一弯腰，躲了过去，不满地道:“你干吗老让我看脑子？”

林医生冲着她喝道:“你脑子要是没毛病，能来医务室借训练设备吗？！”

连胜:“你这里机器挺多的。”

林医生怒道:“这能是一回事儿吗？！你拿我这里当杂物间吗？你脑子没病就是想故意耍我？”

连胜:“……”

“打扰！”连胜朝他敬礼，然后迅速朝后退去，“告辞！”

郑磊走在路上，看见落荒而逃的连胜，大声喊了一句：“连胜！”

连胜停下脚步，郑磊小跑着过来问道：“你怎么去医务室了？”

连胜干咳了一声，说道：“我来问问哪里能借到训练设备。”

“训练室不好借吧。毕竟除了我们军事学院的学生，其他专业的学生也需要用传感模拟器。每个月又有两周的时间腾出来给有比赛的人，靠排队得等到天荒地老。”郑磊挤眉弄眼道，“恭喜你拿了五百分！你是第一个拿到五百分的小兵啊！”

拿更高分的人不是没有，但起码都是校尉级别的。小兵一向按照指挥的命令作战，很少会有这样出彩的机会。

或许是因为郑磊的一声大喝被人听见，前面的一名男生忽然开始狂奔着朝他们靠近，然后横插在了两人中间。

二人都惊了一下。

来人上下打量了连胜几眼，抬起光脑，和上面的照片比对了一遍，确认无误。随后他身后又跟来一个男生，戒备地把他拉远了一点，朝着二人尴尬赔笑。

他的朋友小声抱怨道：“我说你冷静下来没有？你认识人家吗，就来学校找人？你这样人家会觉得你是神经病啊！”

连胜不知道他想做什么，活动了一下手指，随时迎战。

“你就是连胜？”那男生朝她伸出手说，“我叫张策，这次楚队的新指挥。”

张策主动将自己的手伸了过去，被郑磊拍开。

张策一副受惊的表情道：“你做什么？”

郑磊说：“你才想做什么！不要想着用这种机会握女孩子的手。脸呢？”

张策：“我从一军特意过来是来找连胜的，别把我想得那么猥琐！”

郑磊听见一军的名字，立马撸起袖子，不善地道：“谁搭理你啊！你想干吗呢？这里可是联盟大学的地盘，想惹事，慎重啊。”

连胜有些惊讶，没想到这人亲自过来了。

她虽然跟这人吵过一架，但其实没有正面见过，事后也没去看视频，对方脸长什么样，她是第一次知道。她觉得没必要啊，不就是意见不合争辩了一场吗？

连胜问：“你来找我干吗？”

“我来跟你道歉的。”张策顿了顿，脸色微红，但还是挺直腰板，字正腔圆地说道，“今天联赛的时候，因为我个人主观意见，否决了你的提议，导致了战局的失败，是我的错。”

连胜反应了一下才明白他说的事情，说道：“就为了这个？那你不用跟我道歉。”

张策：“不，我犯错的事实无法改变，向你道歉是我自己的选择。当然，我也没有期盼能得到你的谅解，我只是来表示一下我的诚意。如果你有什么要求……”

连胜听他侃侃而谈，直接打断他，有些不悦地道：“我说你不用跟我道歉，不是说你没有做错事，而是你不该跟我道歉。指挥当然有权力去否决下属的建议，这事本身跟我说的是对是错没有关系。在这件事情上面，你并没有做错。你只是分析失误，从而导致决策错误。”

连胜说：“战败的责任是你自己担的，无论是主将或是总指挥，都应该具备这个觉悟。你的责任，是五千个士兵，五千条生命以及你出战想守护的东西。你最大的失责不是没有听取我的意见，而是你让己方士兵平白牺牲，失去了作战的意义。所以，你真正该道歉的人，不是我。”

张策被她说得呆滞在原地。

就是这样的眼神，让他有一种无地自容的错觉。还有她说的每个字，都一瞬间让他觉得自己的行为尤为幼稚。天知道，他当时就是靠着战败后的一腔热血才决定过来的，可其实上车的时候他就有点后悔了。连胜认为这是毫无意义的吗？

连胜观他反应，发觉自己太严厉了一些，改口说道：“态度非常好，值得鼓励。觉悟不够高，有待提升。请继续努力，我看好你。”

张策听得一愣一愣的，直到旁边的朋友推了他一把，才回过神来。此时连胜已经走出一段距离了。

张策一时情急，在她身后直接喊道：“连胜！下次联赛我一定不会输给你！这次输给你，也不代表是我们军校的问题！期待下次的对决！”

连胜循声回望，人已经带着自己的朋友落荒而逃了。

“这人有病吗？”郑磊侧过脑袋说，“难道他以为你零分还能两次选上联赛？”

连胜纠正他：“我现在有五百分。”

郑磊：“没差别啊。”都是吊车尾的挣扎。

连胜哼了一声。

连胜还在为没设备而苦恼，躺在床上查了半天，都没找到什么可行的租借途径，正准备跟那个带刷分人士商量一下，林冽女士冷不丁儿发来一条讯息。

林冽：“我记得你还没有传感模拟器，训练设备明天寄给你。早上八点到，记得签收。”

连胜猛地从床上坐起，惊道：“你买的？”

林冽："不然你以为是谁？"

连胜："没有。谢谢。"

林冽："嗯，早点休息。"

连胜跳起来，打了个响指。有了设备，连胜立马联系那位带刷分人士，约定第二天的时间。

赵卓荦宿舍的四人正坐在小客厅里吃消夜。

他收到信息，说道："明天早上九点，都没事吧。一起上星网，帮忙带人刷个分。"

程泽闻言新奇道："你带人刷分？谁呀？"

赵卓荦："我妈一朋友的小孩儿。"

程泽搅着手里的面，意味深长道："这关系够远的啊。"

方见尘从椅子上扭过身，兴奋地问道："男的女的？是否单身？"

赵卓荦嘴唇微张："八岁。"

一切话题戛然而止。

方见尘扭回身体："再见。"

程泽惊道："这么小，打什么三天啊？当玩游戏呢？"

赵卓荦说："应该差不多吧，说想了解一下军事。"

"军事哪有这么简单，差别大了。而且她这也太早了。"叶步青问，"你要带多久？"

赵卓荦起身朝着方见尘走去，说道："先带着刷两分看看，我再找个借口回绝她。"

方见尘感受到头顶的阴影，嘿嘿笑道："我是一个爱好学习的人，我还有好几本书没有看呢。重要的是我还想自学机甲维修课，听说那玩意儿都很贵，我要为了将来的我省钱。"

赵卓荦说："你今天欠我一个人头。"

方见尘："别这样，那是我欠你的吗？那是我应得的！"

赵卓荦抬起自己的右手，打了个响指。

程泽说道："单身了二十多年的手，你自己保重。"

赵卓荦："……"

方见尘抹了把脸："我去。"

第二十三章

连胜八岁

早上八点，连胜起来接收设备，机器人将东西送到她的宿舍。

她的小房间非常狭窄，桌椅摆放随意。而且林冽之前给她带了不少东西，堆在一起，基本没有可以放这大件的地方，于是连胜先指挥着机器人调整房间内家具的摆位。

几位室友听见动静走出来，知道她带了台传感器过来。

室友甲说："你可以放在客厅里的。我看他们一般都放在客厅。把这个桌子清了。"

连胜往外面看了一眼，说道："不用了。谢谢。我房里可以摆得下。"

她们三个人都不是军事学院的学生，平时就喜欢在客厅一起看看剧、聊聊天。如果连胜占用了客厅，她们估计会很不自在。

机器人整理好从房间里出来，连胜说："我九点约了人一起刷分，再会。"

三人点点头，她退开一步，回自己的房间。

连胜过去打开设备的门，里面都是崭新的，连胜看着有点兴奋，按部就班地套上护具，点击开始。

私人设备的登录途径果然和训练室的不一样。在训练室登录的时候，是直接以真人形象进入的备战区，这里弹出来的第一个界面是创建匿名账号。

连胜想了想，咧嘴笑了一下。

她一生在各将军的称谓之间徘徊，始终拿不到大将军头衔，直接起了武官最高阶——"骠骑大将军"。

连胜在选择界面往下一滑，发现后面还有一个"为您推荐"。

改头换面，可以自行调整您的五官。

百变魔音，可以自行调整您的音色。

各售价五十点积分或两千星币。连胜点头，觉得这个也挺好，坑完一个还可以接着坑。但连胜没有那么多钱。她就五百点积分，看着实在是太鸡肋了。于是连胜决定两百分打底买装备，其余的先看看。

她刚买完两个“为您推荐”，后面又跳出一排的“为您推荐”。

连胜定睛看了一眼，又转过去看了自己的积分一眼。那……接着买一波？

早上九点，因为周末睡得都晚，几位还在房间里躺着，赵卓荦过去喊人起床。

方见尘嚷道：“天天就知道暴力胁迫你的室友，我们宿舍根本就没有兄弟情！”

赵卓荦说：“认真地讲，如果不是有室友情，你可能都活不到今天。”

方见尘：“……”他走进去，用力合上了门。

程泽和叶步青也相继准备完毕，四人登录三天。

赵卓荦在队伍里报了连胜的角色名字。

“骠骑大将军？不像是八岁女生起的名字啊。”方见尘搜了下她的信息，惊道，“这不是还有二百五十分吗？”

按照三天散人刷分的规则，这人估计已经拿过不少胜利的场次。

“真是个三天狂热迷啊，这年头的小学生了不得。”方见尘摇摇头唏嘘道，“我能想到，她的分，都是别人的鲜血。”

随机匹配最害怕遇到的是什么？当然是一些跟你仿佛活在异次元里的奇葩队友。被他两肋插刀，还要被迫带着他飞。毕竟小型战场的奖励清算只看双方胜负。

程泽说：“有两百多分？那还需要你带吗？应该打过不少场次了吧？”

赵卓荦微微皱眉：“我不知道。先看看。”

众人在 12 号等候大厅。宽阔的场地，偏白的配色，周围的人走来走去。

忽然前方传来几声夸张的感慨，人群开始往中间挤去。

连胜无视他们，顶着自己的名字从远处走来。

赵卓荦等人打眼一看，忍不住浑身一颤。

“这凶残的画风！”方见尘捂着心口说，“一年级，不能再多了！”

程泽嘴角抽搐：“一年级的人怕是会来砍你的。”

方见尘：“我八岁的时候已经是一个成熟霸道总裁了，现在的小辈都这么晚熟的吗？”

对面那人，夸张的配色和发型，拖地的礼花，明艳的外袍，短靴套长靴，长裤套短裤，衣服也是乱七八糟地穿在一起。总之审美异常。看五官，偏中性。眉毛很粗，脸形偏方，但被各式装扮遮挡，也看不大清楚。

那人淡定地站在他们面前，抬手打了声招呼：“你们好。”

听声音也有点沙哑。

感受到周围群众的目光，四人都忍不住退了一步。

程泽顿了顿，委婉地道：“我从来没觉得商城里的东西这么丑过。”

方见尘吞了口唾液，委婉道：“是这样的，小妹妹，我不是很了解你，但是打比赛的时候不要调身高和身型，因为这不符合你训练的目的，它会让你更不习惯。”

连胜偏头，方见尘那标志性的声音实在是太耳熟了。再看四人的名字，“步步青云”“隔壁优等生”“全盟第一炮”“天要下雨爷要夺帅”。

连胜点开他们的信息扫了一眼，四人积分都在十万以上，“隔壁优等生”接近二十万。

林冽女士说带她的人也是联盟大学的学生，还参加了上次的军校联赛，可不就是赵卓荦这些人了吗？

连胜挠挠头，摘下自己的帽子，遗憾地道：“都挺好看的，就是穿在一起很丑。”

几人不禁松了口气。知道丑，还有救。

赵卓荦问：“你打过三天吗？”

“打过。”连胜说，“但只打过古战场。”

方见尘说：“那这次开个新鲜的？都市机甲战场怎么样？”

程泽直接一掌拍在他的后脑：“你搞什么事情呢？有点觉悟没有？自己玩还是带人来了？”

都市地图非常复杂，因为有各式城区和避难所，限制颇多。

程泽说：“别理他。十人团，现代废墟战场，先组人。”

废墟战场以速战速决而闻名，地图很简单。

虽然是现代战场，但已经是一片废墟，基本没有高于一百米的建筑，面积范围也偏小。

对赵卓荦等人来说，打这样的地图，他们有着压倒性的优势，根本不需要指挥。而且他们不会把机甲转给连胜使用，真的只是尽职尽责地在带她刷分而已，把她当成个门童。

一直到正午十二点，他们一共刷下了八分，然后四人一起下了设备，准备出去吃午饭。

连胜独自待在星网里，消化这次的经验。

她悲剧地发现，跟着大号刷分效率实在太低，发了一上午的呆才拿了八分，还没机会接触机甲。她决定靠自己的本事去加个野队，练练手。

于是连胜一个下午的时间都在组野队。

新人打游戏嘛，难免会发生一些冲突，尤其是在新人局，总有一些自己不行，却非说别人不行的傻子。加上她异样的外貌装扮，让人下意识地觉得是个怪胎，很快就得罪了几个队友。

连胜没有在意，结束战局后重新加了一个队伍。又打了两场，她发现自己组不到队了。

连胜觉得有点奇怪。她的积分已经破零了，在新手当中不算拉胯，为什么屡屡被踢？

她挠了挠头，余光在旁边的墙面上看见了几个熟悉的字，起先没有在意，过了会儿才想起来，那似乎是自己的 ID 名。

[世界]往里往外：自古三天多奇葩，恭喜新手区又多了一个搅屎棍——骠骑大将军。

连胜抠抠耳朵。

[世界]往里往外：不杀生你组什么队伍，投什么机甲？普天之下皆你爸，来游戏里坑爹了是吧？

因为刚刚才组过队，即便是个炮灰连胜也还记得，就是个技术不行却从开场骂到结束的嘴炮王者。怎么还在骂呢？

一人从旁边走过，被连胜神奇的装扮吸引了过来。抬头仔细一看她的 ID，发现就是正在世界上被挂的那位同胞，立马小步跑着靠近，怂恿道：“有人这么骂你，你不向他发起挑战吗？”

连胜不解地问：“什么挑战？”

那人诡异地停了一下，然后说道：“就先设个擂台，然后邀请挑战。”他激动地道，“玩吗？”

连胜搜了一下这个功能，发现果然有这个选项。

擂台战：

以现有全部积分作为基础，开启擂台挑战模式。

计分规则：

一、以三场为单位的累积积分模式。即，赢一至三场，每场计一分。四至六场，每场计两分。七至九场，每场计三分……以此类推，上无封顶。

二、每输一场扣除十分。直至基础积分清零，挑战模式结束。

参与方式：

报名参与。挑战失败扣一分。挑战成功得十分。一人只有一次挑战机会，奖励丰厚，请踊跃参与。

连胜眼睛一亮。原来还有这种玩法？当下设立擂台，给还在刷屏的那位发去邀请，同时系统弹出一条公告。

［公告］系统：玩家骠骑大将军发起个人擂台，第一位挑战者：往里往外。将于五分钟后在擂台开启初次挑战，请玩家不要下线。

消息一出，后面立马跟上一排起哄的评论。

擂台？是擂台战吗？等我！我现在就来报名！

刷了这么久的屏真人终于出现了？

厉害厉害！居然直接开了个人擂台！

虎躯一震，饭都不吃了，先看热闹！

就是有回应的这一种才叫撕啊，我支持你们！前面报名的等我，我也去！

关于擂台赛，连胜仔细算了算积分。这规则对开擂者其实不怎么友好。

她的原始积分有二百五十八分，扣除二百五十分作为基础分，如今只剩下八分。也就是说，只要她输的场次达到二十五，擂台赛就会结束。

先期获胜每场只有一分，根据它的规则计算，她至少要撑到六十三场，其中拿到三十八场胜利，也就是至少 60% 的胜率，才算是回本。可失败的场次是固定的，如果真的想要刷到分，胜率起码得在 70%，甚至以上。

擂台赛是一场长期的比赛，所以新手区一般很少出现擂台赛，尤其是二百五十分这样的低分擂台，因为你可能还没有熬到高分场就先被淘汰了，简直得不偿失。而且既然分数这么低，就说明是个新手，想要达到 60% 的胜率，一般是不大可能的。

同此对比，系统对挑战者可谓优厚。失败只需要付出一分的代价，而成功就可以马上获得十分，风险和效益来比简直不值一提，是以三天从来都不乏一些专门狙击擂台比分的玩家。

总的来说，这是一场为高端高胜率高积分玩家特意准备的刷分活动。

正想着，连胜已经被传送至擂台。

如果说三天的大型模拟战场是指挥系的狂欢，那么机甲对抗赛就是战斗系的盛典。擂台正是机甲对抗赛中的一种玩法。

她对于机甲操作问题，倒是没有太多担心。

赵卓荦说，机甲操作方式有两种。

一种是手操，最原始的操作方法，进入军部以后才会学习。但是从传感器被研发出来之后，它就逐渐被淘汰了。冗杂的操作指令，思维的反应速度，直接造成了手操机甲的滞后性。在战场上更是多次因为临危反应不及时导致机体被直接摧毁。于是就催发出了现在普遍的操作方式——传感控制。不需要太多的操作技巧，跟真人行动同步。

传感器最早就是军部研发出来的产品，近五十年开始向下大力推广，从此机甲机型开始朝固定模式发展，机甲手的单兵实战能力也被越发重视，可以称之为机甲史上的一次重大变革。

即便是在军队里，机甲也不多见，对驾驶员的选拔尤为严格，既需要年轻的力量，又需要老成的经验。毕竟一台机甲被摧毁，直接意味着数千万的损失。如果是机密性的高级机甲，那更是研发人员多年的心血和难以计量的国家财富。

多数人一辈子也看不到所谓的机甲，只能靠着三天的设备过过瘾。

“往里往外”早就准备完毕，在红色擂台上跑来跑去，催促她快点准备完毕。

喂！快一点啊！

都上了擂台，不会想后悔吧？

别浪费我时间，一局都快打完了！

连胜只是横了他一眼，并没有出声。她在比赛进入准备阶段，看见机甲选择框的时候，才发现自己搞错步骤了。她应该先购买机甲，再点击擂台。现在她只有系统自配的初始机甲。

这台初始机甲跟之前赵卓荦驾驶的差不多。她选择了外壳白色。一个炮筒插在身后，配置一把剑，没有盾牌。

根据机甲后面跟着的详细操作说明来看，这种机甲能源利用率不高，需要尽量避免远程攻击。没有能源电池更换的情况下，两炮足以熄火。

连胜看了眼往里往外的机甲，将选择框往下翻，找到了他的机型，查看详情。

破军·简配·中阶：杀伤力强大，移动速度快。防御薄弱。前锋作战型机甲。

连胜看完，点了开始。

红色擂台周围竖起一道光墙，所有看客消失在画面中。地图往外铺延，进入了最简单的戈壁地图。

众游客可以从上帝视角自行查看战局。当他们发现连胜机甲类型的时候，整个人都惊住了。

就这玩意儿？

这是一代甲？好糟心啊。这怎么打？

预计十分钟内出结果。

我听说大将军真的只是个小学生，一帮人欺负她不好吧？

难怪了，这就说得过去了。

我正好排在二十六号。太可惜了！是不是轮不到我了？

往里往外看见她也是愣了下，随后表情一冷，直接抽出炮筒，朝她攻击。

别怪他不客气，这里可是擂台。

连胜站在原地，眼前清晰地出现一道弹路，红色的炮火后面拖着白色的尾焰。她眯着眼睛，小腿肌肉轻微一颤，机甲往旁边蹿去。

她奔跑的姿势很奇怪，像是整个人紧绷着，往前倾斜。手上的铁剑低垂，几乎擦着地面行进，但是速度却很快。

因为视线紧盯着前方不远处，所有的东西都仿佛在飞速向她撞来。连胜下意识地想要躲开，却保持不了姿势，重重地摔在地上。整个机体擦着地面翻滚了一圈。

沉重的撞击声将众人震得一抖，游客都看呆了。

平地也能摔跤？

跑太快了吧，新手常犯。

不会是晕速吧？晕速不能驾驶机甲的，这个治不好。

往里往外反而被她突兀的摔跤带乱了节奏，调整角度重新瞄准，攻击出现了一瞬间的空当。

连胜屏住呼吸，手指因为激动有轻微的颤抖，但是多年来的经验让她保持住镇定。

失误都是相对的，随时可以翻转，不需要慌乱。

几乎就在扑倒的同时，连胜抽出背后的炮筒。

往里往外正要射击，看见她的炮口呈现红色，发现她还没瞄准，已经按下了射击。

初始机甲唯一的一个炮筒，竟然这么浪费。他一时惊愕，往旁边躲去。

几乎同时，对面弹药出膛。

看客惊呼。好快的应变速度！

然而没有结束！

连胜打完一炮，直接丢掉了废弃的炮筒，一手撑着地面，后脚跟蓄力发劲，还没有站稳，已经从地上冲了出去，趁着往里往外此刻慌乱的脚步，迅速拉近了二人之间的距离。

往里往外抬起手臂，脚下后退，发起攻势，想跟她保持距离。

对面已经没有重炮，能量储备又严重不足，就算拖延时间他也可以获胜。只是他接连打了两炮，都被白色的机体躲开。

对方姿势很奇怪，但是脚步很轻盈。他握着自己的手臂，禁不住眼皮一跳。他的能量也即将告罄，一时不敢轻举妄动，抽出了右肩上的佩剑，准备正面应敌。

连胜的心脏剧烈跳动，她能清楚地听见它的声音。血液上涌，以致呼吸都有些费劲，周围的景象如掠影般从眼睛前面飞过。

快！很快！她感觉自己在跟风赛跑！但是目标的一举一动却能清晰地出现在她的眼中。

往里往外横过铁剑，想将连胜的武器打开。

本场他做的最错的选择，就是跟连胜比拼近身肉搏。

两台机甲互相贴近的时候，连胜拧腰旋身，以对方猝不及防的速度避开了攻击，同时转过手中铁剑，刀锋带着凌厉的杀气攻向敌军的腹部。铁剑狠狠刺入，而后穿破。

系统宣告挑战结束。

擂台布景消失。连胜依旧穿得不伦不类，跪在等候室的地面上，而往里往外失神地站在旁边。

众人吞了口唾沫。真的是秒、秒杀……只是这秒杀的对象，是不是反了？

一人弱弱地道："这是小学生？"

"刚刚发生了什么？"

从连胜摔跤之后，他们就彻底看不懂了。

往里往外被周围的响动拉回神，抬起头喊道："不可能！你不是没玩过机甲吗？你在骗我？”

连胜站起来活动了一下四肢：“我觉得你承认我比较有天赋，你会更有面子。”

“不可能……”往里往外喉结滚动，朝她靠近道，“再比一次！这不可能！”

“比多少次都是一样的，但你不配做我的对手。”连胜意犹未尽地笑了出来，说道，“不过我要感谢你，让我发现了这么好玩的一个擂台。”

众人才想起来，激动道：“哇！难得有女生机甲玩得这么好啊！”

“跟我比！大将军跟我比！”

“快继续擂台啊，别发表获奖感言了！我来讨教讨教！”

连胜往后一翻，发现报名挑战人数已经有一千多了。

她不能拒绝任意挑战者，只能选择何时开始。

连胜看了眼时间，已经过一点了，于是对着一干等待开赛的人说：“我要去吃饭了。”

众人难掩失望道：“那什么时候接着比？”

连胜对比了一下自己的行程表，说：“晚上七点。”说完关掉列表，直接下线，不给他们说话的机会。

连胜走出房间的时候，几位室友刚从外面回来。

室友甲问：“你训练完了？”

连胜点头。

室友甲抬起手上的餐盒，说道：“饿了吗？本来想叫你去吃饭的，但是怕打扰你，所以给你打包回来了。吃吗？”

连胜受宠若惊，伸手去接，说道：“谢谢。”

室友甲忽然想起来，问道：“你以前没用过设备，那你都是在哪里练的？上次我们看你比赛的时候，那一套动作太漂亮了！”

连胜回忆刚才的场景，舔了舔嘴唇说：“哪里都可以练的。”

室友乙惊道：“你是真人练啊？”

室友丙上身微微后仰，抽气道：“那不是很容易受伤吗？”

连胜心道：岂止，还很容易没命呢。她支吾着应道：“还好，小心点就不会。”

室友乙问：“你妈妈是支持你选指挥系了吗？”

连胜说：“应该是吧。”

“太好了，守得云开见月明。以后你就不用这么辛苦了，相信你一定可以成为一个优秀的指挥。”室友乙过来搭了搭她的肩膀，鼓励道，“昨天我们教授跟我们一起去看的比赛，他非常感慨。他说：‘果然人才放到哪里都有可能再次成为人才，可惜的是武器研发的领域里陨落了一颗明日之星。’他为你的勇敢感到欣慰，也希望你能走得更远。”

室友甲迎合道：“你要是有空闲，可以再选修他的课，算是安慰他，而且学分也好拿嘛。”

连胜说：“我觉得你们大概是误会了。林冽女士并没有明确地反对过我，而且她主动支持了我一台设备。”

“这样啊。”室友丙说，“下午你还要训练吗？记得休息啊，这个还是要劳逸结合的。”

连胜摇头道：“下午我要自学。”

教授的课她一句也听不懂，所以买了点入门的教材，准备从头开始。至于课，就先不上了。总觉得要做的事情多，而时间特别少，她给自己制定了一个满满当当的时间表。

三人朝她鼓励道：“加油！”

连胜点头，回去随意吃了两口饭，带上下载好课程的光脑出去跑步。

赵卓荦等人吃完饭，正慢慢散步回来。

方见尘还在试图脱离这个刷分小队，可惜被另外三人严词拒绝。他大步走在前面，振振有词地说着自己的理由，清亮的声音突然顿了一顿，就见连胜戴着耳机从他们面前跑过。

方见尘抖着手指，指着她的背影说：“看看这个零分的！我宁愿带连胜刷分也不要带一个八岁的娃！只要连胜肯每场让我砍一次，我可以一路带她过万！”

程泽说：“我觉得这个做梦比较快。”

叶步青：“我觉得她应该不需要。”

连胜绕着校园跑步，顺便听课，听到一半的时候光脑没电了，准备跑完这一段就回去。路过操场时，被那边带队训练的教练看见，对方喊了她一声。连胜缓下脚步，确认他是在叫自己，朝着他站的屋檐慢跑过去。

教练让出一点位置，说：“看见你好几次了，减肥的？”

正是下午，阳光炙热，热气层层上涌，难得看见几个人还是打着伞的。他们都不敢往太阳底下久站，就这姑娘还在跑步，而且已经跑了好几天了。

他早上六点过来准备晨练的时候看见过几次，中午在室内训练的时候看见过，傍晚固定的训练时间也会看见。不知道晚上有没有。这样的天气能坚持下来，属实不容易。

连胜抬手擦了把汗，回答道：“不是，我军事学院的。”

那教练上下打量一遍：“不像啊，这身材。”

连胜言简意赅：“新转系的。”

门内一名在压腿的男生见状喊道：“教练，你又多管闲事！拦人家小姐姐，当心被批啊！”

教练斜了他一眼，又看向连胜说：“跑步做什么？”

连胜：“锻炼身体。”

“想要锻炼身体，光跑步是没有用的，别把力量想得那么简单。”教练说，“我们这里欢迎每一位热爱体育的人。”

连胜：“体育？”

教官：“篮球、排球、跳高、跳远……”

男生又喊道：“教练，你搞传销啊？人家是军事学院的，就出来跑个步啊！”

教练回身一骂：“你闭嘴！加做二十个俯卧撑！”

连胜往里面看了一眼，问道：“能练什么？”

教练：“腕力，臂力，爆发力，弹跳力，柔韧性。”

连胜坦诚地道：“我都没有。”

“我知道你都没有！”教练头往旁边一点，“你要是想练，过来这里。这里有设备有指导，比你瞎练好多了。”

以前连胜怎么练？苦练。扎马步、负重、死斗，一遍一遍，总能练出头的。而在这里，时间虽然丢失了很多东西，但也教给他们很多的捷径。

教练问：“练不练？”

连胜站正，立马道：“练。”

教练指着里面道：“进去，做个力量测试，我再给你排个训练表。”

连胜犹豫了一下，委婉地道：“我很忙。”

教练在后面推她：“知道了！你们军事学院的事情多！小刘，带她过去做个力量测试。”

一个穿运动短裤的男生闻声走出来，领她进去。

室内一阵清凉，一眼望去，全是在训练的学生。器材分区摆放，旁边站着几位老师，在给学生做指导。

男生带连胜去各处测试了一下数值。她已经跑了挺久，腿部没有力量，加上不知道正确的姿势，跳远与跳高一类的成绩非常惨重。

喊她的教练就在旁边默默地围观并记录，最后对着连胜一指：“你跟着他训练。”

连胜点头应声。

一整个下午，连胜就在他们的室内训练场度过。他们这里有针对各部位的强化训练，不行了马上换一项。

傍晚的时候，教练过来拍拍手：“清场地了！先休息一下。”

随后，赵卓荦等人陆续过来做每日的力量测试。他们毕竟是作战类的专业，对体能的要求比指挥系要高很多，也有严格的标准。

方见尘等人来得早，正好遇上准备离开的连胜，看得他眼睛都要直了。

方见尘惊恐道：“一下午不见，她都打入校队内部了？”

叶步青等人也有些惊讶。

方见尘看着她的背影，神色不明地问道：“真的有人会觉得，只要是自己做的事情，就一定要做好？”

叶步青提名：“季方晓。”

方见尘沉思：“难道是指挥系的通病？”

程泽补充：“还有你隔壁的优等生。”

方见尘瞄了赵卓荦一眼，保持沉默。

赵卓荦觉得浑身有点不舒服，用手捅了捅他：“那眼神什么意思？”

方见尘：“没有。你是我的兄弟，不想说你是变态。”

赵卓荦：“……”

连胜回去吃了晚饭，洗了个澡，又躺在床上休息了一会儿，看时间已经将近七点，决定上三天继续试手。

登录后系统弹出一排提示，连胜打开列表查看，发现挑战人数激增到六千多，私聊的全是不认识的人。她直接屏蔽了各频道，然后选了一个房间进去。擂台旁边还有不少人在蹲守，左右询问。

“骠骑大将军来了没有？”

“看起来上线了。”

“人呢？”

“看起来一个人在模拟地图里！”

“一个人？能干什么？”

当然是奔跑。

连胜找了各个地图，然后驾驶着机甲在其中穿梭。

她对高速运动还不是很习惯，中间停停摔摔很多次，但在辨别出哪些速度、哪些距离是安全的之后，开始逐渐稳定下来。

八点左右，她调整了一下，出来接下一个擂台挑战。

擂台屏幕亮起，等在旁边的人回过神来。

“终于来了！我都准备下线了！”

“小妹妹，先加个好友吧。”

“我错了，咱下次不报上线时间，就报能挑战的时间成吗？”

连胜充耳不闻，看向对面。

这一次的对手是台重装机甲，主攻防御。体形偏大，下盘较稳，行动缓慢，攻击力马马虎虎。重装机甲的炮弹射程不远，但是近程杀伤力强大，恰好二人都需要贴身攻击。

她没有耽搁，直接选了开始。对面也点好准备，二人跳到虚拟场景。

开场地图加载完毕，连胜主动发起强攻。

机甲破风行进，带着自己的铁剑弧形接近。

这台初始机甲在奔跑的时候，似乎总会重心前移。转向的时候，脚尖也会下意识地多点一次，再快步跟上，调整速度。和正常人习惯的一脚站定，一脚急刹，再开推动助力的操作不大一样。

她的动作让机甲看起来更轻盈，也可以省下推动的能源损耗，至于速度上的差异，没有统计，暂时不能知晓。总之在她操作的时候，能让人感觉到明显的不寻常。

几位看客迟疑道:“这样跑会更快吗？”

“更容易摔跤吧？你看她中午就摔过。”

“但是现在挺稳的。”

“她真是第一次打机甲吗？”

“你信？反正我不信。噱头吧，我猜是想炒作什么天才新人的名号了。”

“那积分怎么可能这么少？”

“积分难刷，想少还不简单吗？直接开个擂台一直输不就好了？”

“有这样的散财童子我们会不知道？你开玩笑呢？”

此时场上，重装机甲已经开始慌乱。他有点抓不到连胜的节奏。

原本最好的射击时机，就是对方转向的一瞬。机甲姿势会减速固定，有半秒的攻击空当。但是连胜因为姿势和正常人不一样，站位自然也不一样，他接连打出几弹全部落空。

连胜调整好距离，抽出炮筒，先对他发出一炮。

对面就防备着她这唯一的炮筒，看见有热能源反应，直接推进器逃开。

连胜按发射键一向很快，看他移动，扛着炮筒，跟着大力转向。炮火出膛以后，轨道转了个弯，虽然有些偏离，但依旧打中了对方的左臂。

重装机甲被打得身形趔趄，驾驶员心下一紧，还没调整好，抬眼又看见初始机甲的身影。

太快了！这根本不是初始的配置！如果不是三天没有外挂，他都要怀疑对方在作弊。是冲势让他产生了速度上的错觉？

他忙乱中抬起炮筒，却被对面一剑劈下。随后那把剑转向，刺向他的胸口。再然后……卡住了。

连胜手上没有力气，训练后一直有点脱力，刚刚的冲刺和爆发差不多已经是她的极限，现在感受到手下有一股巨大的阻力，却完全调动不起来。

连胜皱眉，抬头对上敌方漆黑的眼睛，张嘴下了个指令："推动。"

机甲开始高速前进。连胜握住剑柄，剑身在推动作用下，终于刺入。

几乎又是秒杀。旁边的看客们有点不淡定了。

"这是换人了？风格不对啊。"

"到底是什么人？看着像是个高手。"

"才比了两场就高手了？"

"那有本事你上去看看。"

"我这不正在等嘛！"

"谁去做个分析？我总觉得这人的打法有点奇怪。"

赵卓荦在睡前犹豫片刻，登上三夭查看情况，发现骠骑大将军竟然在线。

他非常欣慰，觉得她大概真心想要学好军事，随手点了一下她的个人资料，简直心窍血都要被气呕出来。早上还有两百多分，现在就剩个十了。她这是做了什么？

赵卓荦迅速拉出好友列表，给她发去询问："你在干吗？"

连胜说："打擂台。"

赵卓荦："你开了擂台挑战？"

连胜："嗯。"

赵卓荦："……"

连胜认真道："不是非常好打。"

"别再打了！"赵卓荦拔高音量道，"你以前没玩过机甲，需要时间适应。你了解过擂台赛吗？这个不适合新手玩。"

连胜缓出一口气，活动了一下手臂，赞同道："你说得对。以后每天只打一场比赛，等我适应了再慢慢刷分。"

想到对方不过是在随意玩闹而已，赵卓荦就有些生气："你不如一天睡二十四个小时，慢慢做梦比较快。"

连胜被他的嘲讽愣了一下，刚想告诉他事实，发现对方已经下线了。

第二十四章

一秒下线

赵卓荦想想是很生气的，他特意喊室友带人刷分，对方或许压根就没看上，用起分来比他们还豪爽。本来觉得她好学又有悟性，果然，不过就是一时的好奇心而已。敢情都是白操心。

但是再想想，又觉得自己有点无语。他为什么要和一个小学生死磕这事儿呢？

叶步青见他出来后脸色有点不对，问道："怎么了？"

赵卓荦把骠骑大将军摆擂台的风骚操作给说了。

方见尘看赵卓荦神态萎靡，这心里瞬间就平衡了，挥手道："哎呀，人家才八岁嘛，本来就不能用你的道理去讲，别跟她计较。赚分是为了什么？开心！什么最开心？擂台！"

他们的分，前期就是靠擂台打上来的。

所谓擂台，就是用现有的成绩去换取一个更好的进阶方式。辛苦刷分，摆擂，从零开始。擂台倒塌，继续摆擂，继续从零开始。不停地输，再不停地赢，年复一年地累积，慢慢有了名气，然后受邀参加大型比赛，跳到一个更好的平台。最后直接以高积分的优势上了联盟大学，在军校联赛中占领前茅。

看似他们少奋斗了好几年，幸运地拥有了别人没有的机会，但早在别人没有准备的时候，他们已经努力了十几年。

如今到了他们这个积分，不可能再去开擂台赛了，可是一听到擂台，还是觉得很怀念。

"不都是这样的吗？那些年谁没坑过几个人？"方见尘搭着他的肩说，"当年踩着别人的肩膀上位，如今终于要成为后辈的基石。可爱的优秀，释放你光和热的时刻到来了！"

赵卓荦："……"

具备散发光和热觉悟的赵卓荦同志，重新去找了骠骑大将军，想问她到底还要不要刷分。如果对方说要，他一定严厉批评警告，及早扭正她的不正确思想。

结果她说："哦，不用了，谢谢，我最近很忙。"

赵卓荦："……"

果然是三分钟热度退却了。

连胜最近是真的很忙，额外得到了体育部教练的指导帮助，一直在训练体格。除却耐力，她还需要柔韧度。她以前惯用的武器就是剑，剑术讲求柔中带刚，既要灵活地应变，又要有强力的爆发。

教练根据她的要求，针对她全身制定了一张高强度训练表。但连胜毕竟不是本部的学生，他这样做已经是仁至义尽了，不会再耗费精力去督促她，全凭她的自觉。

他按照往常的经验，故意将训练量往上提了一段。因为他认为连胜是不可能做到的，想多少在数字上给她点压力。结果没想到，每到训练时间，她来得比本部学生还要早，先期跟不上表格上的任务量，但是只用了一个星期，她就完全跟上了他们的节奏。

教练大为心动，很想招她进体育部。这么听话的学生不多了啊！他都要对军事学院改观了！

每天训练过后，连胜能清楚地感受到身体的每一块肌肉都在哀号。这样的状态当然不适合打比赛，她干脆就把空余的时间都挤出来练体能，每天上三天的时间只有固定一个小时，保持着每天一场比赛的擂台状态。

幸运的是，前期报名的都是凑热闹的新手，水平普遍不高。不幸的是，她那类似残疾般的身体素质，还是让她输了两场。

如此缓慢的擂台进展，网上的热度也慢慢减退。

赵卓荦等人每次上线都看不见她，发现她的积分一直在一和二打头的两位数之间徘徊，就没有再关心。虽然有点可惜，但这不是他们能管的。

持续了半个多月后，连胜感觉自己开始适应训练的强度，也能感觉到四肢的力量。于是当晚，连胜七点准时上线，正式开始打擂。

此时台下只有寥寥几个人。

没多少人会特意过来等半天只为了看个几分钟的比赛，多数只是路过的时候停下来凑个热闹而已。是的，连胜的风格就是速战速决，要么生，要么死。毕竟初始机甲的配置真的是太低了。而这几个人似乎已经发展成了她的粉丝，非常眼熟。知道她会固定在这个时间上线打比赛，在旁边朝她荡漾地挥手，呼喊她的名字。

连胜觉得有点刺眼，于是转回视线。

她这一场的对手是简装机甲——风翼。它的特点是速度快，能量足，攻击力偏弱，主侦察用的机甲。

之前她就输给过这个机型。对方似乎克她，只要躲过一次重炮，之后依靠速度优势保持距离，就可以轻松获取胜利。

旁边几人路过，两手抱胸，不屑一顾道：“风翼对初始机甲？这还用看吗？”

他的同伴说：“这年头打擂台用初始机甲？怎么想的？”

前面一位看客回头，竖起一根手指摇了摇：“还是很有看头的。我就喜欢看大将军打比赛，有股特别的味道。”

他屈起那根手指，朝他们勾了勾，一脸猥琐地道：“来啊来啊，五分钟你买不了吃亏，也买不了上当，但是你能看完一场比赛。”

路人：“……”

他们这次依旧是戈壁地图。

风翼的驾驶员载入完成后，对着她在胸口比了一个心，似乎在感谢她的送分。连胜没吭声，迈开脚步，从小步走，到慢跑，然后骤然间开始冲刺。

风翼迅速后撤。

连胜没有直接出炮，只是不停地从各方进行追击。对方则一面后退，一面不停朝地面射击风炮。

这边地面多是沙砾，他将风炮打在地上，就算杀伤力不大，也会飞溅起黄尘，遮挡连胜的视线。

众看客觉得不大对劲。

“骠骑大将军的速度是不是更快了？”

“真的好快！”

“不会追上风翼吧？”

“每次看她比赛，我就觉得这货开挂了。”

机甲的极限速度虽然有高低，但多数人根本发挥不到那个极限。初始值有一定的影响，在传感器控制下，身体素质的影响更大。

风翼现在已经被连胜逼进了后面的乱石区。他要戒备连胜的重炮，又要注意前方的路况，速度自然有所下降。而连胜，她似乎总是能很轻易地化解每一次攻击，在躲避的同时保证行进的速度。她的追击，竟然给以速度著称的风翼带来了莫大的压力。

主动跟被动，有时候只在一瞬间。

那一套移动动作宛如行云流水，毫无磕绊，看得人浑身舒爽。看客呼朋唤友喊人围观。

“动作好熟练。”

“这流畅度，这是初始机甲？”

“跑得快还是没用啊，初始机甲能源不够。我看跑得差不多了，该告罄了。”

连胜已经听到提示音，发现能量接近不足。她低头看了一眼，抽出炮筒，开始正面射击。

终于开始打炮了。风翼驾驶者顿时戒备，紧紧盯住她的炮口。

重炮最终擦着风翼而过，打中了旁边的石块。石块轰然倒塌，朝前面压来。

看客一惊：“线路偏了？”

熟悉连胜的人都知道，她的远攻和进攻一样值得忌惮。她只有一个一次性炮筒，迄今为止，还没有出现过浪费的情况。

风翼的驾驶员骂了一声，急刹住速度，掉转方向，又见一柄长剑朝他飞来。风翼微愣，才明白过来，对面把自己最后的武器都给丢过来了。

他已经被阻碍了行动，虽然时间可能也不过是一秒，但这一秒就足够决定他的命运。

一抬头，骠骑大将军已然冲至眼前。她用最后的能源做推动，将他狠狠撞到后面的石堆上。拳头对准了他的操作仓，将机甲腹部击出一块凹陷。

依旧是一击毙命！

一位看客才回过神来，转了转脖子，惊了。

“这就结束了？”

“没看见擂台都出来了吗？”

“刚刚太冒险了吧？武器都丢出去了。”

“骠骑大将军就是这种风格。你死我活，毕竟没能量了。”

“这不是挺厉害的吗？”

“谁知道，就打了几场，每天只打一场的。”

连胜重新换了一台机甲，微笑着朝对面的兄弟比了个心。那兄弟的操作仓废了，差不多整台机甲报废，看着连胜欲言又止，然后一脸忧郁地走下了台。

初始机甲可以免费换取，但像他们用积分购买的，损坏了还要用积分维修。

几位看客正要离开，发现她又换了台机甲，停下脚步，喜道：“怎么？今天打两场吗？”

“接着来啊！大将军，我给你叫声援啊！不要停！”

就两句话工夫，第二个人被传送至擂台。

对方看见连胜，爽朗地笑道：“哈哈，前面的人不在，轮到我了！就差十个积分就能换台机甲，谢谢你，大将军！”

“不客气。”连胜和善地笑道，“我前面那个人也是这么个意思。”

对方露齿一笑，搓着手说：“是吗？感谢你深明大义，像你这样的好同志真是不多了。”

六分钟后，比赛结束，两人被传送出来。

连胜走在那人面前，语气依旧和善："你现在差十一分了。"

对方："……"

连胜换上新机甲，挥着自己的长剑，说道："感谢你深明大义，像你这样的好同志真是不多了。"

"你别说了！"对面那兄弟捂住嘴巴，悲愤道，"你再说我哭给你看哦！"

随后他扭过头，夸张地跑下了擂台。众人一阵哄笑。

之后是本场第三场。

众看客见状，激动地大喊："好样的，大将军！"

"今天是怎么了？忽然连打三场？"

"是今天作业做完了吗？"

"没到放假时间。她到底多大啊？"

"大将军威武！我说你高效一点打擂肯定能火，别再一场一场地磨蹭了！"

"LOVE！我爱你，大将军！"

这年头偶像就是好做。大千世界什么奇葩没有，总会有那么一两个爱上你的。

他们这边声音呐喊出来，围观的人也越来越多了。

第四场、第五场……连胜今天晚上似乎有时间，一路打了下去。

擂台处早已从无人问津到人满为患。

因为她驾驶的是初始机甲，作战风格尤为明显，每一场作战时间都极为短暂，在整个机甲擂台史上都偏向异类。但就是最后时刻的爆发和绝杀，有着让人上瘾般的魅力。紧张、刺激、惊讶……围观群众的肾上腺素都被她激发了出来。

以前一天一场吊不起胃口，今天接连的比赛终于让她开始崭露头角。

下面的人开始争抢粉籍资格。

她打累了就一个人在上面转圈圈，休息一下，顺便跟下面的同志们扯淡聊天，然后再接下一场。

赵卓荦上线的时候，已经是晚上十点多了。他看了眼好友列表，发现骠骑大将军在线。将近半个多月没见，再看见她，赵卓荦第一反应是牙疼，第二反应是翻她的个人信息。

翻完之后他手抖了一抖，以为自己眼花了。

他偶尔会关注一下大将军的积分，平时都是一点两点地跳动，今天似乎直接在十位数前面多了个"1"。

赵卓荦点开她的名字，问道："你一晚上刷了一百多分？"

“嗯，还可以。输了几场，不大高兴。”连胜回答得很快，语气淡定地道，“明天试试破个两百，想换台机甲了。”

赵卓荦惊诧道：“什么？！”

连胜：“赵卓荦。”

赵卓荦觉得有点违和，微微蹙眉。猜想应该是他妈妈告诉她的名字。说道：“不要叫我的名字，按礼貌你应该叫我‘哥哥’。”

连胜：“哥哥？”

“嗯。”赵卓荦接连几个问题甩去，“你怎么来的分？打擂台？你以前玩过机甲？你是哪里人？”

“赵卓荦。”连胜说，“我是连胜。”

对面许久没有回应，连胜点开一看，发现他下线了。

赵卓荦的设备里忽然传来一声巨响，坐在外面的方见尘浑身打了个激灵。他小心扭头，看向身后的器械，低声地问道：“优秀……你还活着吗？”

门被推开，赵卓荦一脚踏了出来。他面色苍白，眉头紧锁，看起来不是非常好。

方见尘朝他身后扫了一眼，狐疑道：“你这什么情况？才进去不到五分钟吧。”

赵卓荦走到中间的椅子边，正襟危坐，目视前方，摇头道：“八岁。”

方见尘从后面碰了碰他：“你怎么了？”

赵卓荦似乎没有在听他说话，继续摇头道：“八……岁……”

程泽听见动静，穿着睡衣走出来，不解地看向二人。

方见尘拍桌道：“她又惹你生气啦？别跟她计较嘛。还是她擂台赛终于输光了又找你求带？八岁小孩都这样嘛，讨人厌的，你该习惯了。”

程泽两手插兜，靠在门边上，插话说：“我八岁的时候不这样，那时候我人见人爱。”

方见尘将手盖到赵卓荦的头上，被人一巴掌拍开。赵卓荦深吸一口气：“都别说了，总之我劝你以后离她远一点。”

方见尘撸袖子，气势汹汹的就要上：“还能怎么样？我帮你教她做人！”

赵卓荦侧过脸，用审视的目光上下打量他，然后点点头。

方见尘戒备道：“咋了？”

赵卓荦忽然心情好了一点，站起来给他拍肩道：“今天太晚了，你下次记得这样告诉她。”

方见尘觉得他简直是莫名其妙。

赵卓荦转身回了自己的房间，犹豫片刻，给孙颜女士发去通信。

孙颜正在处理公务，一面埋头打字，一面随口问道：“晚上好，亲爱的，这是有事找我吗？”

赵卓荦：“妈，你之前让我带的人……”

孙颜停下手里的动作，问道：“哦，她怎么样？是不是很聪明？”

赵卓荦脸部一抽：“八岁？”

孙颜面不改色：“是啊！”

赵卓荦神色阴晦道：“好大的八岁，都跟我同级了。”

“你是现在才知道吗？你竟然到现在才发现？”孙颜也是大惊，“不过没关系，也不算晚。她是新转系的学生，你要多照顾她一点。”

“我觉得她不太需要。”赵卓荦顿感无力，“妈，下次不要这样。要是闹出什么事情的话，以后会很尴尬。”

孙颜说：“她是一个新转系的学生，我听说积分还是零。这怎么会不需要？你们军事学院的事情最多了，别以为我不知道。”

赵卓荦觉得头疼。

照现在来看，她的积分虽然捉襟见肘，甚至连一台好点的机甲都买不起，显得颇为劣势。但实际她心中应该有数，并不需要谁来带分。

毕竟她又不是真的八岁。

不知道连胜现在输了几场，但是听她今天晚上说的话，守擂台拿到的分数应该比刷战场要多。他也明白，如果有过人的实力，擂台绝对是刷出高分最快的途径。

跟孙颜挂断通信之后，赵卓荦犹豫片刻，上三天官网试着搜索了一下连胜的 ID 名。原本没指望能查出什么，结果却跳出了不少关于她的视频链接。

迄今为止，连胜一共打了三十四场擂台赛，其中败绩六场。

在新手云集的十二区，这并不算什么罕见的战绩，甚至有点拿不出手。毕竟真正棘手的对手都在后半段。

像他们这些高分段的选手，如果闲得没事，会专门去挑战那些有名气的摆擂者。所以从理论上来讲，越到后期，擂台赛越为艰险。

可是连胜的比赛很有噱头，看点已经不只是简单的胜负了，那种干脆利落的作战方式才是她真正的闪光点。

赵卓荦往下翻了翻，发现之前已经有人为她做过一个视频混剪，里面有她最初十场作战里的爆发时刻和比赛亮点。急转向、强攻、佯攻、撤退……

只是在今天之前，这个视频的点击量不高，仅有的几条评论也多是“摆拍”“劣质”等否认批评。今天不知道为什么，视频从角落里被翻出来，并不断地被转发热议。

带你走进初始机甲远瑞的争霸之路。

震惊！为何敢于摆擂台却驾驶初始机甲？那个机甲手的操作来亲自告诉你答案。

别说你会玩机甲，你玩得转初始机甲吗？

一位审美与实力同样变态的机甲手！

底下有人不以为意，嗤之以鼻。也有人说是哗众取宠，随后跟她的粉丝们掐了起来。总之她在十二区算是小火了。

赵卓荦点开视频，仔细看了两遍。

连胜的行动姿势富有特色，不管怎样转换场景，都显得有些奇怪。对比同一个视频里的不同场次，似乎还发生了细节变化，具体又说不出来是在哪里。

赵卓荦沉迷于研究，又去翻找了她今天的比赛视频，一条条看下去。

视频录制是根据玩家自己选择的视角来的，有时连胜的操作会让他们措手不及，导致关键时刻的角度拍不清楚，赵卓荦就去翻找不同人录制的视频。但是连胜这边上传的人并不多，视频分类又很混乱，他一条条找下去，浪费了相当多的时间。一直到后半夜，他随意扫了眼时间，才发现已经那么晚了，匆忙关了光脑，先上床休息。

这些事情似乎都影响不到连胜，她依旧照常训练，然后到点刷分。

连胜第二天上线的时候，擂台边上早早围了不少人，比昨天火热多了。

连胜依旧顶着她的奇葩装扮，开着她的初始机甲，淡定地在擂台上走了一圈。

底下游客朝她疯狂招手——

“大将军！大将军，我给你喊了声援！你看人多吗？有没有激情？今天要打几场比赛？”

她每天都很有激情，跟人多或少没有关系。

“大将军，你为什么一直用初始机甲？是因为你的对手不值得你祭出其他机甲吗？”

瞧瞧，为什么会问出这么愚蠢的问题？当然是因为没有分了。

“大将军！大将军你真是新手吗？想问你到底多大了！”

“大将军，到现在还有人说你是个小学生，请用小拳拳捶爆他们的操作仓！”

连胜听着他们成串的问题，聪明地保持沉默，自顾自地热身。当她准备开始擂台赛的时候，收到了方见尘发来的信息。

方见尘夸张地对她呐喊：“在哪里？”

连胜：“打擂台。”

方见尘喝道："站着别动，我来教你做人！"

连胜挑眉。

方见尘没多久就到了，但是被人群挤在外围。他探头探脑，看着前方人潮涌动，没有继续向前。

"怎么那么多人？

"这群人是在喊你的名字吗？他们是快疯了吗？是被你的美折服了吗？你要意志力坚定一点，他们才不是鼓励你，只是在表达对散财童子的热爱！

"十二区真的是平静了太久，什么风吹草动都是轩然大波。你年纪小还不懂，等你像方哥哥这么大的时候会明白的。

"你听见我说话了吗？"

连胜听着他的唠叨，回应了一下："听到了。"

"很好很好，乖了。"方见尘欣慰道，"现在告诉我，小妹妹，你昨天对我优秀做了什么？你看他今天都不敢上线了。"

连胜说："你到前面来。"

方见尘语气严厉地教育道："你赶紧下来了，别糟蹋自己的分。优秀最不喜欢人糟蹋分，都生气了！"

连胜蛊惑般地说："你到前面来。来。"

方见尘负手走上前，朝她发去一条信息："我来了！"

旁边一个五大三粗的男人对着台上放声大喊："大将军，我爱你！"

方见尘瞪眼，侧身冲着他骂道："你个变态！"

男人："……"

连胜直接点了开始挑战。

宿舍里，叶步青和程泽做完手头的事情走出房间，发现赵卓荦一个人坐在客厅里，方见尘的声音则隐隐地从传感器里飘出。

叶步青问："你不上去看看？方见尘一个人控制不住自己的脾气，可能会出事。"

赵卓荦拦着他们："不，让他去，让他一个人去。他这次一定会明白的。"

方见尘见骠骑大将军已经载入场景，"哎呀"叫了一声，开始挽袖子道："我来指导你，你听我指挥。对面这种速度快的机甲最恶心了，你要静候时机，保存能量。哦，不对，我说你怎么还带初始机甲呢？打擂台不能这么玩的啊，胆子忒大啦！"

连胜百忙之中，抽空回了他一个字："嗯。"

方见尘这才想起来，点开她的信息一查看，顿时虎躯一震："你怎么忽然一百多分了？！"

场上，骠骑大将军以迅雷不及掩耳之势，直接向对面冲去。扛着大炮，跃上一块巨石，在空中轰了一炮。动作熟练，角度精准，衔接流畅。

方见尘：“……”

整场比赛只用了不到五分钟的时间，对面明显水平不足，是个标准的十二区新手。

即便如此，能把初始机甲玩得这样熟稔，拉平不同机甲间基础参数差距的人，都不是泛泛之辈。

方见尘那边沉默了许久，委婉地道：“小妹妹，你很有天赋啊！”

连胜一剑拄在地上，眺望前方，说道：“还可以吧。毕竟练过，只是没玩过机甲。”

方见尘迈出一条腿，蠢蠢欲动地准备逃跑。他喉结上下一滚，小心地问道：“你实话告诉我，八岁其实是你骗人的对吧？”

连胜淡淡地道：“八岁一直都是你说的。我什么都没说。”

方见尘：“那你到底多少岁？”

仿佛是来自地狱的声音，从对面传来——“我是连胜。”

方见尘几乎一秒下线。

连胜挑眉。哟，历史总是惊人的相似！

方见尘的训练器里传来一声巨响。正在聊天的三人被打断，一齐扭头看去，就见方见尘推开门扑了出来。

“老步！”方见尘抱住最近的一个人，无助地啜泣道，“优秀他又坑我！”

赵卓荦起身要溜，方见尘眼尖，从背后扣住他，脸色狰狞地质问道：“为什么？！为什么你要这么对我？！”

叶步青和程泽站在一旁看热闹：“到底怎么了？”

方见尘按着他的肩膀摇晃：“你为什么要骗我？！你知不知道这透支了我八辈子的尊严和面子？！我们再也做不成平等的兄弟了！”

赵卓荦挡住他的手，点头说道：“现在我们才是平等的。”

方见尘直接拿他的铁头去撞：“谁要和你这玩意儿平等？！你少坑我一次不行吗？你帮我扛个雷会死吗？”

赵卓荦说：“我昨天已经提醒过你了，是你自己说要教她做人。”

“你们两个都是怎么了？不就是带个新人吗？”程泽说着，思绪往最为诡异的方向飘去，忽然一声惊呼道，“难道骠骑大将军是个男的？！”

叶步青被他这想法一吓，说道：“没这么夸张吧？”

“比这还要夸张！”方见尘悲愤道，“骠骑大将军……是连胜！我再也不想听见这个名字了！”

叶步青和程泽着实被惊到了，立马开始反思，自己在她面前有没有说什么羞耻的话。应该是没有的，方见尘已经把他们想说的跟不想说的都说了。这兄弟是真的好。

方见尘回忆了一下自己的战绩，顿时委屈得不行：“她杀了我好几次，我却还要带她刷分，以后她可能还要嘲笑我！”

“以后这种事……”程泽顿了顿，幸灾乐祸道，“虽然可能性很大但也未必。你可以心存侥幸期待奇迹的发生。”

赵卓荦：“我只带她刷了下分，我想我不需要期待奇迹了。”

“我会怕吗？我就是觉得很尴尬！”方见尘朝他哼了一声，转身大步走回房间，特意大声地反锁上门。

方见尘和赵卓荦这两个人为了避开连胜，连着好几天没上三天也没登官网。

不知道他们是什么心理，叶步青觉得完全没有必要。因为他始终认为连胜是一个好学上进、公事公办、技术精湛且自强独立的好女性，怎么可能为了这点小事就和他们斤斤计较？看她雷打不动地在线上摆擂就可以知道，她应该没放在心上。

从连胜正式开始守擂到现在，已经过了一个多星期。

她大约是有史以来打机甲对抗赛速度最快的选手，平均每场时间控制在七到九分钟，而胜率还保持在 80% 以上。

一部分原因是摆擂地点在新手聚集的十二区，前期报名人员水平普遍不高，但她本身的实力也不容小觑。

叶步青知道骠骑大将军是连胜之后，反而开始关心她，很想知道这个实力成谜的人能走到哪里。

他特意上线看了一下，连胜最近的刷分速度在直线飙升，到现在已经有一千五百多分了。同时她的败场数已经达到二十三场，这意味着她的刷分之路即将走到尽头。

随着连胜的分数一起飙涨的，还有她的人气。骠骑大将军这个名字，最近频频闪现在三天官网首页。随后终于出现了一位专业人士，对她的比赛做出分析，并整理成报告发到网上。

这位专业人士叫“百米飞刀”，在三天圈子里鼎鼎有名。他从来只做大神级机甲手的数据分析，且每份分析简明扼要、直指要害。这次他悄无声息地发出了骠骑大将军的报告，尤为引人注目。

叶步青喊了程泽等人，让他们也过来看看。能让百米飞刀特意分析的机甲手，肯定是有什么特别之处。

揭秘，骠骑大将军究竟是谁？

在三天的一场擂台赛中，横空出世的骠骑大将军，以让人耳目一新的打法，迅速火遍十二区。另外同志们请不要小看十二区，根据我的观察，十二区虽然号称是新手的摇篮，但同时也是各路变态的诞生地。

言归正传，骠骑大将军在上个月十六号才开始摆擂，可能是因为初期太忙，每天只打一场。但是从一星期前开始，每天七点到十点，改为固定守擂时间。

我个人认为，相比她的战绩——坦诚说一句，放眼整个三天，她的战绩的确平平无奇——她身上带着的诸多谜团才是她应该让人关注的地方。

简要来说是以下三点：

一、大将军究竟是不是新手？

二、大将军为什么始终驾驶初始机甲在守擂？

三、大将军的动作为什么如此与众不同？是将错就错的错误示范，还是某种神秘训练后的有意为之？

好了。现在专业人士给你们分析一下，这到底是不是一个大佬。

因为时间紧迫，我只制作了前五十场视频的数据分析。如果有大佬愿意接手，欢迎完善。仅这五十场比赛，数据已经非常庞大，我特意找了我的团队一起帮忙，才截取出了其中几段。

连胜每场比赛的时间都不长，但百米飞刀觉得每一个举动都很值得研究。

刚开始看大将军比赛视频的时候，他只觉得违和。起初的几场比赛也确实没什么看头，连胜能赢只是因为对方够弱。百米飞刀看过一眼后关掉视频，之后再也没有关注。直到前两天手贱，又一次点进了她的视频。

那是新录制的比赛，她的对手是以速度著称的侦察型机甲风翼。

他看完之后整个人都精神了，那股凉气直冲天灵盖，让他浑身打了个哆嗦。

他用数据统计测量了一下，发现大将军那不同常人的行动姿势，让她在不使用推进器辅佐的情况下，将初始机甲远瑞的转向速度提升到了一个变态的程度，堪比一台中阶简配的新型机甲，这也让她最大程度地节约了初始机甲的自配能源。随后他将大将军操控机甲的动作一个个解析出来，用人体关节替换，转输成数据。

后面跟着的是视频文字双详解。

我不知道大家了不了解古武。现代近身搏斗多数以散打为主，机甲训练多数以射击和体能为主，我相信大家上次听见“古武”这个词已经是很久以前了。

那是联盟成立以前，流传在某东方大国的神秘力量。我记得几千年前它还是非常盛行的，但是随着之后热武器的开发使用，联盟成立之后的文化大变革，新一代传承人青黄不接等原因，文献未能保留，古武开始没落，直到变成现在多数人不知道，知道的都觉得非常尴尬的地位。

传感器的发明让大家开始重新重视近身搏击，这不是扯淡，往前倒推几千年，古武在近身搏击里是很超然的存在。我没有想到有生之年！真的是有生之年啊，朋友们！我看见了它的影子！

画面里人物的示意图，在转向时脚腕划转的动作以及近身搏斗时武器活络的变通，都表明了她在有技巧地化力，这种技巧不是大家熟知的流派。

但是对不起，同志们，我和你们一样无知。古武里我只知道一个太极，我不知道她用的这个叫什么。另外，除了古武的招式之外，她的跳跃和冲刺动作非常地有现代感。

体育中的起跑姿势，还有两臂前挥的跳远姿势，都夹杂在其中，不算非常明显，但还是被百米飞刀找了出来。

一会儿古武，一会儿又是体育，所以动作才显得越来越奇怪，但她却完美地融合了起来。

根据我的分析，她前期的操作和后期的操作存在着巨大的不同。数值统计也有着天差地别。体育的融合似乎是后期才出现的。对此，我有三个想法。要么她是在留力（这点我不是非常认同），要么她是在适应（这应该是当然的），还有一种可能是，她前期状态不是非常好，或许处于肌肉拉伤的状态，所以许多动作僵硬又不到位（这个是我的猜测）。

现在我来回答最上面的三个问题。

一、她是新手吗？我觉得是。

二、为什么只使用初始机甲？我个人认为，作为一名新手，用不起其他的机甲。

三、动作与众不同，但是极具技巧。

我敢保证，如果骠骑大将军继续打下去，她会带着她的古武给机甲对抗带来莫大的冲击。每场比赛她都在进步，所以她现在是我最看好的一位选手。

百米飞刀为你报道。不服就来砍我。

他的帖子下面已经撕了一整天了。

多数人保持怀疑，少数人保持观望，失去理智的脑残粉表示支持。

古武？那玩意儿不是骗人的吗？

现在还有人在练古武？不是都断代了吗？

这则通告花了多少钱？

我就说这个人不好打，你们都不信！我被笑了半个月了！

活该被笑，我就不信。百米飞刀我要拉黑你了。

不管怎么样，今天晚上的擂台赛都很有看头。因为骠骑大将军的挑战列表里终于轮到了一位积分超五万的小神级机甲手。

该小神还没有拿到过百米飞刀的分析。没拿到过的人实在太多了。而百米飞刀的最后一句话，让众粉丝深感打脸。

报告出来之后，该小神直接在个人宣言里发了一句——“擂台见。”

第二十五章

机甲的差距

管他外面天翻地覆，连胜此时正在补眠。她是一个连三天官网都不会上的人，更别说关注哪个小神的个人宣言了。

她虽然不在，三天却处处留存着她的传说。百米飞刀没给她带来多少粉丝，却给她提供了难以计数的黑粉。

各机甲手的粉丝达成了统一阵线，为了表示对目标的诋毁和己方的优越，毫不嘴软地开了地图炮。那些常年混迹十二区的民众也不是什么泛泛之辈。两边人徒手开撕，简直不要太壮观。

无数人期待着今天晚上七点的擂台赛。巴掌和脸都已经准备好了，不知道要贡献哪个。

接近七点，连胜被设定的闹钟叫醒，起床洗了把脸，站在外面拉伸筋骨，准备完毕之后，慢悠悠地上线。

她之前下线的地方就是擂台，按照常理，登录后应该会出现在擂台的边缘，但是由于附近人数过多，她没有落脚的地方，系统直接将她的位置推到了后面。

四周全是呐喊助威声，嘈杂得听不清楚。连胜见到这架势，吃惊不小。她觉得这边根本没什么值得激动的事，难道是猜到她这次可能要结束擂台赛了？

人群后方有人发现了连胜，大部队开始往她的方向倾斜。连胜赶紧点了挑战开始，先行跳上擂台。站在人群的正中间，周围的声浪仿佛更响了。连胜的目光看不清每个人，但是每个方向的声音都能传到她的耳朵里。

众人热烈地鼓掌以表示欢迎。她的御用粉丝团——虽然是自封的，站在下面疯狂挥臂。

连胜发现，今晚的看客似乎分批次了。她右手边的群众显然比较热情，而左手边的观众，一个个环胸而立，表情严肃，看起来颇为高深莫测。

连胜没多在意，收回视线。

她今晚的第一位对手也被传送到擂台，正在对面选择机甲配置。

连胜驾驶着她的初始机甲在场地内乱跑，等待第一场比赛的开始。

她掐指算了算，凭这样一台机甲差不多也就走到这一步了，就是不知道最终能不能过百场。

对面精挑细选，最后还是选择了风翼。根据连胜的战败记录，她折在这个机甲上的概率最高。这机甲本身的属性确实最让她头疼。如果先期压制不到位，就很难反败为胜。

之后的连续几场，全是风翼，让连胜觉得有点新奇。她因为一时不察，输了一场。台下立马嘘声震天。

左手边一直安静观赛的人群，在结果出来之后，对她比出各种无意义的手势，并大声叫嚣。十二区的群众跳脚，指着他们破骂。双方开始了场外斗争。

连胜揉了揉手腕，没有出声。此时她的胜场数量九十九。希望能凑个百。

她点击下一场，对方立马被传送至擂台。

人影闪现，底下争吵的声音停了一秒，原先还脸红脖子粗的观众放下骂架，专心致志地尖叫。喊声震天，比欢迎连胜的时候真诚多了。

连胜轻笑，看来今天多数人的本意不是来看她的。

“等你很久了。”对面那人大摇大摆地朝她走过来，发出一声低笑，说不出是嘲讽还是什么，“久仰大名。”

连胜淡淡地道：“是吗？”

“江风愚火”说：“今天晚上如果让你结束了擂台战，那真是对不起了。”

同样的话，连胜耳朵都听出茧了：“你更应该为你的假意惺惺觉得抱歉，我并不需要赛前的胜利宣言。很多人对我说过，最后都死了。”

“是吗？那你也这样期待吧。”江风愚火说着，点了开始。

二人被传送至对战地图。

看着场上的两台机甲，程泽若有所思，问道：“老步，你觉得怎么样？”

叶步青摇头：“我觉得不大乐观。”

江风愚火驾驶的是雷暴，一台高配近攻型机甲，这是连胜比赛以来遇到的第一台高配机甲。它速度快，能量足，防御高。跟初始机甲之间起码差着一百年的技术，根本没有可比性。

像江风愚火这样五万积分的大佬，已经多少年碰都没碰过初始机甲了，他当然可以放大话。

在他眼里，连胜的机甲行动缓慢，多余动作太多，每次都自爆式的作战方式显得疯狂而愚蠢，简直是对他们机甲驾驶员的亵渎。这根本就不能称之为战斗。

如果让百米飞刀来说，所有抛却机甲属性的分析都是耍流氓。真正的高手应该随着机甲的性能改变自己的应战策略，以确保获胜概率最大化，可多数人无法像他那么了解机甲参数。曾经驾驶过，过了一段时间之后，因为逐渐适用新机甲的操作，会忘记自己曾经的感觉，再回头看就会带上偏见。

一开场，江风愚火直接丢下身上自配的炮筒，语气狂傲道："为表示公平，我跟你比近战，不带电波。"

雷暴最大的特点是，哪怕是普通攻击，都可以经过手臂的设备带上高压电流。只要攻破对方机甲的外壳，连到它的内部线路，可以瞬间报废对方整台机甲。

赵卓荦无语道："哪个概念的公平？真公平，不应该也带个初始机甲迎战吗？"

众粉丝已经在为江风愚火的大度坦荡表示赞扬，程泽等人身处其中，格格不入。

台上江风愚火摆出对战姿势。他左脚后退，上身下压，蓄势后直接带着推动的气流冲了出来。

连胜远远地站在另外一边，目光几乎要追不上他闪电般的速度，眼睛用力睁大了一点。

好快！她还是第一次看见这样的速度。几乎只是一眨眼的工夫，对方已经靠近。单单速度的冲势就能给人以极大的压迫感，凭她现在的机甲，撤逃毫无用处。

连胜还是第一次如此清晰地感受到机甲之间的差距。那不是几个数据之间的变动，而是一个阶层的差异。现在她只有一个选择，那就是强攻。

连胜扛起炮筒，利落地朝着对面打去一炮。

炮火出膛的速度也显得过慢。从炮口通红到最后的射击，中间有着近一秒的时间差，这时间差已经足够让雷暴察觉并进行躲避。连胜以前靠调整炮筒的角度弥补这个时间差，但江风愚火对机甲的应用已经了然于心，类似的手段对他作用不大。

果然没能击中目标。

连胜丢下炮筒，调用自身能源发射能量炮。雷暴在空中用推进器助力，一路向旁边急冲，连胜接连两炮一齐打空。

对面机甲的速度变化太大，连胜还是第一次见。但是初始机甲的低劣性能让她连个试探的机会都没有。

连胜视线一歪，已经倒在地上，然后系统出现了战败的提示，并将她传送出擂台。

［公告］系统：骠骑大将军的擂台赛结束。欢迎玩家下次参与。

从开场到结束，时间不足一分钟。说对抗都不大合适，完全是单方面的虐杀。

“喂。”江风愚火走到她面前，居高临下地撇撇嘴角，丢下一句话，“没意思。”

台下声势一边倒，江风愚火的粉丝激动呐喊，十二区群众萎靡不振。双方在台下开始了新一轮的唾骂争辩。

“这也叫技术？不就是乱打一通？谁不会？”

“十二区的人接着吹，随便出个阿猫阿狗都敢说她封神。”

“本来是你们十二区自己的狂欢，我们也不管，但是话说得太满，别怪别人打脸！”

“机甲压制。”

“少提机甲压制了，我江风根本就没出招好吗？她自己害怕打完了能源，怪谁呢？”

“打了三炮就没能源了还不叫机甲压制？”

“江风都说了要正面对决，她自己要阴招来远攻，我们还没提你们却先跳脚了？”

“少在这里耍流氓！速度差距那么大怎么打近战？”

方见尘听着周围的议论声，捂住耳朵朝自己的兄弟靠近，问道：“什么情况，这么激动？”

程泽好笑道：“哟，你不是不来吗？”

方见尘倔强地道：“看她输比赛这么让人舒爽的事情，我为什么不来？”

程泽：“真输了。”

“真的假的？”方见尘惊道，“这么快？”

程泽：“不算快吧。远瑞对雷暴。初始机甲那漏电一样的能量储备，打两炮，或者跑个两圈就废了。连胜第一次杠上，正面打了三炮都没中，直接能源告罄了。”

方见尘的脑子接连转了几圈，终于抓到重点，惊奇道：“我居然发现了一个比连胜更无耻的人？世界果然很大啊！”

程泽：“……”

擂台上，骠骑大将军站了起来，对正要离开的江风愚火说：“你先站着不要走。”

江风愚火抬高下巴，骠骑大将军说：“我先去买台机甲。”

“你想怎么样？”江风愚火不屑一顾道，“实力的差距，又不是几分钟的时间可以弥补的。”

骠骑大将军："是的，这点我赞同。但是刚刚只涉及了机甲的实力。我们再来一次。"

"再来一次？你还要开擂台赛？"江风愚火说，"我劝你不要太冲动。你应该已经拿了一千多分了吧，作为新手来讲，可以抬头挺胸地大笑了，没必要跟我杠。"

骠骑大将军不温不火地说："不冲动，我已经深刻反思了自己的不足，并且想出了应对策略。"

江风愚火："是吗？你的不足是什么？"

骠骑大将军："机甲太渣。"

连胜的语气由始至终都很平静，似乎失败没有对她造成任何的影响。但只有她自己知道，她很兴奋。机甲会让人着迷，见识过那样的设备，她也想要驾驶高端机甲。

骠骑大将军重复了一遍："你等我两分钟，站着别动。"

连胜原本想下线去找人，结果发现方见尘不知道什么时候已经上线了，于是对他发去私聊："方见尘。"

方见尘正准备下线，接到信息愣了一下："你谁啊？"

熟悉的回答："我是连胜。"

方见尘感到一股酸爽从天灵盖传到脚底板，他面不改色道："我不认识你，你认错人了。"

连胜问："你平时用什么机甲？要狙击型的机甲。我有 1693 分，可以买什么？"

方见尘听见"机甲"两个字，音调都开始拔高。他说："你要买机甲了？一千多分买不到什么好机甲啊，要么你先买个低配的，一边刷分一边强化。但是低配的机甲功能不怎么好，弹路选择性很少。"

连胜："我要能源够的。"

她真是受够了，能源不足就跟穿着一条随时会被风刮走的裤衩一样，特别没有安全感。

"那就选七星！"方见尘说，"我用的就是七星，我的爱机！"

七星机甲初始配置的价格并不贵，在狙击手中非常有名，各方面性能都比较均衡，且有很大的提升空间，但这并不代表它亲民。

七星后期的投耗远超其他机甲。无论是枪械更换、子弹价格，或是维修费用，均是其余机甲的数倍，可谓隐藏的富豪用品。

这是大神的专属，新人没人敢买这东西。没有万点积分打底，根本撑不住它的损耗。

方见尘在那边讲解的时候，连胜直接买完了机甲。方见尘又在说后期配置强化的问题。

“强化能源还是增加一个新武器？七星初始自配也就一般吧，或者也可以选推进器，七星的初始速度太慢了，杠上基本跑不掉，加强一下防御也不错。”

这样说起来简直没完没了，所有的地方似乎都需要强化。方见尘纠结道：“随便吧！这个要自己看着办，哪个都好，反正后面都要！”

七星的武器不是炮筒，手臂也不能发射各式冲击波，它靠的是可拆卸的枪械式装备，所以距离、威力、范围，都可任选。

炮筒杀伤力虽然大，攻击范围广，但是携带不方便，能量储备不高，且出炮速度太慢，容易在还没出膛的时候直接被对方检测出热能反应，对狙击手来说是个鸡肋般的存在。

而七星杀伤力略为逊色，但速度快、隐蔽性高。它所用的“子弹”其实是能提供数次射击的小型充能器，用量高，价格贵。

连胜买了足够的弹药和新的推进器，装配上机甲后，只剩下五十多点积分。她直接开了擂台，向江风愚火发去邀战请求。

“你还真敢来？还就压五十点？”江风愚火等在旁边，就想看看她要做什么，接到邀请后“哧”了一声，“你确定？这么冲动？”

五十分开擂台的结果多半是血本无归。

骠骑大将军：“你看我像是气急败坏的样子吗？”

“就是你们这样的人，才更容易一脑袋撞上南墙。”江风愚火问，“你买了什么机甲？”

骠骑大将军：“爱机，七星。”

江风愚火没见过这么不自量力的人，连讽刺的话都觉得无趣起来：“我说百米飞刀真是看走眼了，怎么会看好你这样的人。虽然你是新手，好歹应该了解一下行情再做决定吧。输了一场比赛而已，就这样自乱阵脚？”

她甚至连机甲维修费用都没有，根本不知道七星那宛如吸血一样的积分耗费。五十分全部用来开擂台，先期要一分一分地往上叠加，她的积分还不够七星来几发子弹的。

江风愚火幸灾乐祸道：“不过我想百米飞刀现在肯定追悔莫及，那么多年的招牌都被你砸了。”

骠骑大将军一手按着后脖颈，转了一圈活动关节：“所以我说，我很讨厌有人在结果出来前就跟我说获胜感言。少说话，接。”

方见尘还在滔滔不绝地解释：“哦。不过用七星的话，至少留五百分作为维修积分，不然后期会很惨烈的。”他根本不需要回应，说了一大段，才想起来重点，“我的爱机初期不适合打擂台。建议你先买一台机甲备用，给它攒点维修费，后期再拉它出场。不过你看起来没分了，所以还是别买七星了。我给你推荐一台稍微便宜一点的机甲，五宿。”

频道直接刷过一条信息。

［公告］系统：玩家骠骑大将军发起个人擂台，第一位挑战者：江风愚火。将于五分钟后在擂台开启初次挑战，请玩家不要下线。

方见尘：“……”

发起擂台战之后，双方重新选择自己的出战机甲。连胜坐着七星登场。

她的初始机甲已经成了她标志性的存在，忽然间换了一架，令人有些不大习惯。等众人看清楚机甲的类型，更是躁动。

程泽惊道：“你居然推荐她买七星？用心险恶！”

方见尘无辜道：“我没有啊！我只是给她介绍了一下我的爱机，可是我的重点在最后两个字啊！”

赵卓荦说：“……你这话痨的毛病该克制一下了。”

几百字的铺垫，说的全都是废话，就为了最后勉强报个名字，哪有这样回答问题的。

方见尘在三个室友谴责的目光下退了一步，喊冤道：“什么？！我怎么知道她手这么快？！我怎么知道她是这样的人？！”

程泽一脸鄙夷：“我看你是假公济私，还不如直接承认来得爽快。”

方见尘辩白道：“她问我开的什么机甲我只是告诉她而已，我‘全盟第一炮’是随意什么人都能学的吗？她要学我为什么要怪我？！”

众人不再理会，专注地看向擂台。

叶步青扫了眼摆擂信息，担忧地说：“连胜还只剩五十分了……”

这一听就知道是个悲剧。五十分能刷多久？纯粹是浪费时间又浪费精力，极有可能还会把自己的分给赔了。

十二区吃瓜群众看到系统公告的第一时间，立即点了申请，想要抢占前排，方便给大将军送分。这就是他们做粉丝的觉悟！这就是爱！

对面粉丝也是一样的心理，拉出列表，狠点报名。

双方完成这件大事，才开始安心地讨论目前的情况。

“何必呢？输一次还可以推脱是机甲的原因，输第二次就很难看了。”

“五十分带七星，她不知道七星维修费多贵吗？”

“她不是近战厉害吗，七星是狙击型机甲啊！”

“我更想知道，她会用七星吗？七星是外人上不了手的机甲啊。”

“男神，我爱你！男神快打趴对面那只跳脚的猴子！”

听起来大家都不大看好大将军。

方见尘嗤之以鼻：“他们对全盟第二炮的力量一无所知。”

程泽说：“是的。第二炮多次打死了第一炮。”

方见尘：他们这该死的塑料兄弟情！

擂台上，两人已经传被送至地图。还是刚才的地图，土丘乱石密布。

这次先动的竟然不是雷暴，而是大将军的七星。

一台狙击型机甲主动朝着一台近攻型机甲靠近，台下众人忍不住捂住了脸，觉得结局已定。

大将军中途抬起手，将枪托放在肩上，开始瞄准目标。这是她最为习惯的武器，用起来得心应手。

炮筒杀伤力大，只需要大范围瞄准就可以。而七星的武器耗能小，为了保证击杀目标，必须达到精准射击。

精准射击对连胜来说难吗？

她只打了两枪，江风愚火已经察觉到了危险，因为那两枪子弹是直直朝着他的要害打来的。

这人的射击技巧不简单！江风愚火马上意识到这一点。

由于地图中障碍物过多，连胜的行动路线并不是直线。可即便是在多次急转的情况下，她的弹道依旧可以保持平稳，就说明她的远攻实力极为强悍。

雷暴立即打开推进器，躲到石头背后，尚未来得及喘息，大将军又扛着枪赶到眼前。他稳定了下姿势，继续逃跑。二人展开了追逐。

才刚刚开场，江风愚火就落入完全的被动。双方所面临的处境和第一局截然相反。

众看客这才明白——原来大将军是个狙击手！

连胜一直以近战闻名，所以大家也以为她是个近战选手，其实仔细想想，初始机甲根本就没有远攻的选择啊。

众人豁然开朗。一个狙击手却一直用近战决胜负，是一件多么霸道的事情！

十二区群众一扫晦气，压下对面声势，精神抖擞地喊着口号。

“觉醒吧，大将军！”

“大将军，冲啊！”

“刚刚是谁说的？大将军快打趴对面那只跳脚的猴子！”

连胜做狙击手时最头疼的一个问题，就是沉重的枪械。机甲为她解决了这个烦恼，同时给她带来一个新的困扰——弹药。

她的弹药就是积分，目前处于严重不足的状态。江风愚火虽然没有还手的余地，却也不是那么好拿捏的对手。双方持续拉锯对拼，会造成连胜的破产。

疯狂追击中，大将军的攻势忽然停了一下。江风愚火不知道发生了什么，但瞬间察觉，抓住时机开始反扑。

七星反手从后背抽出一把铁剑，摆开防卫的姿态。

这是两台机甲要进行正面对决了？七星对雷暴？不知道是什么操作。

底下的人心一悬，忍不住喊道："不要被雷暴砍中！快跑！"

然而擂台上的人是听不见的。

连胜单手负后，侧身而立，一把剑直指前方。

剑，其实是不适合出现在战场上的，因为它没有刀那么强势，也没有长枪那么有力，它需要的是技巧和应变。

可是剑，是连胜握了二十几年的武器。力量和爆发上的缺陷，她从来没有否认过，但是她也从来没输过！

雷暴两手握住武器，正面朝她砍下。他的动作很粗糙，每一次攻击都很用力，写满了急切的意图，所以速度够快，痕迹也够明显。

大将军向左跨步，顺着他的攻势，鬼魅一般地躲了开去。雷暴旋身，狠辣地后踢一脚，还没掉转过视线，却发现大将军已经绕到了他的身前。

江风愚火心下惊骇，不再顾什么套路，加快攻势，狂风暴雨似的击打过去。大将军按照自己的节奏游走，操纵着速度并不占优势的七星，每一次都能完美地躲过他的攻击。

江风愚火见她态度从容不迫，动作不急不缓，偏偏拉着距离不与他决出胜负，仿佛在故意逗弄，当下大受刺激，招式变得更加没有章法，张弛无度，只余下狠厉。

连胜见他心态已崩，双膝微屈，加速一个侧滑，绕到他的身后。

江风愚火心知不妙，然而后背已经暴露。在操作舱被刺穿的那一刻，他第一个念头不是遗憾，而是"终于结束了"的解脱。

雷暴倒下，挑战结束。

难以形容这一场比赛。网友从来没见过这样的近战对决，也没见过这么会滑走位的七星。

七星不是狙击型机甲吗？一个疑似新手的驾驶员，竟然靠七星战胜了雷暴，而且这雷暴的主人还是一个小有名气的玩家。如果不是亲眼所见，他们一定不敢相信这个事实。即便是现在看见了，他们也觉得这可以被划入三天灵异事件记录簿。

结果出来之后，现场气氛分成了两派。十二区群众热烈狂欢，而另一边则暮气沉沉。

“大将军，我爱你！”

“女神，就算你喜欢穿红绿裤衩我也爱你！”

“将军，求教我用七星！”

“七星从此要成为我心中机甲排名的第一位！将军，你的美也是！”

连胜仍旧是面无表情，似乎成败对她并没有影响。但十二区这一次是真的狠狠出了口恶气。

其实三夭对于各区的划分并不仔细，你想在哪个区就可以在哪个区。只是时间越久，玩家开始抱团，出现了习惯性的活动区域，十二区变成了默认的新手区。

其实新手区也挺好的，多数的乐趣不就是从新手区建立起来的吗？他们又不是军校生，没必要每天为了那点积分拼死拼活，有什么好嘲笑的？

他们表扬完大将军，又朝着对面算总账。

“刚刚是谁说猴子的？猴子倒是出来啊！”

“之前叫得那么厉害，谁才是阿猫阿狗？”

“我快笑死了，还说百米飞刀瞎了眼，事实证明人家眼睛比你们亮多了，还有句话叫‘有眼不识泰山’知道吗？”

十二区的人叫嚣得很厉害，之前他们有多郁闷，现在就有多不客气。

一群粉丝听得心头火起，却也只能憋着。见偶像还站在台上，一副大受打击的模样，给他发去私信，安慰他两句，让他快点下来。

其实复盘一下战局，江风愚火的操作并没有出现什么大的失误，只能说这次是真的踢到铁板了。

江风愚火木愣愣地站着，仿佛听不见耳边的声音，神情恍惚道：“怎么可能……”

连胜踱步到他面前，江风愚火察觉到头顶的阴影，有些激动道：“你不要说话！嘲讽或鼓励我都不需要，我是输了。”

连胜：“没什么，我只是想告诉你，让下位置，我要打下一场了。”

江风愚火：“……”

连胜向他伸出手：“感谢你为我提供了一分的价值。”

江风愚火恼怒，无视了她的手，愤然离开。他这一走，带走了一小半的人，现场顿时宽阔了不少。

连胜朝台下挥手：“下一个。”

她新一轮的积分赛要开始了。

之后上来的群众，基本都是在现场观战的游客。

比赛进程变快。有些是故意放水，开场主动送人头，但求一死，拿个真爱粉的成就。有些是如临大敌，本着要同归于尽的目的，希望能磨损到她的机甲，给后来的群众铺路，结果被连胜远距离给崩了。

众人这才发现，骠骑大将军这人，远攻强势，近战无敌，简直无懈可击。

程泽："厉害了。跟演习的时候比起来，她的身体素质好了太多。"

身体素质拔高之后，才能更清楚地看出她的技术水平。这其中就有一个百思不得其解的疑问——有这样技术的人，起码应该有过严酷的训练，怎么会沦落到她这样的体格？

这个问题恐怕没人能够给他解答。

百米飞刀的帖子，一直被顶在首页。半夜的时候，他又上来更新了一次。

百米飞刀为你实时补充！

今天去看了十二区的擂台赛，毕竟那么多质疑的声音，我还是要为我自己的言行负责的。看完之后我后悔了。精神激奋，辗转难眠，你们的刀刀失眠了！没有办法，我只能上来做片。

首先我要修正一下我之前的评价。骠骑大将军应该是一个进可攻退可守的全方位人才。她的远程狙击能力非常出色，绝对是一名专业人士。同时近战能力卓越非凡，证明我先期的猜测是没有错的，请看视频解析！

后面跟着的是大将军跟雷暴的近战对决视频。

旁边依旧把机甲转换成了人类的身体关节，给众人展示驾驶员的走位姿势。

仔细拆分来看，连胜的行动速度其实并没有多快。她只是配合雷暴的行动，提前做出应对，才显得这人似乎会移形换位。

我想这一套招式已经表现得非常清楚了，这人应该是个中老手，经验老到，技术上佳。结合她的 ID 名，我大胆地猜测一次，大将军可能是某个出来证道的老前辈（纯属猜测切勿当真）。

虽然不知道大将军选七星的用意是什么，或许是因为它的颜值高，但是她已经用实力证明，不管是什么类型的机甲，在她手上都可以玩出三百六十种花样。她的操作让我明白了，七星也是一架非常优秀的近战机甲，真是无愧它人称"变态"的江湖地位。

最后，真诚感谢骠骑大将军跟江风愚火为我提供的实验数据。有机会再见。我会继续窥屏的。

骠骑大将军终于从十二区火爆到了整个三天，连胜也顺利迎来第一批专业扫擂者。

不过很可惜，这群人没赶上好时候，排名千名开外，而连胜的基础分只有五十分，极有可能等不到他们的挑战。

连胜依旧过着按部就班的生活，看似繁忙而枯燥，她却觉得非常有趣。

世界上怎么会有机甲这么好玩的东西呢？连胜坐在食堂里，手上拿着筷子，发出一声由衷的感叹。

鲁明远从旁边路过，认出她的身影，敏捷地靠了过来，摆弄了一阵，将光脑往她眼前一摆，问道：“这是你吗？”

连胜接过，发现页面里正是自己的对战视频，点头道：“是我。你怎么知道的？”

鲁明远拉开椅子，在她对面坐下，说道：“偏向古武的近战技术和精湛的狙击水平，加上又是个对三天不够了解的新手。我想这种人应该是很少的，我没有那么好的运气能在短时间内遇到两个。”

连胜将页面往下滑，通体阅读了一遍，问道：“你在研究我？”

“我？不，这是百米飞刀做的报告，我在研究这份报告。”鲁明远拿回光脑，盯着上面的视频入神道，“看看这建模技术，实在是太精湛了！他只用了一天半的时间，我希望有一天也能拥有他这样的技术。”

连胜说：“是吗？这么厉害？”

鲁明远激动地道：“当然！你知道百米飞刀多么有名吗？他简直是我等数据分析师的标杆！”

鲁明远羡慕道：“我也希望百米飞刀能给我做一个数据分析。”

连胜埋头吃饭，闻言道：“你不就是做数据分析的吗？”

鲁明远一脸向往道：“是啊，所以才想让他也给我做一个。”

连胜狐疑：“你想让他数据分析你的数据分析？”

“对啊，肯定受益匪浅！”鲁明远说，“其实做数据分析，最重要的还是要有毒辣的眼光。毕竟数据只是简单的呈现。能一眼看穿真相并找出结果，才是真正优秀的大师。”

他指着连胜说：“百米飞刀一眼看穿了你的实力，而且提出的假设几乎全中，这就是我跟他之间的差距。”

也不能算全中，百米飞刀说她是个老头儿。

连胜不置可否，问道：“你不能吗？”

鲁明远沉吟片刻，遗憾叹道：“我下不了这么果断的结论，我没有他那么自信。”

连胜：“为什么？你很有实力，应该自信。”

鲁明远斟酌片刻，说道："因为我不能相信一个会转体翻腾三周半的人，却连跳水是什么都不知道。"

连胜真诚求问："是什么？"

鲁明远："……"

"对了，你现在这么出名，分数刷得怎么样了？"鲁明远说，"这个月的战场模拟联赛要开了，你有把握抽到参赛名额吗？"

连胜放下筷子靠上椅背，抬手擦了下嘴角。

这个问题就非常扎心了。

第二十六章

战争的目的

连胜最早上三天是为了刷分上战场。之后觉得机甲对战也挺有意思的，而且她喜欢七星。

照目前的情况来看，养机甲跟刷战场两者之间出现了不可协调的矛盾。如果非要在两者之中二选一的话，她选择养着机甲去打战场。反正做梦不用积分。

鲁明远见她深沉地叹了口气，试探道：“难道你还越刷越低了？”

连胜望向远方，感慨道：“万事开头难啊。”

鲁明远：“看见你选七星，我就隐隐有这种猜测。最近别玩机甲了，省一点，也许还有机会。再过两天报名开始，报完名你再刷。”

他说着停顿了一下，问道：“你还剩几百分？”

“我还剩十一分。”连胜说，“昨天我其实已经打到了三十，但是我又买了点弹药。”

鲁明远：“……”

“我争取一下，今天晚上应该能过百。”连胜手指在桌上有节奏地敲着，虚心地问道，“我这样的积分，连续两次中选的概率有多高？”

鲁明远说：“你今晚争取一下，把积分刷到十万，明天我再回答你这个问题。”

连胜摊手说：“哦——你懂的。”

“哦——你也懂的。”鲁明远拿回自己的光脑，朝她挥挥手，“下下次联赛见。”

连胜：“……”

连胜将餐盘拿到回收区，转身往宿舍走去。

被鲁明远一说，她也想知道，如果自己致力于刷分的话，一天能刷多少，于是她下午就登录三天开始摆擂。

竟然在白天看见了骠骑大将军，众人皆是震惊。奔走相告，十二区擂台下的房间迅速挤满了人。

今天来挑战的人颇为棘手。不是说实力，而是他们的战略。

对面似乎经过商量，认准了一件事。大将军积分严重不足，除了七星外没有其他的备用机甲，只要耗空她的弹药，或者损毁她的机甲，她就只能继续使用初始机甲。驾驶七星的大将军他们或许打不过，但是驾驶初始机甲的大将军，还是有一战的机会的。

众人阴笑森森地扑过来，准备牺牲小我，造福群众。

这群人就是闲的，拿大将军当攻略目标。睡前还在跪着喊“666”，醒来之后发现，打擂似乎比喊“666”更有意思，因为喊“6”喊得有点累了。于是他们的爱变质了。

荣誉面前，没有偶像！

连胜察觉到他们的意图，被迫拉开距离，采用远攻，但还是有好几次险些被他们的自爆系统波及。

几场比赛下来，为了防备他们的疯狂行动，用时远超平时，子弹的消耗量更是成倍增长。打到八点的时候，连胜明显感觉体力有点接不上，口干舌燥，无视众人的真切挽留，下线喝水。

冰箱摆在客厅里，她过去翻了一阵，发现自己存的水已经喝完了。

“找水？”

室友丙听见动静，踩着拖鞋走出来，从冰箱里翻出一瓶牛奶，递过去道：“我的，你先喝吧。”

连胜接过：“谢谢。”

冰凉的液体滚过喉咙，令人全身舒爽。连胜一饮而尽，长长吐出一口气，靠在冰箱上休息。

室友丙见她脸色惨白，呼吸急促，表情带着些痛苦，问道：“你怎么了，不舒服？”

连胜擦了把汗，说道：“没事，刷点分。出来休息一下。”

“你们军事学院的联赛又快开始了对吧？过两天报名？我有朋友一直在网上说来着，他也是军事学院的。”室友丙激动地问道，“你有多少分了？也许你们两个会是战友也不一定，那我就介绍你们认识。”

连胜想了想说：“如果他是以万记数的话，我大概是你朋友零头的零头……的零头。”

室友丙：听起来可以说是相当惨烈了。

她热情地道：“积分怎么来的？是打擂台吗？要不我申请几个号过去给你送点分吧。如果需要还有我哥。放心，他毫无怨言，他是自愿的！”

连胜婉拒道：“谢谢，但是不用了。”

第二天早上八点半的时候，孟江武忽然给她发来了通信。

连胜有些迷茫地接起来，孟江武迅速问道："起床了没有？"

连胜："我的安排是九点起床。"

孟江武一副果然如此的表情，催促道："赶紧起来过来上课！九点半之前收拾妥当去教室，教授不喜欢有人在教室里吃东西，记得吃完再过来！"

"上课？"连胜回神，慢了半拍说，"可是我听不懂你们的课。"

"你怎么敢在这种时候逃课？"孟江武说，"快期中了，教授都要开始点名了，快点过来！"

连胜犹豫了一下，问道："如果点名不在会怎么样？"

孟江武肯定地说："你会死。"

他想了想，连胜就算全勤满分，应该也逃不掉挂科的命运。但是如果被教授惦记上，那连补考挂科的命运都逃不掉，于是改口道："不，你会灰飞烟灭。"

连胜："我现在就过来。"

连胜差不多已经一个月没上过课了。她有照着课程表的分类自学了一点，但依旧抓瞎。

各门课关联的方面太多了，一科又不仅是一科，她对于许多基础的概念完全不懂，有时候往往因为一句话要去查整个理论，然后又牵扯到另外一条理论。等她全部查完的时候，一天的学习时间已经过去了。

太难了，以她的天资，从来没觉得读书这么难过。

这一节课是他们的专业主课，连胜翻出课表，查到教室，带着资料急急地跑去，成功在九点半之前赶到教室。孟江武等人给她预留了一个位置，连胜从缝隙里挤进去，匆忙坐下。

她环视一圈，发现很多晚来的学生只能站在后排，奇怪道："人这么多？"

"是教室借小了，今天两个班一起上课。"孟江武无语道，"你一定都不知道哪些人是自己班的。"

连胜还真不知道。

大约过了十分钟，一个身穿西装的男人走进来。他看起来还挺年轻，四十岁上下。

四十岁能做到教授，已经是相当不错的成就了。

他抬头扫了眼站在墙边的学生，又扫了眼座位上的人。

"这位同学，你是来旁听的吗？"教授指着连胜的方向说，"我们今天人太多了，旁听的同学能不能下次再来？位置不够了。"

连胜头朝左右转了转，确定对方是在叫她，说道："教授，您认错人了。我就是这个班的学生。"

教授："是吗？我对我的记忆很有自信。如果说我对你的脸不眼熟，要么你是逃课了，要么你是旁听的，要么你是整容了。你是哪一种？”

孟江武以为她聪明，肯定会选旁听，结果就听连胜真诚地道：“我脱胎换骨了。”

郑磊握拳，崇拜道：“真正的勇士！”

怕是挫骨扬灰，教授都忘不掉她了！

教授朝她走近，指着她说：“你站起来。”

连胜站了起来。

教授拿起光脑，对着她的脸一扫，然后说道：“连胜？跟转系的时候没有多少差别。”

连胜挠了挠额头：“我是说精神跟气质。”

教授面无表情，连声线也听不出喜怒，就是说出来的话不那么好听，透露出他的情绪：“逃课的精神跟气质？”

孟江武在旁边扯了扯连胜，小声地道：“快认错！”

“她要不要认错，为什么是你来决定的？”教授不善地道，“军事学院的学生。”

连胜欠身，礼貌地朝他致歉，不卑不亢道：“如果我的行为让您感受到不愉快，我为此道歉。但是，不来上课，我有自己的理由。我并不觉得有错。”

教授笑了一下，眼神却越发阴沉：“那为什么不来上我的课？难道你都会吗？这么自信？”

“不，因为我都不会。我听不懂。”连胜说，“我在自学，从简单的开始，并没有懈怠。”

教授不大相信，冷声道：“那你自学了什么？”

“《近代战争史》《百大著名战役总结》《埃德温回忆录》。”连胜说，“目前该门课只看了这三本书。”

教授：“上面说了什么？”

连胜深吸一口气：“序言。”

众人：“……”

教授终于忍不住了，想把手上的光脑拍到眼前这个就会扯淡的人脸上，结果就听连胜继续缓缓地道：“埃德温是一位军事史上的传奇人物，这本书记述了这位百年天才传奇的一生……”

众人皆是一惊，几名学生立即上网搜索原文，对照着看了过去。不是胡扯，竟然一字不差。

这下所有人都不淡定了，周围开始传来窃窃私语。

教授打断她，眼神不再像方才那么冷淡：“你会背了？”

连胜耸肩："嗯，但是太难了。我依旧不懂。"

教授："……"

他现在的心情非常复杂。没见过这样的学生，想必纵观前后五百年，也不会有。

教授的表情数次变换，重新拿起光脑说："我给你一个机会。我出一道题，如果你答得好，我可以原谅你的逃课行为，也认同你自学的努力，以后这门课你免考。当然，有问题你还是可以来问我。"

孟江武觉得这是个机会啊！

教授将光脑上的题发到公共平台上，所有学生一起查看。

题目中只有两幅图。

一幅是城镇的平面图，图上标出了它各个方位的入口。另外一幅是缩小的地形图。红蓝表示双方的兵力，周围清楚地描绘出了山脉的位置跟高度。除此以外没有任何的文字提示和敌我介绍，地图囊括的面积也不大，看不见更远的地方。

题目很简单，只有一句话：这种情况下应该从哪个方向进攻，才能最快速地攻占城池？

这两幅图的信息量非常匮乏，连胜低头，对着屏幕看了许久。

孟江武手心出汗，为她担忧。虽然连胜多次展露了她的指挥才华，但毕竟还是个新人，一时犹豫要不要提醒她。

教授站在一旁耐心等待，没有催促，也没有任何烦躁。

时间分秒过去，在众人都以为连胜不会回答的时候，连胜忽然说了两个字："招降。"

众人一时不明："啊？"

连胜说："如果我们是正义之师，当然要先招降。如果不是，我不接受主动侵略的战争。"

众人听得发愣。这文不对题吧？

他们转头，想看看教授的反应。

教授："假如是，而对方又不同意投降呢？"

"有没有外援？援军从什么方向过来？人数多少？兵力几何？我军粮草情况如何，后方有没有隐患？军令指示有什么要求？"连胜放下光脑说，"如果没有前提，你的问题就是错误的。"

她说得大胆而自信。众人却无法苟同，观察教授的表情，想知道这回答究竟算新颖，还是会被痛批。

教授的表情严肃起来，思忖片刻，说道："假使对面确认没有外援，我军物资充足，没有隐患。指示，拿下城池。但是如果能在当月拿下，可以得到额外的战绩。”

连胜说：“那就招降。”

教授：“里面传来回应。不投降。敌军兵力守在门口阻拦。”

“对面没有顽抗的理由。军方的立场不代表民众的立场。”连胜说，“如果他们不同意，那就围城。以防意外，可以派兵去前面两山夹缝的关口把守，确认截断支援。”

教授问：“围城，然后呢？”

连胜：“直到里面将食物吃完，造成恐慌，继续招降。”

教授：“他们就是不肯投降。”

连胜：“等到里面弹尽粮绝，再攻城。随便哪个门都无所谓，长期处于饥饿和压力状态下，他们没有抵抗的能力。”

教授沉默下来，重新审视她的脸。

一个学生道：“你只有招降一个办法吗？题目明明是问应该从哪个方向进攻，你这算是投机取巧吧？”

“站在指挥的角度上，我认为马上进攻是最错误的方法。我为什么要从最烂的几个里面选择答案？进攻唯一的好处只有功勋而已，这个我不需要。如果我是指挥，我当然可以做这样的决策。”连胜义正词严道，“用最小的牺牲来换取最大的胜利，才是战争的主旨。而没有什么比生命更宝贵。”

连胜说：“强行进攻，极大可能会造成敌军情急反扑。一来扩大己方士兵的伤亡，二来容易误伤对方平民。”

学生反驳道：“问题是在外面守城，我们需要守多久？我们要浪费多少物资和人力，面临多少的风险？打仗从来讲求快啊，哪有人会故意把战线拖延下去的？”

“战争的目的是什么？”连胜看向那人，拔高音量，语气坚定道，“我觉得战争的最终目的是和平，而不是杀戮。为了有一天能停止这样的惨剧，为了到那时候也不会觉得后悔，才更应该珍惜每一个人的生命。两军交战，冲在前线的士兵，他们有罪又无辜。”

连胜挺起胸膛道：“我只是根据教授给我的前提，做出了我认为最合理的回答。其他的意外，他并没有告诉我。”

那提问的学生被堵得哑口无言，低下了头。

众人移过视线，等待教授开口。

教授闭着眼睛，缄默许久后，终于开口道：“我认同你的答案。”

学生间传来细小密集的议论声，众人重新查看题目。

孟江武推了连胜一把，朝她咧嘴一笑。

“但是，”教授睁开眼睛说，“这并不代表你的战略是对的，我只是认同你的作战风格而已。”

他转过身，往讲台走去，咬字清晰道：“不管是什么立场，我都希望你们能审视自己的错误。在战争结束之后。”

教授走上讲台，看着连胜道：“你看过埃德温的自传，但那里面记录的并不是全部。他是格伦联合军的指挥兼主将，他最想写的一场战役，发生在十六区的一个城市，卡法。那时候，原本的资源归属问题，因为人员意外伤亡导致矛盾激化而变得无法协调，最终演变成了战争。”

“那是卡法城的最后一战。”教授的声音依旧低沉浑厚，毫无波动，但是连胜却听出了一股深深的沧桑感。他低着头，收拾着手上的东西，一面说道，“卡法是为了开采资源而建立起来的普通城市。当时城里的平民已经想要休战，但里面的政客还在顽抗。埃德温的军队跟他们做完最后的交涉，得到否定的答案，随即决定展开强攻。”

教授唇角微扯，露出一股讽刺的意味：“其实卡法城内已经没有可以抵抗用的机甲，也没有可以攻击用的武器，只有用作防御的高压网而已。城内平民也在拼命反抗，政府一度瘫痪。”

“结果，政府在得知埃德温要进行强攻的消息之后，又被平民逼迫，最终极端地选择了引爆埋在城市地下的防护系统。埃德温在战役结束之后，才看见城内黑客传出的休战请求。可惜已经太晚了。”教授将光脑夹到腋下，“整座城市被火焰和爆炸笼罩。一百多万无辜的平民全部牺牲，大火燃尽了整片土地。这场悲剧之后，再没有人去开采地下的资源，整个星球都被封存。”

“十六区现在已经是联盟的属地，他们当时是想和埃德温所代表的格伦联合军讲和，结果这件事成了他们心中无法抹去的伤疤。消息出来之后，群情激愤，政府走投无路，宁愿放弃国家的主权，也要和格伦联合军彻底成为敌人。战火一直烧到了今天也没有停息。

“这件事情成了埃德温一生的遗憾。他拒绝接受所有的功勋，认为他应该带着这一生都难以洗去的罪恶入土。可是在他去世以后，格伦还是抹去了这位传奇战神的最后一役，并全盘否认了它的存在。”

教授将视线在众人之中转了一圈，轻叹道：“历史，被人铭记的才是历史。可对于卡法来说，他们又该怎么面对这段扭曲的历史？我希望你们想清楚，假使有一天你们为联盟出战，他们最希望的是什么？”

他平静地陈述着一场悲剧。

联盟跟格伦军一直交恶，前后历经数年都没有结果。有许多事情，仿佛逼迫他们不得不走到这一局面。

众人听他说起这件事，大为惊讶。

这场战役很少被提及，就算提及也都是一笔带过。他们只是有所耳闻，却并不清楚细节。毕竟这里面没有什么可以分析的战术，距今已经一百多年了，跟他们的关系也不大。

当时的情形，为免造成不必要的恐慌，联盟没有对外宣扬。

孟江武小声地道："我听说教授的父母以前就是十六区的人。虽然现在都已经加入联盟，但应该还是忘不掉这件事情吧。"

连胜摸着椅子坐下，嘀咕道："哦，难怪长得这么特别。"

孟江武不解："哪里特别了？"

金发碧眼，五官深邃，这不是标准的十六区长相吗？只是颜值远超平均线而已。

教授说："连胜。你这堂课已经过了，以后你可以自由选择要不要来听课。"

连胜站起来朝他鞠躬："谢谢。"

教授拉回话题，接着讲解教案上的内容，仿佛刚才的事情没有发生过。

过了先前那股沉重的气氛，这位教授的课依旧那么——让人犯困。

连胜托着下巴，手上记录着他说的内容。终于等到两节课上完，郑磊等人带着她一起换教室。

"这门课以前很难过的，他竟然真的给你免考了！"郑磊惊羡道，"你真的是太幸福了。"

沈喻说："你也可以，背一本埃德温的回忆录就可以。也许不需要一本，教授只查你开头。"

郑磊："还是算了吧。那根本就不是人类可以做到的事情。"

孟江武说："不过，就算一门免考，连胜你的学分还是不够啊。"

连胜说："那也未必，时间早着呢。"

幸运的是，之后的授课老师没有之前那位主专业教授的火眼金睛，点了名字之后直接开始上课。不幸的是，连胜依旧听不懂大半的课程。但是也有几堂课她是能听懂的，只要不涉及一些名词、理论、法则，她都可以让自己的智商努努力。

第二天，联盟大学正式开始新一期的联赛报名。众人一大早跑去机房等候。虽然知道希望不大，连胜还是满怀敬畏地去摸了按钮。

没有太大的意外，她成功轮空了，而孟江武他们三个全中。

连胜看着入选者的积分排行，有些失望地叹了口气。她的短期目标是，成为排首那人积分的零头。

孟江武追在她身后，问道：“你要去干吗？”

连胜说：“反正现在也不需要分了，我决定回去打擂。”慰藉一下她孤寂的心灵。

“打擂台？”孟江武眼前灵光一闪，小声问道，“难道骠骑大将军真的是你？！”

连胜：“嗯。”

“我去！”郑磊和沈喻听见，跟着凑了过来，急迫地问出憋在胸口的疑惑，“骠骑大将军？你为什么选七星？！”

连胜觉得这群人问的问题不是那么美妙。坦诚来讲，七星是不错的，除了有点贵，哪里都好。她不想回答这个问题，兀自往前走去。

郑磊几人踩着小碎步，笑嘻嘻地跟上。

连胜停下来问：“你们不去准备后面的联赛？”

“有什么好准备的，反正都是小兵，服从命令听指挥不就好了？”郑磊无所谓地说，“你不在，我们连心理准备都免了。”

连胜心虚道：“其实我只打过一场联赛，实在过誉了。上次赛前你们还不是这样的。”

“就一场还不够？一场就已经让我们看破红尘了。”郑磊深有感触道，“我现在是明白了，临时抱佛脚起不了什么作用。能活多久一半看运气，一半看指挥。毕竟赛前训练也不能让我迅速成长为一个大神啊。”

沈喻补充道：“就算成为一个大神，你也可能防不住你的队友。”

连胜：“……”

连胜转道回了自己宿舍，孟江武几人也迅速跑回去，登上三夭，围观擂台。

如今，骠骑大将军的擂台赛，已经成了整个十二区的盛典。百米飞刀和江风愚火的推波助澜让她名声大噪，无数人慕名围观。

网友每天上线的第一件事就是逛个擂台，世界上最频繁的问候是：“今天大将军输了吗？”

多么真切的问候和愿景。可惜连胜将机甲换成七星以后，就再没有输过。

但是，作为七星史上最穷的驾驶员，连胜还是要从各方面考虑战局。一，不能受伤；二，节省弹药。这就导致她每场都打得斤斤计较。

其实她是一个大方的人，只是贫穷扭曲了她的本性。

连胜从下午开始连打了十几场，难免还是遇到棘手的挑战者。

对方驾驶着一台银色的机甲，从开场就进行猛攻。炮火没有一刻停歇，密密麻麻的光线朝她这边射来，落在地面后爆炸出圆形的火光，地表各处被他打得坑坑洼洼的，尘土弥漫。他推进器全开，火速进行追击。不在乎精准度，只追求误伤。

大将军一面躲避，一面拉开距离，还要适时进行反攻。她闪电般的走位直观展示了高超的技巧，在火线中游走，多次的擦肩而过引起围观群众阵阵惊呼。

孟江武等人抱膝坐在看台边上，一面看得血脉偾张、心潮澎湃，一面又对彼此的实力差距感到心酸。

正在这样想着，一道能源炮的光路打中了七星旁边的巨石。碎石爆炸，加上紧跟而来的又一波攻势，七星被整个轰飞出去。机甲半身擦着地面滑行，左臂彻底脱离。

大将军及时屈起一脚进行急刹，同时进行反击。虽然赢了，但这一把代价惨重。

众人一阵兴奋，在下面乱吼。

“手臂废了！大将军的分数够修理吗？”

“够吧，但是修了就没分去补充弹药了。”

“这一波修完，前面打的全得吐出来。”

“根据我多年的观察经验，用七星打擂台，前期只会越打越亏。”

“我又能看见大将军驾驶初始机甲的美丽画面了吗？想想就好激动啊！”

消耗她的积分，意味着远攻和近战，起码能废掉一条路。无论选择哪一条，他们后期作战都会轻松不少。

反正他们是这么想的。

本场结束，场景消失。骠骑大将军顶着一条断臂站在擂台上。

连胜偏头查看，机械臂被炸毁一半，还有电光在端口处跳动。她左侧机身的腰腹部位也被染成了黑色。原先白色的崭新机甲，因为几天没有维修，变得破旧不堪。

对面的罪魁祸首朝她无辜地笑了两声，然后对着底下欢呼的群众抛了个飞吻，退出擂台。

连胜翻查自己的积分，目前还有五百多点刚好可以支付全身维修的费用。可是这样就买不起足够的弹药。

维修，还是更换初始机甲，或是用这五百点重新买一台便宜方便操作的机甲来渡过难关？连胜未多迟疑，选择全部购买弹药，并继续擂台挑战。

观众原本还在猜测她之后的打算，聊到一半，发现光幕重新升起，震惊不已。

“就这样开打了？不维修？”

“应该要改远攻了，彻底放弃近战。”

“断了手臂攻击力也比初始机甲高啊！大将军靠着一台初始机甲都可以征战

四方，何况是七星！”

“傻了没有？改用初始机甲，赚到的每一分都是实打实的，用七星，再被轰两下，都要重新购买了，还要用弹药，多不合算！”

“你才傻，初始机甲有多少能源可以用来发射？七星起码能源充足，速度够快，而且攻击灵活。”

“骠骑大将军的意思这么明显还看不明白？”旁边一人做了个点烟的姿势，说道，“她说，让你们一只手，你们也打不过我。”

就像她用初始机甲就可以说他们是弱者一样，一台废掉一半的七星，算得了什么？

新载入的场景中，大将军果然一反常态，开始强攻。

如果使用狂轰滥炸式的攻击，没有人能逃过大将军的攻势。七星最出色的地方就是出弹快，几乎在扣动扳机的同时就可以出膛，同时数次射击之间完全不需要冷却。

大将军以不惜成本的弹药，加上原本就近乎变态的射击准度，不给对手留下任何喘息的余地，牢牢把持着战局的主动权。

从远近交替切换成纯远攻之后，她的守擂速度反而快了不少。台下看客大为满足，用力拍手欢呼。这绝对是一个多月来看过的最精彩的战况。

孟江武见她不再收敛地使用弹药，急急地发去通信，提醒道：“喂，醒醒！你这样打还不倒贴？”

连胜回了两个字：“开心。”

反正联赛都抽完了，她还留个几百积分有什么用？

知道联赛无望，擂台又到了可以赚取积分的阶段，连胜全情投入三天这边的挑战。

更换机甲臂是最贵的，需要四百点的积分。在机甲外壳被逐渐融化，直至影响性能之后，连胜终于大修了一次她的机甲外壳。随后继续以断臂的姿态，雷厉风行地赢下了一百场。积攒到一千分之后，她依旧没有修理她的手臂，而是选择补足弹药，同时额外增强了机甲速度的配置。

网友完全琢磨不透她的套路。她怕不是爱上了这个残缺的外观？

不受课程约束，时间自由分配。连胜想趁这两天把整场擂台打完，不然一直挂念着她心里不舒服。于是这两天她一直持续性地守擂，很快达到了两百胜场。

三天彻底沸腾了。

一个机甲手在擂台前期达到 98% 的胜率——这是优秀。

这个机甲手是一个从零开始的新手——哦，这是个天才！

这个新手以独臂的姿势达到了 98% 的胜率……那毫无疑问就是变态！

没有左手，都不能比两个手指了，为什么就不能修一修她的手臂？

无指胜似有指，这是在用灵魂对报名者发起蔑视和挑衅。

众人守在擂台前面瞻仰着她的神光。

“我不知道大将军是不是所有七星机甲手里最优秀的，但我知道她一定是独臂七星玩得最好的。”

“不只是独臂七星，我想她是所有独臂机甲里玩得最好的。”

“独臂战神？”

“我有个问题想问很久了。大将军真的是女的吗？三夭里也不是没有人妖号吧。”

由此，本次事件中另一位重要的参与者，得到了一个光荣称号——“那个打断大将军手臂的男人”。

无数人想要拿下另外一个称号——“那个让大将军不得不去修理机甲的男人”。

然而连胜的积分依旧捉襟见肘。

过了两百场次之后，擂台上出现了不少高手，终于在她拿下第二百一十一场胜利之后，她的擂台被关闭。

连胜算了算，单获胜积分，她拿到了超过七千四百分。但是减去过程中的损耗，最后只留下不到三千。

可喜的是，场次关闭之后，大将军终于把她的手臂给修好了。可悲的是，她没有再开一场新的擂台。

三夭的吃瓜群众的每一个细胞都在呼喊着寂寞，但连胜一点都不可怜他们。她最近在突击文科学习。

这天，连胜从传感器上下来，拿着光脑在查资料，才看了没多久，郑磊的通信拨进来，在对面飞速地说道：“张策来找你了！还带着其他军校的人。”

连胜沉思一阵，问道：“张策是谁？”

“张策……”郑磊顿了顿，“张策不就是一军的人吗？上次联赛抢你指挥权的那个啊！”

“哦。”连胜想起来了，“其实那不是我的指挥权。”

郑磊：“你曾经有机会可以拥有。不过不重要，反正他现在过来找你了。”

连胜问：“找我干吗？”

郑磊叫道：“我怎么知道！你见不见？他们现在在食堂门口。”

连胜犹豫了一下：“见吧。”

她换了衣服，不急不缓地出去找人。

张策这回带了十来个人，就站在三餐食堂的前面。郑磊等军事学院的学生在和他们对峙。

这群人体形高大，很是显眼，引得过路的学生纷纷侧目。

张策最先看见连胜，展臂挥了下。

连胜隔着数米远都感受得到他们之间的火药味，于是选择站得远一点，问道:“有事儿？”

张策上前问:“你是不是没有报名这一次的战场联赛？”

连胜说:“我报名了。”

来人皆是一惊。这次联赛里根本就没看见一个积分低于三万的人，她竟然一个月就刷上去了？

连胜接着说:“没被选上。”

她微微偏过脸，斜睨他们，用眼神表示自己的态度。为什么要问这样愚蠢的问题？

外校众人:“……”

后面一个青年走出来，对她和善地笑道:“你好。我是之前联赛时候刘队的指挥，我们分别是一军和联军的学生，过来拜会一下。”

连胜点头，过去和他握了下手。

“久仰大名。”刘队指挥说，“我很想和你正面对决一下，所以这次特地过来，是想邀请你参加另外的战场。”

上次的模拟战之后，一军跟联军始终被笼罩在连胜的阴影之中。被一个没有正面切磋过的对手踩在脚下，他不能接受。一军和联军的尊严也不能接受，他们需要翻盘。

连胜来了点兴趣:“什么意思？”

刘队指挥见有戏，笑得越发灿烂，解释道:“是这样，我们想直接以指挥的名义向你发出邀请，依旧是五千对五千的战场，不管积分多少，你都会是总指挥。”

连胜的眼神闪了一下:“一万人的战场，那参加的人呢？从哪里来？”

“自己邀请。”刘队指挥转身指着后面的兄弟道，“我们的话，说好了由一军和联军各出一半的人手。你可以选择邀请联盟大学的学生，也可以邀请别的人。这一次不是军校联赛，我们对参赛人员没有任何要求。只要有设备，就算是社会人士也没有关系。”

连胜暗自考量。

旁听的几位校友帮她声讨道:“这不公平吧？你们是提前商量好了的，人手充沛。我们联盟大学的人都已经报名联赛了，哪里还有精锐再组一个五千人的队？”

刘队指挥不慌不忙地道：“我们现在才说，是因为不确定连胜会不会中选联赛，而且我们也是刚取消报名。”

张策说：“如果你们招不到人手，可以去联赛论坛上召集一下。很多军校的人都想参加，组个五千人完全没有问题。”

连胜摩挲着下巴，忽然说道：“可是我最近忙着刷分，对争强斗胜没什么兴趣。”

“可以刷分。按照正常的联赛来评分，就跟上次的一样！”刘队指挥说，“我记得最高纪录是有人一场拿过一万多分，对吧？”

连胜将信将疑道：“还有这样的办法？”

旁边的青年生怕她反悔，迫不及待接了句：“当然！只要我们能找到足够的人开启战场，然后请到愿意为我们评分的五位教授，就可以向院方申请录入学务系统。”

连胜：“唔……听着很麻烦。”

张策干脆地道：“我们来处理！一切手续我们来办！你只要决定参不参加就可以。”

连胜扯起嘴角轻笑：“既然这样……”

郑磊在旁边小声地提醒道：“你去哪里找人？没有那么简单的！”

连胜说：“我答应了。”

第二十七章 招兵买马

连胜答应得爽快，郑磊却忍不住跳脚。

怎么会这么冲动呢！她没好好考虑过实际施行的问题吗？事关联盟大学军事学院在各军校之中的地位，怎么可以如此轻易就着了这群阴险小子的道？！

“别高兴得太早，暂时口头答应而已。”郑磊冲出来，挡在连胜面前，“这件事情不可行的地方太多，你们别欺负一个新生！”

刘队指挥也没想到会这么顺利，本着有事可以好好谈，但是这场比赛一定要打的原则，说道：“有什么要求，你可以现在提出来。只要我们能做到，都会尽力。”

连胜挥开郑磊，大方地说：“没有。保证比赛的顺利举行即可。”

张策松了口气，主动道：“缺人的话，需要我们帮你发帖召集吗？放心吧，我们不会在人员里面做手脚的，会保证最基本的公平公正。”

连胜：“不用，我可以自己找人。”

她察觉到几股火热的视线一直环绕在她身上，到了她无法忽视的地步，于是指着张策身后的一群兄弟问：“为什么要来这么多人？还有别的事吗？”

张策说：“是他们主动要来的，说是要见识一下传说中的神级指挥。”

连胜对别的事情不感兴趣，也不喜欢这种审视一般的目光，摸了摸后脖颈，简练地道：“如果定好了，告诉我时间。”

刘队指挥：“暂定在下周周六，具体情况我会发在三天官网以及军校论坛上，请及时关注一下。”

连胜：“可以。”

张策嘴唇微张，想约她一起出去吃顿饭，还没开口，连胜拍着裤兜里的光脑先行道：“没有其他事我先回去了，你们也别再留在这里，毕竟我们现在是对手。”

刘队指挥：“打扰你们真是不好意思，我们现在就走。”

双方人马告别，连胜扭头就走，张策等人也转身离开了联盟大学。

郑磊戒备地向后张望，直到视线中对方彻底消失在转口处，才追上连胜，在她耳边号道：“亏大了亏大了啊，他们根本就是有备而来！”

连胜两手插兜，大步流星。

郑磊急道：“这一次的比赛，一军和联军互相联合，自己招人，也就是说他们的成员之间更加熟悉，更有组织性。要是想得阴暗一点，或许还彩排过。我的胜，你该怎么办！”

连胜：“……”

郑磊望天说：“现在你要去哪里找那么多的散兵？你一定没有见识过业余玩家的威力，他们总有一百种方法让你恨不得死在他们面前。那是一群为了利益不择手段的小妖精。初次做指挥是很难震慑他们的。”

郑磊越想越觉得很有道理，自己不愧是指挥系的明日之星：“他们的目标是明确的，就是为了雪耻。那队伍内部最主要的矛盾就不见了，他们现在占尽优势啊，我的胜！”

连胜被他喊得打了个哆嗦。

郑磊拍了拍胸口：“我明白，这种时候你一定会恳求我的帮助。虽然我的力量有限，但是你放心，我一定会尽我所能！还有孟江武他们，我们指挥系一定全力支援！”

“不是非常需要。”连胜坦诚地道，“不要浪费你难得抽到的名额，还是好好打联赛吧。我记得取消报名是要倒扣积分的，不合算。我并不能保证让你刷到分。”

郑磊惊道：“你没信心赢吗？”

“我有。”连胜重复说，“但是我无法保证你能刷到分。”

郑磊这才明白她话里的意思。能不能刷到分当然是看各自的本事，他觉得自己心口被狠狠戳了一箭。

连胜接着说：“如果时间是定在下周六的话，那么很有可能会和联赛冲突，你放心吧，我自己有数。”

郑磊提醒道：“不冲突也参加不了。学生被规定每个月只能参加一次大型联赛，所以只要参加过军校联赛的学生就不可以再响应你的号召。你明白没有？能参加你这次比赛的学生，不多。”

“我明白了。我现在去招人，谢谢你的关心。”连胜停了下来，站在一个分岔的路口，“虽然没有机会合作，但我还是诚挚地邀请你去看我的比赛，也祝愿你这次的联赛能大获全胜。”

不知道为什么，郑磊听着这话觉得挺感动的。他知道自己左右不了连胜的想法，只能祝愿她：“那你也加油吧。”

郑磊是出来给室友带饭的，耽搁了那么长时间，手上的东西都凉了，赶紧带着餐盒回去投喂室友。

连胜走到旁边的花坛边，草草挥去一些沙砾，就地坐下。

战力的缺陷可以根据地形和策略来弥补。士兵的选择，也可以再做考虑，她现在最缺的，是一个靠谱的数据分析师。

没有数据分析师的提醒，她还把握不了整场战场的节奏。

连胜掏出光脑，给鲁明远发去一条问候：“有时间吗？现在在哪里？”

鲁明远不久回道：“我在学生活动中心。”

连胜揣着光脑，往活动中心走去。

鲁明远收到她的信息，提前到门口等候。

连胜小跑着过去，单刀直入地问道：“最近有空吗？有没有兴趣刷一场联赛？我们已经很久没合作过了，很怀念你的数据分析。”

“我听说了，是和一军跟联军的比赛对吧？现在网上刷得很火，他们算正式跟你下战帖了。”鲁明远推着眼镜遗憾地道，“可是我最近没有时间，我要准备联赛的事，还要提前准备实习。”

“这样啊，那你忙吧。”连胜迟疑了下，又问道，“那你有什么人选可以推荐吗？”

鲁明远几乎没有思考地道：“我推荐周师锐吧。他现在是大二的学生，如果没有人邀请的话，应该不会参加联赛。就技术水平来讲，他的实力绝对是同龄人中的巅峰。只是我不知道他会不会答应你的邀请，他有自己的圈子，每个月能参加的比赛似乎不少。”

连胜已经好久没有听见这个人的名字了，印象最深的就是他当时说的一句：“学姐，我觉得我们会很合适。”

因为这句话，她倒是牢牢记住了这个人。

连胜无意识地嘀咕了句：“是吗？”

“什么？”鲁明远说，“我没跟周师锐打过比赛，对这个人不是很了解。不过跟他合作过的指挥有不少，对他的风评都挺不错的。我也看过他的实战，建模速度非常快，而且准度非常高，应该是有很多年经验的老手，从小就接触这一行了。”

连胜若有所思道：“好，我明白了。”

鲁明远想了想补充道：“不过，如果有什么疑问你需要主动问，他一般不会给你很明确的建议。毕竟数据分析师是战局的第一手接触人，随口说的话有可能会干扰指挥的决策。”

鲁明远把可以说的都交代完了，准备离开：“那……”

连胜得寸进尺道："那你顺便再给我推荐几个前锋吧。"

鲁明远无奈失笑："要不你去校网上问一问？这次虽然是对你个人发出的邀请，但之前的事情闹得挺大的，大家都知道这是事关学校声誉的比拼。没有被抽中的学生应该会很乐意过来帮你。等我看看有哪些人，再给你标明一下。具体的，你可以参考一下周师锐的意见。"

"大师辛苦了！"连胜搭上他的双肩，笑道，"最后一个问题，我要怎么找周师锐？"

"他就在里面。"无所不知鲁大师抬手一指，"我们系在给新生做宣传活动。"

宽阔的场地里塞满了人，一个学长正站在前台进行演示，而周师锐坐在讲台旁边的一张小板凳上，玩着光脑偷懒。虽然他努力把自己缩在学长的身后，但那么明显的位置，还是让人一眼看见。

连胜弯腰走过去，拍了拍他的后背，小声道："哟。小学弟。"

周师锐浑身一个激灵，见到是她，站起来说："学姐。"

二人走到隐蔽的通道口。

连胜开门见山道："有兴趣参加联赛吗？不是军校联赛，我做总指挥。"

"当然。"周师锐似乎很高兴，翻过光脑，表示自己已经知道这件事了。他主动伸出手道："合作愉快。"

二人换了通信号，算是敲定了这件事。

连胜下午回到宿舍，想在网上抓劳丁参赛。还在思考应该要怎么审核参赛人员，边上跑来一个玩家，不停地绕着她打转，同她搭话道："骠骑大将军是吗？我看过你很多场比赛，有没有兴趣一起刷分？"

连胜愣了愣，将他加为好友，开启私聊模式："刷什么分？"

"一场五千对五千的战场比赛，分数按照个人贡献来计算。如果表现优异，还会有教授额外加分。"对方口齿伶俐道，"我是一军的学生，大部分参赛的也都是军校的学生，但并不是全部。我们期待像你这样的高手加入，我看你应该也很需要积分。相信我，这一定是比擂台更有效率的比赛。"

连胜：这就非常尴尬了。

连胜玩个三天，单靠匿名就吓到不少人。他们这是干吗？想上赶着玩掉线吗？

连胜沉默了。

对方还在等待她的回答。催促了一声，说道："你觉得怎么样？暂时还不知道具体地图，但是我们会给你安排一个合理的位置。"

连胜说："我认同你的观点。"

对面一听，难耐兴奋道："那么……"

连胜说：“我是指，关于我是高手的观点。”

那人：“……”

连胜：“你不问问我是谁吗？就愿意跟我合作？”

“你是谁并不重要，相信我们利益相同，可以好好合作。”那人极尽真诚道，“如果你不相信的话，可以上三天官网和我们军校官方查看。下周六我们开始比赛。”

他想了想，大将军有可能是个新手，于是补充道：“相关规则我们也有说明，如果你有疑问，可以直接问我。”

骠骑大将军用一种难言的眼神注视着他，然后组起一个团队。

那人申请加入，却没有被批准，就见世界上闪过一条信息。

［世界］骠骑大将军：号召天下英雄参加五千对五千人大战场，想参加的现在进团。请奔走相告，报名一小时后截止。

旁边来招揽她的人看见信息，愣了一下，问道：“你在干吗？”

“喊人。”骠骑大将军说，“缺人。”

那人急道：“我们不缺人啊！我们学校人够的，就是想问问你来不来！你一个人！”

骠骑大将军没有理会他，又继续发了一条。

青年急了，他没想搞那么大，怕到时候收不了场，又重复了一遍：“真的，我说你别喊了。我们不会招他们的。网上临时拉过来的人根本不靠谱，水平不知道，来历不知道，什么都不知道。重要的是他们比不上专业的军校生，招他们干吗？”

骠骑大将军说：“那也未必，不知道大隐隐于市吗？”

那人说：“三天高分区，一半都是我们军校的学生，隐什么市啊？这就是我们的地盘啊！”

大将军仿佛很迟钝，见他开始跳脚，才恶劣地说道：“我是在帮自己招人。”

“啊？”青年摊手说，“战场很难开的。要打报告、找担保，还要请专业教授做评判，需要场地监控，就算是军校本院的学生也很难申请下来。”

大将军说：“这个不是问题。”

那人抹了把额头，似乎在崩溃的边缘：“你干脆来我们这里不好吗？我们一切都准备好了。”

大将军耸肩：“可是，我要做总指挥。”

那人：“……”

连胜还不能跟他说实情，不然之后招人极有可能会招到内应。她傲慢一挥，轰赶道:“你可以退下了。”

青年觉得她有点不大正常，简直无法交流。既然说不通，就先回去汇报情况。

一个小时后，大将军的团队人数达到了近万人。

她最近在三夭名气太盛，网友听说她要打战场，呼朋唤友前来应援，顺便也是想看看除却个人实战能力，她的团队协作能力怎么样。

三夭里不乏军校毕业生及社会人士，连胜统计了他们的积分，发现里面确实夹着不少高积分选手。她报了个地点，让有空的玩家先过来集合。

大将军盘腿坐在地上等候，聚集的人多了起来，细碎的讨论声此起彼伏。

“看见大佬了。”

“这不是专业扫擂台的大熊吗？”

“好多近乎神隐的大佬啊，不是专职混一区的吗？”

“不愧是大将军，随便号几声就有这么多人来。”

看着围过来的人越来越多，大将军觉得差不多了，才起来主持大局。她抬手一压示意众人噤声，在团队里说道:“大家好，我是骠骑大将军。为了刷分，我也决定开一个各五千人的大战场，但是因为人手不足，需要大家的帮助。

“是这样的，其实我是联军的学生。由于开战场有很多繁复的事情需要讨论，包括后期各种战术分析，我希望大家能近距离交流。”大将军说，“之后我也会去联军那边一趟。所以现在，一军跟联军，或者在两所军校有熟人的同志们请举手。”

一群人挥舞起手臂，争相喊道——

“我！大将军选我！我年轻气盛，身强体壮，信我！”

“我是联军的！我们学校大三大四级最近也在开大战场，大将军你是新生吗？没有听说啊！”

“我是一军的学生！”

“我哥是一军的！算不算？”

“我在联军的旁边可以吗？”

大将军问:“还有吗？”

一人举手道:“如果可以见到真人，我可以争取一下。”

众人应和:“我也可以！”

大将军调出团队列表，朝他们微微一笑。照着前面发言的顺序，一个个清理出去。

所有人都震惊了，呆滞地站在原地，不知道自己做错了什么。

大将军虚伪地叹了声："不要误会，我只是不喜欢和近亲的人打比赛，因为这会很尴尬。"

众人：信了你的邪啊！

此时得到消息的联军众人也很蒙。

"她说她是联军的学生？可是从来没听说过这号人物啊。"

"会不会是骗人的？"

"这种事情骗人有意思？"

"不是，我们学校总共才几个女生啊！"

"也不一定是女生，也可能是人妖啊。"

"有道理。"

一人拍板说："这还不简单？她要开战场，我们就去校务处守着，看看最近谁提交了开赛申请。"

另外一面，大将军重新打开列表，开始进一步的选拔。

他们需要五千人的话，那么起码就要备好五千五百人。毕竟三天的这些网友不是军校生，临时弃权的概率无法保证。联盟大学内部招兵的事情已经交给了周师锐，不知道进展得怎么样，只患少不患多。

骠骑大将军说："第一点，比赛时间可能会在下周六。如果有调整再做通知。无法到场的人，请现在退团吧。"

陆陆续续又走了一拨人。

连胜将眼熟的几个拉了进来，调到团队的最下排。

连胜认为，大战场里的小兵，最重要的不是个人战力，而是团队协作，互相间的质疑揣测才是最致命的地方。

大战场毕竟是一个刷分的好机会，军校的学生都不容易参与，更别说他们这些业余玩家了。这样耗时耗力的活动，不拿点积分回报，未免太不合算。

果然，前面就有一个人问道："大将军，你不会是指挥吧？"

大将军的确是以个人对战的方式活跃在三天，但没有人见她做过指挥。

骠骑大将军说："第二点，所有质疑我实力的人，现在就可以离开了。战场上绝对不允许消极怠工，也不允许违抗指挥，希望你们明白。"

士兵跟指挥之间的不信任，会直接瓦解双方之间的关系。在虚拟平台这样的地方，她并不能做此保证。

之后，连胜又将积分高的几位网友选出来，作为精锐小队的预备成员。

只不过，积分过五万的玩家并不多，要凑一支队伍有点困难。一般高积分的玩家有自己的圈子，不会随便组野队。

连胜想了想，在搜索列表里查找 ID，然后发去私聊。

骠骑大将军问："你是一军的还是联军的？"

"你找我干吗？"江风愚火语气冲道，"都不是！"

骠骑大将军："打战场吗？"

江风愚火："不打！"

大将军诱惑道："来嘛！"

江风愚火怒道："我有病？你有病！"

"不想一雪前耻吗？"骠骑大将军说，"开完战场我就开擂台了，可以首邀你。不然等你自己排队，要等到什么时候？"

在机甲对战里，决定胜负的因素太多。没有人会愿意承认自己永远技不如人，尤其是江风愚火这样已经小有成就的人。只要有机会，他们时刻想着翻盘。

对面安静下来，没过多久，大将军的团队里弹出一个申请。

大将军高兴地加了他，招呼道："顺便多招几个人来啊，大爷，我要赢了才开擂台的！"

江风愚火崩溃道："你别这么说话了行不行？！"

他们这边毕竟人数众多又成分复杂，等连胜把队伍安排好，已经是晚上七点了。

张策等人因为没有连胜的联系方式，只能将通知发在网站上，于是傍晚的时候，联盟大学的网站跳出来一则帖子——

代表一军和联军的队伍，在这里公布一件事情。我方请到的数据分析师是来自三夭的百米飞刀，请早做准备。

众人哗然，将信将疑。

百米飞刀还会参加这样的学生联赛吗？从没听说过，该不会是假的吧？

连胜下了三夭才接到周师锐的通知，得知对方副指挥的人选。

百米飞刀……鲁明远对他颇为推崇，应该是个很厉害的人吧。

周师锐邀请她第二天早上见面，商量一下后续事宜。两人约好在教学楼旁边的凉亭会面。

周师锐没有废话，坐下后直接掏出光脑，给她汇报目前的情况。

报告中包括联盟大学报名的人数以及各学生的水平，他只用一个晚上就把已知人员擅长的位置和过去的战绩都列好了，给她用作参考。

"军校联赛没有总负责人，全部安排都是由系统随机的。但这次是自己申请的比赛，不走校网，要双方商议决定。"周师锐说，"等拿到审批，我们一定要抢到地图选择权。既然是对面向你发起挑战，你就咬死这个，不要退步。"

连胜点头。

周师锐："你在网上选好人，把他们的信息给我，我给他们做个统计排位。"

副指挥……比她辛苦多了。

周师锐把事情交代完，又添了一句："不过，对百米飞刀，要多注意一点。"

"是吗？"连胜问，"你觉得他怎么样？"

周师锐说："很厉害。"

连胜："跟你比起来呢？"

"技术水平来讲，他比我厉害。"周师锐非常坦然地接受这个事实，所以并没有什么特殊的情绪，一面收起自己的光脑，说道，"数据分析，靠的就是技术水平。"

连胜摸着自己的杯子，沉吟一声道："如果是我的话……"

周师锐闻言一惊："你还会做数据分析？"

连胜："不，我是说，如果是我的话，我绝对不会承认有人指挥比我优秀。所有人都是我的手下败将。要么现在是，要么未来是。"

周师锐："……"

连胜上次就发现了，周师锐对战场不热情，他只是尽责地完成自己数据分析的工作。所以之前红白阵营战的时候，蒋嘉柯决策错误，导致战局败走，他也依旧很淡定，明明是参与者，却像个第三方。

他或许已经尽到了自己的责任，但是不够热情。打仗需要热情吗？连胜认为是当然的。上层军官的情绪会直接影响小兵的士气。他们需要保持冷静，但是不应该冷漠。

连胜问："你喜欢打比赛吗？"

"当然。"周师锐笑道，"我很想知道做学姐的数据分析师是什么感觉。"

连胜："冒昧问一句，你为什么要做数据分析师？"

周师锐微张开嘴，脑海中闪过几句曾经让他无比向往的话。

——"作为数据分析师，引导着你的指挥，走向战局的胜利，是一件很有成就的事情。"

——"如果说指挥是为军队指明方向的明灯，那么副指挥就是眼睛，看见胜利道路的眼睛。"

——"我要让所有人看见那光辉的未来。"

连胜问："这话谁告诉你的？"

周师锐沉声道："百米飞刀。"

连胜点头："哦，你未来的手下败将。"

"他现在还不是我的手下败将。"周师锐说，"他是我哥。"

连胜睁大眼睛："哟！"

连胜是真的被惊到了，这个世界好小。她问："你哥也是军校生？"

周师锐："不，他比我大十几岁，很早就毕业了。"

连胜意味深长地点头。

"他可能是因为我才接这场比赛的，因为我之前和他说过你的名字。"周师锐站起来，面无表情道，"不过没关系，我没打算输。早晚有一天我会超过他。"

周师锐："虽然我现在比不过他，不过我敢断言，在联盟大学，你找不出第二个比我更优秀的数据分析师。"

连胜靠在椅背上，抱胸看了他一会儿，跟着站起来："你这么说我就安心了。我不在乎你们的关系是什么，只要上了战场，那就是敌人。你有这样的决心，也明白自己的立场，那就足够了。剩下的，我来带你赢。"

周师锐闻言满意地笑了一下，说道："我先回去整理数据了。希望赶在比赛开始前把人员安排好，不然这会是我们最大的劣势。"

周师锐朝她颔首，准备离开，刚转了个身，发现一人以诡异的姿势挡在阶梯口处。

方见尘一手撑在凉亭的柱子上，以一种十分土气的姿势稳住了身形，抬头朝她粲然一笑："你好，连同学。"

连胜："……"

"需要帮助吗？"方见尘走上来，意气风发道，"我知道你们缺人，尤其是缺像我这样的精英人士。"

连胜艰难地道："你病了？"

方见尘板起脸道："你的比赛不是一个人的事情，它关乎着我们整个联盟大学的声誉！身为军事学院的一分子，怎么能视而不见？！我还给你带来了外援，不要多说了。"

赵卓荦等三人在他身后出现。

赵卓荦毫不留情地揭穿他："是这样，他听说有人发起挑战赛以后，主动弃权了军校联赛的资格。"

方见尘打断他的话，吼道："对！没错！就是这样！"

叶步青继续说道："他想要加入一军和联军那边的队伍，然后找你报仇。"

方见尘冲过去抓住他的衣领悲痛摇晃："老步！你再也不是曾经的老步了！你这人怎么能这样？！"

程泽接着话题："然后对面拒绝了他。"

方见尘停下来摊手："是我主动醒悟的。哪有什么仇恨能比得过我校的荣誉？"

"总之因为这样，他忽然变得两边都不靠岸了，就想来加入你的队伍。"程泽无视了他，"但是又觉得你可能会不同意，所以逼着我们一起弃权，过来打比赛。"

"我是为了拯救我们岌岌可危的兄弟情！"方见尘忧伤道，"不过现在看来已经彻底破碎了。"

连胜："……"

"虽然他描述不对，但是结论正确。"方见尘朝她伸出手，"你好，总指挥。"

连胜犹豫起来。总觉得让他加进来，战局会变得很混乱。

方见尘见她没有动作，主动拉过她的手，强行与她握住，上下摇了摇，算是阵营达成。

连胜知道，其实方见尘是想帮她打战场而已，心下是有点高兴的。

两所军校联合是为了挑战联盟大学，怎么可能会把他纳入麾下？何况方见尘是出了名的不按常理出牌，谁招他进去就是自取灭亡，相信他有自知之明。

周师锐和他们分别打了招呼，交换了联系方式。

赵卓荦四人愿意参与进来，联盟大学的这一批学生不用再担心没人管理了，他身上的重担也可以减轻不少。

周三，张策那边的审批通过，校方同意举办，要求参与人员在限定时间内上报名字和 ID 号。

因为这次不是军校联赛，所以允许匿名参与，由三天官方协助登记。连胜和团友最后确认了比赛时间，根据之前排好的顺序进行报名。

联大的军事学院不是专门的军校，单兵专业人数相对稀缺。这个时间点，大四的没精力参与，大三的被联赛招走一大部分，大一新生没有经验，周师锐不建议选取。大二优秀的学生不多，他只推荐了几个。所以最后本校参与人数还没超过一千，全靠三天的网友支撑，好在大众资质似乎还不错。

一军的学生在校务处那边守了很久，一直没等到第二批打申请的人。直到名单出来，才知道原来骠骑大将军就是传说中的连胜。

众人深感智商被愚弄，回忆起了上一次联赛时被指挥支配的恐惧，比赛还没开始，已经抱着哭成一团。

连胜哪是恶魔啊？她分明就是魔王！为什么茫茫三天中，每次犯蠢都会落到她的手里？

比赛前一天，周师锐将敌方可查的数据扫了一遍，熬到半夜才看完。他去厕所用冷水浇了把脸，扯过旁边的毛巾擦拭水渍，顺道检查光脑上的信息。

哈哈，我就知道你会去那边做副指挥。不过我不会手下留情的，让我看看你说的那个指挥究竟是什么样的人。

我看你们那边都是散兵，所以我让你小亮哥哥他们过去帮忙了。不过放心啊，我没和他们通过气，不知道你们的战况。

你不是把大哥拉黑了吧？现在不跟我多套套近乎，你明天真的会后悔的。

周师锐的手指在屏幕上划过，删除了所有信息。

副指挥才不是什么眼睛，只是一块石头而已。优秀的指挥能靠他站得更高，而卑劣的指挥只会被他绊倒。他就是因为太天真，才会沦落到今天的地步。什么百米飞刀，这样他就满足了吗？

周师锐攥紧手指。只有这场比赛，他绝对不想输。

第二天中午，比赛按时开始。

只要是大型比赛都需要转播。联盟大学的转播点依旧设在体育馆，可是早上的军校联赛还没有结束，双方正好混在一起，只能切换播放。

比赛刚刚进入备战阶段，体育馆里已经人山人海了。

学生们挤在看台边缘，纷纷呐喊：“我们要看百米飞刀！”

“我们要看骠骑大将军！”

“我们要看新比赛！”

“转播转播！老师快切换，我要看男神！”

此时军校联赛正陷入胶着状态，的确没什么好看的，管理员就把画面暂时切到第二场比赛上。

两队指挥正在进行赛前交涉。

连胜这边，由连胜和周师锐负责，而对面依旧是原来的刘队总指挥以及百米飞刀。

双方被传送进一个小房间，要决定比赛地图以及参赛人员的位置分配。

连胜说：“我来选地图。”

刘队总指挥道：“当然可以。”

他们已经做好准备了。大战场可选的图不多，为了防止玩家故意选择偏僻的地图，系统会从常规图中圈定一部分，再给他们选择。

连胜低头翻看。

他们有四千多人是在三天招过来的，他们肯定更习惯于机甲作战，而这次圈定的机甲地图只有两个。

连胜的目光在城市地图上犹豫不决，一只手从旁边伸出来挡住了她。

连胜偏头看去，周师锐说：“城市地图作战限制非常多，规则也很复杂，包括建筑保存程度、幸存 NPC 人数、城市防护设施，都会作为最后胜利的考量点。作为新手，我不建议你选这个。”

连胜看向他：“那你的建议是？”

周师锐：“机甲古道。”

所谓古道，是指一片开发过最终又被废弃的通道，途经平原、河流、断壁、沙漠，是一个既简单又多样的地图。

连胜听从他的建议，选择了机甲古道。

刘队总指挥看见页面里蹦出来的结果，惊道：“真的是选古道。”

“对吧？”百米飞刀笑说，“对面的指挥多半是新手，如果是我，肯定不会让她选复杂的地图。”

随后是人员分配。

人员分配就是机甲分配。每一位小队负责人可以驾驶高配机甲，但包括两位指挥在内，要求不超过十二人。连胜选择指挥，在后方压阵，所以放弃了这个机会，将有限的名额全部分配给前方作战的几个人。另外，精锐小队可以全员驾驶中配机甲，人数一千。

连胜从联大学生和三夭网友中各抽了五百人，组成这个队伍。联大成员由赵卓荦负责，三夭玩家则由周师锐推荐的人负责。其余士兵驾驶低配机甲，随时做好无能源，转步兵的准备。

周师锐正在载入先前排好的队伍阵容，连胜百无聊赖地观察四周，发现百米飞刀正笑着和她招手。

周师锐说这人比他大十几岁，那应该是有三十几岁了。

百米飞刀留着一头利落的短发，皮肤白皙，五官端正，眉眼舒展，看着就是一个性格阳光的年轻人。同时后背挺得笔直，整个人的状态显得很精神。

他对上连胜的视线，指了指周师锐，比了个心，然后更热烈地和她打招呼。

连胜低头看了眼他弟，心说，这两人性格还真是完全不一样。所谓兄弟，很多时候就是这样互补的吧。

双方准备完毕，各后退一步，等待传送。

周师锐终于看见了百米飞刀对他的兄弟爱，抬手敷衍地回应了一下。

光圈闪过，连胜驾驶着一台低配机甲，出现在地图的最右侧。

她的面前，是总指挥专属的详细地图，记载着各队兵力分布、类型以及各类标注指示。

周师锐的机甲停在她的旁边。

“激动人心的时刻到来了！”连胜两手按在地图两侧，深吸一口气，说出那句久违的话，“所有人听我指挥！”

战场的号角正式吹响。

百米飞刀直接抽过面板，跳出机甲驾驶舱。刘队指挥刘昊犹豫了一下，也带着总指挥的面板走下机甲。毕竟他们这边不可能会有危险，坐在外面更加方便。

刘昊抓着牵引绳下来，看见百米飞刀盘腿坐在沙地上，手指如飞，开始建模。他直接在地图最里侧安排了总指挥和副指挥的标志。

刘昊问：“这个是不是应该等地图开完以后再说？”

队伍的安排他们已经准备过了，现在侦察兵正在从各个方向向前开图，其余的队伍也井然有序地列队备战。

“不觉得灰色给人的感觉很不好吗？地图出来以后会有一种特别的安全感。”百米飞刀点了点额角，笑道，“这也是一种心理暗示吧。”

刘昊觉得是有道理，但是有点不靠谱：“可是如果猜测错了，这样的标示反而会成为我们思维的局限。”

百米飞刀无辜地说：“我是那么不知道变通的人吗？改个数据不是一根手指的事情？”

刘昊：遇到这种大佬，除了跪还有别的做法吗？

百米飞刀说：“他们肯定在里面，小锐最不喜欢实战了，而且数据分析师也不可能上前作战。”

刘昊听他说得很熟稔的样子，才想起对面的副指挥叫周师锐，蹲在旁边分析地图说：“我是说对面的骠骑大将军，她的实战水平很厉害，也许会上前作战。”

“她是新转系的学生吧？之前是她第一次上三天。联赛虽然进去过，但那是古战场。在三天的时候，基本的时间都用来打擂台了。这也就是说，这种机甲战场她是第一次参加。”百米飞刀说，“我想她还没有狂妄到面对一个陌生的战局，直接甩手总指挥的职责上阵杀敌。她开场肯定需要适应，而在适应的时候，会霸占只有十二台的高配机甲吗？这完全是对战力的浪费。”

如果不是驾驶高级机甲，在战场上很容易遇到危险，总指挥最需要的还是确保自己的安全。

刘昊讶异地说：“你对她也很了解？”

“哪里哪里，之前分析过一点而已。不过我没想到连胜就是骠骑大将军啊。”百米飞刀说，“战场上靠着临场发挥获胜的少之又少，胜利多数是属于准备更妥当的一方。”

百米飞刀的手指用力往下一点，笑道：“来吧，看看这是谁的主场。”

百米飞刀跟刘昊谈笑风生，手指却一刻也没有停下，一直在飞速点动。所有的代码几乎已经成了一种条件反射，他闭着眼睛都能知道手指该落在什么地方。他只是将脑海中的画面，靠着他的直觉描绘出来而已。

刘昊认真地旁观，从连胜队伍所在的位置开始，灰色的地图开始一块一块完整地显现出来。

前方侦察兵还在缓慢地开地图，而百米飞刀自己补充的地图已经快过半了。

刘昊吞咽了一口口水，忐忑地说道："那个，刀哥啊，咱这不是拼图游戏啊。"

"我知道我知道，放心吧，三天的地图我都熟得很，把这些刷出来多好看，你指派地点的时候也有方向了。"百米飞刀说，"你快指挥，再往前面就要交锋了。"

刘昊仔细看了一眼地图，弱弱地道："光大地图三天就几千个啊。"

百米飞刀复原的地图几乎已经很详尽了，包括山势、路宽、走向。这就是一个完整的地图，而不是模糊的景象。

这是短时间内能做好的吗？他的大脑里是存了多庞大的数据？

百米飞刀笑道："没办法，谁叫我现在是个死宅啊？闲着也没事做。"

刘昊给他跪了："大佬，你不要这样说，你这是在吓我啊！"

百米飞刀大笑了几声。

他们的侦察兵还没走出去几分钟，全地图已经被开出来了。

将地图横向来看，刘昊的队伍位于最左侧，连胜的队伍位于最右侧。从左到右的地形依次是沙漠、山壁、平原、河流。

然而侦察兵一路向前，覆盖掉他之前建设的模拟图，竟然没有过多的变化。

刘队士兵看着地图前进，士气高涨，惊叹不绝。他们时不时地要朝那边瞄上一眼，仍旧觉得难以置信。就像百米飞刀说的，地图开完之后，踩的每一步都踏实了，这对士兵来讲是莫大的鼓舞。

水平差距实在太大了！他们什么时候见过这样的副指挥？一个数据师建模和分析的速度，直接影响了指挥决策的速度。

他们军校里的分析师，能跟上战局的进度已经算是非常不错了。能达到百米飞刀这样的速度，已经不是熟练和经验可以解释的。他们自己就是圈子里的人，知道哪怕是在军队里，这也绝对是佼佼者的水准。没有天分，不可能走到这个地步。

侦察兵在前线号道："刀哥！刀哥，你不要这样啊！你这样好打击我们侦察兵的热情！"

百米飞刀问："什么热情？"

侦察兵说："我们要那种'唰唰唰'地图都展开来的那一种热情！"

百米飞刀了然："哦，明白！你们'唰唰唰'的热情！"

他在控制面板中点了几下，侦察兵视线中的地图又变成了黑色，其他人依旧是全地图的模式。

侦察兵满足了。

另外一位连长说："有种你们在掩耳盗铃的感觉。"

刘昊在队伍里喊道："同志们！要是这都输了，说不过去啊！拿出点气势来，一举赢下比赛！"

开场十分钟以后，刘队提早开出了全地图。

体育馆内人潮沸腾，不少人是冲着百米飞刀和骠骑大将军的名号过来的，见状直呼不亏。

"这什么手速！刚刚虚影都出现了吧？"

"我刀哥就是个挂啊！"

"自古民间出高手，这已经是神了！"

"我觉得刀哥可能不是民间的人。"

"原来一个优秀的数据分析师可以直接降低好几个游戏难度，所以我战场指挥总失败终于有理由了吗？"

"同学，要点脸，我指挥系 B 类不接你这锅！"

过山壁地图的时候，刘队休整队形，减缓了速度。进入平原区后，刘昊准备让他们重新列队，在平原地区开战。

"不不不，你先等等。"百米飞刀拦住他的手，指着上面道，"看见平原边缘这一块的塌陷地区了吗？"

刘昊认真地辨认了一下，看了个寂寞。他抹了把脸说："大佬，你说什么都是对的。"

百米飞刀道："这一片如果炸开，有一条地下通道。"

刘昊一惊："真的假的？"

百米飞刀说："古道是指开发过的废弃商道，可是你在这个地图里有看见任何开发过的痕迹吗？"

刘昊试探道："重点难道不是废弃吗？"

"当然不是！"百米飞刀说，"据我分析，这一块原本应该是河流的下游，整块地区被河水浸润，所以他们建设了地下通道。但是后来由于地势升高，水流减小，所以这一块地浮出水面，通道就被废弃了。"

刘昊蒙道："这不就是一个系统地图吗？"

百米飞刀说："系统地图的参数也是有原型的，三天的制作精良、选址严谨，几乎每一个大型战场你都可以找到它的原型。只不过它会将各处不同的地图连接在一起，再拼凑成一个完整的大地图。”

百米飞刀用手在上面画了一圈：“我知道的是，这一段到这一段，会有一段残留的地下通道。”

刘昊看向他：“所以……”

“所以，”百米飞刀收回手，抬起头笑道，“你才是总指挥啊，刘昊同学。”

刘昊回过神来，发现不自觉被他的思维带着走了，尴尬地笑了一下。

这人的实力强大到耀眼，会让人下意识地信服依靠。

外场一阵尖叫——

“这人好帅！”

“刀哥，教我学建模啊！”

“打了多年三天，我怎么不知道这里还有条地下通道？”

“这种通道外力打不穿，不找到入口根本发现不了的。”

场馆内的视线焦点和话题都聚集在刘队那边。管理员切换了视角，转到连胜的队伍那边。

此时他们正照着之前的安排前进。

他们的开局有点尴尬，因为出门就是一条弯曲的河流。河水占据了起码半条路的宽度，他们绕道会合浪费了一点时间。为了保证士兵之间的空隙，以防到时候过于拥挤，队伍战线又被拉得很长。所以在刘队走过半程的时候，他们才刚刚出了第一段的河流地区。

周师锐也已经非常优秀了，他先复原出了最重要的山壁段的地图，然后尽力控制着己方队伍的位置和秩序。

与百米飞刀相比，他可能逊色许多，但他是一个才大二的学生，可谓前途无量。

两边的气氛都很轻松。

连胜喝了一句，提醒道：“不要松懈，在对地图的利用上对面未必比我们知道得少！我想你们应该比我更了解百米飞刀！”

她坐在河流旁边的草地上，静静地听着水流从耳边流过的声音，随后站起来，把身上能脱的东西都给脱了，换得一身轻松。

“前面是平原地区，同志们整好队伍再前进。虽然没有明显的遮蔽点，但是可能会迎来激烈的正面冲击，请时刻做好准备。精锐小队两侧待命，前锋机甲中路就位。”连胜说，“按照我们行进的速度，对面很可能已经到了平原地区，侦察兵请注意！”

叶步青带领着一小队负责侦察的士兵先行过去，其余人谨慎地跟在后面。

不久后，叶步青开始反馈：“他们站在山壁的前面！人数暂时未知，一小队发现我们了，正在追击。”

周师锐问：“站在哪里？”

叶步青把位置给他们标了出来：“一排机甲，看着数量不少，挡住了去往山壁的路。”

连胜沉思道：“堵在这里做什么？那个位置进不可攻退不可守啊。”

前面的地图还没开，只有一片山壁。

周师锐重新将地图拉过去，闭上眼睛回忆。这一个地图他不说多熟悉，但记得没什么值得注意的地方。

连胜一手托着下巴，警惕地看着地图。暂时还不明朗，但她觉得对面肯定有诈，准备让队伍暂时放缓速度，探探对面的虚实。

“爆炸了！”正在行军的一个小队里的人忽然喊道，“小心，有埋伏！”

连胜和周师锐大惊，视线往上一扫，就看队伍人数开始直线下降。

第二十八章
正面冲击

“埋伏？”连胜抬高面板，仔细放大图片，看着那边的情况说，“这种地方还有什么地方可以埋伏？他们躲在哪里埋伏？什么地方爆炸了？受击小队马上汇报情况！”

方见尘的声音从频道内传来：“地面忽然坍塌了，这边应该有一条废弃的地下通道，他们的人守在里面狙击。我们的队伍现在被包围了！”

连胜当机立断道：“撤！能撤的先撤！旁边的队伍火速过去支援。叶步青离远一点，别把兵力带过去。赵卓荦支援方见尘，那位叫‘亮亮的灯泡’的兄弟，麻烦过去支援一下侦察队。”

方见尘那边带的队伍大部分是狙击型机甲，其余也是偏向速度的攻击型机甲，所以大部分防御薄弱。围击他们的敌军一次一个重炮下来，在这样狭窄逼仄的通道里，杀伤力被放大，几乎不用瞄准，直接带走了一半人头。

敌军只炸开了一小段路，另外的人躲在通道里面。因为狙击型的机甲需要瞄准才能造成有效伤害，那些被炸到一半的残骸堵在道路中间，反而成了敌军最好的遮蔽物，一时间他们的狙击队伤亡惨重。

方见尘躲在残骸背后，越过前方打了两枪，喊道：“左边先冲，我给你们掩护！从靠近我的机甲开始，开推进器，往上冲，跳！麻溜的！”

一个个人冲上去，熬过最初的慌乱后开始找到节奏，人数总算稳定下来。

紧跟着赵卓荦的支援赶到，直接跳下通道开始强攻。刘队火速撤离，暂时保存实力。

“不要慌乱，给我调好队伍！”连胜一掌拍在腿上，“牺牲多少战友那都是过去式！对面拿了多少人头，就全部给我拿回来！现在听从各连长指挥，注意周边环境，以防对面再出诡计！”

连胜问：“方见尘还活着吧？”

方见尘得意道：“那必须的。身为狙击手跑得不快怎么行？”

他运气算好，掉下去的时候位于正中间，前后战友替他挡了不少火力，之后刘队防御性后撤，两边重炮波及不到他，反而很安全。

连胜捂住通信器，扭头看向周师锐。

周师锐察觉到视线，偏头回望。他的手指顿在半空，眼神有些闪避，一时找不出要说的话。

周师锐正准备接收来自连胜的失望，却听她由衷地赞许了句：“百米飞刀，果然不是浪得虚名。他真是一位非常优秀的副指挥。”

周师锐：现在是惺惺相惜的时候吗？！

周师锐正要开口，连胜又问：“如果你用一个词来形容他，是什么？”

“像你。”周师锐顿了顿说，“像太阳。”

连胜：“是吗？”

周师锐低下头说：“这次是我准备得不充分。”

大战场的地图，是先随机从几千个地图中圈定二十个作为范围，之后再由他们从二十个里选择一个，限定他们选择范围的同时，保证一定的自由度。

要想猜到这个地图并提前做好准备，几乎是没有可能的。开场劣势的形成原因，只是对方对三夭地图的了解程度远超想象。

或许是硬实力，也或许是碰巧，但这都不重要了。

“不，你的准备已经可以了，这不过是意料之外的事情而已。”连胜拍上他的肩膀，“做好你自己该做的，剩下的交给我。一次突袭成功而已，他们也要能把握住这次气势才行。”

她现在对全局的把握是实时的，清晰而全面，所以不至于到乱了手脚的地步。

连胜研究着地图，脑海中闪现出各种不同策略下的争锋，说道：“如果我是他，这时候肯定会来一波乘胜追击。如果我们没能及时调整，那他们可以进行二次重击。但如果我们调整过来了，说不定可以反向收割一波人头。”

连胜按住通信器喝道：“赵卓荦注意前方！对面可能会整队来攻。方见尘调好你们自己的队伍，做后方配合。江风愚火，带着你的进攻队伍过去，注意他们是否会从通道里进来。拦住入口，等待反扑！”

前去支援侦察队的灯泡汇报道：“已会合，敌军人数不多，已经撤离。追还是不追？”

连胜说：“先归队，后方集合，等待总攻。”

一众连长保持着冷静，默默照着指示在前方带路，指挥着自己队伍下面的小兵撤离原地，重新列阵，并安排人趴在地上，仔细听下方是否还有埋伏。

那些原本被突袭吓到的士兵也很快镇定下来。他们多数人没什么大战的经验，面对变故的时候确实有点慌乱，但见队伍上下都是一种波澜不惊的态度，快要跳出喉咙的心脏也被这平静的氛围给压了下去。

双方暂时没有交锋，连胜趁机清点伤亡。

他们这一次被伏击，直接报废了两百多台机甲，还有一百多台有不同程度的损伤，其中过半是狙击型机甲。就开场来说，这无疑是不容忽视的劣势。不尽快缩短彼此差距的话，会对士气产生巨大的影响。

体育馆的人从连胜的视角看比赛，第一次见识到她强大的运筹能力。不过几句话的工夫，遭受重创的队伍已经调整完毕。

“大将军也很有魄力啊！”

“他们这边的队伍很冷静，应对也够及时。通道是意外，但排兵是实力。”

“连长也选得好，能压得住小兵。”

“只有我一个人觉得，两队副指挥的关系似乎很微妙吗？”

连胜抬头眺望，感觉湖面上一阵清风拂来，野草被压弯了一片。

赵卓荦语气平缓地上报：“敌军从正面来了，估计五百来人的队伍。”

连胜就等着这个时候，一声令下：“强杀！打出你们的气势来，让对面看看我们的实力！”

赵卓荦直接带着队伍冲了上去。

他们有两个完整的连，大战场中的连与平时常规所指的九十人连队不一样，在这里单纯指代一支五百人的队伍。

一千多人正面冲击五百人的队伍，刘队立马发现情况出了点意外。

他们试着正面牵扯了一下，测试对方的士气，结果发现敌军来势汹汹、队列整齐，没有一点被偷袭成功的慌乱，当即觉得不妙，快速转身撤逃。

连胜喝道：“火速追击！给刚才阵亡的兄弟们雪恨！对面已经将人头送到你们的面前，就是在表达对你们的不屑！现在不杀就等着下次他们再将刀剑架到你们的脖子上！”

后排狙击手铆足了劲，靠着机甲的速度优势冲了上来，抬起武器开始射击。

炮筒威力大但距离短，他们的枪械就不一样了。刘队被人追着屁股打，一个个叫骂逃窜，一时根本看不出哪边才是来追击的。

可惜这一片是平原，刘队跑得实在是太顺畅了。连胜这边只强留下二十几台机甲，队伍已经靠近山壁的边缘。连胜咋舌一声，考虑到敌军大部队所在的位置，让队友转向回来，不要深追。

百米飞刀接到战情反馈，一面应和，一面调整战场上的数值，展示给刘昊，说：“对面有开始反攻的迹象了。”

刘昊一惊：“这么快就反攻了？刚刚不是被偷袭成功了吗？”

“是这样没错，对面可不是一次偷袭得手就能轻易打败的对手，所以请保持好自己的警惕心。”百米飞刀紧紧盯着屏幕，表情却看不出任何紧张，嘴角噙着一抹笑意，问道，“她已经做出了应对，请问指挥的下一步指示是什么？”

刘昊犹疑不定。

“指挥同学，你老看我干什么？”百米飞刀揶揄地说，“没有我的时候，你也是这样看着你的副指挥吗？”

刘昊说：“当然不是，但是你经验丰富，我想听听大佬的建议。”

百米飞刀说：“能给的建议我给了呀，数据我也给了呀，进攻还是暂时休整，目前都有理由。”

刘昊问：“那还有地下通道吗？”

“哪有那么多？再多就成 bug 了。”百米飞刀失笑，“指挥同学，你似乎有点松懈啊。”

刘昊稍怔，反思一下，发现自己的确太依赖副指挥了。他将脑海中的杂乱思绪甩出去，重新抖擞起精神，对着通信器传令道：“所有人集合，暂时回撤，守住山壁，准备给他们致命一击！”

刘昊鼓励道：“刚刚那一波打得漂亮，现在主动权毫无疑问在我们手上！对面直接阵亡两百多人，可用机甲损伤应该已经接近四百了。没有狙击手的威胁，同志们尽情地杀！”

平原地区地势平坦，两军一旦对战就是正面冲突，敌我损失都会激增。这种作战方式对士兵的个人作战能力要求偏高，双方仅有不足一万人，如果出现意外，很难有再掉转的余地。

百米飞刀知道这里已经没有地下通道，可连胜和周师锐不能确定，所以他们行军的速度开始变得缓慢。

以防出现同样的意外，连胜重编队形。她将方见尘的队伍混到赵卓荦的队伍里，然后分批次前进。如果地面再次出现塌陷，那就强攻击退，以削减人员伤亡。

他们走得缓慢，恰好给了刘昊设置埋伏的时间。

周师锐在前方队伍临近山壁的时候，提醒道：“前面就是山壁区了，一般是古道里交战的重点区，也是最适合对战的地方，让大家都注意一下。”

这种天然狭窄的场所，直接拉长了战线。

在山壁区，只要一出现混乱，就可能像多米诺骨牌一样接连自爆。兵力强盛，可以延续优势。兵力薄弱，也有可以逆袭的机会。

周师锐说：“一般在这里，会让低配机甲上阵，消耗敌我兵力，分出大优劣之后，再用中级机甲和高级机甲作为主力，在沙漠区跟平原区做最后决战。”

这边的地图他们还没开，连胜的队伍明显节奏较慢。但好在周师锐直接把山壁附近的模型给完善出来了，方便连胜参考指挥。

周师锐对着地图解释说："一条是大路，一条是小路。"

小路和大路，都是依靠着垂直的山壁，直视着深不见底的悬崖。只要掉落山道，系统直接判定阵亡。

小路的宽度只容许两台机甲并列行进，不适合大规模行军。如果遇到埋伏，处境也更加危险。毕竟在这样险峻的小道里，他们连个可以躲藏的地方都没有。

周师锐说："如果从小路打出头，到了这个位置，就是一个天然的偷袭地点，会是我们的优势。"

小道后段的路，比大路地势要稍高一些。如果真的成功绕出了小道，就可以占据高地。既有高度优势，又可以和大路来一场前后夹击，确实是一个不错的选择。

连胜手指抵在下巴上，目光微阖，叫人看不出情绪。她考量许久，然后说道："各连长准备，上前，进攻。"

频道里有些许疑惑的声音。

赵卓荦犹豫了一下，问道："连长去做前锋，攻占山壁？"

连胜说："精锐的两支队伍，一支抽调一百人去攻小路，另外一支负责大路。两条路都由高配机甲和中配机甲作为主力，我们的目标是确保攻下山壁。"

周师锐犹豫片刻，还是在旁边小声提醒道："我觉得在这种地方不应该耗费高配机甲和中配机甲。机甲间的差异还是很大的，在这里浪费兵力，到了后期很容易被压制。"

连胜不以为意，笑了起来，说道："所谓精锐，不就是要在这种时候用吗？挡在危险的前面，带领小兵杀出重围。我们要用最小的损失，拿下这段路。"她的手指往地图上一按，"不要小看小兵的力量。就算是兵卒，也可以吃掉将军。"

比散兵的水平，他们肯定是比不过对面的。对面普遍都是军校学生，散兵实力堪比他们的精锐小队。在山壁中间用散兵对拼，对面肯定乐见其成。既然如此，为什么要在这里白白牺牲他们的小兵，然后把扭转的重责转交给后面的战场呢？人头差距一旦拉开，无形的压力就会禁锢住他们，连胜绝对不会再把节奏交到对方手上。

连胜喊道："方见尘，方见尘还活着没有？"

方见尘怒道："你叫我玩儿呢？！"这是诅咒吧？

连胜："你不说话，这真是让人很不习惯啊。"

"可别了。"程泽苦涩道，"这边一刻也没停过。"

连胜说："来吧，有人毛遂自荐吗？"

"主路比较开阔，我的意见是高速型机甲以及侦察型机甲为主，配合强攻机甲、重型机甲防御。至于小路那边，我建议杀伤力大的中远型伤害机甲过去。”连胜顿了顿，继续道，“说起机甲，你们应该比我更熟悉。但不管是选哪条道，都以自身安全为主。如果不能保证，不要贸然参加。”

频道内传来众人的低声密谈。

“我主路。”方见尘率先喊道，“不要再问候我还活着没有，狙击手是要笑到最后的男人！”

连胜笑道：“加油，给你残缺的小队一雪前耻吧！”

赵卓荦依旧可靠：“我小路，我需要风翼和重装机甲。去小路的队伍由我来安排。”

超亮的灯泡：“既然这样，我跟着你去小路。风翼。”

“中路我来，我配合狙击手就行。其他高级机甲后方待命。”亮亮的灯泡说，“中路的队伍也由我来调配。”

这两个灯泡都是周师锐极力推荐的人。连胜扭头悄悄地问道：“那两个灯泡兄他们是什么水平？”

周师锐想了想说：“大概是这里面的最高水平。”

连胜眼睛一亮，语气瞬间殷勤起来：“几位哥哥，真是辛苦你们了！”

周师锐：“……”

赵卓荦跟亮亮的灯泡开始紧急列队选人，连胜耐心地等待他们的结果。当手下有一群靠谱将领的时候，指挥就是一件轻松的事情。

连胜出神地望着自己的手心，那种呼喝厮杀的感觉，似乎有点久远了。

片刻后，周师锐喊了她一声，表示一半数据已经做好。

赵卓荦带的都是本校的学生，大家高度配合，基本没有异议。亮亮的灯泡那边比较慢一些，毕竟都是三天的网友，无组织无纪律，估计还要磨几分钟。

连胜闲聊道：“这次多亏了你，还好你对这次的地图比较了解，否则从开场到结束，我们都会被地图这一块压制。”

周师锐情绪低落下去，沉声道：“跟他比起来，还是差远了。”

显然他对之前地下通道的事情耿耿于怀。

所谓对地图的了解，并不是准备足够充分就可以弥补的。同样的地图，有人就是打一千次，也发现不了其中的关窍。而有人只要刷过一次，就可以摸得一清二楚。

连胜正想安慰一下小学弟，频道里传来方见尘的汇报。

方见尘说：“有人不服，怎么办？我直接推他们下去吗？”

连胜接通了全频道，说道：“谁有意见？现在发言。”

那边数人推搡了一阵，一人说道：“怎么会这么打呢？高配机甲打头，还带我们重装机甲上去，大将军你真的会指挥吗？我们前期已经被偷袭过一次了！”

边上又有几人应和。

“我知道。”连胜说，“对面对地图的应用比我们娴熟，这是既定的事实。从本质上来讲，它不能称之为失误，这和我现在的决策也没有关系，还是你们有信心自己能够打过对面的军校生？”

青年说：“我们已经处于劣势了，如果再损失高级机甲和中级机甲……”

连胜直接打断了他：“这样，我用十万星币作为赌注。”

青年气急败坏道：“这根本就不是钱的问题！你是什么意思？”

“我只是希望你能明白一件事情。现在，我让你以无本的身份站在这个赌局上。”连胜说，“你们如果选择听我的，赢了有分，输了也有十万星币。我在用十万星币买士兵对指挥的信任，一个在本次比赛中我应得的东西。”

几人顿时止声。

“我没有太大的兴趣听你分析我们现在的劣势，你这是在动摇军心。三百多台机甲而已，那是对面副指挥根据实力应得的优势，我认同、理解，且并不认为它算一件大事。我们有五千人，刚打了一个地图，前方还可以有无数个机会，非得盯着那三百台机甲的损失故步自封？眼界给我放开阔一点，你们的敌人就站在前面！”连胜厉声道，“同意，就给我服从安排。不同意，推下去！”

频道内终于清静了。

一分钟后，亮亮的灯泡发言：“我准备好了。”

连胜站了起来，铿锵有力地喊道：“只是想着减少损失是没有用的，因为你不前进就是在后退！就算前面是荆棘又怎么样，还得一步一步给我踏过去！自己丢掉的人头，就给我自己抢回来！你们是战士！你们是勇士！

“不要想着保留实力，战场不是可以给你保留实力的地方！你保留的每一分都可能是你牺牲的战友！这里不允许后退！不允许害怕！”连胜挥臂，“现在出发！”

赵卓荦转身，对着身后众人道：“出发！”

一众身影朝着险峻的山壁行进。

刘昊那边等了许久，已开始觉得焦躁：“对面怎么还没过来？在这里跟我们僵持住了？不是吧？”

“对面很谨慎，地图的事情应该给了他们不小的打击，所以还在试探阶段。”百米飞刀说，“不用着急，让队伍保持时刻备战的状态。”

刘昊坐正，说道：“之前看她的指挥，她应该是一个很大胆的人。”

百米飞刀说：“大胆跟谨慎并不矛盾。大胆又粗心的人，往往活不过第一集。”

刘昊点头，切到公频里鼓舞一众士兵。

“哦，对了，”百米飞刀从面板上移开视线，“提醒一下，对面有两个单攻能力非常强悍的机甲手。”

刘昊一时没回过神来：“你说赵卓荦？”

百米飞刀：“赵卓荦？不，我说对面的灯泡。”

刘昊回忆了一下，完全没有印象：“有多厉害？”

百米飞刀说：“他们是退役兵。”

刘昊的大脑有片刻空白，虚声道：“什么类型的退役兵？”

百米飞刀灿烂一笑：“是远征军的退役兵。”

刘昊沉默了，片刻后问道：“你还有什么想提醒我的吗？”

“要提醒你的倒是没有。”百米飞刀摸着自己的下巴说，“不过对面的副指挥，是我弟弟。”

刘昊：“……”

百米飞刀笑着拍他的肩膀：“本来是不想告诉你们的，对面都是散兵，给他们做个秘密武器也好。不过现在看来他们不好对付，你也早点做准备吧。”

刘昊感觉自己快哭了：“大佬，你们别这么玩我行不行？退役兵玩什么三天啊？你也是退役兵吗？我们队伍供得起大佛啊！都来我们队伍啊！”

“我是那种故意刁难我小弟的人吗？我就一个小弟呀。”百米飞刀真诚地道，“不过我现在是站在你这边的。”

刘昊抱住他的手臂：“大佬！”

百米飞刀抽回手，对他讲解道：“对面两个叫灯泡的，一个开风翼，一个开破军。没有别的，建议你群攻炮灰了他们。”

炮灰了远征军？开什么玩笑？

这几年联盟防卫战争一直不断，也就意味着这群人是真正在炮火中磨砺过的战士。他们驾驶过真正的机甲，无论是体能、实战能力，还是经验，都远非学生可比。军校生虽然总喜欢说军校人间炼狱，但毕竟只是一所大学，日常的训练量跟真正的军人比，实在是太逊色了，何况还是最精锐的远征军。

太太逊色了！

体育馆里被这个消息炸出轩然大波。众人一阵骚动，努力往前探去，想看得更清楚些。

“活的远征军！他们竟然会玩三天！”

“周师锐的哥哥？我就觉得周师锐这个名字老熟了，好像在哪里见过。”

“刀爷！刀大爷！给你跪下了！”

“我想起来了！校友录里的啊！那个谁啊！”

一人拿着光脑起身道："我查出来了，是不是周师韧？！"

周师韧，人称"周狮子"。一百二十三届校际友谊赛任联盟大学副指挥，率领队伍夺取优胜成功被招入军部。

十六岁联盟大学指挥系毕业，获三等功一次，成为最年轻的远征军成员。

三十二届联盟军际联赛冠军队伍——远征六军副指挥兼最佳标兵。

获一等功一次，二等功一次。

再之后的资料就没有了。所有信息都停留在两年前获得的二等功。

"为什么啊？这样的人为什么退役了？我以为他还在军队里。"

一人捂住嘴巴，沉痛地道："这不就是我教授经常挂在嘴边的那个，别人家的学生吗？"

"这不是我们教授的讲课案例吗？我一直以为他本名就叫周狮子。"

"为什么他在玩三天？！为什么他成了一个网红？！"

"这么年轻就退役？他才三十五岁啊，远征军出身，战功赫赫，再混几年前途无量了吧？"

场外群众疯狂翻阅资料，想要找出另外两个灯泡的身份。

地图内刘昊正在和团友通报这个沉痛的消息："各队请注意，如果看见对面士兵有叫灯泡的，无条件集火群攻他们。保持距离，不要靠近！"

下面的队伍茫然道："他们怎么了？"

"有点……"正在临阵前，刘昊也不能说实话，怕打击士气，只好干涩道，"私仇。"

刘昊刚说完，某连长黑脸道："你脑子抽了吗？这是开玩笑的时候吗？"

"信我，打他们！打完再说！"刘昊抹了把脸说，"对面那两个很厉害。一定要重点标注！"

连长说："重点标注的不是赵卓荦他们吗？"

刘昊："那这两个就重重点标注！"

众连长："……"

百米飞刀帮着说："那是我的朋友。一台风翼，一台破军，如果看见的话建议小心一点。"

这时频道里有人通报："对面来人了！"

刘昊在两条路上都派了人，占据在道路转折的一段，同时将前面的窄路留给对手。

最先通知说遇到敌人的是小路。

侦察兵惊讶道："来的怎么是高配机甲？看见了两台。后面的看不清楚，晃过两个影似乎也是中配机甲。"

刘昊坐立难安:“不是吧?难道他们真的想直接从小路突围玩包抄?”

他派人留守小路只是为了以防万一,多数情况下是不会有敌军选择从小路突围的。毕竟这条路狭窄,两台机甲并排都显得拥挤,如果遇到拦截,双方极有可能会僵持不下。

“拦住他们。躲在转角后面全力射击,务必挡住他们的攻势。”刘昊问道,“中路怎么样?”

中路的侦察兵正躲在墙后窥觑,闻言回道:“看见人影了。负责开路的也是高配机甲!前列队伍有中低两档机甲,不知道是什么情况。”

刘昊问:“都有谁?”

“太远了,看不清楚!”侦察兵往后退了一点,“准备作战!”

“嗯?”刘昊转向百米飞刀,“他们这是什么意思?”

“照情况来看似乎是的。”百米飞刀说,“战场上没有什么不可能的事情,根据数据好好分析就行。”

刘昊沉吟道:“他们是想用高配机甲来挽回之前的劣势?”

百米飞刀:“单比小兵实力的话,他们确实比不过我们,在山壁作战无异于送人头。”

刘昊:“现在就派高配机甲上前,也无异于预支人头吧?”

百米飞刀平静地道:“说明她的确是个很大胆的人。”

赵卓荦带着人走到了转角,再前方是视线死角,具体有没有敌军不能确定。他暂时停下队伍,准备试探。

忽然墙后伸出一个炮口,超亮的灯泡眼睛也不眨一下,直接抬臂一挥,打在墙面上。那炮筒被一冲,直接歪斜,火力射到了半空中。

“攻击准备!”赵卓荦如临大敌,“前排注意敌袭,后排朝我打过的地方攻击!”

他身后的机甲迅速调整队伍。前排下蹲,给后面的机甲留出视野,然后按照指示开始攻击。

赵卓荦抬起炮筒,对着转角前的一块山壁重重打去一炮,顿时山石簌簌坠落。

旁边,炮火出膛的声音擦着他的两侧往前方飞去。头顶是迸裂开的岩壁,带着些许成块的岩土砸在他的机身上。

超亮的灯泡站到外围,横过手臂,瞄准角度,朝着前面打去压缩风炮,下落的沙砾全部被气浪裹挟往对面冲了过去。

后排机甲调整炮口,对准他打出的凹陷,跟着开始强力射击。

刘队外围的机甲看见黄沙扑面而来,下意识抬手去挡,而后听到阵阵轰鸣声，感觉头顶整块山壁，连带着脚下的路面都在颤动。

他们惊慌地喊道："喂！对面的疯子们，这么近的距离你们想干吗？！"

"别闹了，打穿这里是不可能的！起码有一半厚度是实心的！"对面的人喊道，"这么基础的事你们都不懂吗？"

赵卓荦置若罔闻，依旧抬着武器，一下下火攻。

被他们火力围攻的地方，从小坑慢慢变成了一块凹陷，赵卓荦打了个手势，示意众人暂停，同时抽出背后的长剑。他稍稍后退一步，压低重心蓄势，而后脚后跟用力一蹬，借着推进器朝前跃去。

笨重的机甲在此时显得异常敏捷，他将长剑猛地刺进山壁打出的一条裂缝中。身躯沉重地撞了上去，巨大的力道让他往后一弹，但他另一只手已牢牢攀住山壁，整个人稳稳挂在了半山上

一众士兵情绪高昂，连声欢呼。赵卓荦没有停顿，迅速调整了姿势，腾出一只手，绕过转角朝着前方发起盲射。

刘队众兵还在忙于防御，由于密集的炮火声，他们没在第一时间察觉到危险。等头顶遭遇攻击，已经来不及躲避，前排部队直接阵亡。后排部队因视角限制，看不见发生了什么，只能慌乱地朝后撤退。因步调无法统一，现场一片混乱，频道内传来激烈的争吵声。

刘昊察觉到不妙，大声吼道："怎么回事？都稳住！冷静！看清楚敌军在什么位置！"

"在上面！"一士兵终于找到了，"有一台机甲挂在山壁上，注意瞄准射击！不要再推挤了！"

可惜为时已晚。趁着他们秩序缺失，超亮的灯泡已带人冲过转角。

密集的炮弹骤然轰来，前排部队眼前飘荡着的全是战友机甲的残骸，视线完全受阻。

两台重型机甲开着推进器并排前进，在狭窄的山道上避无可避的刘队众人，只能一串接一串地被撸下悬崖。

队伍后方察觉到异常，却无法接收到准确消息，心急如焚道："报告！有问题！前面的人在火速后退，扰乱队形。要不要先自爆了他们？！"

前方小兵们委屈道："是有人在推我们！"

由于节奏已经被彻底打乱，前线汇报的情况断断续续的，无法复原对战场景。

刘昊急道："领队决定是调整还是撤离，火速决定！"

连长犹豫了不到两秒，立即道："保留兵力，建议后撤。"

"队伍所有人听令！有序后退！"刘昊赶紧下决策，"退出路口，在沙漠地

图两边等候，准备埋伏反杀！”

刘队小路刚刚陷入败走，还在调整阶段，大路那边的通信又接了进来。

“报告指挥！”侦察兵喊道，“情况不大乐观，对面有个变态，就是你的私仇之一。”

刘昊头疼道：“怎么变态？！不要开玩笑了，这种时候直接说重点！”

“没怎么样！就是厉害得很变态！”士兵迎着风声叫道，“他正在正面强杀！”

亮亮的灯泡驾驶的是高配破军。他一手长剑，一手能源炮，完全不晓得退让，一看见人影就冲上去进行厮杀。

他位置卡得很好，借着敌军的机甲遮挡身形，时不时探出手臂打上一炮。表面上是在肉搏，却久久不拿下前排那人的人头，而是不断地周旋、射击。他对机甲的操作成熟度已经不是一般词语可以形容的。

对于新手来说，每开一次推进器都是危险的存在，因为高速的变动意味着重心的不稳定。而灯泡几乎每一个小动作都会跟上断续的推动，来保证动作的迅猛，同时还能稳住全身重心，把握住准确的进攻时机。所以从连贯的动作来看，他的行动显得尤为敏捷，机甲性能似乎比别人高出一截。后方的狙击手根本抓不住他的套路，怕伤到己方的成员，手指按在开关上，迟迟不敢射击。

连队成员闹声喧天，专注地欣赏灯泡这场个人表演，他们也害怕自己的炮弹会打乱灯泡进攻的节奏，所以没有出手。更糟糕的是，刘队后排的机甲同样不敢上前支援，因为只要踏出一步，方见尘等狙击手就开始掩护。

“不是说对面没有狙击手了吗？”

“显然是夸张式的说法。”

“现在一点都不夸张了。”

“给我正面强杀！”刘昊用力捶腿，“不管会不会误伤，能把灯泡带走就是值得的。炮攻！强杀！”

众人大惊：“指挥，你是认真的？”

“快！前排能退的退，集火一波带走！”刘昊说，“留着他是一个莫大的祸害！”

前排众兵迅速后撤拉开距离，后排群众扛起炮筒准备强攻。

亮亮的灯泡见他们的队形发生变化，有所察觉，也准备后撤，喊道：“杀！”

之前被他缠住的小兵忽然找到了人生的目标，决定为了队伍牺牲，纵身用力一抱，拖住了灯泡的后腿。

亮亮的灯泡立马打开推进器前冲，但因为对方的拉扯，机身一歪，将要栽倒。灯泡当机立断，打开操作仓跳了下去，就地翻滚，朝着边缘区狂奔。

方见尘也是机敏："重型机甲，保护你们的连长！"

重型机甲前冲，用身躯挡在了灯泡面前。霎时间火光冲天，刘队士兵开始不分敌我地狂轰滥炸。

灯泡抱头，从缝隙中往前逃窜，平安地躲入大部队的身后。方见尘适时补位，率领团友开启正面交锋。

因为连胜安排了中配机甲在先头部队，他们的队伍在火力上完美压制了敌军，双方损耗以显眼的速度在拉开。

方见尘抱着自己的枪械，说道："亮亮的灯泡的机甲挂了。我尽力了，但是对面选择了同归于尽。"

连胜："人呢？"

方见尘："还活着。"

"选一台中配机甲给他，赶紧换人。"连胜说，"朝着沙漠地区推进，注意两侧是否有埋伏。同志们！稳住现在的形势，胜利属于我们！一定要把握住主动权，不要给对面反转的机会！"

连胜接连下令道："小路士兵准备归队！转上主路，注意和前方部队拉开距离，一起往沙漠推进。主路后方人员后撤，准备和赵卓荦的队伍会合！"

一连长不解道："小路里刘队的士兵都已经后撤了，正好是攻略小路的大好时机啊。到时候前后夹击正好可以拿下一波人头，为的不就是这个吗？"

连胜："先回撤！听我指令！火速回到中路！"

赵卓荦负责殿后，指挥着前排人员转向后撤，放弃小路。

连胜扫了一眼人数对比。

不愧是机甲战，速度比之前的古战场要快多了。密集的站位加上高伤的炮火，损伤直接以双数递增。他们推进至三分之二进程的时候，双方人数比已经变成连队（4112）：刘队（4098）。其中还有一部分应该是已经损失了机甲变成步兵的选手。

周师锐比对了一下地图的距离和目前数值变动的幅度，说道："到达沙漠地区，我们的人数应该可以控制在3500：3000。"

他没说出口的是，他们已经损失了一台高配机甲，根据目前的报告，还有不下十台中配机甲。值得吗？

另外一边，百米飞刀看着数据说："照目前来看，我们不算劣势，进入沙漠地图的话，低配机甲行动不够自由，但还是要注意。现在我们被他们压着打，节奏乱了，这样的状态绝对不能带到下个地图里。"

刘昊挠了挠头，两条路竟然都被对面压制，他想不明白："对面的单兵实力怎么这么厉害？！"

百米飞刀说：“拔高的拔高，垫底的垫底，总体差距太大。不过这样也好处理。”

“等赵卓荦的小队出小路的时候，我们前后埋伏一波。主路兵力后撤，在沙漠地图两边再埋伏一波。对面敢进图就把节奏抢回来。”刘昊对着前方迎战部队道，“佯装后撤！加快回撤速度先锁定损失！能拿下对面多少中配机甲都不要大意地拿下！”